Setzen! Nicht genügend!

Christian Locker,

geboren 1963 in Wien; Unterricht in klassischer Ölmalerei bei Elis Stemberger; Studium der Germanistik, Philosophie und Geschichte an der Alma Mater Rudolphina Vindobonensis; lebt heute als realistischer Maler und surrealistischer Schriftsteller in Wien und Schwarzau im Gebirge, Niederösterreich. 1984 - 1988 Mitarbeit an dem von Jörg Mauthe herausgegebenen *Wiener Journal*; zahlreiche Veröffentlichungen in Literaturzeitschriften; Romane: *Einfach jeder*, 2011; *Wann endet die Gemütlichkeit?*, 2012; *Im Berg(l)*, 2013.

Christian Locker

# Setzen! Nicht genügend!

Roman

*Bybliotheca*

EDITION ROESNER
*artesLiteratur*

Titelbild: von Christian Locker ©: „Setzen! Nicht genügend!“, Öl auf Leinwand, 70 x 80 cm

*Gefördert durch*
*das Land Niederösterreich*

KULTUR NIEDERÖSTERREICH

*und das Bundeskanzleramt*

BUNDESKANZLERAMT ÖSTERREICH
KUNST

Erste Auflage

Krems an der Donau
Im Lektorat:
Mag. Sabine Stalujanis
Datenverarbeitung: Light Server Systems/Jürgen Dorn
Druck: Theiss GmbH, Österreich

MIX
Papier aus verantwortungsvollen Quellen
FSC® C012536
FSC www.fsc.org


ISBN 978-3-903059-05-4

**www.edition-roesner.at**

*Wenn das Leben einem präsumtiven Autor*
*die Möglichkeit gibt,*
*den dahingehend richtigen Lehrer zu finden,*
*kann man sich glücklich schätzen.*

*Hoffentlich bin ich ein gelehriger Schüler von*
*David Axmann (1947 – 2015)*
*gewesen.*

*Ich wage deswegen,*
*ihm dieses Buch zu widmen!*

# Prolog

Im Grunde genommen bleibt man ein Leben lang Kind, jedenfalls wird einem diese psychologische Binsenweisheit ununterbrochen aufs Aug gedrückt. Ladinoski hätte freilich berücksichtigen sollen, dass die gute Fee nicht nur metaphorisch im Märchen existiert und manche Wünsche kein frommer Wunsch bleiben, auch wenn das weitaus besser gewesen wäre. Aber wie, und das Thema kaut er schon zum abertausendsten Mal durch, sollte man vorher wissen, dass überhaupt nichts von dem, was seit Menschengedenken über den Tod gesagt oder geschrieben worden ist, stimmt?

Wieso ist es möglich, dass sämtliche Religionsstifter und ihr bis heute tätiger Anhang so einen absoluten Unsinn über die letzten Dinge verzapft haben? Es kann doch nicht sein, dass sie alle einem Irrtum erlegen sind, weil sie sich in ihren Prophezeiungen entweder auf eine göttliche Eingebung oder sogar direkt auf den Schöpfer persönlich bezogen haben. Wenn man böse wäre, könnte man sogar meinen, die Menschheit wurde mit solch gängigen Anschauungen bewusst in die Irre geleitet, weil es einfach praktisch ist, sich den Himmel voller Geigen und den Tod als Hinübergleiten in eben diesen vorzustellen.

Ladinoski geht das ständige Im-Kreise-Drehen schon ziemlich auf die Nerven, das Dumme ist nur, er hat so unendlich viel Zeit, weil er den lieben langen Tag nur mit Fressen und Scheißen beschäftigt ist. Auch wenn ein Akademiker sich üblicherweise einer gepflegteren Ausdrucksweise befleißigt, kann man besonders für die Nahrungsaufnahme keinen euphemistischeren Begriff als diesen finden. Denn, wenn man tagtäglich das absolut Gleiche vorgesetzt bekommt, kann einem das eindeutig zum Hals heraushängen. Gerade die Art und Weise, wie das Essen in den Körper gelangt, erscheint bei seinem Alter eher fragwürdig.

Doch welches Alter hat er denn wirklich? Wenn er seinen Erinnerungen trauen kann, und diese erstrecken sich nahezu über ein ganzes Leben, gibt es ein eindeutiges Geburtsdatum mit einer amtlich festgelegten Jahreszahl inklusive Tag und Monat. Natürlich feierte er in den letzten Jahren seine Geburtstage nicht mehr so ausschweifend wie früher, was klarerweise damit zusammenhängt, dass er in den letzten Dezennien viel weniger Alkohol als früher vertragen hat. Ja, mit zwanzig ist ein Club 2, also die Vernichtung eines Doppelliters Wein noch kein Problem, nur mit 50+ muss man der Leber leider etwas Tribut zollen, und man spürt beim siebenten Spritzer schon eine ziemliche Nebelsuppe im Schädel. Doch diese körperliche Problematik liegt gegenwärtig so unendlich weit entfernt, dass er es sogar genießen würde, einen ordentlichen Brummschädel auszufassen.

Leider beginnt er in diesem Moment zu rechnen, da auch diese Gabe weiterhin vorhanden scheint, obwohl die Finger dazu noch nicht verwendet werden können. Selbst, wenn man das Jugendschutzgesetz, welches man als Jugendlicher sowieso auf die leichte Schulter nimmt, missachtet, sollte es noch an die zehn Jahre dauern, bis der erste heimliche Schluck aus dem Likörschrank im Wohnzimmer genommen wird, worauf natürlich, weil man sich dummerweise erwischen lässt, ein schreckliches Donnerwetter folgt. Ebenso kann man den Schimpftiraden nicht entkommen, wenn man vom Hof mit leichter Schlagseite zum Abendessen auftaucht, weil einem der ältere Bub von der Nebenstiege Bier eingeflößt hat. Von dem Zeitpunkt an wird es wieder ewig lange dauern, so sechs bis sieben Jahre, bis man das Geld, welches man für die Tanzschule anlegen sollte, in Wein umsetzen wird. Deswegen bekommt man zusätzlich weitere Probleme, weil man nicht einmal den einfachsten Tanzschritt beherrscht, aber gefordert wird, dass man mit seiner Cousine den Opernball eröffnet

Christoph denkt mit süßer Bitternis an jene Zeit zurück, die seine Zukunft werden wird. Allerdings ist die Erbaulichkeit getrübt, wenn man, wie in der augenblicklichen Handlungsunfähigkeit, mit elendiglicher Langeweile gestraft wird, zumal es nicht einmal gelingt, im Kopf Schach zu spielen, um den schrecklich langen Tag hinzubiegen. Auch macht es keinen sonderlichen Spaß, immer und immer wieder den momentanen Zustand mit Schuldzuweisungen aufzufetten, weil er natürlich zu keiner Lösung kommen kann, selbst wenn er eine konkrete Person in Verdacht hat, ihm diese verdammte Chose eingebrockt zu haben.

Ein kleiner Magen kann bedenklich knurren, und um ein Bäuerchen zu machen, muss man ja vorher nur …

Verdammt noch mal, scheiß auf die ewig gleiche Milch! Falls der Teufel hungrig ist, frisst er auch Fliegen!

I. Muss jemand diese Welt verlassen, kann man logischerweise erwarten, dass er nicht so bald wiederkommt. Jedenfalls nicht derart, wie er abgetreten ist. Denn die meisten Menschen sterben buchstäblich keineswegs gustiös. Entweder sind sie in einem körperlichen Zustand jenseits von Gut und Böse oder sie werden so unvorteilhaft aus dem Leben gerissen, dass ihr Anblick bei einer möglichen Wiederkehr nicht ästhetischen Prinzipien entsprechen würde.

Natürlich gibt es seit Menschengedenken Überlegungen, wie Menschen, die der Unterwelt entstiegen sind, auszuschauen haben, und es hat durchaus originelle Lösungsansätze gegeben, von Zombie-Figuren in den Horrorfilm-Welten bis zu verklärten Leibern in diversen Heiligen Büchern. Plausibel sind sie allesamt nicht. Aber der Grund für das Interesse dürfte darin liegen, dass man einfach wissen möchte, wie es sein kann, wenn es einmal mit dem vorbei ist, was man so kennt. Und die Vorstellung, dass es ohne Völlerei und anschließendem Stuhlgang ein Weiterleben, in welcher Form auch immer, geben könnte, ist eher umstritten. Natürlich kann man es sich einfach machen und apodiktisch behaupten, dass mit dem Tod ohnehin alles vorbei sei. Otto Gneringer hat schon oft genug mit dieser Ansicht geliebäugelt und sie immer wieder in Debatten grundsätzlich vertreten.

Manches Mal ist ihm das gar nicht so schlecht gelungen, jedenfalls stets dann, wenn er mit seinem ehemaligen Schulkollegen Albrecht Winter diskutierte. Das hat auch damit zu tun, dass der Winter seit der Jungschar seine Treue zur katholischen Kirche nie verlor und dem Gneringer immer wieder mit den gleichen Argumenten kam, dass es nämlich gar nicht anders möglich wäre, denn, wenn es kein Leben nach dem Tod gäbe, hätte das diesseitige so gar keinen Sinn.

Dabei führt Albrecht Winter nach Gneringers Einschätzung überhaupt kein Leben. Nach der Matura ist er im sicheren Staatsdienst untergekommen, hat dann bald darauf eine schon damals überaus dicke Dame geheiratet und gleich darauf zwei, bei der Geburt überdurchschnittlich schwere Kinder gezeugt, die zu zwei adipösen Erwachsenen herangewachsen sind. Seine Freizeit verbringt er zuhause vor dem Patschenkino mit seiner überwuzelten Gattin, und jeden ersten Dienstag jedes dritten Monats trifft er sich seit über dreißig Jahren in immer demselben Kaffeehaus, welches trotz mehrmaliger Renovierung nahezu unverändert geblieben ist, mit einigen ehemaligen Klassenkameraden.

Der Gneringer ist nicht immer dabei, eigentlich nur dann, wenn er sich wieder einmal von alten Freunden etwas leihen möchte, was in letzter Zeit aufgrund der allgemeinen Wirtschaftslage wieder häufiger vorkommt. Dafür kann seine Biographie durchaus mit spannenden Varianten glänzen, obwohl niemand recht weiß, wovon er eigentlich lebt. Natürlich haben die meisten Mitschüler sein großes philosophisches Werk „Wann offenbart sich die Wirklichkeit?“ gelesen, welches als Parodie auf die Naturwissenschaften gedacht war, von den Kritikern aber leider nicht verstanden worden ist. Gekauft haben es jedenfalls nach Gneringers Erinnerung alle Schulkollegen, und der Winter erstand sogar vier Exemplare, eins für jedes Familienmitglied. Auch haben manche Kommilitonen auf Gneringers zahlreichen Vernissagen an den originellsten Orten seine psychedelischen Ölbilder erworben und diese vielleicht sogar irgendwo aufgehängt, wenn auch nicht in den Wohnzimmern. Ebenso hat Otto beharrlich alle Schulkameraden zu seinen Hochzeiten, fünf an der Zahl, eingeladen, und viele sind sogar gekommen.

Nur der Winter, der stets den standesamtlichen Trauzeugen spielen musste, hat einmal angemerkt, dass für ihn nur die erste, die kirchliche, eine wahre Gültigkeit habe. Taufen ließ Gneringer nur seine älteste Tochter, die anderen drei Kinder, zwei Söhne und eine Tochter, sollten sich später entscheiden, welchem transzendentalen Bekenntnis sie anhängen möchten. An eine geregelte, einkommensgebundene Tätigkeit freilich kann sich niemand in seiner Kollegenschaft erinnern, wenn man die zweimalige Ferialarbeit bei der österreichischen Post einmal beiseitelässt.

Heute steht wieder einmal so ein Treffen am Programm, und obwohl Gneringer nicht völlig abgebrannt ist, entscheidet er sich doch, den Jour fixe wahrzunehmen. Einerseits, weil die Arbeit an seinem ersten großen Roman äußerst schleppend vorangeht und andererseits, weil er schon seit drei Tagen dem Alkohol entsagt und ein paar weiße Spritzer sicherlich seine Ganglien in Schwung bringen würden. Obschon er heute sogar seine Zeche bezahlen könnte, wird er wie üblich die Großzügigkeit Winters zu schätzen wissen, der ihn schon zwischen Schule und Nachmittagsturnen zum Würschtelstand eingeladen hat und es in lieber Tradition auch heute noch tut.

Das Schwarthaler liegt nicht weit von Gneringers Einzimmerwohnung, und so betritt er nach einem gemütlichen Fünfzehn-Minuten-Spaziergang dieses zeitlose Etablissement. Otto, übrigens der einzige Raucher der Gruppe, hat durchgesetzt, dass sich die Kameraden in der Raucherzone hinten bei den Billardtischen versammeln, weil sie immer schon dort gesessen sind. Solch eine Tradition sollte man doch beibehalten, und obwohl besonders der Obrechtsberger, aber natürlich auch der Nowotny deswegen murrten, hat er sich mithilfe Winters behaupten können. Im vorderen Bereich tut sich gastmäßig nicht viel, aber als sich die elektrische Türe zum hinteren Raum öffnet, blickt Gneringer in ein bekanntes Gesicht. Es handelt sich um den schweigsamen Spurny. Auch in Schulzeiten saß er schon eine halbe Stunde vor Unterrichtsbeginn im Klassenzimmer, als ob man etwas versäumen könnte. Schon damals wusste Otto nie, was er mit dem Wolfgang Spurny reden sollte, weil die Kommunikation mit diesem Kollegen stets zäh und langatmig war. Jetzt, da er selbst überraschenderweise überpünktlich erschienen ist, muss er sich mit dem faden Zopf abgeben.

Gneringer steckt sich erst einmal eine Zigarette an, bevor er näher an den Tisch tritt.

Irgendwas stimmt da aber nicht!

Eigentlich haben sie sich alle fürchterlich verändert, Glatze, Bauch, Falten oder dicke Brillen. Nur Wolfgang Spurny hat wie eh und je sein flachsblondes, gewelltes Haar und ein völlig faltenfreies Gesicht. Auch die roten Pausbäckchen strahlen eine ungemeine Jugendlichkeit aus.

Jugendlichkeit?!

Gneringer laboriert zwar schon länger an einem saftigen Raucherhusten, doch was jetzt aus ihm herauskrächzt, verdankt er einer akuten Atemnot.

Hat er jetzt so etwas wie eine Vision? Ist er vollkommen betrunken, was nicht sein kann, oder augenblicklich verrückt geworden? Letzteres haben ihm schon manche Menschen angedichtet, besonders Exfrau Nummer zwei und Nummer drei, aber eigentlich kann er ein Irre-Sein ausschließen, weil sich noch nie ein psychologischer Spezialist, nicht einmal dieser Schnösel Mistelbacher, dahingehend geäußert hat.

„Setz dich doch, Otto!" Dass der Spurny freiwillig den Mund aufmacht, ist die nächste Ungereimtheit an dieser Sache, und irgendwie bekommt Gneringers Kreislauf eine ziemliche Schlagseite. Er torkelt ein paar Schritte vorwärts und lässt sich auf die zerschlissene Sitzbank fallen.

„Schön, dich zu sehen." Schon wieder dringen Worte aus dem sonst stets geschlossenen Mund, und die stahlblauen Augen sehen Otto freundlich an. Aber der begnadete Dauerredner kämpft plötzlich mit Wortfindungsstörungen. Schweißperlen rinnen von seiner kahlen Stirn. „Wie geht es dir?" Wie es Gneringer geht?

Er musste dem Wahnsinn nahe sein, denn, was sich hier gerade abspielt, kann einfach nicht sein. Ja, es darf gar nicht sein. Und auch wenn Gneringer das Philosophie-Studium weit vor der Dissertation abgebrochen hat, nimmt er doch für sich in Anspruch, soweit logisch denken zu können, dass die Begegnung hier keiner Realität entspricht.

Die eben eingetretene Kellnerin, die dem Spurny eine Melange vor die Nase stellt und Otto nach seinem Begehr fragt, scheint nichts Ungewöhnliches festzustellen. Nur muss sie mehrmals nachfragen, was denn der Herr zu trinken gedenke, bis er ein relativ stimmloses Einen-weißen-Spritzer-bitte äußert.

„Könntest du mir vielleicht eine Zigarette schnorren?" Dass gerade der Wolfgang raucht, hätte Otto nicht gedacht, weil er damals in den Siebzigerjahren der Einzige war, der sich am Schikurs nicht die Tschick am Sessellift anheizte und die Stummel zum Ärger Professor Nebenbrunners in der Natur entsorgte.

„Ich bräuchte auch Feuer." Gneringer schiebt zögerlich sein Feuerzeug über die Marmorplatte.

Als die Servierkraft endlich mit dem Wein erscheint und ein großer Schluck seine Kehle hinunterrinnen kann, normalisiert sich der Pulsschlag etwas. Er blickt sich nun verstohlen um, ob nicht endlich ein weiterer Schulkollege auftaucht, der sieht, wen er gerade vor sich hat, nämlich den Spurny.

„Irgendwie bist du alt geworden, Otto …" Was soll denn das für eine Beobachtung sein? Sie alle sind alt geworden, und so schaut man einfach aus, wenn man den Fünfziger überschritten hat …

Gneringer schiebt seine Brille hoch und fährt sich mit den Fingern über die Augen, um diesen vielleicht einen genaueren Durchblick zu verschaffen. Alt geworden ist er, der Spurny, nicht. Natürlich ist er nicht alt geworden. Er konnte gar nicht alt werden. Bei diesem Gedanken setzen verständliche Panikattacken ein. Es war doch auf der einjährigen Maturafeier, als der Obrechtsberger, der Klassensprecher, einen Zeitungsausschnitt vorgelesen hat. Gneringer erinnert sich noch sehr genau daran, weil er damals witzelte, der Spurny wäre der Erste der Klasse, über den etwas in der Zeitung stünde. Gelacht haben darüber nur wenige, und einen sehr strengen Blick bekam er damals vom Klassenvorstand Dr. Helga Schneeberger, weil die Bemerkung eindeutig völlig unpassend daherkam. Man macht eben keine Witze, wenn jemand unter mysteriösen Umständen geknebelt, gefesselt und ermordet auf einem Feld im Umland von Wien aufgefunden worden ist.

Noch immer zeigt sich weit und breit kein anderer Schulkollege. Wenigstens steht der weiße Spritzer parat, und in Anbetracht der Situation wird das Glas in einem Zug geleert. Zum Glück ist die Kellnerin aufmerksam, als er ihr deutet, ein weiteres Gebinde zu bringen. Allerdings weiß Otto nur zu gut, dass er wahrscheinlich zwanzig Mischungen trinken müsste, um einen Zustand der Gelassenheit zu erreichen. Denn es gibt keinen Zweifel mehr, dass er jemanden vor sich hat, der nach menschlichem Ermessen nicht im Schwarthaler sitzen dürfte.

Sollte das zu denken geben?

Denn eigentlich muss er sich eingestehen, dass er keine engere Beziehung und schon gar keine positive zu Spurny aufgebaut hatte. Der war zwar nicht eines der typischen Opfer seiner pubertären Streiche, dafür war ihm der Kamerad viel zu langweilig, doch mit irgendeiner Form von Nettigkeit überschüttete er den Burschen sicher niemals. Einmal, jetzt steht plötzlich die Erinnerung wie ein Bild vor Otto, hat er ihm sogar die Deutsch-Hausübung weggenommen und den Text als seinen eigenen vorgelesen, und der Spurny verzog dabei nicht die geringste Miene, auch nicht, als die Schneeberger dem Gneringer für seine tadellose Behandlung des Themas ein „Sehr gut" notierte. Doch dass Wolfgang gerade jetzt auftaucht, um ihm das zum Vorwurf machen zu wollen, passt in keinem Fall zu diesem Phlegmatiker.

Welchen anderen Grund könnte es dann geben, dass jemand, der Anfang der Achtziger den Löffel abgegeben hat, nun hier im Kaffeehaus eine eindeutige Körperlichkeit an den Tag legt? Natürlich könnte Gneringer vom Spurny jetzt eine konkrete Information hierzu einholen, aber irgendwie scheint er heute aufs Maul gefallen zu sein. Vielleicht lockert sich seine Zunge, wenn er sich einen schnellen Rausch anzüchtet. Deswegen steigt er jetzt auf Viertel pur um, doch außer, dass er durch die Trinkgeschwindigkeit einen ordentlichen Schluckauf bekommt, tut sich wenig. Bei Gneringer kommt es selten vor, dass sein brillanter Geist an Lähmungserscheinungen leidet. Zur Entschuldigung gesteht er sich ein, dass eine solche Begegnung für jeden völliges Neuland wäre. Wann trifft man schon jemanden, der von dort gekommen ist, wo man selbst einmal wird hingehen müssen? Und wie verhält man sich korrekt so einem gegenüber?

Otto blickt nervös auf die Uhr, aber die Zeit scheint stillzustehen. Die Zeiger zeigen noch immer nicht die siebente Stunde, und für neunzehn Uhr ist das vierteljährliche Treffen angesagt. Jetzt wäre es von großem Vorteil, wenn wenigstens der Winter erschiene, der ihm seit Myriaden von Jahren ununterbrochen das Mysterium der Auferstehung näherbringen will. Verdammt noch mal, wo bleibt denn dieser Spezialist des Katholischen heute? Und auch die anderen Pappenheimer lassen sich noch immer nicht blicken. Es könnte den Anschein haben, als ob da eine Verschwörung im Spiel wäre und jemand einen ungläubigen Thomas, oder besser ungläubigen Otto auf irgendeine Weise bekehren möchte.

Wenigstens läutet sein Handy. Normalerweise würde er die Marianne gleich wegdrücken, da sie sowieso nur mit den üblichen Forderungen nach Alimenten daherkommt, aber er nimmt die Gelegenheit wahr, einerseits seinen Geisteszustand zu überprüfen und andererseits zu klären, ob er sich überhaupt noch in der realen Welt befindet.

Das hasserfüllte Geifern am anderen Ende vermittelt ihm die Erkenntnis, dass er keineswegs die Dimensionen gewechselt hat und sich immer noch dort befindet, wo seine Probleme zuhause sind. Da sein Nervenkostüm gerade etwas sensibel reagiert, kürzt er das Gespräch ab und drückt die Ex weg. Als er in der Folge sein Mobiltelefon einfach auf den Tisch legt, erntet er einen erstaunten Blick seines Gegenübers.

„Was ist denn das? Zeig's mir mal!" Spurny greift hinüber, nimmt sich den Apparat und sieht das Ding mit kindlichem Erstaunen an. „Das gibt es doch gar nicht … Das ist ja wunderbar!"

Gneringer erinnert sich peripher, dass der Spurny immer schon ein gesteigertes technisches Interesse zeigte, er war sogar einer der wenigen, die freiwillig einen sogenannten Computerkurs in der Schule besuchten, was damals so viel hieß wie Lochkarten herzustellen.

„Kannst du mir das näher erklären …? Wie funktioniert denn das?"

Otto sieht sich klug genug, das eigentliche Thema, welches ihm natürlich auf der Zunge liegt, nicht anzuschneiden. Jedenfalls hört er sich selbst jemandem die Funktionsweise eines Mobiltelefons erklären, und dieser jemand fragt dann auch noch ganz naiv: „Und damit könnte ich jetzt meine Mutter anrufen?“ Otto gibt spontan noch den Hinweis, dass man null-eins vorwählen müsse, wenn man gedenke, über das Wiener Festnetz zu telefonieren. Und da Spurny die Funktion der Tastensperre begriffen hat, das Handy also in Betrieb nehmen kann, werden schon die Ziffern der mütterlichen Telefonnummer eingetippt.

„… Da spricht jemand … Aber das ist nicht die Mutter …“

Wolfgang reicht das Telefon zu Otto hinüber. Er vernimmt: „Herzlich willkommen! Die von Ihnen gewählte Rufnummer ist uns nicht bekannt, bitte überprüfen Sie die Rufnummer nochmals, vielen Dank.“

„Und die Nummer stimmt?“

„Natürlich, die haben wir schon seit sieben oder acht Jahren …“ Otto besieht sich die Zahlen, die Wolfgang gewählt hat und die er vor ihm auch verbal wiederholt. Merkwürdig erscheint allerdings, dass neben der Vorwahl nur sechs Ziffern am Display stehen, und Gneringer gibt zu bedenken, dass so kurze Nummern eigentlich längst nicht mehr existieren.

Jetzt legt sich ein leichter Schleier von Traurigkeit über das Gesicht des Schulkollegen. „Ich bin ehrlich zu dir, Otto …, irgendwie ist heute ein komischer Tag. Eigentlich hat alles damit angefangen, wie du hier hereingekommen bist … Entschuldige … Ich weiß nicht, wie ich das jetzt sagen soll … Wir haben nie viel miteinander geredet … Na ja …, ich red halt nicht so gern, das weißt du eh … Aber ich muss dich jetzt wirklich etwas fragen … Ich weiß nicht …, wieso schaust du heute so aus?“

Ich schau ganz normal aus, denkt sich der Gneringer, ich schau aus wie immer, jedenfalls wie jetzt immer! Er ist doch von den Toten auferstanden, weiß er das denn gar nicht …? Gneringer hat nun ernsthaft zu saufen begonnen und verschüttet schon ein Drittel des vierten Glases Wein, bevor die Flüssigkeit in den Mund gelangen kann.

„Vielleicht ist es besser, wenn ich geh. Die anderen wollen mich ja auch nicht … Es war nett, mit dir einmal ein paar Worte zu sprechen, Otto. Du kannst natürlich meine Hausübung vorlesen. Die Schneeberger fragt mich eh nie danach." Der Spurny erhebt sich vom Sessel, legt noch zwei Zehn-Schilling-Münzen auf den Tisch, nimmt die Jacke von der Lehne und zieht diese im Fortgehen an.

Otto hört sich noch fragen: „Haben wir Mathe oder Latein die erste Stunde?" Aber Wolfgang Spurny ist schon bei der Türe draußen.

„Was ist los mit dir, Otto, bist du jetzt schon betrunken?!" Der Satz Obrechtsbergers ist keineswegs als interessierte Frage zu verstehen, sondern drückt geradewegs das aus, was es ist, nämlich seine verächtliche Einstellung zu Gneringers Lebensweise.

Bei Obrechtsberger wusste man schon in der Schule, dass er nicht nur Medizin studieren, sondern mit einer hundertprozentigen Garantie das Studium auch zum Abschluss bringen würde. Denn mit was für einer Konsequenz er sich für die Gesundheit seiner Mitschüler einsetzte, kann man durchaus als erstaunlich beschreiben, obwohl es eigentlich eine Zeit war, in der alles, was heute als „bio" bezeichnet wird, noch keine Existenz hatte. Es gab weder biologisch gezüchtete Hängebauchschweine noch eine laktosefreie Leichtmilch, und die Menschen litten wahrscheinlich dadurch an Krankheiten, von denen man heute glücklicherweise überhaupt nichts mehr hört, weil es eben medizinische Koryphäen wie den Obrechtsberger gegeben hat, die mit allerhärtester Strenge gegen den körperlichen Missbrauch im Allgemeinen vorgegangen sind. Wenn sich etwa jemand von der Autobusstation bis zum Schulgebäude noch schnell eine

Zigarette ansteckte und in die Fänge Obrechtsbergers geriet, konnte derjenige sicher sein, einen fundierten Vortrag über das Bronchialkarzinom zu hören. Und das in den Siebzigern! Oder wenn ein besonders Verwegener am Würschtelstand nach der Schule eine Dose Bier getrunken hat und dieses schändliche Vergehen von Obrechtsberger beobachtet worden ist, dann wusste der Angesprochene sofort, eine Belehrung punkto Leberzirrhose wäre nun unabkömmlich. Und wenn der Obrechtsberger besonders in Fahrt war, bekam man als Zukunftsvision auch noch eine typische Trinkerkarriere aufgetischt, die stets damit endete, dass der Protagonist zwangsläufig in der Gosse landen müsste.

Otto hat oft ein Bier nach dem Unterricht getrunken, jedenfalls ab der siebenten Klasse, und dazu meist eine gut abgelegene Käsekrainer und keinen Klarapfel gegessen, ein Obst, das der Obrechtsberger jedem seiner Kommilitonen zwingend für einen guten Lernerfolg empfahl. Was aber auch damit zusammenhängen konnte, dass seine Eltern einen großen Garten im Wiener Grüngürtel bewirtschafteten und dem Obrechtsberger selten eine andere Pausenmahlzeit zur Verfügung stand.

Gneringer beschritt mit Sicherheit einen Lebensweg, den der Obrechtsberger so vorausgesehen hatte, mit der Ausnahme allerdings, dass er heute noch lebt und nicht elendiglich am Tropf hängend verstorben ist. Freilich erhält Otto jetzt von diesem einen Seitenblick, der besagt, dass sein baldiges Ende wohl naht.

Glücklicherweise tauchen jetzt im Minutenabstand alle anderen auf, die gewöhnlich dem kleinen Klassentreffen beiwohnen, und er kann sich präzisere Diagnosen Obrechtsbergers ersparen.

Wie fast immer sitzt auch heute der Winter direkt neben ihm, und während alle anderen der Kellnerin ihre Bestellungen antragen, flüstert er Otto zu: „Hast was? Du schaust verheerend aus."

Natürlich weiß Winter, dass sein Klassenkamerad immer wieder äußerst tief ins Glas zu schauen pflegt, doch üblicherweise kommen gewisse Aussetzer erst zu einer späten Stunde. Also kann die auffällig fahle Gesichtsfarbe nicht von diesem Laster herrühren. Nur ist leider jetzt nicht die Gelegenheit, ein Zweierprivatissimum zu führen, denn schon wirft der Nowotny sein Lieblingsthema, die große Politik, als Hölzl auf den Tisch, und weil man sich nicht wirklich etwas zu sagen hat und außerdem demnächst Wahlen anstehen, werden der Reihe nach diverse politische Parteien in den Orkus geschickt, natürlich mit gewissen Präferenzen. Der Zima etwa sieht sich selbst als letzten Linken unter den Kameraden, der das Ideal der Umverteilung auch nach dreißig Jahren Erwerbstätigkeit stets hochhält. Freilich schnitt er sich selbst längst ein schönes Stück vom allgemeinen Kuchen ab, weil er in einem Ministerium berufsmäßig Bleistifte spitzt. Allerdings ist ihm dort die Aufgabe gegeben, Gelder zweckgebunden zu verteilen, was seiner Meinung nach seinem Gerechtigkeitssinn durchaus entspricht.

„Was habts ihr denn tatsächlich erreicht?" Dem Nowotny Sigi kann man nicht so leicht etwas weismachen, weil er stets eine wirtschaftliche Betrachtungsweise vor Augen hatte, was nicht nur damit zusammenhängt, dass er seinerzeit von seinem Vater einen Textilbetrieb vererbt bekommen hat, dies aber sicherlich seinem ökonomischen Bildungsgrad einen Vorteil verschaffte. Sonst hätte der Nowotny die Produktion nicht rechtzeitig ins Asiatische verlegt und heute die Zeit, sich mit politischen Zusammenhängen zu beschäftigen. Das Studium der Politologie war da wohl auch von Vorteil.

Normalerweise hält der Gneringer solche hohlen Diskussionen gerne am Köcheln, weil er dadurch seinen gesettelten

Kollegen mit seinen provokant radikalen Ansichten kommen kann, die ihrerseits wieder dieses fade Gespräch in Gang halten. Heute allerdings gehört Otto der Fraktion der Schweigsamen an, und das verwundert jetzt nicht nur Winter und Obrechtsberger, sondern selbst die drei weiteren, die am Tisch sitzen. Der etwas naive Brünner freilich ist der Erste, der diese ungewohnte Situation bereinigen und Gneringer dringend in die Konversation einbinden möchte. „Glaubst du nicht auch, Otto, dass die Koalition so keine Zukunft hat?“

Interessanterweise gibt es Gneringer beim Wort „Zukunft“ einen ziemlichen Stich in die Seite, und er muss unwillkürlich zucken. Um sich selbst von dieser körperlichen Erscheinung abzulenken, zündet er sich augenblicklich eine Zigarette an. Natürlich wandert der Rauch sofort Richtung Obrechtsberger, obwohl der ganz am anderen Ende sitzt. Jetzt hätte er beinahe den Anlass dazu gegeben, dass der Klassensprecher a. D. das allgemeine Thema wechseln und auf sein Lieblingssujet, die Gesundheit, zu sprechen kommen darf. Der Sprachansatz von Obrechtsberger ist fast da, aber weil dieser immer zuerst demonstrativ hüstelt und dann mit den Händen wachelt, wenn es um das Thema Rauchen geht, hat Gneringer genügend Zeit, etwas zu sagen: „Äh …“ So ein banaler Füllbuchstabe ist für ihn ein ungewöhnlicher, doch nach einem kurzen Räuspern gelingt ihm die Frage: „Erinnert ihr euch noch an den Spurny?“

Ein kurzes Schweigen aller könnte andeuten, dass man jetzt nachdenkt.

Das Hereinbringen diverser Getränke unterbricht die allgemeine Nachdenkphase etwas, weil die Kellnerin nachfragen muss, wer was bekommt. Außer Gneringer hat nur noch Schebesta ein alkoholisches Getränk bestellt, nämlich ein großes Bier. Allerdings fühlt der sich immer bemüßigt, dem Obrechtsberger zu erklären, dass das heute eine Ausnahme sei, da er ja sonst (normalerweise) nichts trinke. Eine ähnliche Erklärungsmodalität kommt dann später beim Essen, wo er immer zwei Beilagen urgiert, was man im Speziellen nur dem besonderen Tag zu verdanken habe. Freilich war der Schebesta schon früher kein Spargel, sondern eher ein festes Bröckerl, und er hat heute die Figur einer ausgewachsenen Schlachtsau. Dadurch aber ist er gerade derjenige, der noch nie über Gneringers manchmaligen größeren Alkoholkonsum abschätzige Worte gefunden hat. Maßlosigkeit verbindet eben. Und vielleicht ebenso das Interesse am Spurny, denn wie er hat auch Schebesta einen Hang zum Fach Physik gezeigt und ist darum manchmal sogar außerhalb des Schulgebäudes mit dem Spurny ins Gespräch gekommen. Deswegen sagt er auch jetzt: „Wieso fragst du danach? Der ist doch schon lange tot."

Das bestätigen nach der Reihe nun alle anderen, nur wird jetzt darüber zu diskutieren begonnen, mit was man den Spurny ermordet habe. Einige plädieren für eine Pistole oder eine sonstige Feuerwaffe, andere wollen wissen, dass damals in der Zeitung gestanden habe, dass es eine Nylonschnur gewesen sei. Nun ist Obrechtsbergers Autorität als gewählter Klassensprecher gefragt, weil er es ja war, der damals den Zeitungsartikel gefunden und auch mitgebracht hat.

Ein Wissenschaftler, ein Mediziner, sieht sich mit Sicherheit als einer, soll immer strikte Objektivität wahren, und einer solchen muss sich Obrechtsberger leider beugen. Er weiß es ebenso nicht mehr. Aber das ändert nichts daran, dass damals etwas Fürchterliches geschehen sein muss und noch dazu mit einem Menschen, der keiner Fliege etwas zuleide tat.

„Wir haben eigentlich überhaupt nichts von ihm gewusst", wendet der Brünner vorsichtig ein, und Siegfried Nowotny hakt nach: „Jeder Mensch kann ein Doppelleben führen, von dem man keine Ahnung haben kann." Diese

Binsenweisheit wird von Schebesta mit einem Kopfnicken bedacht, während er zugleich mit Handzeichen bei der Kellnerin ein neues Krügel fordert.

„Ein schlechter Mensch war er sicher nicht." Dieserlei Worte aus Winters Mund kennt man ebenso, da Albrecht grundsätzlich andere nicht heruntermacht, das verbietet natürlich die katholische Erziehung, allerdings hat auch er nie ernsthaft den Kontakt zum Spurny gesucht. Traurigerweise kann Winter nicht einmal sagen, ob der Wolfgang überhaupt katholisch war, denn bei den Schulmessen sah man ihn nie, obwohl er dem Religionsunterricht durchaus beigewohnt hat. Getauft muss er also wenigstens gewesen sein, und auszutreten traute sich in den Siebzigern ohnehin fast niemand.

„Du wolltest doch mit ihm studieren, oder?" Jetzt wird Schebestas Kontakt zu Spurny geprüft. Der bestätigt das sogar, man habe einmal sogar darüber geredet, sich jedoch nach der Matura sofort aus den Augen verloren.

„Der ist ja nicht einmal bei der Maturafeier gewesen. Hat er jetzt eigentlich beim ersten Antritt bestanden oder die Matura erst im Herbst gemacht?" Das weiß nun auch niemand, und selbst Brünner, der im Herbst Darstellende Geometrie wiederholen musste, kann darüber keine Auskunft geben. „Vielleicht weiß da die Schneeberger noch was."

„Ja, wann sehen wir die wieder, wir haben erst in ein paar Jahren wieder eine runde Maturafeier ..., hast du nicht manchmal Kontakt mit ihr gehabt, Otto?" Gneringer traf sie wirklich einige Male außertourlich, weil sie nicht weit von ihm entfernt wohnt und manchmal in der gleichen Konditorei wie er einen Kaffee trinkt. Aber damit hat das Lehrer-Schüler-Verhältnis auch schon sein Ende und eine Telefonnummer einer ehemaligen Professorin hat er sicher nicht. Er betätigt dies so.

„Wieso kommst du gerade heute auf den Spurny?“ Da ausgerechnet der Obrechtsberger diese Frage stellt, kann Gneringer natürlich nicht antworten, dass der Spurny gerade auf jenem Platz saß, wo er jetzt sein Hinterteil ausbreitet. Denn diese Erzählung hätte die garantierte Diagnose eines Delirium tremens‘ inklusive weißer Mäuse zur Folge. So muss er jetzt einfach herumdrucksen: „Ich weiß nicht. Ich hab heut einfach darüber nachgedacht, dass es ungewöhnlich ist, einen Schulkollegen so früh zu verlieren ...“

Natürlich gibt einem das zu denken, weil man ja schon ein Alter erreichte, welches die Mittellinie wohl überschritten hat, obwohl man sich selbst mit knapp über fünfzig durchaus noch jugendlich sieht. Außerdem kann man gar nicht so alt sein, wenn man Professoren kennt, die noch leben. Neben der Schneeberger sind es die ProfessorInnen für Latein, Mathematik, Darstellende Geometrie, Religion, Physik und Chemie.

„Ja, nur, der Spurny ist keines natürlichen Todes verstorben!“ Jetzt doziert wieder der Mediziner und ein kurzer COPD-Anfall Gneringers hat einen mahnenden Fingerzeig und eine weitere Feststellung Obrechtsbergers zur Folge: „Aber es kann sehr schnell gehen. Ein Herzinfarkt ist schneller da, als man denkt!“

Doch diese Mahnung verfehlt selbst beim Schebesta ihre Wirkung, da er jetzt die gerade am Nebentisch servierende Kellnerin um die Speisekarte bittet. Diese wird dann ausreichend studiert und auch mit dem immer wiederkehrenden Kommentar versehen: „Eine große Auswahl haben die hier nicht!“

„Das ist ja ein Kaffeehaus und kein Gourmettempel!“ Selbst diese Antwort Zimas wiederholt sich eigentlich jedes Mal. Dennoch gibt es genug Tagesspeisen, heute sind es Rindsrouladen, und Schebesta bestellt neben der üblichen Nudelbeilage noch eine Portion Petersilerdäpfel. Die anderen begnügen sich mit den typischen Kaffeehausgerichten wie Würstel mit Saft oder Kleinem Gulasch. Nur der Gneringer möchte partout nichts essen, obwohl der Winter leise andeutet, dass er natürlich beabsichtigt, Ottos Zeche zu zahlen.

Auch wenn man durch das Studium der Speisekarte einige Momente vom großen Thema Tod abgekommen ist, findet man recht bald wieder dahin zurück.

„Heute bestell ich mir selber mal ein Achtel." Was ist denn da in den Winter gefahren, scheint sich der Obrechtsberger zu denken, was man an seinen erstaunten Augen erkennen mag, aber der Winter liefert selbst eine Begründung, weshalb er heute ungewöhnlicherweise dem Alkohol frönt, allerdings handelt es sich nicht um das Gleichnis der biblischen Weinvermehrung: „Es ist eigentlich gar nicht so schlecht, einmal darüber nachzudenken, dass wir alle endlich sind."

„Der Alkohol fördert sicher nicht ein langes Leben!" Der Obrechtsberger kann es einfach nicht lassen.

„Lass ihn doch einmal ausreden!" Dass der Brünner einmal etwas gegen den Klassensprecher sagt, ist reichlichst selten vorgekommen. Natürlich kennt man Winters Ansichten in Glaubensangelegenheiten zur Genüge, doch dass einmal das elende Thema Politik vom Tisch gewischt wurde, scheint niemanden zu stören.

„Natürlich haben wir schon genug Tode erlebt und viele von unseren Eltern sind auch nicht mehr am Leben …" Hier wird natürlich murmelnd beigepflichtet, denn einige von ihnen sind sogar schon Großväter. „… Aber es ist immer seltsam, wenn es um Personen geht, die so alt sein könnten wie wir." Auch bei diesem Gedanken gibt es keine Gegenrede.

„Glaubt ihr etwa, dass der Spurny zu uns ins Café Schwarthaler käme, wenn er noch leben würde …?" Ein multiples Verneinen mit den Köpfen gibt zu verstehen, dass dem wahrscheinlich nicht so sei.

„Ja, aber wir sind ja nicht die ganze Klasse. Wir sind ja eigentlich nur ein kleiner Kreis, der sich regelmäßig trifft, und die anderen sehen wir auch nur alle heiligen Zeiten ..., so im Fünfjahresabstand zu den runden Maturafeiern." Natürlich behält da der Nowotny Recht, denn sie sind ein Freundeskreis, der hier im Grätzel rundherum aufwuchs und den Schwarthaler bereits zu Schulzeiten aufsuchte. Und der Spurny hat doch ganz woanders gewohnt. Oder nicht?

„Ich weiß, dass er einmal da war." Dieses Wissen stammt nicht vom Gneringer, sondern vom Schebesta.

„Nach der Mathematik-Matura sind wir hierher gegangen, und ich habe den Spurny mitgenommen." An den ratlosen Blicken erkennt man, dass sich niemand daran erinnern will oder kann.

„Ich weiß es noch ganz genau, weil ich mit dem Spurny die Ergebnisse vergleichen wollte." Schebesta ist sich da hundertprozent sicher: „Ich wollte nicht blöd auf der Gasse herumstehen und hab den Spurny richtiggehend am Sakko hierhergezogen ..."

„Wir waren auch da?"

„Du auf jeden Fall, Max!" Maximilian Brünner legt die Stirnhaut in Falten, freilich, eine Erleuchtung kommt nicht.

„Und auch du bist da gewesen, Herr Doktor!" Selbst der Obrechtsberger scheint sich nicht sicher zu sein, macht aber eine Geste des Möglichen.

„Du nicht, Otto, weil du gleich zum Sinkovic gegangen bist."

Der Sinkovic war eine übel beleumdete Wirtsstube, die nur wagemutige Schüler betraten, weil es dort schon Schlägereien gegeben haben sollte. Allerdings soff man in dieser Kaschemme das Bier zu einem weit günstigeren Preis als beim Schwarthaler.

„Jedenfalls war der Spurny hier und das sicher nicht zum ersten Mal. Ich erinnere mich noch daran, dass der Herr Fritz ihn gekannt haben muss …," der Herr Fritz war ein Oberkellner vom alten Schlag, der jeden Stammgast, unabhängig davon wie sympathisch er ihm war, mit Vornamen ansprach, „… denn der Herr Fritz hat den Wolfgang namentlich angeredet und gefragt, ob er denn wie immer eine Melange haben wolle."

„Ich hab ihn hier nie gesehen", wendet der Zima ein.

„Ja, aber du hast nach der Schule immer sofort nach Hause gehen müssen und bist erst durch uns nach der Matura zum Stammgast geworden." Zima bestätigt dies ungern, doch es stimmt, weil er eine sehr strenge Mutter hatte, die darauf bestand, dass er spätesten zwanzig Minuten nach Unterrichtsende in der Wohnung wäre. Diese Wegzeit war, besonders im Winter, extrem knapp bemessen, und da gab es natürlich nie eine Gelegenheit, irgendeinen Abstecher zu machen. Selbst zwischen Schule und Nachmittagsturnen musste er unter Mutters Obsorge stehen.

„Ich hab ihn aber auch nie hier angetroffen und war beinahe täglich hier!" Der Nowotny nahm die Schule äußerst leicht, weil es ihm klar war, dass er selbst ohne Abschluss die Stofffabrik seines Vaters erben würde, und er ist deswegen ein absoluter Spezialist des Billardspiels geworden.

„Du warst immer hier hinten, und vielleicht ist der Spurny vorne gesessen."

Eigentlich hat man den Spurny auch im Klassenzimmer oft übersehen, selbst die Lehrer. Wenn ein beliebiger Professor mit dem berüchtigten roten Büchlein vor der Klasse stand und sich manche schon halb unter die Bank duckten, um nicht dranzukommen, war der Spurny gänzlich von dieser Widrigkeit befreit. Das kann entweder sein, wenn man als Pädagoge weiß, der Schüler kann die Frage sicher beantworten, oder … er wird einfach nicht gesehen!

„Das wird's sein." Der Nowotny besitzt nicht die Energie, dahingehend weiter zu diskutieren, vielleicht, weil bei diesem Thema nicht die Politik im Spiel ist.

Plötzlich steht die Kellnerin am Tisch: „Entschuldigen Sie, wenn ich störe ..., gibt es unter den Herren einen Herrn Knerzinger ...?"

„Wie bitte?", fragt der Obrechtsberger neugierig, und die Kellnerin wiederholt den Namen in einer leicht anderen Variante. „Damit kannst nur du gemeint sein, Otto."

„Ja, ich heiße Gneringer!"

„Entschuldigen Sie, Sie werden am Telefon verlangt."

Gneringer ist etwas verdattert und schaut auf das Display seines Handys, ob er etwa einen Anruf überhört hätte, aber diesbezüglich liest er nichts. So erhebt er sich von seiner Bank und folgt der Servierkraft in den vorderen Bereich, wo sich in der Ecke eine altertümliche Telefonzelle befindet.

„Hier, bitte!" Sie weist ihm den Weg, obwohl er gerade von diesem Apparat aus sicher hundertmal seinen Eltern vorgelogen hat, dass er etwas später nach Hause käme, weil er mit seinen Kollegen für die Schularbeit streberte, dabei hatte er höchstens mit dem Selbiger gesoffen, ohne eine Schulthematik anzuschneiden.

Der Hörer liegt daneben. Gneringer hält ihn ans Ohr: „Ja bitte, Gneringer. Grüß Gott!"

„Entschuldige, dass ich dich störe, Otto, aber ich habe meinen Vergil liegen lassen. Kannst du mir das Buch bitte morgen in die Schule mitnehmen?"

Normalerweise gilt Otto als ziemlich gefällig, doch nachdem er die Stimme gehört und zugleich erkannt hatte, lässt er den Hörer einfach fallen.

„Was ist denn mit dem Gneringer ..., wo ist er denn?" Es sind sicher schon einige Minuten vergangen, und der Otto ist noch immer nicht zu seinem Platz zurückgekehrt, obschon sein Weinglas noch eine erhebliche Fülle zeigt. Natürlich sieht es der Winter als Selbstverständlichkeit an, Nachschau zu halten, wo denn der Freund abgeblieben sei. Von der Kellnerin erhält er die seltsame Auskunft, dass dieser geradezu aus dem Lokal gestürmt sei. Etwas verloren kehrt Albrecht wieder zur Gesellschaft zurück.

„Ist er schon gegangen?“

„Es scheint so.“ Winter macht sich ehrliche Sorgen, weil der Otto doch etwas absonderlich wirkte. Zwar hat er sich schon seit Jugendtagen immer wieder um diesen Chaoten kümmern müssen und sollte deshalb wegen seines raschen Abgangs nicht sonderlich besorgt sein. Aber irgendetwas sagt ihm innerlich, dass jener eine andere Sonderlichkeit als üblich an den Abend legte. Und eine plötzliche Entdeckung Brünners lässt Winter auch keine beruhigende Erklärung finden.

„Schaut mal, was da auf der Bank gelegen ist!“ Er legt ein kleines, rotes Bändchen auf den Tisch, welches alle sofort am typischen Einband erkennen. Es ist die lateinische Lektüre der Oberstufe, denn nachdem man zwei Jahre in der „Austria Romana“ herumübersetzte, kamen in der Oberstufe die Schriftsteller und Dichter dran. In diesem Falle handelt es sich um Publius Vergilius Maro, und jeder durchschnittliche Schüler hat mit Grausen den Abschnitt mit der „Aeneis“ im Gedächtnis.

„Hat das einer von euch mitgebracht?“ Da die Allgemeinheit strikt verneint, kommt man zu dem natürlichen Schluss, dass es nur Gneringer gewesen sein konnte.

„Aber wieso hat er das heute dabeigehabt?“

„Zeig mal her!“ Zima ist sofort mit den Fingern am Buch. „Das ist merkwürdig!“

„Was denn?“ Der Obrechtsberger zeigt eine gesteigerte Neugier.

„Seht mal, das ist ja gar nicht vom Gneringer, schaut mal, was da steht ...“ Zima hat das Buch aufgeschlagen und zeigt die Seite, wo der Eigentümer üblicherweise seinen Namen hinschreibt. Nach der Reihe können es alle lesen, mit Füllfeder steht geschrieben: Wolfgang Spurny 8A.

II. Es ist schon ein hartes Schicksal, von lauter Trotteln umgeben zu sein. Die gleiche Erfahrung hat Ladinoski schon in seiner alten Schule machen müssen. Allerdings scheint hier alles noch einen Deut tiefer gestapelt zu sein, befindet sich doch diese Schülerbewahranstalt in einem ausgesprochenen Proletenbezirk, und einige seiner Mitschüler scheinen in direkter Linie von den Ziegelböhmen abzustammen, was ihr laterales L nur allzu deutlich verrät. Freilich sollte man gerade am ersten Tag in einer neuen Klasse nicht nur für den Dialekt der Kommilitonen hellhörig sein, sondern beobachten, was für eine Sozialstruktur in der hiesigen Schülergemeinschaft herrscht. Denn es ist immer von Vorteil, sich mit jenen Individuen einer Gesellschaft auseinanderzusetzen, die in dieser das Sagen haben. Und dass gerade seine allererste Stunde in der neuen Schule Geographie zum Thema hat, ist ein außerordentlicher Vorteil, weil so ein Nebenfach in der letzten Schulstufe überhaupt niemanden tangiert. Ausgenommen vielleicht jene Kollegen, die in dieser jämmerlichen Thematik maturieren, damit sie bei ihrem Erstantritt überhaupt irgendeine positive Note erhalten. Also kann er gewisse Mitschüler wie diesen Schwarzhaarigen mit dem weinroten Pullunder aus der ersten Reihe völlig ausklammern, weil der sogar offensichtlich mitschreibt, was der Herr Professor so schwafelt. Obwohl man zugeben muss, dass der Pädagoge selbst zu wissen scheint, was für eine Nebensächlichkeit er unterrichtet, weil er bis auf ein paar drohende Blicke keine Anstalten macht, die Klasse in seinen Bann zu ziehen. So hören vielleicht nur vier oder fünf Burschen mit einem Rest an Aufmerksamkeit zu.

Also gilt Ladinoskis Beobachtung den anderen. Da ist einmal der Kerl, an dessen Bank ihm ein Platz zugewiesen wurde. Vom Aussehen her ein sportlicher Typ, dessen Lebensinhalt sich vermutlich auf Fußball oder vielleicht sogar Handball reduziert, jedoch sicher nicht auf die lateinische Sprache. Denn wenn man wie ein Narr eine Hausübung, wohl eine Übersetzung eines anderen Schülers, unreflektiert abschreibt, dann hat man mit diesem antiken Idiom ziemlich wenig am Hut. Allerdings scheint sein Sitznachbar ein freundlicher Geselle zu sein, denn er hat sich, gleich wie Ladinoski etwas verloren in den Raum gekommen ist, jovial mit einem „Brünner" vorgestellt und bekanntgegeben, dass man wusste, dass heute ein „Neuer" in der Klasse auftauchen würde. Andere Schüler haben ihm zwar neugierige Blicke zugeworfen, aber der bald hinter Ladinoski eintretende Herr Direktor bewirkte dann eine augenblickliche Ruhe. Oberflächliche Worte mahnten, dass man den neuen Kameraden in die Klassengemeinschaft aufnehmen sollte. Sodann wies der Schulleiter Ladinoski den freien Sitz neben nämlichem Brünner zu.

Der Vorteil an dieser Sitzposition war, dass sie ganz links hinten gelegen war und man von dort einen außerordentlich guten Überblick über diverse Köpfe, mehrheitlich natürlich Hinterköpfe, aber auch Profilansichten der neuen Kollegen hatte. Weil nun Ladinoski der Phrenologie nicht gänzlich abgeneigt ist, kann er gleich feststellen, dass es sich mehrheitlich um typisch slawische Kopfformen, wie sie in Wien nur allzu häufig vorkommen, handelt. Seiner Einschätzung nach sind statistisch mindestens vierzig bis sechzig Prozent Novaks oder Krejčís, und wenn nicht dem Namen nach, dann sicherlich von der Herkunft her. Außerdem scheint es sich um eine typische Strebergesellschaft zu handeln, was auf A-Klassen recht häufig zutrifft, weil das meist der Klassenzug ist, wo Latein ab der dritten unterrichtet wird. Auch ihn hat man ja in so einen Zweig gesteckt, weil er natürlich die Erwartung einer Matura erfüllen soll, um dann hoffentlich Jus zu studieren.

Ganz auf der anderen Seite sitzt einer, der vielleicht doch außergewöhnlich sein könnte. An der Kleidung erkennt man zwar sofort, dass er familiär etwas benachteiligt ist, denn dass man mit siebzehn oder achtzehn die ausrangierte Kleidung älterer Geschwister tragen muss, wirkt eher armselig. Und im speziellen Fall scheint es sich sogar um eine Schwester zu handeln, die ihre Kleidung weitervererbt hat, weil die Knöpfe des Cardigans auf der falschen Seite liegen. Aber vielleicht macht gerade so ein augenscheinliches Manko den Kerl interessant, besonders wenn man bedenkt, was er in der faden Stunde mit seiner Zeit macht. Die meisten, denen der Lehrer da vorne völlig egal ist, starren einfach ins Narrenkastl, manche beschäftigen sich mit Hausübungen, wie eben sein Nachbar, und nicht wenige spielen unter der Bank Karten. Nur jener hat sich in ein umfangreiches Werk vertieft, welches der Buchbindung nach zur Gattung der höheren Literatur gehören könnte. Und da der Knabe das Buch in Händen hält und es nicht auf dem Tisch liegend liest, kann Ladinoski einen Blick auf den Titel machen und ist weiter verblüfft. An den „Dämonen" von Doderer hat er sich schon selbst mehrmals versucht, hat allerdings noch nie die Muße gefunden, sich in dieses umfangreiche Werk hineinzulesen. Und dieser neue Schulkollege liest das mitten in Geographie.

Da sein Nachbar endlich die Hausübung fertig abgeschrieben hat und nun auch beginnt, stumpfsinnig in der Gegend herumzuschauen, kann er ihn vielleicht verwenden, um ein paar Informationen herauszuholen. Denn wie man an einem leichten Geräuschpegel feststellt, ist ein leises Gespräch unter Kameraden hier durchaus als en vogue.

„Sag mal, wer ist das da drüben …? Ja, der mit dem Buch!“

„Meinst du den Resnitzek?“

„Ja, den Pummeligen da drüben!“

„Das ist der Resnitzek! Das ist der G'scheiteste von uns. Wenn du was von ihm brauchst, der hilft dir überall. Mit mir lernt er Mathe, Latein und DG. Wenn du willst, komm heut Nachmittag mit, da bin ich bei ihm, weil er lernt mit mir für die Matheschularbeit.“

„Wir werden sehen …“ Nachhilfe braucht Ladinoski nirgends, denn er hat ja nicht aus schulischen Gründen die Lehranstalt wechseln müssen, sondern man kann durchaus behaupten, sein Wechsel sei zwingend von höherer Stelle angeordnet worden. Doch nimmt er nun die Gelegenheit weiter wahr, Brünner als Informanten zu verwenden, und der gibt bereitwillig über die Kollegenschaft Auskunft. Auch wenn der Erzähler weniger als Geistesriese glänzt, kann Ladinoski dennoch aus dessen Worten herausfiltern, wer für was einen Stellenwert in der Klasse besitzt. Wenn jemand etwa im Fußball besonders gut ist oder wenn bei einem die einzige Qualifikation darin besteht, dass dessen Eltern ein Wochenendhaus mit Fischteich besitzen, kann er diese Person in seiner Wertigkeitsskala gleich ganz unten ansetzen. Und das Gros der Kollegen wird mit solcherlei oder ähnlichen Attributen bedacht. Nur zwei Personen bekommen eine gänzlich andere Beschreibung. Da ist einmal ein großer Blonder, dem man ansieht, dass der heute nicht zufälligerweise ein englisches Sakko trägt. Brünner beschreibt den Kameraden als gleich intelligent wie den Resnitzek, nur steckt viel mehr Ehrfurcht in der Erzählung, so als ob er von seinem Chef reden würde. Auch dessen Name „Selbiger“ wird mit Hochachtung ausgesprochen. Weiters sitzt da noch ein gewisser Gneringer, der als Lebemann und Hallodri bezeichnet wird, allerdings nicht mit einer geringschätzigen Abfälligkeit, sondern mit einer gewissen Bewunderung. Der Gneringer soll schon einmal ein Bordell besucht haben und mit den dortigen Damen auf Du und Du sein und sie dort sogar nackt zeichnen, genauso wie der französische Maler mit den kurzen Beinen, dessen Namen Brünner jetzt gerade nicht einfällt.

Die Pausenglocke läutet! Wie ein Schwarm Hornissen springen alle von ihren Sesseln auf und der Geographie-Professor sieht sich genötigt sich richtiggehend einen Weg durch das Chaos zu bahnen, um den Klassenraum überhaupt verlassen zu können. Plötzlich werden die Bänke von hinten nach vorne geschoben, und auch Ladinoski muss seinen Platz verlassen, weil sein Sessel stört. Der gesamte hintere Klassenbereich wird zu einem Fußballplatz umfunktioniert und eine besonders sportliche Schülergruppe beginnt, einen Ersatzball aus Stanniol zu verwenden. Unter heftigstem Körpereinsatz wird diese Kugel aus dem Verpackungsmaterial der Pausenbrote durch die Gegend geschossen. Da auch die Zuschauer des Wettkampfs vor körperlichen Injurien nicht zurückschrecken, verzieht sich Ladinoski Richtung Lehrerpult, wo es ruhiger zugeht. Dort steht ein flachsblonder Jüngling, über den der Brünner eigentlich gar nichts gesagt hat, der jedoch sofort zurückweicht, als Ladinoski nähertritt.

Leider kann er den Selbiger nirgends erblicken, und der Gneringer ist selbst am Kampfsport dran. Da gerät er in die Fänge eines ungeschlachten Riesen, der sich ebenso beim Lehrertisch in Sicherheit brachte.

„Erich, Erich Schebesta!“, stellt er sich ungefragt vor und streckt dabei Ladinoski seine fleischigen Finger entgegen. Aus unbestimmten Gründen zeigt Ladinoski eine extreme Abneigung gegen Korpulenz im Allgemeinen, aber es wäre jetzt sicher nicht von Vorteil, gerade am ersten Tag in einer neuen Schule anzuecken. So überwindet er seinen grundsätzlichen Ekel vor fettbedingten Schweißhänden und schüttelt die ungeliebte Hand.

„Wo kommst du her?", stellt der Dicke nun eine Frage. Da man annehmen kann, dass diese nicht philosophisch gemeint ist, sondern sich womöglich auf seinen Geburtsort bezieht, wird man einfach eine Antwort geben.

„Geboren bin ich in New York." Das ist natürlich nicht wahr, doch hyperkorpulente Personen haben seinen statistischen Untersuchungen nach ein extrem kleines Gehirn und ein solches sollte immer mit Besonderheiten bedient werden, damit es irgendwie in Gang bleibt.

„Wirklich?"

Eigentlich ist Ladinoski in Neusiedl am See während eines Sommerurlaubes seiner Erzeuger zur Welt gekommen, da aber das „Neu" stimmt, bestätigt er noch einmal seine Angabe und freut sich über das ehrfürchtige Staunen des Schwachkopfs, dem er dadurch einen immensen Vorteil gegenüber allen anderen verschafft hat, die diese Information noch nicht haben.

Um das Ganze zu unterstreichen, erfindet Ladinoski noch rasch seine eigene Biographie neu und tischt Schebesta ein herrliches Konvolut an abenteuerlichen Lebensstationen auf. Die Schulglocke unterbricht zwar den Bericht über seine Firmung im Petersdom, aber der Schebesta wird genug gehört haben, um seinen Kollegen Bemerkenswertes zu berichten.

Dem eben hereingekommenen Professor sieht man sofort an, dass die jetzige Stunde ernster genommen werden sollte. Wahrscheinlich trägt er deswegen einen weißen Arbeitsmantel über einem schäbigen Anzug, der sicher nicht vor Kreidestaub geschützt werden muss. Es ist ein Symptom eines jeden naturwissenschaftlichen Pädagogen, dass er die Wichtigkeit seines Faches mit einer Arbeitskleidung unterstreichen möchte. Mathematiker, Physiker oder Chemiker haben allesamt den Hang, ihr Fach als das Bedeutendste für die Entwicklung eines Kindes zu sehen, und nach Ladinoskis eigener Erfahrung sind die Mathematik-Professoren die Allerschlimmsten, weil gerade dieses Fachgebiet völlig unnötig ist. Was lernt man denn effektiv in der Schule? Wie ein Staatshaushalt zu berechnen wäre oder wie man mithilfe der Versicherungsmathematik Leute übers Ohr haut? Nichts von alledem, sondern man muss ununterbrochen unnötige Exponentialfunktionen diskutieren, und die Lehrer freuen sich dabei hämisch, wenn die Schüler bei den Kurven ins Schleudern geraten.

Leider ist dieser Professor an ihm nicht so desinteressiert wie sein geographischer Vorgänger.

„Aha, der Neue! Wie heißen Sie?“ Christoph erkennt sofort, wann man autoritätsbedingt aufzustehen hat und tut es auch: „Ladinoski, Christoph Ladinoski!“

„Aha …, Ladinoski …, Ladinoski …, Pole?“

Dem Namen nach könnte es sein, und er hat sogar einmal behauptet, dass seine Vorfahren aus Galizien stammten und Grafen von Ladinoski gewesen seien, aber hier antwortet er mit „Nein“.

„Der ist aus New York!“

„Schebesta, ich habe dir schon hundertmal gesagt, hier wird nicht dazwischengerufen …, komm einmal zur Tafel!“ Der Zwischenruf hat wenigstens etwas von ihm abgelenkt, und der feiste Kerl trottet ganz langsam mit hochrotem Kopf nach vorne. Mit den dicken Fingerspitzen nimmt er zitternd die vom Lehrer angebotene Kreide entgegen und scheint nun auf seine Hinrichtung zu warten.

Das angesagte Beispiel kann Schebesta zwar ungelenk, aber dennoch an die Tafel schreiben. Nur dann wird es finster, stockfinster! Auf der einen Seite der Blick völligen Unverständnisses, auf der anderen ein zynisches Grinsen und die lapidaren Worte: „Schebesta, Schebesta, Schebesta!“

Wasserfälle von Schweiß rinnen einen aufgedunsenen Schädel herunter. Der Henkersknecht hingegen sieht keinen Anlass, die Prozedur zu beenden. Nach menschenrechtlichen Prinzipien ist so eine Form der Folter fragwürdig, was auch der Selbiger so sehen muss, denn er wagt ungefragt in die allgemeine Stille zu rufen: „Die Funktionen der dritten Marginalebene haben wir noch gar nicht durchgemacht!" Der Mathematiker scheint klug genug, auf diesen Einwand nicht einzusteigen oder gar den Zwischenrufer an die Tafel zu holen, denn der kann so ein halbschweres Beispiel mit Sicherheit lösen, und das ist nicht im Sinne des Erfinders. Also kommt er auf eine wunderbar perfide Idee.

„Der Neue! Natürlich, der Neue! Wir wollen einmal sehen, was er kann!" Er zeigt auf Ladinoski und lockt ihn wie die Knusperhexe mit dem Finger nach vorne. In unendlicher Dankbarkeit überlässt Schebesta dem nächsten Opfer die Kreide und eilt unüblich leichtfüßig zu seinem Platz zurück.

„Also bitte, Herr Ladinoski. Zeig er, was er kann!" Als absolutes Genie in Erstellung von Potenzreihen kann sich Ladinoski nicht sehen, aber im konkreten Fall ist es ihm ein Leichtes, die gestellte Aufgabe unter beifälligem Murmeln der Klasse zu lösen.

„Na ja, es geht!" Man merkt, dass sich der Professor am liebsten in den Hintern beißen möchte. So wechselt er schnell zum Stoff, der heute durchgemacht werden muss.

Als Ladinoski zu seinem Platz zurückkehrt, spürt er einen stummen Applaus.

Die weitere Stunde verläuft ereignislos, nur springen dann beim Geläut der Glocken die Schüler nicht auf, sondern erheben sich erst, als der Profax die Klasse verlassen hat. Sogleich wird in den Schultaschen nach den Jausen gekramt, denn nach zwei anstrengenden Unterrichtsstunden zeigt sich naturgemäß ein vormittäglicher Hunger. Der Brünner hat die

Aufgabe, das Verpackungsmaterial der Wurst- oder Käsebrote einzusammeln, um daraus einen weiteren perfekten Fußball herzustellen. Jene Schüler, die dem Sportlichen nicht so gewogen sind, haben in fünfzehn Minuten Freizeit das Recht, den Klassenraum zu verlassen, um den Gang zu betreten. Dort ist es ihnen in relativ ruhigerer Form möglich, das Gabelfrühstück zu verzehren.

Auch Ladinoski tritt aus dem Unterrichtsraum. Dort ist zwar ebenso ein Gewurl, weil hier Kinder aller Altersgruppen vertreten sind. Aber eine Gangaufsicht, das sind besonders genervte Lehrer, denen die eigene Pause gestrichen wurde, sorgt für ein gewisses Maß an Zucht und Ordnung. So sind hier diverse Indoor-Schulsportarten wie schnelles Gehen oder gar Schubsen striktest verboten.

Ladinoski stellt zudem fest, dass er keine reine Knabenschule mehr besucht, wenn auch die paar Mädchen durchwegs der Unterstufe angehören dürften, also weitab von seiner Altersklasse sind. Schade! Nun könnte sich in unmittelbarer Nähe eine Mädchenschule befinden, und das sollte er wohl in Erfahrung bringen, freilich keineswegs von dem Selbiger. Dem wird er sicher nicht mit so einer Banalität kommen, denn wenn jener wirklich so etwas wie der eigentliche Leader der Klasse ist, muss man schon subtil vorgehen, um seine eigene Persönlichkeit ins rechte Licht zu rücken. Allerdings gelingt es nicht, mit ihm auch nur ein Wort zu wechseln, weil ihn schon wieder der Schebesta überwölbt: „Du bist ja ein Genie, Christian …“

„Christoph!“

„Ah, natürlich, Christoph …, das hätte ich ja gar nicht können!“ Da braucht man kein Genie zu sein, um festzustellen, dass Erich wohl mit jedem Hauptgegenstand auf Kriegsfuß steht. Hoffentlich kommt jetzt nicht die Frage, ob er so einem Loser privat mit etwas Nachhilfe auf die Sprünge helfen könnte. Gerade in diesem Moment erhält jener von einem weiteren Mitschüler eine Mahnung, dass er sich nächstes Mal von seiner Mutter etwas weniger Wurst in sein Pausenbrot geben lassen sollte. Diese Anmerkung würde Ladinoski sofort unterschreiben.

„Martin Obrechtsberger, ich bin der Klassensprecher der Klasse hier.“ Der Mahner Schebestas hat einen festen Händedruck.

„Wenn du Probleme hast, bitte wende dich sofort an mich.“ Eigentlich hätte Ladinoski gewettet, dass der Selbiger diese Funktion ausübt, aber er bedankt sich bei dem Burschen für die netten Worte.

„Ich sehe, du isst gar nichts in der Zehnuhrpause. Das ist sehr löblich, ein voller Bauch studiert nicht gern.“ Christoph hat deswegen kein Brot in der Tasche, weil zuhause wegen des ersten Schultages wohl darauf vergessen wurde, ihm eines zu schmieren.

„Das Essen ist mir gerade nicht so wichtig. Lieber würde ich jetzt eine rauchen gehen!“ Obwohl die Worte eigentlich witzig sein sollten, bewirken sie bei Obrechtsberger eine völlige Verfinsterung seines Gesichts. Es scheint, als hätte Ladinoski gerade den Teufel persönlich herbeigerufen. Obrechtsberger schnappt nach Luft, als würde er von einem virtuellen Rauch eingenebelt, doch bevor er noch etwas sagen kann, läutet es die nächste Stunde ein.

„Da hast du einen sehr wunden Punkt bei dem getroffen“, kann ihm der Schebesta noch verraten.

Obwohl die Lateinlehrerin eigentlich vom Aussehen her einem Goldhamster mit riesengroßen Augen ähnelt, verhält sich die Klasse überraschend gesittet. Das hat jedoch nichts damit zu tun, dass die Sprache der alten Römer zu den Hauptgegenständen zählt und bei der Matura zwingend vorgeschrieben ist. Christoph bemerkt bald, dass diese Frau die Courage zeigt, dieses ausgestorbene Idiom nicht überzubewerten. Dadurch scheinen auch manch Dümmere durchaus in der Lage zu sein, einen schwierigen Text halbwegs tadellos zu übersetzen. Selbst sein Sitznachbar Brünner, sicherlich ein klassischer Durchfallkandidat, wird nach einer abenteuerlichen Übersetzung mit einem aufmunternden „Brav" belohnt.

Auch die nächste Stunde mit dem Klassenvorstand Dr. Schneeberger, sie haben Deutsch, beginnt unprätentiös und harmlos. Leider erinnert sich die Professorin nach etwa einer Viertelstunde an ihre leitende Funktion und beendet ihren Vortrag über die notwendige Leseliste für die Matura.

„Entschuldigt, wir haben ja heute einen neuen Mitschüler bei uns …," sie nimmt sich einen Zettel vom Lehrerpult und liest: „… den Christoph Ladinoski aus Perchtoldsdorf …", jetzt wirft der Schebesta nicht ein, dass er der Einzige sei, der aus sicherer Quelle die Information bekam, jener stamme aus New York, „… der zu uns gekommen ist und das Schuljahr mit uns bis zur Matura verbringen möchte."

Jetzt drehen sich alle nach ihm um, und auch jene, die noch gar nichts mit ihm gesprochen haben, werfen ihm jetzt ein „Servus" oder ein „Willkommen" hinüber.

„Vielleicht möchte der neue Schüler etwas über sich erzählen?"

Das möchte er natürlich ganz und gar nicht, weil eine Professorin doch ein anderes Kaliber als etwa ein Schebesta sein wird. Allerdings hat er, oder besser seine Tante, das Versprechen vom Herrn Direktor bekommen, dass ihm keine Steine in den Weg gelegt würden, wenn er sich disziplinär dementsprechend verhielte, und dazu gehört wohl, dass man seinen Professoren eine gewisse Unterwürfigkeit entgegenbringt. Wenn er jetzt aufstünde und stotternd Banales herumdruckste, dann wäre er sicher in den Augen vieler völlig unten durch. So entscheidet er sich spontan, dem gebotenen Fach entsprechend eine dichterische Ader an den Tag zu legen: „Geboren bin ich am 13. April in Drnowitz in Mähren. Ich wuchs in Puszta Zdenci in Slawonien auf, wo mein Vater Leopold als Gutsverwalter tätig war. Schon in jungen Jahren begann ich mit meiner Schwester Marie Romane zu verfassen …" Der Schebesta scheint nicht recht zu hören, soweit er sich entsinnen kann, hat doch der Ladinoski seine Jugendzeit auf einem Kriegsschiff verbracht, auf dem sein Vater Admiral gewesen ist, aber er muss noch Weiteres hören, was ihm gar völlig fremd ist.

„Nach Abbruch meines Studiums der Rechtswissenschaften auf der Universität Wien, verpflichtete ich mich zu einem zwölfjährigen Militärdienst und begann ihn am 1. Oktober beim Korpsartillerieregiment in Agram …" Schebesta wirkt mehr als verwirrt, sie haben doch alle erst vor einigen Wochen die Stellung gehabt, wenigstens ist er selbst untauglich gewesen, freilich, wie blöd muss man sein, sich für zwölf Jahre zu verpflichten.

„Ein Jahr später ließ ich mich nach Esseg versetzen und katholisch taufen …" Was, ein echter Katholik ist er auch nicht? Schebestas Weltbild wankt.

„Ein weiteres Jahr danach entstanden in dieser schönen Stadt meine ‚Slavonischen Dorfgeschichten'. Knapp vor der Jahrhundertwende wurde mein Familienname standesamtlich geändert …"

„In Roda Roda!", hört man die Stimme Selbigers, und selbst die Schneeberger lächelt so, als ob sie es schon längst gewusst hätte, dass sie auf die Schaufel genommen worden ist.

Als zudem der Rest der Klasse Ladinoskis Scherzchen verstanden hat, macht sich allgemeine Heiterkeit breit. Und da der Selbiger einen Applaus anstimmt, wird nun ordentlich in die Hände geklatscht.

Dr. Schneeberger ahnt, dass sich ein weiterer Unterricht nun ziemlich schwierig gestalten könnte, so wird es besser sein, die Buben mit irgendetwas zu beschäftigen, was die Zeit totschlägt. Und was eignet sich besser dazu als das Lesen eines Theaterstücks mit verteilten Rollen. Diese Unsinnigkeit hat die Schneeberger schon seit Jahren in ihrem Repertoire, denn so lesen die Schüler, die ein Theaterstück sowieso nicht kratzt, wenigstens in eines hinein.

Da Ladinoski keine Rolle zugeteilt bekommt, kann er sich zurücklehnen und ein bisschen aus dem Fenster sehen.

Die letzten beiden Stunden wird Bildnerische Erziehung gegeben, wenn man sich nicht der Musikalität widmen möchte. Christophs Zugang zur Musik ist ein ambivalenter, einerseits kann man gegen eine Beethoven-Sonate nichts einwenden, andererseits heißt das noch lange nicht, dass man so ein Musikstück tagelang sezieren soll. So hat er sich lieber der müßiggängerischen Pinselei verschrieben.

Da man ab der siebenten Klasse wählen kann, werden in Zeichnen und Musik Schüler der A- und B-Klassen zusammengefasst. Dort lernt Christoph noch einmal einige neue Mitschüler kennen, denen er sicherlich keine sonderliche Aufmerksamkeit schenken wird, da diese Herrschaften im Grund genommen nicht zu seiner Klassengemeinschaft gehören.

Leider ist auch der Schebesta unter die bildnerischen Künstler gegangen und setzt sich nun ungeniert neben ihn, weil der Brünner scheinbar lieber Noten zählt. Der Selbiger befindet sich nicht hier.

Im Zeichensaal, der zum Zweck der künstlerischen Entfaltung aufgesucht wird, herrscht eine freizeitlich gelöste Stimmung. Man sitzt auf den Tischen, isst den letzten Rest seiner schulischen Verpflegung oder stellt sich einfach vier Sessel so nebeneinander, dass man darauf dösen kann. Das Ganze ändert sich auch nicht, als ein grauhaariger Herr in einem grauen Mantel und mit einer grauen Mappe unter dem Arm den Saal betritt. Auch der Schebesta hat keineswegs ein Austria-Zeichenpapier oder einen Skizzenblock vor sich liegen, sondern studiert den neuesten „Asterix".

„Von dem kann man was lernen, jedenfalls geschichtlich!", erklärt er noch kurz, bevor er sich noch ein riesiges Käsebrot aus der Schultasche fingert und beginnt, die Bildchen eingehendst zu betrachten.

Der Graue macht keine besonderen Anstalten, Aufmerksamkeit zu erregen, sondern nimmt einfach ein paar Farbkreiden aus einer Schachtel und zeichnet in wenigen Strichen einen springenden Tiger auf die Tafel. Die plastische Wirkung der eiligen Pastellzeichnung ist eine erstaunliche. Man könnte glauben, das zähnefletschende Tier spränge direkt aus der Tafel heraus, um einen der ungehörigen Schüler zu zerfleischen. Ladinoski muss zugeben, dass er da wohl einen Künstler vor sich hat. Wieso, um Gottes willen, hat jener talentierte Mann die armselige Profession eines Zeichenlehrers gewählt? Man müsste doch wissen, dass man in solch einem Beruf stets nur absoluten Ignoranten gegenübersteht.

Christoph sieht an den Lippenbewegungen des Unterrichtenden, dass er etwas spricht, aber der ungeheure Lärmpegel im Saal lässt keines der Worte an Ladinoskis Ohr dringen. Nun neugierig geworden, verlässt er seinen Platz, was man hier fraglos darf, und setzt sich in die vorderste Bank, wo nur ein Einziger sitzt, der anscheinend zuhört. Es ist nämlicher Gneringer, dieser angebliche Hallodri, der nicht nur den Worten des Professors zu folgen scheint, sondern zugleich ein Blatt Papier mit Ölkreiden bearbeitet. Ladinoski sieht hinüber und beobachtet, dass jener sich redlich bemüht, den Tiger von der Tafel abzuzeichnen. Während er noch so blickt, liegt auch vor ihm bereits ein Zeichenpapier und eine freundliche Stimme meint: „Versuchen Sie es einmal!"

Ladinoski führt natürlich kein Handwerkszeug mit, aber der neue Sitznachbar schiebt einfach seine Kreiden in die Mitte: „Zeig, was du kannst!“ Und er kann etwas. Freilich wirkt sein Werk verglichen mit dem auf der Tafel durchaus amateurhaft, doch sein Tiger weist bald animalischere Züge als der vom Gneringer auf, was diesem allerdings nicht sonderlich zu gefallen scheint. Wie er also feststellt, dass der Neue aus Perchtoldsdorf durchaus ein realistisches Zeichentalent besitzt, beginnt er augenblicklich, sein eigenes Raubtier abstrakt umzuarbeiten: „Der Realismus hat ja in der heutigen Zeit überhaupt keine Funktion mehr. Grundzüge dieser Technik dienen vielmehr dazu, eine psychedelische Wirklichkeit in der Malerei zu finden, und die werde ich dann allen demonstrieren!“

„Du möchtest Maler werden?“

„Vielleicht!“ Gneringer hat einen sehr bestimmenden Tonfall. „Nicht nur! Man muss in vielerlei Gestalt der Welt aufzeigen, in was für eine Nichtigkeit sie droht hineinzufallen.“

Aha, ein Philosoph möchte er genauso sein, denkt sich Christoph, aber so ein Philosophentum ist ziemlich spätpubertär. Allerdings enthält sich Ladinoski eines Kommentars, weil der Nachbar sicher ein größerer Geist als Schebesta zu sein scheint, und man muss ja noch eineinhalb Stunden bis Schulschluss hinbiegen. Das gelingt tadellos. Weil, während sie noch einige Zeichnungen mehr oder weniger abstrakt anfertigen, können sie einem phantastischen Vortrag, der bereits universitäre Qualitäten hat, über Manierismus in der bildenden Kunst lauschen.

Als die Schlussglocke läutet, erhält Ladinoski sogar ein Blatt Papier. Er hat gar nicht bemerkt, dass er vom Zeichenlehrer porträtiert worden ist.

III. Gneringers Faible für merkwürdige Abgänge ist hinlänglich bekannt, allerdings kommt es höchst selten vor, dass ihm die Höflichkeit abhandenkommt und er grußlos verschwindet. Das ungute Gefühl Winters wird auch noch dadurch bestärkt, dass Ottos altertümliches Handy immer noch am Tisch herumkugelt. Und wenn jemand so einen Grad der Unkonzentriertheit erreicht hat, dass er sein Telefon vergisst, sollten die Alarmglocken schrillen.

Winter prüft die Uhrzeit. Obwohl ihm seine Gattin noch gut zwei Stunden frei gegeben hätte, wird er die Gesellschaft jetzt ebenfalls verlassen. Erstens befindet sich die ganze Gruppe sowieso schon in einer Unruhe der Auflösung und zweitens lässt ihm das überstürzte Verschwinden seines Freundes keine Ruhe.

„Du gehst auch schon?"

„… Ich muss, ich hab morgen einen schweren Tag!" Er sollte eigentlich zwischen zehn und elf im Büro sein, falls er freilich später käme, krähte kein Hahn nach ihm.

„Servus …, baba …, grüß dich …, bis zum nächsten Mal …, wir sehen uns!" Das Handy Gneringers steckt er ein, das Lateinbuch nicht, er setzt seinen Hut auf, zieht den Mantel an und verlässt winkend den Raum. Seine und Gneringers Rechnung wird er draußen zahlen, die Kellnerin bonierte sicher, was der Kollege so getrunken hat.

Es ist ein warmer Abend und der Mantel wäre besser zuhause geblieben, aber seine Hilde hat ihm mit dem Vermerk, dass man sich gerade jetzt noch verkühlen könne, den Überzieher geradezu aufgedrängt. Und Hilde ist kein Mensch, der gerne einen Widerspruch duldet. So wird er jetzt sicherlich ins Schwitzen kommen, denn sein Heimweg führt leicht bergan. Nach wenigen Schritten allerdings entsinnt er sich wieder, weshalb er die werte Kollegenschaft früher verließ. Er sollte jetzt einfach herausfinden, wie es dem Otto gerade geht, denn eine Freundschaft verpflichtet. Es hat natürlich immer wieder Zeiten gegeben, wo sie sich aus den Augen verloren haben. Daran war natürlich auch der Freund ein klein wenig selbst schuld, weil jener zwischenzeitlich seine Wohnsitze ins nahe oder ferne Ausland verlegte.

In Winters Leben existiert kein anderer Mensch außer seinem eigenen Bruder, den er so lange Jahre kennt. Bei der gemeinsamen Kindergartenzeit gibt es einige Gedächtnislücken, die Volksschule hingegen blieb ihm noch relativ gut im Gedächtnis. Zwar bezeichnete er damals den Gneringer noch nicht als „besten Freund", das war damals ein gewisser Poldi, aber sie sind einen Großteil des Schulweges gemeinsam spaziert und haben deswegen eine enge Verbindung zueinander aufgebaut. In der Mittelschule intensivierte sich dann die Beziehung, da der Poldi in die Hauptschule ging und auch weil sie den gleichen Autobus verwenden mussten und er besonders ab der Oberstufe der Hausübungslieferant für Otto geworden ist. Ob er damals von Gneringer ausgenützt wurde, will er heute gar nicht mehr beurteilen, jedoch in christlicher Nächstenliebe hilft man einfach, und jetzt ist es irgendwie ähnlich. Denn wenn der Freund so furchtbar schmähstad war, dann muss ihm etwas über die Leber gelaufen sein. Und das Vergessen des Handys unterstreicht diese Vermutung.

Wo also suchen?

Albrecht weiß natürlich, wo Otto sein Haupt bettet. Albrecht hat allerdings auch davon Kenntnis, dass Otto meist allabendlich in Wirtsstuben anzutreffen ist und nicht in seinen eigenen vier Wänden. Er kennt sogar einige verrufene Lokalitäten, weil ihn der Freund in seiner Unerbittlichkeit manchmal gezwungen hatte, so eine Räuberhöhle zu betreten. Zwar graut es ihm davor alleine, also ohne die sichere Begleitung Ottos, in solche Stuben vorzudringen, weil dort eine Klientel verkehrt, die mit einem Pfarrcafé wenig anzufangen weiß.

Das erste Gasthaus am Weg ist der Braungruber, vormals Sinkovic. Glücklicherweise scheint dieser fragwürdige Betrieb nun endgültig den Bach hinuntergegangen zu sein. Die Tür ist mit einem Rollladen verriegelt, die Fenster sind verschmiert, und selbst Licht dringt keines nach draußen. Albrecht atmet erleichtert durch, dass er da nicht hineinmuss. Er selbst hat ja nie verstanden, was den Otto gerade an diesem dreckigen Loch so ungemein fasziniert hat, und das seit Jahrzehnten. Ehrlich gesagt, als es zu ihren Schulzeiten noch Sinkovic hieß, war er nie drinnen, weil er damals einfach zu viel Angst hatte, in so eine Unterwelt hinabzusteigen, obwohl die Stiegen zum Eingang sogar hinaufführen. Doch auch unter dem neuen Inhaber, dem vollbärtigen Herrn Braungruber, soll sich am ganzen Flair überhaupt nichts verändert haben, wie Otto immer steif und fest behauptet hat. Aber was für ein Flair? In den wenigen Malen, wo er dem Drängen Gneringers nachgab und mit ihm da hineingegangen ist, sind immer wieder Gläser durch das Lokal geflogen, und einmal haben sich sogar einige Gäste blutige Lippen geschlagen.

Leider ist auch der nächste Gastronomiebetrieb, in dem man den Otto vermuten könnte, nicht sehr viel besser, der hat allerdings geöffnet. Die Teltscher Stube hat ziemlich wenig mit der südmährischen Renaissancestadt gemein, außer dass hinter der Schank ein vergilbtes Bild des dortigen Marktplatzes hängt und dass die Schanksteher möglicherweise Nachfahren jener tschechischen Zuwanderer sind, die das gründerzeitliche Wien aufgebaut haben.

Ungewöhnlicherweise wird Winter beim Eintreten sofort von einem hageren Kerl hinter der Budel begrüßt: „Grüß Sie, der Herr Winter!“ Dumpf erinnert er sich auch an den Grüßer, der ihm seinerzeit, es muss so vor drei oder vier Monaten gewesen sein, als der Wirt persönlich vorgestellt worden ist.

„Was darf's sein?" Winter wagt nicht sofort eine Frage nach dem Herrn Gneringer zu stellen, sondern überlegt, was er jetzt trinken sollte. Ein weiteres Achtel würde den Promillespiegel zu hoch treiben, ein Kaffee wäre eher nicht günstig, weil die Gefahr bestünde, dass er dann nicht einschlafen könnte. Einen Tee werden sie hier möglicherweise gar nicht haben, und wenn er sich ein Soda-Zitron bestelle, dürfte das in einem derartigen Lokal vielleicht zu gewagt sein. So sagt er pragmatisch: „Ein Seidl, bitte!" Nachdem das Getränk in Griffnähe gestellt worden ist und er davon einen sehr kleinen Schluck genippt hat, wagt er dem Gastronomen die Frage zu stellen: „Ist der Herr Gneringer da?"

„Seh'n S' eam?" Albrecht sieht sich jetzt genauer um, und neben den drei älteren Herren, die an der Schank lehnen, sitzen im Raum nur zwei angegraute Damen beim Würfelspiel.

Obwohl es auch noch eine Türe gibt, die auf ein Extrastüberl hinweist, entscheidet sich Albrecht, dort nicht nachzusehen. Jetzt könnte er sich noch erkundigen, ob der Gneringer diesem Etablissement heute schon einen Besuch abstattete, unterlässt dies allerdings, trinkt noch alibihalber einige Schlucke des ungewohnten Alkohols, bezahlt und geht.

Bei den nächsten Tschocherln macht er es besser. Bei denen, wo man von draußen gut hineinsehen kann, überprüft er gewissenhaft, ob er irgendwo den markanten Schädel Ottos erkennen kann, und bei denen, wo Vorhänge oder Jalousien die Sicht versperren, macht er mutig einen kurzen Blick ins Innere, ohne etwas zu bestellen. Alle Suche vergebens! Dort, wo er sein soll, ist kein Gneringer!

Leider zeigt die Uhr auch schon das nahende Ende seiner nächtlichen Abenteuer, und wenn er in knapp zwanzig Minuten nicht den Schlüssel im Schloss umdreht, wird von Hilde eine gewaltige Kanzelpredigt zu erwarten sein.

Wenn es da nicht das Gewissen gäbe!

Er macht ein paar Schritte zu jener Gasse, von der er dann nur mehr links abbiegen muss, um dann nach einem ganz kurzen Weg den Vorgarten seines Reihenhauses bereits sehen zu können. Doch plötzlich hält er an, macht kehrt und läuft ein paar Meter zurück, dreht sich wieder um, nähert sich seinem Heim auch nur vielleicht zehn Meter. Dann atmet er tief durch. Es muss sein! Es muss einfach sein! Der Gneringer ist ein Freund, und Freunde lässt man nicht im Stich! Was wäre gewesen, hätte Petrus Christus im Stich gelassen? Na ja …

Otto hat seit einigen Monaten Unterschlupf in der Studentenwohnung eines gemeinsamen Freundes gefunden, weil das Gericht dahingehend entschied, dass seine letzte Gemahlin die Eigentumswohnung in die Ehe mitgebracht habe und sie deswegen diese behalten dürfe. Da hat es wenig genützt, dass Otto von Selbiger vertreten worden ist, aber wahrscheinlich hätte es in ganz Wien keinen Anwalt gegeben, der so eine Causa gewonnen hätte.

Diese alten Gemeindebauten rund um die Torforsterl-Kirche sind eigentlich recht hübsch anzusehen, weil die vielen kleinen Häuser untypisch für die Sozialarchitektur der Zwanziger- und Dreißigerjahre sind, die die Menschen in Trutzburgen und Festungen verfrachtete. Hier jedoch haben die seinerzeitigen Architekten eine Art Gartenstadt mit kleinen Villen, umringt von winzigen Gärten, geschaffen, in denen sich nur insgesamt vier bis sechs Wohneinheiten befinden. Und in einer der kleinsten Wohneinheiten, etwa siebenundzwanzig Quadratmeter, in der Torforsterl-Gasse Nummer sieben fand der Otto eine Bleibe in einer Einzimmerwohnung, wenigstens mit Wasser, Dusche und WC innen. Albrecht erinnert sich noch, wie Otto, freilich auch nach einer Scheidung, in einer zwar großzügig angelegten Wohnung, allerdings mit Gang-Klo, wohnte. Und solch ein Abort ist äußerst unangenehm, wenn man diesen mit Schweinigln wie im damaligen Fall, so die Erzählung Ottos, teilen muss.

Albrecht kennt Ottos Fenster im ersten Stock. Es ist beleuchtet. Das deutet an, dass er sich zuhause befindet. Wenn das Fenster geöffnet wäre, würde er wie üblich hinaufrufen, aber es ist überraschenderweise trotz der warmen Nacht fest geschlossen. Leider gibt es keine Gegensprechanlage, und das Haustor wird normalerweise um neun verschlossen, was nicht so schlimm wäre, würden die Klingeln funktionieren. Aus bekannten Gründen kann Winter jetzt auch nicht anrufen, um hineingelassen zu werden.

Winter macht schon wieder Anstalten, die Schritte in seine eigene Richtung zu lenken, als er entscheidet, doch noch einen letzten Versuch zu unternehmen. Er öffnet das Gartentürl, steigt die vier Stufen bis zum eigentlichen Eingangstor hinauf und probiert es. Es ist nicht versperrt und dabei weit nach zehn! Eigentlich müsste man jetzt den Hausbesorger rügen, in diesem Fall hingegen sollte Albrecht dem braven Mann, wenn es eine Frau sein sollte, würde er es genauso machen, eine Kerze anzünden.

„Bist du da, Otto? Bist du da?“ Winter klopft mehrmals an die Tür. „Ich bin's, Otto, ich bin's, der Albrecht!“ Es sind keine Schritte zu vernehmen, die sich der Türe nähern, und Albrechts Nervosität steigert sich. Vielleicht ist er doch nicht daheim und hat nur vergessen, das Licht abzudrehen.

„Otto, mach auf …, bitte, Otto!“

„Was klopf'n S' da so laut!“ Eine kleine Dame in einem abenteuerlichen Morgenmantel öffnet die Nebentür und schimpft resolut weiter: „Wenn S' weiter ka Ruah geb'n, ruf i die Polizei!“

Im selben Moment bewegt sich Gneringers Eingangstür, und Winter kann sich Gott sei Dank vor der Furie in Sicherheit bringen.

„Zum Glück, da bist du ja!“ Winter fällt ein Stein vom Herzen, als er dem Schulkollegen ins Gesicht sieht. Aber in was für ein Gesicht! Wenn Albrecht nicht wüsste, wie alt sie alle sind, müsste er glauben, dem Vater seines Schulkollegen gegenüberzustehen. Dass Gneringer durch sein ewiges Saufen und maßloses Rauchen schon ziemliche Falten zieren, ist eh klar, jetzt zeigen sich richtiggehende Furchen eines alten Mannes. Sein Gang ist wackelig, und ein Tremor überzieht seinen gesamten Körper. Schwerfällig schleppt er sich auf sein Bett zurück, in dem er wohl gerade gelegen ist, weil auf dem Nachtkästchen eine brennende Zigarette im Aschenbecher glost.

Albrecht stellt sich einen Sessel neben das Bett. Otto greift zitternd den glühenden Tschick und schafft es kaum, diesen zum Mund zu führen.

Man muss kein medizinisch gebildeter Diagnostiker sein, um zu sehen, dass da jemand völlig im Dreck sitzt. Allerdings nicht nur wörtlich, denn auch das gesamte Appartement zeigt sich in einem abenteuerlichen Zustand. Die Staubkringel auf dem Laminatboden allein bilden schon eine Schicht, die beinahe die Wirkung eines Teppichs hat. Türme von Unterhosen und Leiberln sind zu richtiggehenden Gebirgen geworden, und sicherlich ein Gros Gneringers zugegeben stattlicher Bibliothek hat seine Heimstatt nicht auf den Bücherregalen, sondern irgendwo. Albrecht denkt kurz nach, wann denn Otto Geburtstag habe, und nimmt sich vor, ihm zu diesem Anlass eine Putzfrau zu schenken.

Gneringer scheint gar nicht zu registrieren, dass da jemand bei ihm im Zimmer verweilt, sondern starrt einfach nur ins Nirgendwo.

„Sag mir doch, was hast du?“ Winter hat auch keine Ahnung, was er sagen, geschweige denn jetzt machen sollte. Einerseits könnte man die Rettung oder vielleicht einen Notarzt rufen, aber nach einem Schlaganfall oder sonstigem Prolaps schaut das hier eher nicht aus. Andererseits muss er bald was unternehmen, will er nicht die Hilde gefährden, weil die ja ständig behauptet, dass seine Unpünktlichkeit sie noch ins Grab bringen werde.

„Ich hab dein Handy mitgenommen …, du hast es im Schwarthaler vergessen …“ Auch diese Information dürfte Gneringer nicht im Geringsten interessieren. Mühselig zündet er sich eine weitere Zigarette an.

Also, da kann man wahrscheinlich heute gar nichts mehr machen! So wie es aussieht, droht keine unmittelbare Gefahr, und Winter entscheidet sich, morgen direkt nach dem Büro noch einmal vorbeizuschauen. Er schiebt den Sessel wieder an den Tisch zurück, spricht Abschiedsworte und wendet sich zum Gehen.

„Wieso kommen die Toten zurück?“

„Was sagst du?“

Otto wiederholt noch einmal den Satz: „Wieso kommen die Toten zurück?“

Winter kann mit seinen Worten jetzt so gar nichts anfangen: „Was meinst du, Otto? Was ist mit den Toten?“

Jetzt endlich scheint Gneringer seine innere Emigration verlassen zu haben: „Du bist doch ein Spezialist für das Jenseits …, sag mir, können die Toten wiederkehren?“ Winter ist ein absoluter Spezialist für innere Angelegenheiten des Ministerialdienstes und wurde deswegen auch schon mehrmals von höherer Stelle belobigt, aber mit dem Jenseits hat er sich grundsätzlich, wenn man einmal die üblichen christlichen Erfahrungen weglässt, nicht eingehender beschäftigt. Allerdings kann man es positiv sehen, dass Otto wenigstens seine Sprachfindungsstörungen ablegt, und Albrecht entscheidet nun tapfer, Hilde Hilde sein zu lassen und wird hierbleiben: „Was meinst du denn mit Wiederkehren?“

Otto stemmt sich nun hoch, dreht sich zur Seite und lässt die Beine vom Bett herunterhängen: „Ist es möglich, dass jemand, der schon längst verstorben ist …, ich meine, schon lange tot ist, so mir nichts dir nichts auftaucht …, also plötzlich da ist …, also, ich meine, wirklich da ist und mit dir spricht?“

Albrecht ist kein großer Freund der Psychiatrie, denn Seelendoktoren sind grundsätzlich daran schuld, dass die Menschen heute nicht mehr in die Kirche gehen. Ein Gebet hilft sicherlich mehr als hundert Therapiesitzungen, so Winters grundsätzliche Überzeugung. Aber manchmal muss man auch über seinen eigenen Schatten springen. Vielleicht wäre gerade jetzt für seinen Freund eine psychiatrische Betreuung von Vorteil. Da trifft es sich doch gut, dass sie einen Klassenkameraden mit der anerkannten Profession eines Seelendoktors haben. Allerdings ist er sich sicher, dass er die Nummer von Hans Mistelbacher nicht in seinem Telefon eingespeichert hat, weil er sich einerseits immer gewiss war, nie einen Nervenarzt zu benötigen, und andererseits den Mistelbacher ehrlicherweise nicht gut leiden konnte, was eigentlich dem christlichen Denken widerspricht. Freilich hat sich der Hans Albrecht gegenüber, und das schon seit der ersten Klasse, Sachen herausgenommen, die man einfach nicht macht. Denn es ist nicht fair, dass ein Größerer und Stärkerer nur deswegen seinen Schutz am Nachhauseweg vor diversen rauen Gesellen anbietet, wenn er einen hohen Prozentsatz der vormittäglichen Jause erhält. Winter kann nicht einmal sagen, ob er wirklich verprügelt worden wäre, weil er ja immer brav „gezahlt“ hatte. Jedenfalls ist das Beschützen anderer Mistelbacher treu geblieben. Deswegen wählte er wohl den Beruf eines Psychiaters. Aber er ist sich sicher, dass ihm der Schebesta oder wenigstens der Zima mit der Nummer dienlich sein können.

„Du wirst mich sicher für verrückt halten, Albrecht …, ich glaube, ich muss dir was erzählen …“ Na ja, verrückt, was heißt denn schon verrückt? Otto war immer ein ziemlicher Grenzgänger, und bei speziellen Menschen ist es nicht ungewöhnlich, dass sie einmal an einem Punkt anlangen, wo sie völlig durchdrehen. Wahrscheinlich hat der Obrechtsberger schon Recht, dass bei stetem Alkoholkonsum die Sinne irgendwann vollkommen vernebelt werden können. Und als treuer Wegbegleiter kann er nicht leugnen, dass der Otto über weite Strecken seines Lebens der Maßlosigkeit frönte. Aber es scheint, dass er wenigstens jetzt eine Einsicht andenkt, und vielleicht lässt er sich freiwillig, sagen wir ein halbes Jahr, in einem Sanatorium behandeln. Hoffentlich ist der Gneringer dahingehend versichert, denn finanzieren könnte das der Winter eher nicht. Es soll auch ausgezeichnete staatliche Stellen geben. „Also, sag mir: Was hast du am Herzen?“

Es verhält sich ähnlich wie vorher im Kaffeehaus. Gneringer findet seine sprudelnde Eloquenz noch immer nicht: „So etwas kann man nicht so einfach erzählen …, jedenfalls, ich habe nichts mehr getrunken, seit ich vom Schwarthaler weggegangen bin …, ich bin völlig nüchtern …, vollkommen nüchtern!“ Das hat Otto schon oft gegenüber Albrecht behauptet. Diesmal allerdings könnte es stimmen, denn seine Sätze sind heute zwar ungewöhnlich abgehackt, jedoch die Worte keineswegs alkoholgeschwängert undeutlich. „Obwohl …, jetzt könnt ich schon ein Achterl vertragen …“

Endlich! Jetzt wird er langsam wieder der Alte.

„Ich habe nichts zuhause. Ich habe nie etwas zuhause, weil es mir keinen Spaß macht, alleine zu trinken …“ Jetzt wird er wahrscheinlich gleich anfangen zu fragen, ob sie nicht noch auf einen Schluck irgendwohin gehen sollten, aber das spielt's für Winter sicher nicht.

„Verdammt noch mal …, ich erzähl's dir jetzt, ob du mir glaubst oder nicht. Setz dich wieder auf den Sessel, sonst haut's dich gleich um!"

Die Uhr zeigt eine irreale Zeit. Jetzt ist es eh schon wurscht. Die Hilde wird vor Wut kochen. Natürlich könnte er sie noch anrufen und erklären, dass es sich um einen Notfall handle, das allerdings unterlässt er tunlichst. Wenigstens meldet sich die Hilde selbst nie telefonisch, weil es ihr wahrscheinlich mehr Freude macht, Vorwürfe von Angesicht zu Angesicht vorzubringen.

„Ich habe euch doch vorhin alle nach dem Spurny gefragt." Das kann Winter natürlich bestätigen.

„Ich habe ihn getroffen!" Das kann Winter natürlich nicht glauben. „Komischerweise bin ich heute etwas zu früh gekommen …"

Jetzt hat der Gneringer seine blumige Sprache wiedergefunden und tischt dem Winter in einer prägnanten Bildlichkeit eine phantastische Geschichte auf. Die Geschichte ist gut! Die Geschichte ist beinahe literarisch, und wenn er nicht von Gneringers chronischer Faulheit überzeugt wäre, sollte er ihm raten, Fantasy-Schriftsteller zu werden. Denn das ist ja auch der Hauptkritikpunkt an Gneringers philosophischem Bändchen gewesen, dass dessen Thesen völlig aus der Luft gegriffen wären und seine Denkansätze weder Hand noch Fuß hätten.

„Ich seh dir an, dass du mir nicht glaubst." Wie sollte man auch so einen Blödsinn glauben?! Wenn jemand gestorben ist, und dabei braucht man nicht einmal diese Tatsache zu unterstreichen, dann kommt er natürlich nie wieder zurück. Also jedenfalls nicht so, wie es Otto gerade erzählt hat. Natürlich wird es irgendwann eine Auferstehung von den Toten geben, aber die findet sicherlich nicht im Schwarthaler statt, und dass der Spurny gleich Jesus Christus auf die Erde zurückkäme, gilt genauso als Ding der Unmöglichkeit. Jetzt gibt es zwei Möglichkeiten. Die bessere wäre, der Gneringer nimmt ihn auf die Schaufel, die andere hingegen ist, dass der Haberer nunmehr vollkommen den Verstand verloren hat.

Nun fällt Winter plötzlich etwas ein: „Wieso hast du das Lateinbuch vom Spurny besessen?"

„Was für ein Lateinbuch?"

„Der Vergil, den hast du doch mitgebracht, oder?"

„Weshalb soll ich einen Vergil mitbringen?" Jetzt ist es der Gneringer, der den Part des Skeptikers übernommen hat. „Ich habe nicht einmal mehr irgendein Schulbuch ..., vielleicht liegen noch welche im Keller meiner Schwester herum ..."

Winter berichtet, dass der Brünner das Buch mit Spurnys Autograph auf dem Tisch gefunden habe, und noch während er das erzählt, bauen sich gewisse Bedenken in seinen Überlegungen auf. Der Gneringer gilt zwar seit jeher als großer Schwadroneur, doch ein schauspielerisches Talent besitzt er eindeutig keines. Er ist eher einer, der, wenn er auf der Bühne oder Filmleinwand stünde, auf eine einzige Rolle fixiert wäre, so wie ein Charlie Chaplin. Camouflage ist nicht seins. Und irgendwie passt es nicht mit einer Lügengeschichte zusammen, dass der Otto derzeit so ausschaut, als wäre ihm die Partie eines uralten Mannes ins Gesicht geschminkt worden. Auch wenn nach Gneringers Erzählung ein leichter Schimmer der Erleichterung in seinen Zügen zu erkennen ist, sind die aschfahle Haut und die Falten geblieben. Aber die seltsame Präsenz von Spurnys Buch gibt Rätsel auf, und Winter ärgert sich grün und blau, dass er es nicht an sich genommen hat. Und wieso sollte wirklich jemand das Schulbuch eines anderen besitzen?

Winter versucht sich zu konzentrieren, was er jetzt selbst denken sollte. Vorher war es leicht, da ist er überzeugt gewesen, dass Gneringer einen Sprung in der Schüssel hätte ..., nun gibt es da einige Ungereimtheiten, die allerdings jeglicher Logik entbehren. Nein! Nein, nein! Es kann nicht vorkommen, dass jemand so einfach das Jenseits verlässt, jedenfalls nicht in so eindeutig körperlicher Art und Weise, wie es Otto eben beschrieben hat. Dass jemandem möglicherweise im Traum sein eigener Vater oder ein anderer naher Verstorbener erscheint, das kann es wohl geben, und dass die Heilige Jungfrau schon mehrfach unschuldigen Kindern eine Vision wert war, glaubt sogar die offizielle katholische Kirche, deren Mitglied er mit Begeisterung ist. Aber dass ein verstorbener Schulkollege einfach so auftaucht ..., nein und nochmals nein! Es muss da einfach eine logische Erklärung geben!

„Verdammt nochmal ...! Scheiße ..., das ist mir auch noch nicht passiert!" Gneringer scheint schon wieder irgendeine bildliche Illusion zu haben, denn er springt plötzlich von seinem Bett und beginnt wahllos diverse Zetteln und Papierln auf dem Schreibtisch hin- und herzuschieben. Dann reißt er noch verschiedenste Laden am einzigen Kastl im Zimmer auf und stößt dabei erneut Flüche und Selbstbeschimpfungen hervor. Als er dann noch im Kleiderkasten kramt und weitere Kleidungsstücke auf den Boden wirft, fragt Albrecht besorgt: „Was ist denn jetzt los?"

„Ich hab vergessen, mir Tschick zu besorgen!"

Das sollte er als Zeichen sehen, würde wahrscheinlich der Obrechtsberger sagen, doch der Winter meint nur naiv: „Ich habe leider auch keine." Winter hat noch nie geraucht.

Wenigstens werden durch diese wirre Suche Gneringers Lebensgeister geweckt. Der Altershabitus scheint verschwunden, und es taucht nun genug Energie auf, durch die Otto seine Schuhe überstreifen kann.

Er wird doch jetzt nicht raus gehen? In seinem Zustand wäre es sicherlich besser, die ganze Sache einmal zu überschlafen, und wo sollte man zu nachtschlafender Zeit noch Zigaretten bekommen?

„Du hast eh eine Bankomatkarte?“, wird Winter gefragt.

„Ja, natürlich!“

„Meine ist beschädigt …, du musst mitkommen!“ Wohin soll er jetzt mitkommen, und weshalb fragt Otto nach der Bankomatkarte? Soll er ihm etwa eine größere Summe borgen? Albrecht besieht seine Brieftasche: „Du, hundert kannst du haben, mehr hab ich leider nicht.“

„Darum geht's nicht, ich brauch deine Karte …“ Gneringer könnte sich freilich denken, dass der Winter keine Ahnung davon hat, dass aus Jugendschutzgründen der Erwerb von Rauchwaren am Automaten nur mithilfe einer gültigen Karte möglich ist, und eine solche hat ihm eine geizige Bankbeamtin letzthin verweigert. Zwar wäre es vielleicht möglich, im Beisl vorn am Eck, das wahrscheinlich noch offen hat, Tabakwaren zu erstehen, aber das Risiko, dass er dort vor verschlossener Türe steht, ist ihm doch zu groß.

„Du könntest mir auch deine Karte bis morgen borgen!“ Mit diesem Argument überzeugt er den Albrecht, dass er ihn bis zum Zigarettenautomaten begleitet.

Winter trottet mehr wider- als willig neben Gneringer einher. „Ich bilde mir ein, dass der Spurny auch hier in der Gegend gewohnt hat.“ Natürlich kommt Otto wieder auf sein Thema zurück, aber Albrecht kann es nicht bestätigen.

„Erinnere dich, der ist doch manchmal genau bei dieser Station eingestiegen.“ Sie sind beide acht Jahre lang täglich mit dem Bus, der hier durchs Gasslwerk kurvt, zur Schule gefahren, und für Gneringer ist es Zufall, dass er wieder in seiner alten Gegend wohnt. Winter zog aus diesem Bezirksteil nie weg.

Wieder erinnert sich Albrecht nicht, nur, wenn es wahr wäre und der Spurny hier den Bus betreten hätte, müsste er doch genauso in der Nähe seine Wohnung gehabt haben. Obschon er bei manchen Klassenkameraden zuhause gewesen ist, beim Spurny war er nie, und soweit er weiß auch keiner der anderen. Jedenfalls hat nicht einmal der Schebesta von einem derartigen Besuch berichtet. Und überhaupt, wenn man sich ehrlich kommt, hat man überhaupt nichts von dem Spurny gewusst, jedenfalls nichts Privates. Hat er Geschwister gehabt? Was ist sein Vater von Beruf gewesen? Wieso hat er so wenig geredet? Der letzte Gedanke dürfte natürlich der Grund gewesen sein, dass man sich sicherlich schwergetan hätte, eine Lebensbeschreibung vom Spurny abzugeben, weil, wenn jemand von sich aus keine Anstalten macht, bemerkt zu werden, wird er irgendwann einmal übersehen, und nicht nur virtuell, sondern selbst visuell. Jedenfalls in der außerschulischen Welt. Und in der Klasse ist er eigentlich auch nicht mehr als ein Möbelstück gewesen, das einfach da war.

„Hast du einen Zehner?" Selbst den hat der Albrecht.

„Und jetzt gib mir bitte die Karte ..., du kriegst sie eh gleich wieder zurück ..." Winter tut, wie ihm geheißen, und Gneringers Suchtproblem löst sich im Nu. Die erste Zigarette steckt schon zwischen den Mundwinkeln.

„Ah ..., da drüben brennt noch Licht ..., der Ferdl hat noch offen ..." Wer immer auch Ferdl sein soll, interessiert Albrecht weniger, aber es könnte sich offensichtlich um jemanden handeln, der Otto nun zur Seite stehen würde. Vielleicht sollte er sich jetzt heimatlichen Gefilden zuwenden.

„Du hast was von einem Hunderter gesagt!" Vorlauterweise hat das Albrecht tatsächlich, und er lässt sich jetzt sicher auf keine Diskussionen ein, denn wie es aussieht, befindet sich Ferdl in dem kleinen Nachtcafé auf der anderen Straßenseite, und den möchte er eigentlich nicht mehr kennenlernen. Also zieht er den Lappen aus der Börse und steckt diesen Otto zu. Auf ein Ich-Bring's-dir-morgen-zurück braucht er gar nicht zu warten, beide wissen, dass so ein Geldfluss stets ein einseitiger ist.

Dennoch dreht sich Gneringer in der Mitte der Straße noch einmal um: „Danke, Albrecht, dass du zu mir gekommen bist …, du bist ein Freund!"

IV. Gern lügt man die Mutter nicht an, aber wenn es nach ihr ginge, soll man ewig das brave Mädchen bleiben. So scheint es legitim, sich mit etwas Phantasie einen gewissen Freiraum zu schaffen und eine notwendige Nachhilfestunde zu erfinden. Wenn sie jetzt nicht bald handelt, wird die Tsummer nicht lange fackeln und sich den Clemens schnappen. Dieser falschen Schlange muss sie zuvorkommen, da werden ihr auch nicht ihre viel zu kurzen Miniröcke helfen. Der Selbiger ist sicher einer, der auf schöne Beine steht, und die hat die Birgit leider, freilich wird ihm ein gewisses geistreiches Auftreten wohl ebenso gefallen, und mit dem kann Bella Glaubengruber eher punkten, leider weniger mit einem großen Busen. Der Clemens soll sich einmal überlegen, wie die Tsummer in ein paar Jahren aussehen wird. Da hängen dann ihre Titten bis zum Nabel, und ob das ein schöner Anblick ist, wird sich weisen.

Deshalb steckt sich Bella etwas Watte in ihren Büstenhalter. Schaden wird das nicht! Männer sind eben visuelle Typen, und darauf muss sich frau einstellen, will sie zum Ziel kommen. Uje! Eine Laufmasche kommt jetzt völlig ungelegen, also weg mit der Strumpfhose, heute ist es eh heiß genug. Bella legt noch etwas Rouge auf und zieht sich die Lippen nach. Wenn der Clemens nicht ganz blind ist, sollte er sich langsam in sie verlieben, und wenn sie sich nicht ganz irrt, könnte es schon soweit sein. Denn wieso hätte er sonst sie und nicht die Tsummer gestern im Autobus gefragt, ob sie ihn heute nach der Schule treffen möchte, obwohl die Birgit sogar ganz in der Nähe stand. Er hätte ja auch sie beide einladen können. Hat er aber nicht! Zum Glück! Und womöglich geht ihm das schrille Organ von der Birgit genauso auf die Nerven. Schönheit allein ist nicht alles, na ja, wenigstens ist der Clemens Selbiger ein objektiv schöner Mann.

Als Bella die Toilette verlässt, befindet sich niemand mehr am Gang, weil die letzte Stunde schon begonnen hat. Die kann ihr wurscht sein, denn es wird Religion geboten, und von dem Fach ist sie abgemeldet. Allerdings hätte das ihre Mutter sicher auch nicht durchgehen lassen, dass sie sich von diesem unnötigsten Gegenstand selbst befreit. Doch wenn man geübte graphologische Kenntnisse hat und die Unterschrift der Mutter schon jahrelang auf diversen Mahnungen fälschte, ist ein Abmeldungsschreiben vom Religionsunterricht keine Kunst.

Zwar darf sie offiziell die Schule bereits jetzt nach der fünften Stunde verlassen, der Clemens hat leider bis zur sechsten, und so heißt es, die Zeit irgendwie hinzubiegen. Man benötigt ungefähr zehn Minuten, um von der Mädchen- zur Knabenschule, in dessen Nähe sich das Kaffeehaus befindet, zu gelangen, jedoch sind es dann immer noch gut vierzig Minuten, die man vertrödeln muss. Aber sie könnte ja schon jetzt die Örtlichkeit visitieren, in die sie der Clemens bestellt hat.

Oder ist es schlecht, wenn sie zuerst da ist? Männer soll man doch warten lassen, oder? Sie ist eben früher dran, und deswegen hat sie sich gedacht …

Die Tsummer behauptet jedenfalls, dass eine Frau niemals vor einem Mann wo sein soll und stets zu spät kommen muss. Das soll die Frauen geheimnisvoller machen. Nur, weshalb soll sie der Tsummer glauben? Diese Frau ist alles andere als geheimnisvoll, weil sie alles und jedes, was sie oder andere betrifft, ausplaudert. Und einen Freund hat sie außerdem nicht. So entscheidet Bella, den Rat der Kollegin in den Wind zu schlagen und ins Schwarthaler hineinzugehen. Der Schanigarten hat zwar geöffnet, aber von irgendwelchen Bekannten der Mutter gesehen zu werden, wäre nicht von Vorteil.

Bella ist schon einmal hier gewesen und kann sich an diesen merkwürdigen Ober, dessen spitze Nase konkav nach oben zeigt, sofort erinnern. Wie er allerdings heißt, obwohl es ihr sicherlich nahegebracht wurde, fällt ihr momentan nicht ein. Nicht so dem Herrn Fritz, denn der Herr Clemens stellte ihm das kleine Fräulein seinerzeit vor: „Ein Verlängerter wie immer, Fräulein Bella?" So etwas ehrt, dass sich jemand ihr Gesicht merken kann, und als ein kleines Dankeschön schlägt sie sehr kokett die Beine übereinander. Aber dafür hat der Herr Fritz bei Gott keine Augen, denn erstens könnte diese Göre vom Alter her seine Tochter sein, und zweitens ist ihm der Herr Clemens grundsätzlich lieber.

„Bitte sehr, Ihr Kaffee! Noch einen Wunsch?" Dass der Clemens bald käme …, aber das liegt nicht in der Macht eines Kellners. So setzt sie ein erotisches Lächeln auf, freilich nur zur Übung für später, und meint: „Nein …, danke schön!"

Was macht man so alleine in einem Café? Gut, man könnte mit den Hausübungen beginnen. Zwar wurde heute wieder schrecklich viel aufgegeben, nur, um alles zu erledigen, ist die Zeit eindeutig zu knapp. Oder man sollte das Physikbuch zur Hand nehmen, weil sie morgen einen Test schreiben, aber so eine trockene Materie passt so gar nicht in ein Kaffeehausambiente. Es wäre auch eine Möglichkeit, sich eine Zeitung zu nehmen und in dieser zu schmökern, wie es die meisten Herrschaften hier tun. Allerdings hält sich das Interesse an der gedruckten Journaille bei Bella in ziemlichen Grenzen, besonders seit sie zuhause einen Fernsehapparat haben. So bleibt ihr nur noch die Möglichkeit, so lange in die

Luft zu schauen und virtuelle Erbsen zu zählen, bis ihr Blondschopf auftaucht.

Und der zeigt sich leider erst zehn nach zwei und außerdem ganz anders, als sie es sich vorgestellt hat. Wieso sind da plötzlich zwei Gestalten in seinem Schlepptau, von denen sie einen sogar kennt, aber der ist ein ausgesprochener Widerling. Stets hat er den Schlapfen offen und liefert die unpassendsten Bemerkungen am laufenden Band und erwartet dabei noch, dass man ob seiner geistlosen Kommentare lacht. Bella hat sich schon oft gefragt, was denn der Clemens an Otto findet, denn es ist nicht das erste Mal, dass dieser Bursche eine traute Zweisamkeit zwischen ihnen einfach durch seine Anwesenheit verhindert. Und zu allem Überdruss ist da noch jemand mitgekommen, der zwar grundsätzlich gar nicht so schlecht aussieht, doch ein unglaublich arrogantes Gschau zum Besten gibt. Der Fremde wird ihr zuerst vorgestellt.

„Das ist seit heute ein neuer Schulkollege von uns: Christoph!" Das ist ja schön und gut, nur, was geht sie das an?

„Den Otto kennst du ja …" Zum Glück nicht sonderlich gut, aber das, was sie von ihm kennt, reicht ihr zur Genüge. Trotzdem setzt sie eine freundliche Miene auf und schüttelt deren Hände. Es besteht ja immer noch die Möglichkeit, dass Clemens diese beiden nur kurz mitgenommen hat, weil er mit ihr prahlen möchte und die Burschen dann sofort gehen. Leider ist das eine Wunschvorstellung, und alle drei nehmen Platz. Ebenso bekommt sie das erwartete Wangenbussi ihres Schatzis nicht. Wenigstens setzt er sich direkt neben sie.

„Meine Herrn, Herr Clemens, Herr Otto, der Herr …"

„Der Herr heißt Christoph!"

„Herr Christoph …, was darf's sein?" Herr Fritz steht wie gewohnt promptest zur Stelle: „Herr Clemens, ein Achtel Chardonnay? Herr Otto, ein großes Bier? Herr Christoph …?"

„Vielleicht …, vielleicht sollte ich auch den Chardonnay probieren!“

„Eine gute Wahl, Herr …, Herr Christoph, der Herr Clemens ist seit Jahren zufrieden!“ Das scheint etwas übertrieben, wenn man bedenkt, dass dieser Herr knapp um die achtzehn Jährchen zählt, aber der Ober scheint an Clemens einen Narren gefressen zu haben und redet deswegen vielleicht ein wenig überschwänglich.

„Wie gefällt dir unsere Schule?“ Jetzt beginnt der Clemens auch noch eine Kommunikation mit dem Fremden und lässt sie links liegen. Wenn Bella Courage hätte, sollte sie aufstehen und einen Abgang machen, aber erstens sitzt sie an der Wand und müsste über ihren Nachbarn drübersteigen, und zweitens hat sie schon allen ihren Freundinnen erzählt, dass sie ein Rendezvous mit dem Clemens hätte. Falls sie jetzt irgendwo alleine gesehen würde, wäre das mehr als peinlich.

„Irgendwie ist es recht nett bei euch!“ Was soll der Ladinoski nun sagen? Typisches Vorstadtgymnasium mit kleinbürgerlicher Klientel … Das Gros der Klasse leistungsmäßig unteres Mittelfeld, mit einigen Ausnahmen, wie üblich … Lehrer, wie in jedem Gymnasium sonst auch … also absolut nichts Besonderes! Freilich, es wird besser sein, nicht mit irgendwelchen Negativa zu kommen, sondern einfach einmal das Terrain zu checken. Es hat sich gut getroffen, dass er im Zeichenunterricht mit Gneringer ins Gespräch gekommen ist und der ihn dann nach der Schule dem Selbiger vorstellte, weil jener der Einzige war, den er näher kennenlernen wollte. Noch besser trifft sich, dass diese Burschen nicht so fad sind und gleich nach Hause in Mutters Schoß laufen. Dass sofort Alkohol ins Spiel kommt, und das auf leeren Magen, ist vielleicht nicht so g'scheit, aber vielleicht wollen die Beiden eine gewisse Weltgewandtheit vor ihm demonstrieren oder jedenfalls so tun, als wären sie wer.

„Meine Herren ..., die Achteln ..., bitte sehr ..., das Bier ..., bitte sehr!“

„Zum Wohl!“

„Prost!“

„Auf deins!“

Bella hat das Gefühl, dass sie am Tisch nicht wirklich existiert.

„Ihr seid alle meine Gäste heute!“ Selbiger hebt sein Glas noch einmal: „Wisst ihr eigentlich, was für ein Tag heute ist?“ Die Runde schaut etwas entgeistert. Ladinoski vermutet, dass der Clemens eventuell Geburtstag haben könnte. Gneringer weiß, dass Clemens heute nicht Geburtstag hat, ist hingegen ahnungslos, was der Freund meint. Und Bella wird langsam ziemlich grantig, weil sie so geschnitten wird.

„Mit dem heutigen Tag ist meine Firma exakt ein Jahr und einen Tag alt ... und ich muss sagen, es hat sich ausgezahlt ..., es hat sich eindeutig ausgezahlt. Die Geschäfte sind besser gelaufen, als ich es mir in meinen besten Träumen erwartet habe!“ Aha, denkt sich Gneringer, das wird also heute gefeiert, wenigstens wird das ein kostengünstiger Nachmittag: „Gratuliere dir, Clemens ..., Prost!“

Ladinoski fragt sich, was für Geschäfte ein Maturant so treiben könnte. Natürlich hat er schon festgestellt, dass Selbiger zu den eher außergewöhnlichen Zeitgenossen zählt, deswegen wird er seine Brötchen wahrscheinlich nicht mit Nachhilfe verdienen. Auch dass er irgendwo in einem Beisl nebenher kellneriert, wird sicher unzutreffend sein. Doch da er hier an diesen Tisch geladen wurde, wird er womöglich bald eingeweiht werden.

Bella Glaubengruber ist jetzt alles egal. Sie hat beinah das gleiche Alter wie alle da und wird sicher nicht länger alleine beim Kaffee herumsitzen. Und wenn gerade bekanntgegeben wurde, dass eingeladen wird, gehört sie doch besonders dazu, selbst wenn sie keine Ahnung hat, worum es sich hier drehen könnte. Jedenfalls weiß sie genau, was sie jetzt will: „Herr Fritz …, Herr Fritz!"

„Ja, bitte sehr, Fräulein Bella?"

„Ein Glas Sekt, bitte!"

„Was heißt hier Sekt, Bella …?" Endlich ist sie aus der Anonymität herausgetreten und wird von Clemens bemerkt.

„Lieber Herr Fritz, keinen Sekt!"

Was bedeutet nun das?! Die anderen sollen trinken dürfen wie die Löcher, und ihr wird ein kleines Glas verboten. Bella möchte am liebsten im Erdboden versinken, weil sie so blöd gewesen war, hierherzukommen. Und noch dazu als Erste!

„Bringen Sie uns bitte eine Flasche Champagner! Den Chanoine Frères …, Sie haben ihn doch für mich besorgt, Herr Fritz?"

„Selbstverständlich, Herr Clemens, wie Sie gebeten haben."

„Und Gläser für alle!"

„Selbstverständlich!"

Bella ist wieder mit sich, der Welt und Clemens versöhnt. Gneringer mag dieses Gesöff nicht sonderlich und wird nur pro forma ein Glas mittrinken, und Ladinoski begreift nicht ganz, weshalb der Selbiger so mit dem Geld herumwirft, aber es wird seine Gründe haben.

Einen gewissen Anstrich von Dekadenz zeigt es schon, wenn vier Jugendliche um halb drei Nachmittag einen Kübel mit Schaumwein in einem leicht heruntergekommenen Vorstadt-Kaffeehaus auf den Tisch gestellt bekommen. Oder wenn man böse wäre, könnte man dieses Trinkverhalten auch als lächerlich bezeichnen, für den Herrn Fritz hingegen sind die jungen Herrschaften zahlende Gäste, zumal beim Herrn Clemens das Trinkgeld besonders locker sitzt.

Nachdem die Gläser in der Mitte zusammengeklungen haben, macht jeder von dem perlenden Getränk einen feierlichen Schluck, als ob es etwas ganz Besonderes wäre. Auch Gneringer tut einmal so, als ob es ihm schmeckte, aber er wird bald mit dem Hinweis auf sein Sodbrennen zum Bier zurückkehren. Bella hat noch nie etwas Besseres getrunken, und Ladinoski sieht keinen sonderlichen Unterschied zu einem gewöhnlichen Sekt.

„Übrigens, ich hab was für dich, Otto!" Clemens zieht einen Bogen Papier aus seiner Schultasche hervor: „Ich würde die Fragen zwei und vier noch ausbessern. Und gerade bei vier hast du die Frage eindeutig themenverfehlt beantwortet." Ladinoski sieht neugierig hinüber und erkennt, dass es sich eindeutig um einen Test handelt. Selbiger deutet Christophs Blick richtig.

„Das gilt auch für dich! Nachdem man einen Test oder eine Schularbeit abgegeben hat, besteht immer noch die Möglichkeit einer Korrektur ..., jedenfalls für manche Schüler!"

Versteht jetzt Ladinoski korrekt? Man kann eine beim Professor abgegebene Arbeit zur Emendation wieder zurückbekommen, bevor man noch von dem Lehrer mit einer Note bedacht wurde? Und der Selbiger hat die Möglichkeit, dies in die Wege leiten zu können? Sehr merkwürdig und wohl auch nicht ganz legal! Jedenfalls kann doch so eine Transaktion nur mit Wissen des jeweiligen Lehrkörpers stattfinden, denn die andere Möglichkeit, dass man die Schularbeiten zwischenzeitlich an sich bringt, scheint noch befremdender. Allerdings sollte man da einmal nachhaken: „Du meinst, wenn ich etwa bei einer Matheschularbeit ein Beispiel nicht zu Ende gebracht habe und dadurch sicherlich ein

‚Nicht genügend' ausfassen würde, hätte ich die Chance, diesen Fehler wiedergutzumachen?"

„Durchaus, Christoph, durchaus, du bräuchtest es mir nur zu sagen ..., gerade in Mathematik glaube ich nicht, dass du irgendeine Hilfe benötigst ... Was du in der Stunde an der Tafel gezeigt hast, war einfach brillant. Ich hätte es kaum besser machen können ..." Clemens setzt bei dieser Lobhudelei ein süffisantes Lächeln auf: „Gib einmal zu. Glaubst du ehrlich, dass du von mir in diesem Fach was lernen kannst?"

Eigentlich nicht, denkt sich Ladinoski. Grundsätzlich ist er selbst ein guter Schüler und hat seine letzte Anstalt ja auch nicht wegen Leistungsschwächen verlassen müssen: „Eher weniger!"

„Das hab ich mir gedacht ..., möglicherweise kann ich dir einmal anderweitig zur Seite stehen!"

„Meinst du, das ist jetzt besser?" Jetzt unterbricht der Gneringer das Gespräch und hält Clemens die Geschichtsarbeit unter die Nase. Der überfliegt die Verbesserungen und meint nur: „Jetzt reicht's für einen Zweier, und der genügt dir doch, oder?"

„Absolut, mehr brauch ich durchaus nicht ..., danke!"

„Gern geschehen, Otto, stets zu Diensten."

Es wirkt schon eigenartig, dass der Clemens so ein fragwürdiges Umarbeitungsgeschäft in Anwesenheit von zwei Zeugen macht. Nicht, dass Ladinoski irgendwelche moralischen Bedenken dagegen haben könnte, weil er sich selbst als Grenzgänger in moralischen Angelegenheiten sieht, aber er ist doch als Neuer ein absoluter Fremder für Clemens, und jener kann sicherlich nicht ahnen, inwieweit er ein Geheimnisträger bleiben kann. Entweder sind das extreme Vorschusslorbeeren, die er da bekommt, oder er wird von denen allen auf die Schaufel genommen. Dass Selbiger sogar einen

Einfluss auf Professoren ausübt, mutet schwer vorstellbar an, freilich, möglich ist alles.

Und was für eine Funktion übt da das Mädel gegenüber aus? Obwohl sie derzeit ziemlich gelangweilt, ja, sogar fast finster dreinblickt, sieht man ihr an der Nasenspitze an, dass sie in den Clemens völlig verknallt ist. Spielt sie auch eine Rolle in dieser möglichen Komödie, oder wurde sie nur einfach als netter Aufputz an den Tisch geholt? … Doch, irgendwie hübsch ist sie schon anzuschaun! Sicherlich würde man sie nicht als klassische Schönheit bezeichnen, die es auf das Titelcover diverser Magazine schaffen wird, dazu krümmt sich ihre Nase etwas zu außergewöhnlich, aber einen tadellosen Busen hat sie allemal. Und irgendwie schade ist auch, dass sie so gar nicht in das Gespräch hier eingebunden wird. Der Selbiger muss schon sehr von seiner Ausstrahlung überzeugt sein, wenn er Bella so anglahnt lässt. Denn Christoph kann sich nicht vorstellen, dass es lustig ist, einfach nur still daneben zu sitzen. Wenn schon eine appetitliche Frau den Tisch ziert, und sowas ist grundsätzlich zu begrüßen, sollte man vielleicht ein bisschen was von ihr in Erfahrung bringen.

Ladinoski nützt eine Pinkelpause Selbigers, um sich selbst ein wenig interessant zu machen. Das gelingt am besten, wenn man jemandem etwas Positives unterstellt, obwohl es vielleicht völlig aus der Luft gegriffen ist: „Ich sehe, du bist eine gute Beobachterin der menschlichen Seele …“ Natürlich hat sie die ganze Zeit nur einfach herumgeschaut, weil ihr sicherlich saufad war. „Ich könnte mir vorstellen, dass deine Interessen in der Psychologie liegen. Hast du eventuell daran gedacht, vielleicht studienmäßig so einen Weg einzuschlagen?“

Tiefere Gedanken, was sie nach der Matura studieren sollte, machte sich die Glaubengruber eher nicht. Eigentlich käme so etwas Ähnliches wie Medizin nie in Frage, weil sie eine Anti-Koryphäe in naturwissenschaftlichen Fächern ist. Besonders die Chemie liegt ihr so ganz und gar nicht. Aber möglicherweise hat der nette Knabe Recht, die Psychologie könnte ihr durchaus liegen, da sie sich eindeutig als Menschenkennerin sieht und überdies mit Verrückten, wie der Tsummer, reichlich Erfahrung hat.

„Ja, die Menschen interessieren mich einfach!" Und im Fach Psychologie-Philosophie-Pädagogik hat sie im letzten Semester sogar einen Zweier gehabt.

„Gerade Wien hat eine lange Tradition in der Psychoanalyse. Was denkst du, Bella? Hat Freud recht, wenn er der Methode der freien Assoziationen und der Traumdeutung einen so hohen Stellenwert einräumt, oder besteht bei dieser Praxis nicht die Gefahr einer spekulativen Deutung?"

„Bei mir besteht die Gefahr, dass ich verdurste ..., ein Bier Herr Fritz!" Gneringer stört von der Seite, wird aber nicht weiter beachtet.

Bella lässt sich beeindrucken. Der Neue scheint ja einiges am Kasten zu haben. Allerdings muss sie jetzt vorsichtig sein, keinen Blödsinn daherzureden, weil Freud auch nicht zu ihren Spezialgebieten gehört. „Die Traumdeutung hat mich immer schon sehr interessiert!"

„Die Oneirologie beschäftigt sich ja damit, dass das Traumgeschehen eine wichtige Informationsquelle über unbewusste Erlebensweisen des Menschen sei ...," jetzt redet Christoph zwar wirres Zeug, aber Bella zeigt durch interessierte Kopfbewegungen, dass sie natürlich versteht, was er meint, „... deswegen bin ich ja überzeugt, dass du sicher eine gute Tiefenpsychologin sein wirst!"

„Du scheinst dich auch mit diesen Dingen sehr zu beschäftigen!" Es gibt eigentlich kein Thema, über das Ladinoski nicht parlieren kann. Selbst über Fußball könnte er so g'scheit daherplappern, dass man glauben müsste, er interessiert sich wirklich für so einen quadrierten Schaß. Mit Sport reüssiert man weniger bei Mädchen, da ist eher die sensiblere Schiene anzuwenden.

„Vielleicht könntest du mich sogar jetzt analysieren?!" Ladinoski schaut, wie weit er gehen kann oder wie gefestigt sich ihre Verliebtheit zu dem Selbiger darstellt.

Natürlich gehört es grundsätzlich zu den unausgesprochenen Tabus, die Freundin eines Freundes anzubraten. Doch erstens kann er den Clemens noch nicht zu seinen Freunden zählen, und zweitens sind die beiden offensichtlich noch kein Paar. Gewiss, die Bella hätte gerne, dass dem so sei, aber beim Selbiger ist er sich nicht so sicher. Denn, wie er dieses Mädchen bisher hier behandelte, das war sicher nicht die englische Art. Denn so schneidet man eigentlich nur jemanden, von dem man nichts Näheres will.

Bella fühlt sich geehrt. Freilich, damit sie nichts Falsches sagt, versucht sie erst einmal, ihre Gedanken zu sammeln, denn, wenn sie schon so dezidiert gefragt wird, dann sollte ihre Analyse Hand und Fuß haben. Leider hat sie nicht die Rechnung mit dem Gneringer gemacht, der es keineswegs hinnimmt, dass er länger den Schlapfen halten muss.

„Die Psychoanalyse ist der größte Dreck, den man sich vorstellen kann. Sie ist rein spekulativ und daher wissenschaftlich nicht haltbar. Alles beruht auf grauer Theorie, die man sich an den Haaren herbeigezogen hat. Nur, auf einem wissenschaftlichen Fundament steht das Ganze sicherlich nicht. Stellt euch einmal Folgendes vor …"

„Was sollen wir uns vorstellen, Otto?" Selbiger ist von seiner Blasenerleichterung zurückgekehrt.

„Die beiden reden da über Psychoanalyse, und ich wollte ihnen erklären, was das für eine Schwindelwissenschaft ist!"

„Was hältst du eigentlich davon?" Jetzt soll sich der Clemens einmal outen, was er so denkt. Eigentlich fasste Bella diesen Burschen in erster Linie wegen seiner Schönheit ins Auge. Natürlich stellte sie gleichsam fest, dass er ziemlich clever ist, weil das, was er so von sich gibt, größtenteils sehr interessant rüberkommt. Auch imponiert ihr sehr, dass bei dem Selbiger das Geld ziemlich locker sitzt, was wahrscheinlich mit seinen Geschäften zu tun hat, die sie allerdings überhaupt nicht durchschaut. Jedenfalls umgibt den Clemens die Aura des Geheimnisvollen, und das turnt die Frauen einfach an. Tacheles geredet hat sie mit ihm noch nicht, und daher wäre es schon interessant zu wissen, was er so für Ansichten hat, eben zum Beispiel zur Psychologie.

„Die Psychologie ist grundsätzlich die praktischste aller Wissenschaften …," Bella wirft dem Gneringer einen zynischen Blick zu, der sagen könnte: „Siehst du?!", „… denn die Partizipation am Menschenbild ist das Um und Auf für einen persönlichen Erfolg im Leben. Wenn wir also unsere Mitmenschen kennenlernen wollen, dann müssen wir aus ihnen lesen …"

„Was heißt ‚lesen'?" Bella hat Gefallen daran gefunden, dass nun diskutiert wird.

„Es gibt doch ein Sprichwort, dass Menschen wie ein offenes Buch sind. Aber, sagt's ehrlich, was nützt einem Analphabeten ein offenes Buch?! Für den sind die einzelnen Seiten höchstens als Häuslpapier zu benützen, weil er den eigentlichen Zweck des Buches gar nicht verstehen kann. Genauso geht es jemandem, der sich die Menschen zum Thema macht, ohne dabei die Psychologie zu verwenden."

„Für deinen Freund Otto ist die Psychologie Dreck!" Jetzt wird sie dem Gneringer ordentlich eins auswischen und ihn als das, was er ist, hinstellen, nämlich als einen ausgemachten Vollkoffer.

„Das hab ich nicht so gesagt!" Natürlich hat er das, aber das diente doch nur dem Zweck, die beiden in ihrer Plauderei zu stören. Jetzt muss Otto aufpassen, nicht selbst ins Eck gestellt zu werden. „Es ist mir nur darum gegangen, die Methoden der Psychologie zu kritisieren, weil es einfach nicht funktionieren kann, dass man Träume allgemeingültig deuten kann."

„Das hat nicht einmal Freud gemacht, obwohl der schon ein gewaltiger Schwätzer war, den man sicherlich nicht als ernstzunehmenden Wissenschaftler bezeichnen kann."

„Ja! Das hab ich gemeint!" Jetzt bekommt Gneringer wieder Oberwasser. „Freud ist eine völlig überschätzte Persönlichkeit."

„Du hast jetzt zwar recht, Otto, das ist auch meine Meinung. Nur glaube ich, dass du das reichlich unreflektiert behauptest."

Bella freut sich über die treffende Beschreibung der Grenzdebilität dieses grauslichen Störenfrieds.

„Denn, Freud zeigte in seinen Denkstrukturen ursprünglich gute Ansichten, hat sich dann jedoch immer mehr auf einen Holzweg begeben, weil er sich grundsätzlich nicht einmal klar darüber war, ob er selbst krank oder gesund wäre. Und er hat durch seine tiefenpsychologischen Séancen langsam, aber sicher immer mehr die Distanz zu seinen Patienten verloren und dadurch natürlich selbst einen psychischen Dachschaden ausgefasst, der in seinen Schriften mehr als offensichtlich zum Tragen kommt. Und deswegen ist das Werk Freuds mit absoluter Vorsicht zu genießen. Jeder, der also Freud liest, sollte das mit jenem tieferen Wissen tun, dass man es hier mit einem kranken Menschen zu tun hat, der dadurch seine Objektivität verwirkte."

Bedauerlicherweise wird der Vortrag durch einen Störenfried unterbrochen. Ein älterer Bursche, von den Jahren her sicherlich schon ein Student, tritt an den Tisch. „Verzeihen Sie, Herr Selbiger …!"

Der blickt auf. „Du hast dir reichlich Zeit gelassen.“ Um diese Mahnung zu unterstreichen, blickt Clemens vorwurfsvoll auf die Uhr.

„Die Straßenbahn ..., äh ...“

„Lass die Straßenbahn aus dem Spiel, hast du's mitgebracht?“

„Selbstverständlich, Herr Selbiger ..., natürlich!“ Der Erwachsene zieht einen Brief aus seinem Sakko und überreicht diesen unter demütigem Katzbuckeln Clemens. Der deutet dann eine fortweisende Handbewegung an, und der Bote macht sich wieder schleunigst auf den Weg.

Selbiger öffnet das Kuvert und scheint darinnen etwas zu zählen. „Wenigstens das stimmt. Leider kann man sich nicht immer auf seine Mitarbeiter verlassen.“ Dann zieht er zwei Tausendschillingscheine hervor und legt sie auf den Tisch.

„Das wird heute noch verplempert. Ich hab ja gesagt, wir haben was zu feiern!“

Für Gneringer trifft sich das gut, denn sein Bier neigt sich dem Ende zu. Dadurch ist er jener, der sich verpflichtet fühlt, den Herrn Fritz herbeizurufen.

„Bitte sehr?“ Selbiger hat erkannt, dass der Champagner wohl nicht das Getränk der Stunde ist und bietet Ladinoski an, lieber eine Flasche Chardonnay zu trinken. Gneringer frönt sowieso lieber dem Gerstensaft, und die Glaubengruber fühlt sich wieder einmal übergangen.

V. Grundsätzlich mag Gneringer das Espresso Blaumeise nicht besonders, weil es ein klassisch heruntergekommenes Loch ist. Leider hat sein Heimatbezirk ab einer gewissen Uhrzeit durchwegs Lokalitäten zu bieten, wo das Niveau im Keller grundelt. So scheint es schon fast symbolträchtig, dass man hier ein paar Stufen hinuntersteigen muss, um in eine Art Souterrain zu kommen. Wenigstens wird derart an Glühbirnen gespart, dass man den Betrunkenen nicht unbedingt in die Augen schauen muss, was allerdings nicht dagegen hilft, dass man immer wieder von lästigen Patronen, die man zwar oft jahrelang kennt und trotzdem nicht mag, angeschwafelt wird. Überhaupt versammelt sich hier gerade jene Gruppe der Nachtschwärmer, die Otto am allerwenigsten braucht. Aber heute war so ein merkwürdiger Tag, dass er noch ein paar Spritzer benötigt, um dann später hoffentlich einschlafen zu können.

Hinter der Bar steht normalerweise der Rudi, doch es kommt immer wieder vor, dass auch für ihn unbekannte Personen kellnerieren, weil die Besitzerin Frau Erna einen Hang hat, verwahrlosten Gestalten in ihrem Lokal Arbeit zu geben.

Der Rudi hat heute keinen Dienst, dafür jemand, der ihm von irgendwoher vertraut vorkommt, den er jedoch im Moment nicht einordnen kann. Überaschenderweise ist es ein eher älterer Mann mit eingefallenen Wangen und, das kann man selbst in dem diffusen Licht sehen, mit einem besonders starken Bartschatten. Jedenfalls scheint dieser Herr Otto gut zu kennen, denn er begrüßt ihn sogar mit Handschlag und Namen. Ja, er wartet nicht einmal auf die Bestellung Gneringers, sondern stellt ihm sogleich ein großes Bier unter die Augen. Zwar hatte jener einen Spritzer angedacht, aber ein Krügel kann nie ganz falsch sein.

Otto steht als Einziger an der Schank, was sich vielleicht gar nicht so schlecht trifft, denn eigentlich hat er gar kein sonderliches Bedürfnis, sich irgendein oberflächliches Gewäsch anzuhören. Und wer sonst noch im Lokal verkehrt, erkennt man aufgrund der trüben Lichtverhältnisse sowieso schwer. Aus Erfahrung kann einfach niemand da sein, der ein Gespräch wert wäre.

„Wie geht's Ihna denn, Herr Otto? Hab S' lang ned g'seh'n!" Jedenfalls fühlt sich der alte Schankbursch bemüßigt, Gneringer in eines zu verwickeln.

„Ja …, tadellos!“ Was soll er auch sagen? Selbst, wenn das kein gänzlich Fremder sein sollte, ist es traurig, dass man in so einem Alter überhaupt noch arbeiten muss. Der Mann dürfte doch schon weit über siebzig sein. Und die seltsame riesige Warze auf der Stirn sollte man baldigst einem Arzt zeigen. Diese Warze?

Die Geschwulst kommt Gneringer schauerlich bekannt vor. Er hat sich immer schon gewundert, dass man nicht einfach ins nächste Spital geht und sich dieses Trumm wegschneiden lässt. Er bot ihm sogar einmal an, einen Termin bei ihrem Familienarzt zu machen, aber der Sinkovic hat stets gelacht und gemeint: „I hab des scho seit dreißig Jahr, mir macht des nix!“

Freilich ist das auch schon vor dreißig Jahren gewesen, wo der Otto seinen Hausarzt angetragen hatte, und damals war der Sinkovic kein blühender Jüngling mehr und sah eigentlich fast genauso alt aus wie dieser Mann hinter der Budel. Und leider muss sich Gneringer ziemlich sicher sein, was natürlich mit seiner abendlichen Erfahrung im Schwarthaler zu tun hat, dass er tatsächlich dem Sinkovic gegenübersteht. Denn es gäbe auf der ganzen Welt wahrscheinlich keinen Doppelgänger, der so ein auffälliges Furunkel auf dem Schädel trägt. Allerdings hat der Sinkovic zu hundert Prozent das Zeitliche gesegnet, weil er sich sogar noch an die Parte erinnern kann, die einige Jahre im Gasthaus herumhing, bevor dann das Lokal geschlossen wurde.

Wieso in Teufels Namen hört das mit den ganzen Toten nicht auf? Das ist doch nicht möglich, dass schon wieder jemand aus dem Jenseits auftaucht, um sich ihm zu offenbaren. Er ist ja weder ein Theologe noch ein Medium, dem gesteigerte Lust nachgesagt wird, sich mit den Problemen der anderen Welt zu beschäftigen. Es füllen wahrhaftig genug Zores sein normales Leben aus, wieso wird er dann noch mit zusätzlichen Problemen belastet? Und nun auch hier!

Und überdies, was hat denn der Sinkovic in der Blaumeise zu suchen? Das gleichnamige Gasthaus liegt unten, schräg gegenüber vom Schwarthaler, oder besser lag dort. Denn nachdem der Sinkovic abgetreten ist, führte es gut zehn Jahre der Braungruber, bis der durch seine Sauferei endgültig tschari ging. Wenn Gneringer nun so eine Begegnung der dritten Art hat, weshalb nicht dort, denn die Lokalität als Räumlichkeit per se existiert ja noch an nämlichem Straßeneck?!

So leicht wird man einen Gneringer nicht in den Wahnsinn treiben. Er zündet sich die nächste Zigarette an, macht einen tiefen Schluck vom Gerstensaft und winkt den Sinkovic herbei.

„Haben Sie noch einen Wunsch, Herr Otto, ein kleines Gulasch vielleicht?" Jetzt hat er diesen falschen Hund! Denn seit Menschgedenken gibt es in der Blaumeise nicht irgendwelche Speisen, nicht einmal ein magerer Toast wird hier angeboten.

„Herr Sinkovic, was machen Sie eigentlich hier in der Blaumeise? Weshalb sind Sie nicht in ihrem eigenen Gasthaus?" Das ist es jetzt! Wenn schon von den Toten auferstehen, dann richtig und nicht irgendwo, wo man nicht hingehört.

„Ich hab dort schon längst Sperrstund, das müssten S' doch wiss'n, Herr Otto, schau'n S' amal auf d' Uhr!" Natürlich hat der Sinkovic immer gegen elf zugesperrt, da ist der Wirt sehr konsequent gewesen und ließ sich partout von keinem Trunkenbold erweichen, noch ein „allerletztes" Glaserl herauszurücken.

„Wieso arbeiten Sie dann hier, Herr Sinkovic?" Gneringer wird jetzt diese Erscheinung aus dem Totenreich in die Enge treiben.

„I kann do meiner Tochter helf'n!" Tochter, Tochter, wer soll denn seine Tochter sein? Das Gasthaus ist ja nach dem Tod der Frau vom Sinkovic, die es noch zwei Jahre nach dessen Ableben führte, zugesperrt worden, weil es keinen familiären Nachfolger gegeben haben soll. Deshalb hat es ja der Braungruber übernommen. Allerdings kann sich Gneringer irgendwie an ein Mädchen erinnern, das wahrlich keine Schönheit war, aber ein bisschen an die Erna aus dem Espresso hier erinnert und die manchmal beim Sinkovic ausgeholfen hat. Sollte das vielleicht seine Tochter sein? „Sie meinen die Erna?"

„Meine Gattin hat sie nie wollen, sie is ja ned von ihr!" Sinkovic lacht! „Sie wiss'n eh, Herr Otto …"

Otto weiß nur, dass er schon wieder eine merkwürdige Situation erlebt. Allerdings ist er ebenso einer, der sich durchaus bereit zeigt, vom Leben zu lernen. Eine Panikattacke hätte jetzt wenig Sinn und wäre wahrscheinlich kontraproduktiv. Also wird noch ein Bier getrunken. Und um ein solches zu zapfen, arbeitet ein Sinkovic hier, wo immer er auch hergekommen ist. Verlernt hat der Wirt seit seinem Tod nichts, denn das Glas trägt eine prächtige Schaumkrone.

„Wohl bekomm's, Herr Otto!"

„Sagen Sie einmal, Herr Sinkovic …"

„Tschuldigen, Herr Otto, an Moment, bitte …" Es sind ja noch andere Menschen hier im Tschocherl, und die müssen wohl auch bedient werden. Sinkovic hat jetzt einige Getränke einzuschenken, und nachdem er die Gläser an die Tische brachte, bleibt nun wieder etwas Zeit, sich dem alten Stammgast zu widmen. Während der Gastronom nun bereit ist, ein psychologisches Ohr zu schenken, wird, um diese Zeit sinnvoll zu verwenden, die Theke mit einem Fetzen abgewischt.

„Herr Sinkovic, was machen Sie wirklich hier? Weshalb sind Sie hergekommen?" Otto will jetzt nicht mehr um den heißen Brei herumreden. Er steht nun einmal Angesicht zu Angesicht einem garantiert Verstorbenen gegenüber, und dieser soll ihn nicht mehr länger auf den Arm nehmen. Es muss doch einen Grund haben, weswegen er nun schon zum zweiten Mal eine derartige Begegnung ausfasst. Beim ersten Mal ist es ihm aus verständlichen Gründen nicht gelungen, konkrete Fragen zu stellen. Aber nun wird er es besser machen. Allerdings ziert sich der Angesprochene.

„Was meinen S'? Ich hab's Eana do scho g'sagt."

Ausreden lässt der Otto nun nicht mehr gelten. Zum einen hat er sich mit dem Gulasch verraten, und zum anderen kann ihm niemand weismachen, dass dem Sinkovic nicht selbst eine Ahnung vorschwebt, dass er längst das Zeitliche segnete.

„Ich kann mich noch ganz genau daran erinnern, dass Sie irgendwann in den Achtzigern verstorben sind!" Jetzt sagt es ihm der Gneringer einmal voll auf den Kopf zu. Mal sehen, wie er sich da nun herauswinden möchte.

„Was soll i sein? I glaub, i bin no recht g'sund!" Wahrscheinlich um seine körperliche Fitness zu unterstreichen, zündet sich der Wirt nun auch eine Zigarette an. „Von der reiß i a ned des Bankl."

Irgendwie schaut der Verstorbene überraschend lebendig aus. Es muss doch irgendwas geben, womit man beweisen kann, dass jener nicht mehr lebt. Gneringer durchdenkt die erste Erfahrung mit einem Toten und lässt das Gespräch mit dem Spurny noch einmal vor seinem geistigen Auge ablaufen. Was hat da der Schulkollege alles gesagt?! Natürlich, dass er alt geworden sei, und das müsste dem Sinkovic genauso auffallen, dass er nicht mehr das Aussehen des Maturanten von damals hat. Also da einmal nachhaken.

„Herr Sinkovic …, Sie haben mich ja gleich erkannt. Bin ich nicht älter geworden?"

„Na sicher, Se san a Mann g'worden, des siacht ma. Aber i hab glei g'wusst, dass Sie es san."

„Und woran haben Sie mich erkannt?" Gneringer weiß nur allzu gut, dass er sich, im Gegensatz zu manchen Kameraden, augenscheinlichst veränderte. Und es gibt nicht wenige Menschen, die ihn eigentlich kennen sollten, freilich so tun, als wäre er ein völlig Fremder.

„I hab's einfach g'wusst!"

So kommt Otto nicht weiter. Vielleicht muss man diesen Menschen der Vergangenheit mit etwas aus der Gegenwart konfrontieren. Und da kommt es ihm schon. Was interessierte den Spurny am meisten? Natürlich, das Handy! Otto greift in seine Jackentasche, um dem Sinkovic die Errungenschaften der modernen Technik vor Augen zu halten, aber das notwendigste Ding der modernen Zeit ist nicht dort, wo es sein soll. Soweit er sich entsinnen kann, brachte es ihm der Winter doch zurück, weil er es im Schwarthaler vergessen haben soll. Blöderweise hat er es jetzt zuhause liegenlassen, und die Demonstration dieses Wunderdings fällt daher ins Wasser. Sonst glaubt er eigentlich nichts Repräsentatives bei sich zu haben, was auf das einundzwanzigste Jahrhundert hindeutet. Oder doch? Natürlich, das ist es!

Er kann sich noch immer über diese dämlichen Sprüche auf den Zigarettenpackungen ärgern. Was soll denn das heißen: „Raucher sterben früher", oder: „Rauchen kann tödlich sein"?! Ist nicht das Leben allgemein tödlich? Sollte man nicht sicherheitshalber auf dem Geburtsschein auch einen derartigen Hinweis anbringen? Denn vielleicht vergessen sonst die Menschen, dass sie irgendwann den Löffel abgeben müssen und fangen an, ewig zu leben. Beim Gedanken an das ewige Leben durchfährt es Gneringer etwas, wenn er den Sinkovic so sieht …, jedenfalls sind diese Warnhinweise erst vor einigen Jahren eingeführt worden. Vielleicht würde der Raucher Sinkovic noch leben, hätte er zu Lebzeiten die Chance gehabt, sich derart mit dem Tod auseinanderzusetzen, wie es heute jeder Tabakkonsument machen muss. Wenigstens jetzt wird er zum ersten Mal so etwas Gesundheitsförderndes zu lesen bekommen. Gneringer besieht sich den Text, der gerade auf seiner Schachtel draufsteht und stellt fest, dass der Rauch Benzol, Nitrosamine, Formaldehyd und Blausäure enthält. Das ist vielleicht nicht so gut, denn Benzol erinnert an Benzin, und das wiederum indiziert Kraft. Also mal schau'n, was am nächsten Packerl vermerkt wird: „Rauchen kann zu Durchblutungsstörungen führen und verursacht Impotenz." Das ist perfekt! Das wird den Sinkovic wachrütteln, denn wenn es um Potenz geht, werden Männer mit Sicherheit wachgerüttelt.

„Seh'n Sie mal, Herr Sinkovic …" Otto hält ihm die Schachtel entgegen.

„Na, die Tschick mag i ned, i hab meine eigenen."

„Nein, nein …, lesen Sie sich nur durch, was da auf der Packung steht …" Aber Sinkovic wird schon wieder aus einem dunklen Bereich des Lokals lautstark aufgefordert, Getränke herbeizuschaffen. Er hat ja hier zu arbeiten und kann sich nicht ewig mit dem Herrn Studenten beschäftigen.

„Mir können S' eine geben!" Gneringer stand schon sowieso ungewöhnlich lange alleine an der Schank. Und jetzt kommt halt doch ein typischer Schnorrer, der sicher gleich anfangen wird, um ein Getränk zu betteln, weil er heute zufälligerweise sein Geldbörsl vergaß. Herr Zuborsky ist bekannt dafür, dass er selten einen eigenen Schilling vertrinkt, dennoch stets stattlich angeheitert wirkt, was er wahrscheinlich seinem sprichwörtlichen Charme verdankt. Ewald Zuborsky war Schneider, was gottlob alle wissen, und soll für seine Anzüge berühmt gewesen sein. Er hat auch immer versprochen, dem Otto einen zu machen, falls er einmal heiraten sollte, natürlich kostenlos. Leider segnete der Zuborsky schon Jahre vor Ottos erster Hochzeit das Zeitliche, und so ist er nie in den Genuss dieses edlen Zwirns gekommen, von dem die Hautevolee des Bezirkes noch heute schwärmt.

Otto zieht eine Zigarette halb heraus und hält so das Packerl dem pensionierten Couturier, der sich mit einem freundlichen Lächeln bedankt, hin.

„Sie sind immer so großzügig, Herr Otto, aus Ihnen wird einmal etwas werden. Denn Menschen, die ein großes Herz haben, denen liegt die Welt weit offen."

Was soll das heißen? Aus Gneringer ist doch etwas geworden. Er hat immerhin bereits ein Fachbuch geschrieben und gilt dadurch in manchen philosophischen Kreisen als anerkannter Denker. Ebenso wurde er schon mehrmals von einem Privatsender als Diskussionsgast ins Fernsehen geladen, weil man auf seine Ansichten zu den Dingen des Lebens einen gewissen Wert legt. Auch für die Entwicklung der Malerei leistete er einen wichtigen Beitrag, weil er der Erste gewesen ist, der das sogenannte psychologische Spiegelbild in Farben bannte. Leider haben das nur wenige Kunstkenner verstanden, dennoch hat er eine erkleckliche Anzahl von Bildern an den Mann, vornehmlich Schulkameraden, gebracht.

Nur kann das der Zuborsky eindeutig nicht wissen, weil ihr letztes gemeinsames Gespräch schon so viele Jahrzehnte zurückliegt. Aber es hat etwas, so einen sympathischen Menschen gerade heute zu treffen. Otto bewunderte schon immer die tiefe Menschenkenntnis dieses eigentlich einfachen Mannes. Ein perfekter Schneider baut stets eine sehr intensive Beziehung zu seinem Kunden auf, denn ein gutes Gewand gibt sicherlich mehr Selbstbewusstsein als die beste Therapiesitzung. Und der Zuborsky hat ihm immer wieder virtuelle Gewänder in ihren nächtlichen Plauderstunden geschneidert, und deswegen kann doch seine Anwesenheit kein Zufall sein.

Gneringer spürt langsam, dass er mit jedem Toten immer besser umgehen kann, und dieser hier ist einer, der ihn damals in Jugendtagen fast väterlich ins Herz geschlossen hat. Vielleicht wird er jetzt der Schlüssel zum Begreifen der merkwürdigen Begegnungen werden. Allerdings wird er nicht sofort die Katze aus dem Sack lassen und den Verstorbenen voreilig mit seinem Tod konfrontieren, sondern einmal das Rad der Zeit zurückdrehen und so tun, als wäre er noch der Maturant von damals.

Wie gewohnt erkundigt sich der Zuborsky zuerst einmal nach den schulischen Erfolgen und kommt wie immer auf den schönen Spruch zurück, dass man das ganze Leben lernen müsse. Und zwar jeder Mensch, egal, ob er ein Studierter sei oder nur ein einfacher Schneidermeister. Plötzlich fällt dem Zuborsky etwas auf: „Herr Otto, seien Sie mir nicht bös …, leider muss ich Ihnen sagen, dass Sie heute eine sehr unvorteilhafte Oberbekleidung tragen …" Ob diese Jeansjacke vorteilhaft aussieht oder nicht, war Gneringer egal, als er sie über die Schultern warf, doch es ist richtig, früher hat er stets Wert darauf gelegt, ein Sakko zu tragen, meist ein kariertes, weil das seinen keltischen Typ unterstreicht. Nur von seiner Seite her könnte er ebenso den Zuborsky kritisieren, weil man es hier sehen kann, dass selbst die größten Künstler der Nähnadel kein G'spür dafür haben, was sie selbst anziehen sollen. Er unterlässt dies natürlich, weist aber darauf hin, dass heutzutage die Menschen immer schlechter angezogen seien. Gerade die Jugend habe überhaupt kein Gefühl mehr dafür, was Stil eigentlich sei. Dem kann Zuborsky nur beipflichten, weil ja Stil grundsätzlich etwas ist, was man nur anerzogen bekommen und niemals lernen kann.

„Ich kenne ja Ihren Herrn Vater nicht, Herr Otto, er muss allerdings ein sehr stilvoller Mann sein, wenn er so einen kultivierten Sohn hat!"

„Mein Vater lebt leider nicht mehr!"

„Das tut mir unendlich leid! Herzliches Beileid! Herzliches Beileid, junger Mann! Es ist immer schwer, so einen Verlust erleben zu müssen!"

„Nein, nein …" Gneringer beruhigt den Tröstenden. „Mein Vater ist schon vor über zwanzig Jahren verstorben."

Zuborsky blickt verdattert: „Vor zwanzig Jahren? Da haben Sie ihn doch eigentlich gar nicht gekannt." Vor zwanzig Jahren war Otto ungefähr dreißig und hat dadurch seinen Vater lange Jahre erleben dürfen. Aber es könnte sein, dass der Zuborsky gar nicht einschätzen kann, wie alt Otto derzeit ist und auf diesem Punkt wird jetzt herumgeritten: „Ich bin gerade fünfzig geworden Herr Zuborsky …"

Otto genießt es, wie dem Schneider die Augen hinauszufallen drohen: „Fünfzig! Junger Herr, fünfzig! Ich bin Ende fünfzig, und ich bin ein alter Mann." Allerdings scheint der Zuborsky eindeutig Probleme mit dem Alter seines Schanknachbarn zu bekommen. Eigentlich dürfte er noch nicht zwanzig sein, weil er ja ins Gymnasium geht, dennoch demonstriert der junge Herr gerade ein etwas befremdliches Aussehen. Und damit meint Zuborsky nicht nur die scheußliche Jacke. So aufgedunsen war jener letzthin noch nicht und auch die ziemliche Glatze widerspricht einer Jugendlichkeit. Es macht fast den Eindruck, dass der Herr Otto sich heute als älterer Herr hergerichtet hat. Aber zu welchem Zweck? Sehr merkwürdig! Sehr merkwürdig! Es ist doch mit Bestimmtheit der junge Herr Otto …, oder?

„Herr Zuborsky, ich bin genauso verwundert, Ihnen zu begegnen …, es geht hier etwas vor, was ich nicht verstehe, und vielleicht können Sie mir helfen, die Dinge, die hier passieren, zu begreifen."

Der brave Handwerker nickt mit dem Kopf, weil auch er spürt, dass sich da irgendwie die Normalität verschiebt. Denn Herr Otto hat sich beileibe nicht auf alt geschminkt, sondern könnte eindeutig in die Jahre gekommen sein. Allerdings erinnert sich Zuborsky an einen Zeitungsartikel, wo eine Krankheit beschrieben worden ist, wodurch Kinder oder junge Menschen plötzlich rapide altern. Vielleicht widerfuhr dem Herrn Otto das Gleiche, aber so ganz sicher ist sich da der Zuborsky nicht, da auch die Leibesfülle des Burschen erheblich zugenommen hat. Und so einen Bauch züchtet man sich eher über Jahre an. „Wie kann ich Ihnen helfen?“

Gneringer überlegt, wie man es richtig anstellt, einen garantiert Toten davon zu überzeugen, dass er bereits verstorben ist, auch wenn er, wie im jetzigen Fall, noch recht lebendig aussieht. Man könnte zum Beispiel darauf hinweisen, was für ein Jahr sie jetzt hätten, und da müsste der Zuborsky draufkommen, dass er da ja nicht mehr leben könnte. Dazu bräuchte er irgendeinen Beweis, wie zum Beispiel eine Tageszeitung. Nur kugelt nirgends eine herum. Gneringer scheint es dadurch nicht gewinnbringend, einfach auf das heurige Jahr hinzuweisen, sondern er dreht den Spieß um: „Herr Zuborsky, welches Jahr haben wir heuer?“ Am mehrdeutigen Blick des Schneiders erkennt Otto, dass der Mann an seinem Verstand zu zweifeln droht, doch er erklärt weiter: „Natürlich klingt das blöd, wenn ich nach dem heurigen Jahr frage …, aber sehen Sie es …, sehen Sie es als Spiel, und sagen Sie einfach, was für ein Jahr wir haben.“

Zuborsky ist sich noch immer nicht sicher, wie viele Sprünge die Tassen im Schrank seines Gesprächspartners haben, nur könnte womöglich ein Sinn dahinterstehen. So antwortet er ehrlich: „1981.“

1981, das Jahr, in dem Gneringer maturierte! Natürlich, in dem Jahr hat der Zuborsky garantiert noch gelebt und muss deswegen so eine falsche Zeitangabe machen.

„Wie heißt der Bundeskanzler?“ Auch in der nächsten Frage sieht Zuborsky wenig Sinn, weil sie schon öfters über nämlichen Politiker miteinander diskutiert haben, obwohl gerade dieser Falott Schuld daran hat, dass die Zeiten im Wirtschaftlichen immer schlechter und schlechter werden. Denn, wenn man den Staat ununterbrochen so maßlos weiterverschuldet, werden noch Generationen darunter zu leiden haben.

„Dr. Kreisky natürlich!"

Otto erinnert sich bei seiner Fragerei, dass ihm dieser Kanzler schwer imponierte, obwohl sein Vater stets vor der roten Gefahr gewarnt hatte. Aber gerade in der Sozialdemokratie sah Gneringer nicht nur eine Zukunft Österreichs, sondern auch für sich selbst und hat seinerzeit ernsthaft überlegt, in die Politik einzusteigen. Als er freilich dann die ersten Genossen im Bezirk kennenlernte, ist ihm dieses hehre Ziel bald wieder ausgetrieben worden, weil man nicht so bald mit einer Ministerfunktion betraut wird. Vorher heißt es noch jahrelang Zettel austragen oder Plakate kleben, und derartige Tätigkeiten waren eigentlich nicht mit Gneringers Politikverständnis in Einklang zu bringen.

„Und wer ist dann Kreiskys Nachfolger geworden?" Zuborsky hätte diesen Schurken am Liebsten zum Teufel gewünscht, doch nachdem der Kanzler den Androsch abgesägt hat, ist weit und breit kein Nachfolger in Sicht.

„Was meinen Sie mit ‚geworden', Herr Otto?" Natürlich kann man im Jahr einundachtzig nicht wissen, dass ein unfähiger Sinowatz auf den Thron gehievt wird, aber Gneringer geht jetzt aufs Ganze und zählt sämtliche Regierungschefs bis zur Gegenwart auf.

„Ja, können Sie denn in die Zukunft sehen?!", spöttelt Zuborsky so, als würde er kein Wort glauben.

„Das kann doch niemand", scheint Gneringer wieder zur Einsicht zu kommen. „Die Personen, die ich Ihnen gerade aufgezählt habe, sind allesamt Vergangenheit, außer natürlich die letzte, die wird uns noch ein bisschen erhalten bleiben."

Leider, mutmaßt Zuborsky, hat es den Anschein, dass der Herr Otto entweder verrückt geworden oder völlig angetrunken ist. Aber das erklärt noch nicht sein so anderes Äußeres.

„Das Problem könnte sein, Herr Zuborsky, dass Sie nicht wissen, in welcher Gegenwart Sie sich gerade befinden."

„Hier halt ..., na hier!" Zuborsky verhält sich jetzt etwas vorsichtiger, weil der Herr Otto immer seltsamer wird. Irgendwas ist da objektiv faul, und das könnte schon mit dem jungen Herrn zusammenhängen. So ist er froh, dass der Sinkovic wieder seinen Platz hinter der Schank eingenommen hat und sozusagen ein Auge auf alles werfen kann.

„Noch einen Wunsch, die Herren?" Gneringer steigt jetzt doch wieder auf Spritzer um, da sich seine Blase bei Wein grundsätzlich weniger oft meldet als bei Bier, und Zuborsky begnügt sich mit einem Achterl Rot.

Jetzt hat Gneringer sogar beide Toten beisammen und überlegt, welche Geschütze er nun ausfahren solle, damit deren Kartenhaus des Lebendigen zusammenfällt. Traurigerweise leidet seine Einfallsgabe. Es scheint nicht so leicht, Tote von ihrem Tod zu überzeugen. Da allerdings in dem Moment seine Blase eine eindeutige Meldung gibt, dass sie einer Leerung bedarf, muss er einmal diesem Zwang nachgehen und verlässt seinen Platz an der Budel.

Das Pissoir befindet sich links hinten und ist selten in einem einwandfreien Zustand. Heute jedoch schaut es hier noch abenteuerlicher als sonst aus, weil die Urinale entfernt worden sind und man seinen Strahl auf eine Pinkelrinne richten muss, was wiederum die Gefahr indiziert, dass man sich auf die Füße pinkelt. Noch übler wird einem, wenn dies der Nebenmann tut, und leider ist gerade jemand in die Toilette gekommen.

„Was man oben hineinlässt, muss unten wieder hinaus." Nämlicher geistreiche Satz steht sehr oft als Kommunikation auf einem Herren-Klo an, aber an der durchaus bekannten Stimme kann er die Person zuordnen. Dass dieser gerade so übel beleumdete Tschocherln aufsucht, hätte sich Otto am wenigsten gedacht. Denn Orte, wo sich der Ruß des Bezirkes trifft, sind doch für einen seriösen Richter mit Sicherheit tabu. Allerdings, und nachdem die Blase von ihren Zwängen erlöst worden ist, funktioniert auch Gneringers Denkvermögen um einiges besser, der Dr. Schranner passt in gewissem Sinne leider ebenso hierher. Aber dass man nach dem Tod noch aufs Häusl gehen muss, war eine neue Erkenntnis.

Am Waschbecken steht man jetzt nebeneinander. Otto lässt Dr. Schranner den Vortritt, bevor er sich selbst die Finger waschen wird. Dies gibt ihm Gelegenheit, den Schulkollegen seines Vaters näher zu betrachten. Er hat ihn zum letzten Mal am Begräbnis seines alten Herrn getroffen und sich noch an die tröstenden Worte, dass alle Menschen sich irgendeinmal wiedersehen werden, erinnert. Der Herr Doktor, er kann sich noch an die Parte bei seiner Tante erinnern, ist dann ein halbes Jahr nach seinem Erzeuger verstorben, und der wird ihm wahrscheinlich jetzt mitteilen, dass er da hinten am Tisch mit ihm zusammensitzt.

Gneringer wird zunehmend nervöser und eilt in den Gastraum zurück. Sein Vater befindet sich wenigstens nicht unter den Gästen, aber sind nicht auch die anderen Menschen, die er hier angetroffen hat, der Zuborsky und der Sinkovic auf jeden Fall, Verstorbene? Und was ist mit den restlichen Personen, die hier drinnen sind? Otto schaut zu einem Tisch, wo ein ältliches Pärchen sitzt, und glaubt, sich daran zu erinnern, dass es die sind, die vor einigen Jahren bei einem Gasunfall auf der Nebenstiege ums Leben kamen. Und das Mädchen da drüben, aus seinem Hof, ist doch schon als Teenager an Leukämie gestorben. Auch die Frau Bezzoli, die Hausbesorgerin von der Siebener-Stiege, kann unter normalen Umständen nicht anwesend sein, weil man sie ertrunken in der Badewanne aufgefunden hat. An Tante Annis Begräbnis kann er sich als Siebenjähriger genau erinnern, weil er eigentlich froh war, diese Frau mit der riesigen Hexennase nie mehr besuchen zu müssen, und jetzt grinst sie sogar zu ihm herüber. Dass er den Kreisky jemals live irgendwo gesehen hat, kann sich Gneringer nicht erinnern, aber selbst der Altkanzler sitzt an einem der kleinen runden Marmortischchen und scheint sich an einem Bier zu delektieren. Er muss es sein, denn sonst würde sich nicht die Herta Firnberg, die gerade vom Damenhäusl gekommen ist, zu ihm setzen.

Gneringers Blicke tasten nun immer unruhiger den Raum ab, und neben einigen Gestalten, die er sicher nicht kennt, vielleicht auch, weil sie Kleidungsstücke tragen, die seit Jahrzehnten aus der Mode sind, kann er niemanden wahrnehmen, von dem er mit Bestimmtheit wüsste, dass er noch lebt.

Plötzlich bekommt er Schuldgefühle, weil er sich womöglich als Einziger hier drinnen an einer garantierten Lebendigkeit erfreut. Aber soll er verantwortlich dafür gemacht werden, dass sie alle hier die Patschen gestreckt haben? Kann man ihm eine Schuld geben, dass die Bezzoli ersoff, weil sie wahrscheinlich betrunken im Wasser eingeschlafen ist? Oder soll man ihn dafür haftbar machen, dass das Leben einen natürlichen Verlauf wie bei der Tante Anni nimmt, die hochbetagt vom Bett in den Himmel fuhr? Und dass der Kreisky heute nicht mehr lebt, ist beim Geburtsjahr 1911 und bei seiner Niereninsuffizienz ebenso verständlich. Oder will man ihm daraus einen Strick drehen, dass die arme Betty an Blutkrebs litt? Er hat sie ja im Krankenhaus besuchen wollen, wie ihre Mutter gebeten hatte. Leider kam immer etwas Unaufschiebbares dazwischen. Und das Begräbnis ist dann genau auf einen Schikurs gefallen. Auch, dass bei irgendjemandem die Gastherme undicht wird, kann man doch niemals dem Gneringer anlasten. Überhaupt, da ist er sich völlig sicher, hat er keinen einzigen Tod am Gewissen, und wenn hier irgendwer im Raum das Gegenteil behauptet, dann …

Ja, was dann?

Denn einer irdischen Gerichtsbarkeit sind sie alle hier nicht mehr verantwortlich. Was wollen sie dann alle von ihm? Was wollen alle von Gneringer, dem einzigen Menschen hier, der noch Leben in sich trägt, wirkliches Leben, und der noch eine Zukunft vor sich hat. Hoffentlich eine rosige!

Gneringer eilt hurtig dem Ausgang zu, doch bevor er die Eingangstür öffnen kann, um die Blaumeise zu verlassen, wird er vom Wirten zurückgepfiffen. „Entschuldigen Sie, Herr Otto …, ich glaub, Sie haben etwas vergessen!"

Verdammt noch mal, natürlich, Zechpreller ist Gneringer nie einer gewesen.

„Das Achtel von Herrn Zuborsky geht auch auf Sie?"

„Natürlich!"

„Das macht dann …, ein Bier, ein Spritzer, ein Achterl …, macht einundfünfzig!"

„Einundfünfzig?" Gneringer ist sich nicht sicher, ob der Sinkovic nur einen dummen Witz macht oder ihn für blöd verkaufen möchte. So legt er einfach einen zehn Euro Schein auf die Budel mit dem Vermerk, dass das reichen müsste.

Der Gastronom wirft nur einen ganz kurzen Blick auf das Geld und der gewöhnlich freundliche Blick verfinstert sich: „Das DKT-Klumpert können Sie sich behalten …, ich bekomme jetzt einundfünfzig Schlei!"

Gneringer hört leider richtig, mit Schillingen hingegen kann er nicht dienen.

VI. Auch wenn es für ein gewisses Alter sehr weltmännisch wirkt, sich einen langen Nachmittag mit teuren Alkoholika zu besaufen, kommt das Ende meist nicht so würdevoll. Von Glas zu Glas wird der Glaube an die Wichtigkeit des Gesagten gesteigert, doch die Gespräche verlieren zunehmend einen inhaltlichen Kontext, was völlig wurscht ist, solange eine gute Stimmung am Tisch herrscht. Selbst die Bella hat sich ihre Trübsal langsam, aber dennoch weggesoffen und fällt mehrheitlich in ein infantiles Kudern. Sogar die schlechten Witze Gneringers, die vornehmlich sexistischer Natur sind, scheinen die Gymnasiastin zu erheitern, und da macht es fast gar nichts mehr, dass das Rendezvous mit dem Clemens eigentlich nicht stattgefunden hat. Vielleicht ist er sowieso nicht der Richtige, denn was fängt man mit einem Freund an, der nur Geschäfte im Kopf hat, und sie wird sicherlich nicht wie ihre Mutter enden, die Wochenenden lang auf ihren Vater wartete, weil der angeblich auf Geschäftsreise gewesen sein soll. Der Selbiger bekam seine Chance und wenn er sie nicht wahrgenommen hat, so ist das seine Schuld. Und die Welt ist voll von schönen Männern, jedenfalls dieser Tisch, wo zwei Drittel durchaus annehmbar sind. Leider wirft ihr das hässliche Drittel auch immer wieder unanständige Blicke zu, und Otto soll sich vorsehen, dass sie nicht hinüberlangt und eine gezielte Watsche setzt.

Ladinoski konnte bislang noch keine echte Freundin vorweisen. Das könnte damit zusammenhängen, dass er die grundsätzliche Überzeugung vertritt, die Beziehung zwischen Mann und Frau soll mit keiner Lebensgemeinschaft einhergehen, weil die Geschlechter prinzipiell viel zu verschieden sind. Und auch wenn man mit achtzehn noch nicht auf die Idee kommt, zusammenzuziehen, wird von den Frauen meist erwartet, dass man eine gewisse Zeit mit ihnen verbringt. Wenn es vielleicht um gemeinsame Theaterbesuche ginge, dann wäre das noch verständlich, doch falls man nur händchenhaltend im Park säße, dann dürfte das mit der Zeit schrecklich fad werden.

Allerdings hat Christoph ein gesteigertes Interesse, den Körper einer Frau auch einmal genauer kennenzulernen, also eine Studie am lebenden Objekt vorzunehmen. Vorläufig eignete er sich nur ein theoretisches Wissen aus einschlägigen Hefteln an, was logischerweise keineswegs befriedigend sein kann. So sollte er schleunigst beginnen, sich werbemäßig um eine Frau zu bemühen, weil in seinem Alter sollten gewisse Erfahrungen bereits gemacht worden sein.

Wenn Bella einen Wunsch frei hätte, wäre es jetzt ein Knopf, auf den man nur drücken müsste, um zwei Personen augenblicklich zum Verschwinden zu bringen. Und der Christoph wäre da nicht darunter. Leider trieb man ihr den Glauben an die gute Fee schon vor Jahren aus. Doch vielleicht gibt es eine höhere Gewalt, denn aus Otto dringen bereits bedenkliche Geräusche. Es hat den Anschein, als könnte ihm gleich schlecht werden, jedenfalls rinnt schon etwas Speichel von seinen Lippen. Ja, man darf einfach nichts trinken, wenn man nichts verträgt …

Am Weg zur Toilette spürt Bella, dass auch ihr Kreislauf etwas aus dem Gleichgewicht gerät, und in der Sanitäranlage muss es das scharf riechende Putzmittel sein, das ihr den Magen umdreht. Wenigstens gelingt es ihr noch, eine Kabine zu erreichen und das Malheur in Grenzen zu halten. Zum Glück hat sie seit dem Gabelfrühstück in der Pause keine Feststoffe mehr zu sich genommen, und der Mageninhalt zeigt sich rein flüssiger Natur.

Zu blöd! Der Spiegel bringt ans Tageslicht, dass auch ihre Bluse etwas in Mitleidenschaft gezogen worden ist. So kann man sicherlich nicht an den Tisch zurückkehren, also wird etwas hilflos der Fleck mit dem Toilettenhandtuch bearbeitet. Sie könnte sich abwatschen, dass sie sich heute Morgen für Weiß entschieden hatte, kann aber leider die alkoholischen Spuren nicht zufriedenstellend entfernen, weil die Stelle eindeutig ungünstig liegt. Leider haben Männer den Hang, Frauen auf den Busen zu starren, und so wird das Missgeschick garantiert nicht unbemerkt bleiben. Mit etwas flauem Magen kehrt Bella wieder zur Männerrunde zurück.

Bedauerlicherweise ist auch Otto immer noch dort. Der scheint doch eine bessere Konstitution zu haben, als es die Glaubengruber vermutete, weil er schon wieder ein neues Bier in seinen Händen hält. Auch die Gläser der beiden anderen sind schon wieder gefüllt, und selbst ihr bietet man an, doch etwas von dem kostbaren Weißweine zu kosten. Einerseits hätte Bella grundsätzlich genug, andererseits will sie sich keine Blöße geben, weil man sonst den Fleck am Busen mit einem möglichen Unwohlsein in Verbindung brächte. So nimmt sie großzügig das Angebot an und lässt sich das Stielglas füllen.

Nur hat sie die Rechnung ohne ihren Magen gemacht, von dem sie eigentlich geglaubt hat, dass er nun Ruhe geben werde. Aber kaum, dass der erste winzige Schluck Rebensaft die Speiseröhre hinunterrinnt, beginnen Bellas innere Organe ein kakophones Orchester anzustimmen, das jenem Gneringers durchaus überlegen klingt. Wenigstens scheint nur mehr so wenig Mageninhalt vorhanden, dass es ihr gelingt, diesen nur bis in den Rachenraum vordringen zu lassen und wieder hinunterzuschlucken.

Freilich wird diese körperliche Indisposition von allen bemerkt und unterschiedlich kommentiert.

„Frauen und Alkohol, eine fatale Kombination!", gibt Gneringer zum Besten.

„Ist dir nicht gut?“, ist auch eine eher oberflächliche Bemerkung Selbigers. „Vielleicht solltest du tief durchatmen!“, klingt ebenso nicht wie das Gelbe vom Ei, könnte aber immerhin als netter Rat Christophs zu verstehen sein.

„Vielleicht sollte ich ein wenig frische Luft schnappen?“ Der Einfall Bellas gilt erfahrungsgemäß als ein eher schlechter, denn durch frische Luft gerät ein derangierter Körper oft völlig aus dem Ruder. Dennoch goutiert Ladinoski diese Aussage wohlwollend und bietet ihr an, sie vor die Türe zu begleiten.

Selbiger hat nichts dagegen, und Gneringer wurde nicht gefragt.

Obwohl Bella merklich schwankt, wagt Christoph nicht, die Frau in Sichtweite von Clemens zu stützen. Erst vor dem Kaffeehaus bietet er galant seinen Arm, der dankend angenommen wird.

Wenigstens existiert heute kein besonderes Temperaturgefälle zwischen drinnen und draußen, wodurch es zu keiner Verschlimmerung von Bellas Allgemeinzustand kommt. Im Gegenteil, einige tiefe Atemzüge bewirken eine Rückkehr von Farbe auf Glaubengrubers Bäckchen und Ladinoski kann schon fragen: „Geht's dir wieder besser?“

Natürlicherweise geniert man sich ein wenig, wenn man vermutlich eine leichte Fehlhandlung setzte, doch Bella ist auch nur ein ganz normaler Mensch mit allen Stärken und Schwächen. „Es geht schon wieder. Danke!“

Wenigstens reitet der fesche Bursche nicht auf dem Thema Alkohol herum, sondern meint nur: „Vielleicht sollten wir uns ein bisschen hier ins Freie setzen.“

Bella will vorläufig nicht zu den anderen Saufköpfen zurück und nimmt das Angebot an. Natürlich gehört auch der Schanigarten zu Herrn Fritzens Wirkungsbereich, und der möchte wissen, ob er vielleicht die Getränke von drinnen hierherholen sollte, doch Ladinoski kommt mit einer besseren Idee: „Bringen Sie uns einen Tee …, äh …, Pfefferminz …, und für jeden ein Paar Würstel!“ Selbst er fürchtet, dem Alkohole bald Tribut zollen zu müssen und sieht es als klug an, sich wenigstens jetzt eine Unterlage zu schaffen. Den Tee allerdings hat er natürlich nur aus Solidarität bestellt, aber was macht man nicht alles, um einer Frau zu imponieren. Und seine Entscheidung steht schon fest. Er wird sich um Bella bemühen.

„Die Frankfurter!“

Die Wurst ist brennheiß, dafür die Semmel steinhart. Dennoch wecken die Feststoffe wieder beider Lebensgeister. Der Tee tut bei Bella ein Übriges dazu, und sie ist beinah wieder die Alte. Doch es scheint auch etwas Neues im Busch zu sein. Das könnte vielleicht damit zusammenhängen, dass sich ihre Gunst von einem Mann auf den anderen übertragen hat. Auf einen, der bei Gott sensibler und aufmerksamer einherkommt als der, den sie zuletzt liebte. Aber womöglich ist es bei Clemens gar nicht die große Liebe gewesen, sondern nur eine unüberlegte Verliebtheit. Jedenfalls fühlt sie sich eindeutig nicht mehr gebunden und hat jetzt kein schlechtes Gewissen mehr, mit Christoph einen Flirt beginnen zu wollen. Freilich sieht sie sich in diesen Dingen nicht sonderlich erfahren, weil sie leider aus einem sogenannten guten Hause stammt und die Mutter ihren Männerbekanntschaften nicht sehr offen gegenüberstand. Selbst von der Tanzschule ist Bella stets abgeholt worden, was ihr damals besonders bei der Tsummer den Ruf einbrachte, eine Zwangsprüderierte zu sein. Natürlich hat sie dieser Trutschen immer wieder Phantasiegeschichten von Verehrern unter die Nase gerieben und konnte in letzter Zeit wenigstens den Clemens als Begleiter vorweisen, aber ein richtiger Freund ist ihr noch nicht so recht gelungen, wenn man vom Wondratschek Berti absieht, der sie bereits im Kindergarten heiraten wollte. Selbst der wäre der Mutter niemals recht gewesen, weil jener in den letzten Jahren mehrmals Kontakt mit dem Jugendgericht hatte.

Also, wie stellt man es richtig an, einen Mann zu bezirzen? Als Erstes könnte man es mit einem gewissen Blick, den sie schon öfters vor dem Spiegel trainierte, versuchen. Dazu ist es vielleicht nicht schlecht, sich sanft durchs Haar zu streichen, vielleicht dabei den Kopf leicht zurückwerfen und ein bisschen lächeln. Na ja, es wäre möglicherweise besser, die Zähne nicht zu zeigen, weil es ihr nach dem Prolaps auf dem Häusl nicht möglich gewesen war, diese zu putzen. So bleibt der Mund geschlossen, während Bella leicht erotische Verrenkungen macht.

Wenn Ladinoski im Frauenverständnis nicht falschliegt, könnte man dieses Mienenspiel als eindeutige Avance deuten. Allerdings sollte man in Betracht ziehen, dass noch reichlich Restalkohol im Mädchen drinnensteckt. Vielleicht müsste man besser abchecken, wieweit sie ihrer Sinne derzeit mächtig ist, bevor man sich näher vorwagt. Auch hat Christoph einen steten Blick zur Eingangstüre, ob der Clemens nicht etwa in den Vorgarten hinauskäme, um zu schauen, wo sie beide denn abblieben. Denn so ganz sicher ist er sich nicht, ob er völlig freie Hand bei der Bella haben kann. So entscheidet er vorläufig, lieber das Benehmen eines Gentlemans erkennen zu lassen und ihr vorerst keine schönen Augen zu machen. Sich ins rechte Licht zu rücken wird wohl schon noch erlaubt sein, und am besten gelingt das bei ihm mit Worten. Und Worte sind dazu da, G'schichtln zu drucken. Und was bietet sich im Kaffeehaus besser an, als über Literatur zu sprechen. Und Frauen sagt man doch ein tieferes Sprachverständnis als Männern nach. Wenn ihm das Glück hold ist, findet er ein Thema, welches die Bella interessiert.

Freilich sollte man auch seinen Alkoholspiegel berücksichtigen, der bewirkt, dass sein angeborenes Münchhausen-Syndrom noch stärker zur Geltung kommt: „Meine Mutter ist eine geborene Engländer …, nein! Sie ist keine Engländerin, sondern ihr Mädchenname ist Engländer …" Bella weiß jetzt nicht, worauf der Christoph hinauswill, hat aber jedenfalls eine interessierte Mimik auf Lager. „Weißt du, welcher österreichische Literat den Geburtsnamen Engländer hat?"

Aha, jetzt wird sie sogar geprüft. Nur, von so einem Lehrer lässt sie sich das sogar gefallen. Leider hat sie die Antwort gerade nicht parat und hofft, dass ihr dieses „Nicht genügend" nicht negativ ausgelegt wird.

Ladinoski bemerkt natürlich ihre himmelschreiende Ahnungslosigkeit und rückt jetzt mit der richtigen Antwort heraus: „Peter Altenberg."

Irgendwie kann die Glaubengruber mit diesem Namen schon etwas anfangen, jedenfalls mehr oder weniger. Deswegen dürfte es vielleicht schlau sein, mit einem sehr klugen „Aha!" zu kommen.

„Es besteht nicht nur eine Namensgleichheit zwischen meiner Mutter und dem Altenberg …, ich bin ehrlich mit ihm verwandt." Noch immer schlägt die Weisheit bei Bella nicht zu, und es wird wohl besser sein, weiter andächtig zuzuhören, damit vielleicht doch bald der Knopf aufgeht.

Nun folgt eine recht interessante Geschichte über einen Nichtstuer, der sich hauptsächlich in Kaffeehäusern herumtrieb und dort Geschichten geschrieben haben soll. Leider hat Bella keine von den Altenberg'schen Prosaskizzen gelesen, weil die wohl nicht zum Schulstoff gehören. Überhaupt gehört das Lesen weniger zu Bellas bevorzugten Tätigkeiten, weil sie eigentlich die Überzeugung teilt, das Leben kann sich doch nicht in Büchern abspielen. Schon gar nicht in denen, die im Deutschunterricht Pflicht sind, weil die meisten von verstorbenen Dichtern geschrieben wurden, die vom heutigen Leben keine Ahnung haben. Deswegen kann es auch in zehn oder zwanzig Jahren kein Buch mehr geben, weil dann sicher die ganze Literatur über den Fernsehapparat ausgestrahlt wird.

Selbst, wenn Bella die Gabe zeigt, ein Interesse vorzugaukeln, muss sich Ladinoski eingestehen, einen falschen Vorfahren erfunden zu haben, denn so verläuft dieses Gespräch eindeutig zu einseitig. Das Mädchen hat offensichtlich keine blasse Ahnung, wer der gesuchte literarische Bohemien war. Also könnte es vielleicht besser sein, diese Karte wieder im Talon verschwinden zu lassen und eine andere auszuspielen, die etwas treffsicherer sticht. Als Überleitung wird er die Monarchie verwenden, in der sowohl der Altenberg gelebt, als auch der Adel noch existiert hat. Und diesmal trifft er völlig ins Schwarze.

„Die Ladinoskis sind wirklich Grafen gewesen?" Bella kommt aus einem typisch bürgerlichen Haus, wo man den Konservatismus so hochhält, dass man den Adel nicht apodiktisch ablehnt. Auch in der Tanzschule hat sie einmal mit einem „Von" einen Walzer gedreht. Allerdings war der Kerl so dick, dass sie damals froh war, dass ihre Mutter sie immer von dort abholte, weil schon beim Promenieren deutete der blade Baron an, sie auf ein Glaserl danach einzuladen. Aber, wenn sie mit so einer Vogelscheuche an ihrer Seite von der Tsummer gesehen worden wäre, hätte sie jeglichen Status in der Klasse verloren.

Doch mit einem Adeligen könnte man sich garantiert zeigen.

Ladinoski hat noch ein tragisches Familienschicksal in petto, wo ihnen das Schloss in Ostpolen erst von den Nationalsozialisten und dann wiederum von den Kommunisten weggenommen worden ist. Gott sei Dank hat die Familie dann in Österreich Zuflucht gefunden, weil Onkel Otto dem Vater ein Visum für Deutschland verschafft hatte, mit dem er dann in unser Land kommen konnte.

„Onkel Otto?“

Ladinoski erklärt, dass Otto von Habsburg nicht ein leiblicher Onkel, sondern nur der Taufpate seiner (nichtexistierenden) Schwester sei, die deswegen auch Ottilie heiße.

„Du kennst den Dr. Habsburg persönlich?“ Diese Frage indiziert, dass sie ihn wenigstens kennt, was seinen Bericht natürlich ungemein aufwertet.

„Ich habe ihn länger nicht mehr gesehen, aber er hat mir einen sehr lieben Brief zu meinem achtzehnten Geburtstag geschickt.“ Wenn man Eindruck schinden möchte und es gelingt, freut es einen.

Auch Bellas Vater hat nie schlecht über den Dr. Habsburg gesprochen, im Gegenteil, in der Familie Glaubengruber ist durchaus eine monarchistische Tendenz zu spüren, die einen Habsburg eher als diesen Dr. Kirchschläger an der Spitze der Republik sähe. Und wenn es ihr nun gelänge, einen echten Grafen um den Finger zu wickeln, könnte gerade die Mutter nichts dagegen haben, die sich stets davor fürchtet, dass diese ganzen Proleten in der Schule einen schlechten Einfluss auf sie ausüben.

„Ich habe vor, im Sommer nach Pöcking zu fahren …“

„Wohin?“

„Nach Pöcking am Starnberger See, um Onkel Otto seinerseits zu seinem Geburtstag meine Aufwartung zu machen …“

„Wann feiert dein Onkel?“

„Am achtzehnten August.“ Eigentlich hätte Dr. Habsburg im November Geburtstag, am achtzehnten gedenkt man Kaiser Franz Josephs, aber Christoph ist sich sicher, dass diese historische Ungereimtheit unentdeckt bleiben wird.

Leider werden sie entdeckt, und das harmonische Stelldichein wird jäh unterbrochen.

„Da seid ihr! Wir haben schon geglaubt, ihr habt euch geschlichen.“ Beiden Kollegen ist anzusehen, dass sie, während Bella und Christoph draußen saßen, heftig weitergebürschtelt haben. Clemens kann sich noch relativ gerade halten, Otto hingegen muss sich von Sessel zu Sessel weiterhanteln, um überhaupt vorwärtszukommen. Zuletzt versucht er, einen Gartenstuhl als Rollator zu verwenden, doch die Sesselbeine verkeilen sich am Betonfuß eines Sonnenschirms. Der Körper gerät aus dem Gleichgewicht und Gneringer tritt unsanft in Kontakt mit dem Erdboden. Christoph ist schnell zur Stelle, aber erst durch die Unterstützung von Clemens gelingt es, den Gefallenen aufzurichten und auf einem Stuhl zu platzieren.

Bella ist glücklich. So etwas ist ein Bild für Götter. Den Widerling in so einem entwürdigenden Zustand zu sehen, bereitet ihr eine tierische Freude.

Allerdings scheint jener keineswegs die Einsicht zu haben, dass er sich gerade fürchterlich blamiert hat. Gneringer grinst über beide Ohren zu Bella hinüber und brabbelt sogar noch eine ungehörige Bemerkung: „Ich glaub, der Neue will sich die Bella aufreißen.“

Dass der Spruch „In vino veritas“ eine so reale Bedeutung haben kann, ärgert Ladinoski, obwohl wahrscheinlich eher Bier als Ursache für diese alkoholbedingte Pointe herhalten musste. Ein vorsichtiger Blick zu Clemens prüft dessen Reaktion. Doch der zeigt keine eifersüchtige Regung. Seine Gedanken beschäftigen sich mehr damit, was man jetzt mit dem gehbehinderten Gneringer anstellen sollte, weil auf den üblichen Nachhauseweg, also zu Fuß, dann Autobus und dann wieder zu Fuß, wird man diesen Herrn nicht alleine schicken können. Nur spürt Clemens wenig Lust, das Kindermädchen zu spielen und den Trunkenbold womöglich noch körperlich stützend zu begleiten. Zum Glück hat Herr Fritz, dem der Umfaller natürlich nicht entging, die einzig zündende Idee:

„Ich vermute, Herr Otto benötigt ein Taxi."

Der wenige Minuten später erscheinende Chauffeur kann mit erheblichem Mehrgeld überzeugt werden, so eine problematische Fuhre zu übernehmen. Selbiger zahlt noch prophylaktisch die mögliche Reinigungsgebühr für den Wagen. Als die Limousine im Häusermeer verschwindet, ist man sichtlich erleichtert, dieses Problem fortgeschafft zu haben. Doch ein weiteres könnte sich nun für Ladinoski ergeben, da der Selbiger sich nun zu ihnen setzt und den Herrn Ober beauftragt, seine Getränke hierher in den Schanigarten zu schaffen. Ladinoski behagt diese ménage à trois nicht wirklich, weil er den Clemens absolut nicht einschätzen kann, und das beunruhigt. Normalerweise sieht sich Christoph als guten Menschenkenner, nur bei dem Selbiger gelingt es ihm nicht, auch nur ein bisschen hinter dessen Fassade zu blicken. Einerseits lächelt er freundschaftlich in die Runde und vermittelt so ein Gefühl, dass alles in Ordnung sein soll, andererseits schwebt da eine Aura um seine Persönlichkeit, die durchaus zur Vorsicht mahnen sollte.

Jedenfalls sieht es der Christoph als günstige Gelegenheit, dass die Bella eine ausgesprochene Weiberblase hat und bereits wieder auf die Toilette muss. Vielleicht wäre jetzt ein Vieraugengespräch unter Männern angebracht. Kaum ist Bella außer Sichtweite, beginnt die Unterredung wie auf ein Stichwort.

„Ich sehe dir an, dass du Gewissenbisse mir gegenüber hast ..." Clemens schaut dem Christoph so tief in die Augen, bis der dem Blick nicht mehr standhalten kann und sich leicht wegdreht. „Das brauchst du nicht. Wenn dir die Bella gefällt, so nimm sie dir!" Selbiger hat jetzt so einen bestimmenden Tonfall, dass dieser Satz sogar als Befehl auszulegen wäre. Dann aber besänftigt Selbiger seine Stimme wieder und meint milde: „Die Menschen sollen in ihren Handlungen die absolute Freiheit haben, auch die Frauen. Und wenn sich die Bella für dich entscheidet, so freue ich mich …, obwohl ich zugeben muss, sie ist schon eine fesche Gretl."

Also doch nicht so eindeutig! Wenigstens scheint ihm der Selbiger nicht übel gesonnen und Ladinoski hat schon das Gefühl, dass es besser wäre, Selbiger nicht zum Feind zu haben.

VII. Winter hinterfragt nie, weshalb er noch immer eine so schulisch dominierte Umwelt hat. Aber es gibt eben Menschen, denen die Schule einen Prägestempel aufsetzte, der sie das ganze Leben an die ehemalige Bildungsanstalt kettet. So kommt es ihm auch nicht verwunderlich vor, dass ein ehemaliger Klassenkamerad als sein direkter Vorgesetzter hier im Amt arbeitet. Selbst wenn der Ladinoski nur etwas mehr als ein halbes Jahr mit ihm die Schulbank drückte, gilt jener sozusagen ebenso als kleines Glied in Winters Lebenskette.

Gneringer hingegen ist schon ein größerer Stein. Ob ein Edelstein oder nur ein gewöhnlicher Kiesel, kann Winter gar nicht mehr beurteilen. Albrecht weiß nur, dass der Otto zu seinem Leben dazugehört, genauso wie die Gattin oder die Töchter. Deswegen bläst er wie so oft Trübsal, dass sein Kamerad in Schwierigkeiten steckt. Diesmal sind diese leider nicht nur finanzieller Natur, sondern es dürfte wohl weitaus ernster sein. Vielleicht hätte er seinen Freund einmal beiseite nehmen und ihm ein bisschen einen Spiegel vorhalten sollen. Natürlich nicht auf eine so drastische Art, wie es der Obrechtsberger getan hätte, doch mit ein bisschen Fingerspitzengefühl wäre es sicher klug gewesen, auf Gneringers exzessiven Alkoholkonsum hinzuweisen. Irgendwann musste es ja kommen, dass bei ständiger Sauferei entweder der Körper oder die Psyche oder sogar beides zugleich schlapp macht. Und wie der Otto gestern Abend beieinander war, lässt den schweren Verdacht aufkommen, dass sich irgendein Schalter in seinem Gehirn endgültig umlegte, weil er jetzt angefangen hat, weiße Mäuse, in seinem speziellen Fall in der Manifestation vom Spurny, zu sehen.

Leider scheint das Büro nicht der rechte Ort, sich über die Probleme jener Mitmenschen Gedanken zu machen, die nicht in den Akten stehen. Und so muss Winter seine Sorgen bezüglich Gneringer hintanstellen, weil sein Vorgesetzter unmissverständlich klargemacht hat, dass dieses besondere Schriftstück da am Schreibtisch heute unbedingt erledigt werden muss. Auch wenn zu Dr. Ladinoski eine schulische Verbindung besteht, kann man bei Gott nicht sagen, dass Albrecht Winter bislang davon profitierte. Im Gegenteil, es hat den Anschein, dass er in letzter Zeit von dem ehemaligen Kameraden besonders karniefelt wird. Dabei haben sie doch alle den Christoph relativ schnell in die Klassengemeinschaft aufgenommen. Gut, seinen persönlichen Kontakt müsste man eher als marginal bezeichnen, man konnte doch nicht mit jedem gleich gut befreundet sein. Was man jedoch erwarten sollte, wäre ein kollegialer Umgang, und den hat er jedenfalls in der Klasse zum Christoph gepflegt. Hier im Ministerium lässt jener eigentlich täglich den Vorgesetzten auf eine ziemlich unangenehme Art heraushängen, und das vielleicht nur, weil Ladinoski eben studiert und Winter gleich nach der Matura die Beamtenlaufbahn eingeschlagen hat.

Dennoch versuchte Albrecht öfters, die eigentliche Ursache dieser derzeitigen Präpotenz herauszufinden, weil in seiner Erinnerung Christoph ja den Ruf eines angenehmen Zeitgenossen hatte. Aber es gelang ihm nie, auch nur ein kurzes, privates Gespräch mit dem Klassenkameraden führen zu können, weder hier im Ministerium noch bei irgendeiner Maturafeier, weil er bei diesen nie zugegen gewesen ist. Vielleicht gehört es zu Albrechts Schicksal, diverse Schwierigkeiten im Leben ertragen zu müssen. Mit seiner Frau Hilde etwa hat er sich leider leicht auseinandergelebt, in dreißig Ehejahren kommt sowas in den besten Familien vor. Und dass sie nicht mehr mit ihm am Sonntag in die Kirche geht, akzeptiert er als ihre freie Entscheidung. Ärgerlicherweise hat sie die Töchter dahingehend beeinflusst, dass diese ebenso den Weg zum Herrgott verweigern.

Besonders der Gneringer ist kein leichtes Los. Dennoch fühlt er sich gerade ihm gegenüber verantwortlich, weil …

„Herr Kollege, sind wir soweit?" Der Herr Dr. Ladinoski bietet zwei besonders unangenehme Angewohnheiten, erstens, dass er stets unangemeldet im Büro erscheint und zweitens, dass er den Schulkollegen partout nicht duzt, nicht einmal, wenn sie beide alleine im Raum sind. Natürlich sah der Winter, dass ihn der Herr Doktor gleich erkannte, als jener vor gut drei Jahren hierher als Abteilungsleiter versetzt worden ist, weil Albrecht bei der ersten Begegnung auf die gemeinsame Jugendzeit hinweisen wollte, aber mit der Bemerkung: „Ich war zu kurz bei Ihnen in der Klasse, um das beurteilen zu können!", sofort abgeblockt worden ist.

„Äh …, verzeihen …" Leider hat er den Akt nicht einmal geöffnet, da er sich sicher gewesen ist, diese Aufgabe bis zum frühen Nachmittag garantiert erledigen zu können.

„Ich habe Ihnen gesagt, dass das heute fertig sein sollte." Das stimmt, doch der heutige Arbeitstag neigt sich noch lange nicht seinem Ende zu, allerdings liegt das zu bearbeitende Schriftstück bereits seit einer Woche in seinem Büro.

„Ich benötige es jetzt sofort!" Gerade diesen speziellen Akt braucht Dr. Ladinoski überhaupt nicht dringend. Eigentlich eilt in der Sektion überhaupt nichts, aber es geht ihm ums Prinzip. Natürlich ist die gesamte Tätigkeit hier von einer geradezu himmelschreienden Unwesentlichkeit und hat einzig und allein die Funktion, der Frau Minister ein paar Stichworte zuzuschanzen, damit sich diese im Parlament nicht völlig blamiert. Dennoch kann es nicht angehen, dass da einige Herrschaften fürs völlige Nichtstun bezahlt werden. Wenn man schon die Aufgabe bekommt, ein kleines Räderwerk zu bedienen, sollte man das im Rahmen seiner Aufgabenstellung auch tun. Er hat ja selbst diese lächerlich scheinende Tätigkeit nur angenommen, weil er von höherer Stelle den Auftrag dazu erhalten hatte und muss nun den ganzen Tag in muffigen Räumlichkeiten mit lauter Schwachsinnigen verbringen. Dann sollen diese Idioten wenigstens das tun, was er von ihnen fordert.

Obwohl es Dr. Ladinoski egal sein könnte, ob hier offensichtlich irgendjemand werkelt, steht er auf dem Standpunkt, dass eine gewisse Ordnung einzuhalten sei. Und gerade Winter gilt ihm als ziemlich rotes Tuch, da der bei ihrer ersten Begegnung hier im Ministerium sofort mit der Klassenmasche kommen wollte, um sich irgendwelche Privilegien herauszuschlagen. Dabei ist er bloß ein so klassischer Typ Mitläufer, der wahrscheinlich nirgends anecken will und dadurch auch immer Mittelmaß bleiben wird. Die Matura schaffen solche Gestalten nur, weil die Eltern unendlich viel Geld in Nachhilfelehrer hineinpumpen, damit man mit dem Abschlusszeugnis eine gut besoldete Lebensstellung erhält.

Ab dann hat es sich mit der Arbeit, und man spitzt die nächsten fünfundvierzig Jahre Bleistifte und sortiert Radiergummis. Und das Schauerlichste daran ist, dass diese Menschen keine Einsicht in ihr eigenes Nichtstun haben. Im Gegenteil, sie sehen ihre sogenannte Arbeit noch mit einem gewissen Stolz, weil sie in einem Palais oder sonstigem

Prunkgebäude tachinieren und nicht in einer stinkenden Fabrik Heringe schlichten.

Ladinoski greift sich jetzt einfach das unbearbeitete Portfolio. „Dann mach ich es eben selber." Natürlich wird auch er keine Hand an das Schriftstück legen, und dieses spezielle Problem wird irgendwo in einem Archiv verschimmeln.

Winter freut sich, in dieser Angelegenheit so glimpflich davongekommen zu sein, zumal es heute in der Kantine Rindsbraten gibt und er schon einen saumäßigen Hunger hat. Aber wenn man nur etwas zu spät kommt, ist Menü eins bereits aus, und als Menü zwei wird heute Reisfleisch geboten, bei dem es ihm eher den Magen umdreht. So steigt die Erleichterung, dass der unnahbare Klassenkamerad schon wieder sein Büro verlassen hat und er sich sofort auf den Weg machen kann. Es folgt nur ein kurzer Blick auf seinen Stehkalender, ob dort irgendwelche nachmittäglichen Termine eingetragen sind. Das nächste Parteiengespräch ist erst für morgen Vormittag um elf verzeichnet. So könnte er sich sogar nach dem Essen ein wenig aufs Ohr legen, wozu dient sonst sein bequemes Sofa, für welches er das vierzehnte Monatsgehalt opferte?!

Noch der Krawattenknoten hochgezogen und das Jackett angezogen, und dem verdienten Mittagessen steht nun nichts mehr im Wege.

Oder schon?

Hat denn der Ladinoski gar keinen Hunger? Es ist fast drei viertel zwölf und da muss doch bei jedem normal arbeitenden Menschen der Magen knurren. Es stimmt, er hat den Vorgesetzten noch nie in der Kantine gesehen, aber gedacht, dass er wohl auswärts essen geht, wie es manche von den besser Verdienenden handhaben.

„Ich hab noch etwas für Sie, Winter!" Genau so etwas mag Winter an seinem Mitschüler nicht. Erstens kann er nie anklopfen, eine Unhöflichkeit sondergleichen, und zweitens entspricht es nicht der Fairness, die heilige Mittagsruhe zu stören.

„Es ist eine spezielle Aufgabe, die ich nur jemandem übertragen kann, zu dem ich besonderes Vertrauen habe." Was soll denn das plötzlich? Ein besonderes Vertrauen wurde ihm noch nie entgegengebracht. Nur, wenn schon, denn schon, hat denn das nicht Zeit bis, sagen wir, so gegen fünfzehn Uhr? Leider traut sich Winter nicht, diesen Einwand vorzubringen, sondern versucht, das Knurren seines Magens mit einem „Ja, bitte?!" zu übertönen.

„Es handelt sich um etwas, was eigentlich nicht dienstlich ist." Das wird ja noch schöner. Einerseits hat der Chef jede private Vertraulichkeit stets unterbunden, andererseits will er vielleicht etwas Unamtliches, möglicherweise sogar etwas Unangenehmes von ihm.

„Die Frau Minister hat mich gebeten, eine absolut integre Person für diese Aufgabe zu finden." Na ja, so kann man ihn schon bezeichnen, Winters Leumund ist einwandfrei, also mit dem Gesetz geriet er niemals in Konflikt, was vielleicht damit zusammenhängt, dass er keinen Führerschein besitzt. Auch hat er nie vorgehabt, außerhalb der Stadt zu wohnen, und es deswegen als unnotwendig erachtet, sich einer diesbezüglichen Prüfung zu stellen.

„Es handelt sich um den Fall Glaubengruber." Der besondere Fall drang Winter schon an die Ohren, schreckliche Sache! Man hat die arme Frau, sie ist Leiterin der Revisionsabteilung gewesen, erhängt in einer versperrten Aktenkammer gefunden. Die Leiche wurde erst dadurch entdeckt, dass es am Gang fürchterlich nach Verwesung gestunken und man sich entschlossen hat, Nachschau zu halten. Wie in der Kantine erzählt worden ist, soll der Körper bereits in einem üblen Zustand gewesen sein, teilweise von Maden und anderem Getier zerfressen. Warum jene Person wochenlang niemandem abging, ist diversen Kollegen ein Rätsel gewesen. Aber wahrscheinlich lebte die arme Frau alleinstehend und hat keine Kinder gehabt. Ein klassisches Schicksal unserer Zeit, wo sich niemand mehr um den Anderen kümmert, selbst wenn man Tür an Tür arbeitet oder lebt. Nur, was hat er mit Frau Dr. Glaubengruber zu tun, er kannte sie persönlich kaum … gut, man ist sich immer wieder beim Essen begegnet …, freilich, summa summarum wusste er nichts von ihr.

„Da gibt es einige Ungereimtheiten!“ Was denn für welche, denkt sich Winter, es ist doch sogar im Gulden-Blatt gestanden, dass es sich um einen Selbstmord gehandelt haben soll und weitere Ermittlungen sind, soweit ihm bekannt, keine angestellt worden?!

Ladinoski schiebt jetzt sogar einen Sessel herbei. So muss Winter auch wieder Platz nehmen, und das Mittagessen könnte in weite Ferne rücken. Den Rindsbraten kann man auf jeden Fall abschreiben, und Albrecht sieht sich schon missmutig im Reisfleisch herumstochern.

„Das hier habe ich heute bekommen!“ Ladinoski schiebt Winter den Ausdruck einer E-Mail rüber. Albrecht besieht sich das Papier und beginnt den Text zu lesen: „Servus, Christoph! Eigentlich habe ich mir ursprünglich gedacht, kein Mann und schon gar nicht du bist es wert, sich allzu große Gedanken zu machen. Andererseits bin ich zum Entschluss gekommen, dass du mir doch nicht so leicht davonkommen solltest. Bussi, deine B.“

Erstens, was soll so ein Brief, der offensichtlich sehr privat erscheint? Und zweitens sagt ihm dieses „B“, welches offensichtlich eine Unterschrift sein soll, absolut nichts. Erst, als er aufgefordert wird, den Absender zu lesen, wird er stutzig. Hier wird eine Bella Glaubengruber mit der typischen E-Mail-Adresse ihres Amtes angegeben, und das Datum zeigt eben den gestrigen Tag. Das kann sich doch nur um einen Scherz handeln, und er schaut seinem Gegenüber sogar in die Augen. Nur der Doktor zeigt keineswegs Ausbrüche gesteigerter Heiterkeit, sondern blickt überraschend ernst drein.

„Was habe ich damit zu tun?"

Fürwahr hat Ladinoski keinen blauen Dunst, weshalb er Winter ins Vertrauen gezogen und die Notlüge mit der Ministerin ins Spiel gebracht hat. Schon in der Schule machte dieser keinen sonderlichen Eindruck auf ihn, und seit die beiden beruflich miteinander zu tun haben, legte er stets Wert darauf, jeden privaten Kontakt zu vermeiden. Allerdings kann er sich dumpf daran erinnern, dass Winter irgendwie spiritistisch angehaucht war, jedenfalls hat er sich im Religionsunterricht besonders hervorgetan, was die Vermutung nahelegt, dass er sich mit transzendenten Dingen beschäftigen könnte. Natürlich hätte er auch mit dieser E-Mail zur Polizei gehen können, aber was sollte er dort sagen? Dass er die Frau Glaubengruber etwas mehr als peripher kannte? Das hat hier im Ministerium niemand gewusst, und die untersuchenden Kriminalbeamten haben ihn dahingehend nicht befragt.

Natürlich dachte er im ersten Moment an einen üblen Scherz, den sich jemand mit ihm macht, oder sogar an eine mögliche Erpressung. Zu welchem Zweck? In seiner Beziehung zu der Bella lag nichts Verwerfliches. Gut, sie haben diese vor Gott und der Welt geheim gehalten, weil es sich im Grunde genommen nur um eine sexuelle Vereinbarung handelte, die beide so wollten. Deswegen ist es ihm auch nicht befremdlich vorgekommen, als sie sich länger nicht rührte, weil sie das so stets gehandhabt hatte, wenn sie wieder einmal zwischendurch einen festen Freund an der Angel hielt. Solche Zwischenzeiten waren ihm persönlich sehr recht, weil allzu viel Zeit wollte er nie mit Frauen verbringen, und die

Glaubengruber zeigte sich dahingehend sehr unproblematisch. Deswegen kann er ja den Text, selbst, wenn es sich wirklich um einen Spaß handeln sollte, nicht begreifen. Auch ist es ihm völlig unverständlich, wie es möglich war, ihre persönliche E-Mail-Adresse zu verwenden. Er hat sich bei der Technikabteilung dahingehend informiert, dass eine Amtsadresse im Falle eines beruflichen Abgangs oder eines Ablebens unverzüglich gelöscht wird und nicht wiederverwendet werden kann. Freilich, ein Hacker zum Beispiel findet immer Wege, die im Mail-Wesen Unmögliches möglich machen. Nur, welcher Computerfreak sollte sich mit dem Thema Glaubengruber und ihm beschäftigen wollen?

Vielleicht war es eine vollkommene Schnapsidee, den Winter mit dieser sonderbaren Geschichte zu konfrontieren, und er ärgert sich, dass er überhaupt den Einfall dazu hatte. Das Beste wäre wahrscheinlich gewesen, die E-Mail sofort wegzulöschen, was er wahrscheinlich gemacht hätte, wenn nicht am späteren Vormittag ein eigenartiger Anruf eingegangen wäre. Aus welchem Grund auch immer hat er noch nicht Bellas Nummer aus seinem Handy gelöscht, und als er ihren Namen am Display las, drehte es ihm schon etwas den Magen um. Leider hob er dann sogar ab. Dass er dann tatsächlich Bellas Stimme hörte, trug bei Gott zu keiner Beschwichtigung bei, da auch hier wieder eindeutige Vorwürfe zu hören gewesen sind. Er hat zwar in Panik nach wenigen Sekunden auf Rot gedrückt und die Verbindung beendet, aber damit leider nicht das Problem aus der Welt geschafft.

„Ich habe eine ganz blöde Bitte. Könnten Sie vielleicht eine bestimmte Nummer wählen?“ Winter wird nun gänzlich verwirrt. Erst muss er einen angeblichen Brief einer Verstorbenen lesen, und jetzt soll er noch das Telefonfräulein für einen Schulkollegen spielen, der ihre gemeinsame Vergangenheit runtermacht. Natürlich, wenn die Frau Minister das fordert, was soll's?! Er sitzt beruflich am kürzeren Ast, und außerdem muss ein Christenmensch nach seinen Prinzipien handeln. Der Ladinoski wird schon wissen, weshalb er das machen soll.

„Welche Nummer?"

Jetzt könnte Ladinoski sein Handy hinüberreichen, damit der Winter von diesem telefoniert, doch er entscheidet anders. „Ich sag Ihnen die Zahlen an."

„Vom Amtsapparat?"

„Eher von Ihrem Handy ..., wenn's geht ..."

Wenigstens hat der Albrecht einen Vertrag abgeschlossen, wo er pauschal für alle österreichischen Netze zahlt, allerdings führt er Privatgespräche von seinem eigenen Telefon aus dem Amt höchst ungern.

Ladinoski nennt die elf Stellen von Bellas Nummer, die der Winter Ziffer für Ziffer in seine privaten Tasten drückt.

„Und jetzt soll ich dort anrufen?"

„Ja, bitte!"

Christoph hört mit, dass mit den üblichen Klingelgeräuschen eine Verbindung aufgebaut wird und auch, dass sich jemand meldet.

„Wer hier spricht? ... Hier spricht Winter, Albrecht Winter aus dem ..., ja, ja, Frau ..." Ladinoski beobachtet, dass dem Telefonierer fast das Handy aus der Hand fällt.

„Ich habe ..., ja, ja ..., entschuldigen Sie die Störung ..., der Herr Doktor ..." Weiter scheint der Winter nun nicht mehr zu kommen, weil er das Mobiltelefon wie ein heißes Streichholz auf den Schreibtisch wirft.

Obwohl Ladinoski durchaus vermutet, mit wem gesprochen wurde, stellt er dennoch die Frage: „Wer war dran?"

Aus einem relativen Gestammel kann Ladinoski das Wort „Glaubengruber" heraushören und stellt sich schweigend eine Frage: Bin ich bei Sinnen?

Auch Winters übliche Ausgeglichenheit leidet. Erstens nimmt sein Hunger schon unmenschliche Züge an, und zweitens sitzt schon wieder ein Klassenkamerad vor ihm, der irgendwas mit Verstorbenen zu tun hat. Wenn er jetzt nicht völlig falsch liegt, hat er eben mit der verschiedenen Frau Glaubengruber geredet oder jedenfalls mit einer Person, die sich als diese Dame ausgibt. Freilich kann er persönlich nicht verifizieren, ob es eindeutig nämliche Beamtin gewesen ist, weil er die Stimme nicht vergleichen kann. Doch der Blick Ladinoskis lässt ihn zur Annahme kommen, dass jener es durchaus glaubt.

Leider taucht augenblicklich Gneringers nächtliche Erzählung mit dem Spurny in Winters Hinterstübchen auf. Dass plötzlich zwei Kollegen über ähnliche Todesbegegnungen berichten, könnte zu denken geben. Nur, bei dem Gneringer hat er alles aus zweiter Hand erfahren, hier beim Ladinoski wird er scheinbar direkter in eine Jenseitserfahrung involviert. Doch wenn er dem Gneringer, der als Freund gilt, schon nicht geglaubt hatte, wieso sollte er dem Ladinoski glauben? Da ist der Verdacht wohl naheliegender, dass er auf die Schaufel genommen wird …

„Sind Sie ein Christ?"

Diese Frage muss Winter bejahen, auch wenn in der säkularisierten Gegenwart das Eintreten für das Katholische gerne belächelt wird.

„Kann es das geben, dass jemand, der verstorben ist, wiederkommt?"

Auch hier steht wieder eine Parallele zu Gneringer, der Ähnliches wissen wollte, doch was soll er dazu sagen? Bei Gneringer war es einfach, da hat er ganz klar auf ein alkoholisches Delirium getippt. Aber von dem Dr. Ladinoski weiß er nicht, ob er säuft. Jedoch wäre das durchaus im Bereich des Möglichen. Alkoholismus ist verbreiteter, als man denkt.

„Eigentlich …, na ja …, dass Tote wiederkommen …, in der biblischen Überlieferung nur am Jüngsten Tag."

Genauso weit ist Ladinoski auch informiert, weil er sich wie jeder anständig getaufte Atheist oft mit der Bibel beschäftigte. Aber gerade diese Studien haben ihm den Glauben ausgetrieben, weil das ganze Gerede vom Leben nach dem Tod wohl nur den Zweck hat, die Moral völlig überzubewerten. Der Tod sollte die praktische Funktion haben, dass dann einfach alles zu Ende sein muss und man von nichts und niemandem mehr belästigt wird. Wenn es tatsächlich ein Leben nach dem Tod gäbe, wäre das ja überaus unangenehm, weil man sich dann ja Gedanken machen sollte, wie das aussehen könnte. Und wenn das Leben nach dem Tod wie im Fall Glaubengruber darin besteht, Lebende mit Vorwürfen zu konfrontieren, die völlig aus der Luft gegriffen sind, dann wird das noch ärgerlicher.

Gerade wie sich beide Männer beginnen anzuschweigen, meldet sich Ladinoskis Telefon. Der Blick aufs Display lässt nichts Gutes erahnen. Er hebt dennoch ab.

„Wieso bist du so feig, dass irgendein fremder Schackl mich anrufen muss. Bist du nicht Manns genug, mit mir zu reden?"

Ladinoski schweigt, weil seine Stimmbänder jeglichen Dienst versagen.

„So einfach kannst du es dir nicht machen. Jeder Mensch muss die Konsequenzen seines Handelns tragen und auch du, mein lieber Herr Doktor, auch du! Aber, Christoph, ich gebe dir noch eine Chance!"

Ladinoski hat das ungute Gefühl, als würde eine Schlinge um seinen Hals immer fester zugezogen. „Sei kein Waschlappen, ein Gespräch wirst du mir noch geben können." Dieser virtuellen Garotte ist es absolut unmöglich zu antworten.

„Also gut, wenn du mit mir am Telefon nicht sprechen möchtest, verstehe ich das. Mir ist live auch lieber. Außerdem habe ich sowieso Hunger. Also in einer halben Stunde im Quand Perutz? Ich warte auf dich!" Ladinoski hält das Handy immer noch ans Ohr, als Piepsgeräusche das Unterbrechen der Verbindung bekannt geben.

Erst als ihn Winter völlig entgeistert anstarrt, steckt er das Telefon in die Seitentasche seines Sakkos. Es dauert noch einige Minuten, bis sich die Kehlkopfsperre löst und er mit hohler Stimme sagen kann: „Ich muss …, ich muss gehen …"

Eigentlich sollte Winter froh sein, dass der abstruse Auftritt nun ein Ende findet, doch als Humanist bemerkt er wohl, dass hier jemand Hilfe benötigt. Außerdem wird der Rindsbraten mit Garantie nicht mehr verfügbar sein.

„Kann ich dir irgendwie helfen?" Winter erschrickt, dass er plötzlich ins joviale Du gefallen ist, aber der Vorgesetzte scheint das geflissentlich überhört zu haben. Langsam wie ein Zombie erhebt sich dieser von seinem Sessel, dreht sich in Zeitlupe um und trippelt mechanisch Richtung Bürotüre.

Bei der Wahl zwischen Reisfleisch und Ladinoski entscheidet er sich halt für Letzteren. Nun verlässt auch Winter seine Sitzposition und befindet sich bald auf gleicher Höhe zum Schulkollegen. „Soll ich dich …, äh …, Sie irgendwohin begleiten? Möchten Sie vielleicht zu einem Arzt?"

Im ersten Moment scheint der Klassenkamerad nicht einmal zu registrieren, dass man mit ihm spricht, aber nachdem Winter die Worte noch einmal wiederholt, scheinen diese durchs Innenohr ins Gehirn gelangt zu sein. „Begleiten Sie mich, bitte …, begleite mich, Albrecht!"

Die Hitze des Tages bedingt, dass kein Mantel angezogen werden muss. Man fährt den Lift hinunter, geht nickend am Portier, der ein freundliches „Mahlzeit" ruft, vorbei und befindet sich schon in der Fußgängerzone rund um die gotische

Klosterkirche. Nachdem man die erste Gasse rechts, dann noch einmal rechts und den engen Durchgang links durchmessen hat, steht man vor einem Lokal, welches der Winter nur vom Hörensagen kennt, weil dort Preise auf der Speisekarte stehen sollen, die jenseits seines Gehaltsschemas angesiedelt sind. Allerdings scheint nämlicher Gourmettempel offensichtlich ihr Ziel, denn der Ladinoski überblickt den kleinen Schanigarten, als ob er dort jemanden suchen würde. Er grüßt zwar auch einige Personen, die nicht das Suchergebnis sind. So wird bei diesem prachtvollen Wetter der Weg in ein düsteres Inneres gesucht, wo nahezu jeder Tisch unbesetzt ist. Nur an der hinteren Breitseite sitzt im Halbdunkel eine Dame mit offenem Haar und Brille.

Im ersten Moment kann Winter mit der Person nichts anfangen, doch als sie gemeinsam nähertreten, visualisiert sich auch seine Erinnerung. Er hat die Frau Doktor wenig gesehen, aber an die leicht gekrümmte Nase und den tadellosen Busen kann selbst er sich erinnern. Diese Reminiszenz verursacht bei Winter ein etwas mulmiges Gefühl.

„Ich hab mir fast gedacht, dass du nicht alleine kommst …, egal!“ Beide Herren stehen nun wie angewachsen zirka zwei Meter vor dem Tisch, und ihnen steht Ähnliches ins Gesicht geschrieben: Das kann wohl nicht sein!

„Du könntest mir wenigstens deinen Sekundanten vorstellen!“ Den Unterton dieses Satzes müsste man als barsch bezeichnen.

Ladinoski folgt der Aufforderung. „Das ist der Kollege Winter.“

„Gestatten, Winter!“ Winter verbeugt sich tief, tritt näher und wartet, dass ihm die Hand gereicht wird. Jetzt fasst sich Ladinoski ein Herz.

„Darf ich vorstellen, Frau Dr. Glaubengruber.“

„Grüß Gott, Herr Winter.“

„Küss die Hand, gnä' Frau!" Winter küsst wirklich. Darauf bietet sie diesem einen Platz an ihrer rechten Seite an. Ladinoski hat links zu sitzen.

Nun greift sich Frau Dr. Glaubengruber die Menükarte: „Wir sollten vielleicht einmal bestellen, ich habe nicht unendlich Zeit."

Ein aufmerksamer Kellner versorgt ebenso die Herren mit geeigneten Unterlagen. Auch wenn Winter sofort sein geliebtes Rindfleisch erspäht, sieht er leider genauso die Zahl daneben, und diese lässt den hungrigsten Phäaken zu einem asketischen Mönch mutieren. Selbst bei weiterem Studium der Speisen ist keine darunter, die Winters Geldbörsl adäquat wäre, und ein gewöhnlicher Schinken-Käse-Toast wird hier nicht feilgeboten.

Da durchdringt ein positiver Satz die gegenwärtige Stille. „Ihr seid alle meine Gäste!" Wenn das ein Vorgesetzter sagt, so darf man es glauben, und deswegen könnte man ja vor dem Tafelspitz die Leberknödelsuppe probieren, und zu solch einer Speisenfolge passt sicher kein Glas Leitungswasser.

„Darf ich schon aufnehmen?"

Winter wartet höflich ab, was die Frau Doktor bestellt, einen Salat vorab und ein gut durchgebratenes Steak, und gibt dann seine Wünsche preis. Ein Viertel Blauer Burgunder ist auch dabei.

Ladinoski hat keinen Hunger, lässt sich dann doch auf ein kleines Bier überreden.

„Entschuldigen Sie, Herr Winter, dass ich vielleicht etwas rüde auf Sie gewirkt haben muss. Es lag mir fern, Sie in irgendeiner Form zu brüskieren. Sie sind also ein Kollege meines …, des Herrn Doktor?"

Winter ist froh, dass sich jetzt eine normale Kommunikation zu entwickeln scheint, und antwortet wahrheitsgemäß.

„Nicht nur im Amt, wir sind sogar Klassenkameraden gewesen."

„Aha!" Dr. Glaubengruber scheint zu verstehen. „Ein alter Freund von dir. Deswegen wolltest du ihn mir vorstellen. Ich muss mich bei dir ebenfalls entschuldigen, Schatzi …, Christoph. Das ist doch ganz etwas anderes. Erzählt mal, wie eine jahrzehntelange Männerfreundschaft funktioniert? Ist das echt so anders als bei Frau und Mann?"

Dass der Winter jetzt wieder den Klassenkameraden herauskehren musste! Wenigstens dürfte die Bella etwas besänftigter sein. Nur, was soll er sagen? Dieser Albrecht hier ist niemals sein Freund gewesen. Bei Lichte besehen gibt es gar nichts zu sagen, denn wie ist es möglich, mit so einer Person eine Kommunikation zu führen? Wenn er jetzt nicht völlig danebenliegt, müsste sie doch unter der Erde liegen. Gut, am Begräbnis ist er persönlich nicht dabei gewesen, aber er hat doch etwas bei den Kollegen für den Kranz gespendet. So sollte man glauben, dass sie für immer dort verweilt, wo man auch zu bleiben hat.

Leider scheint der Winter keine rechte Hilfe zu sein, denn er zeigt sich fast entrückt, wie er seine Leberknödelsuppe schlürft. Der Kerl müsste auch schon festgestellt haben, dass hier gerade Unmögliches geschieht! Ein Mensch kann doch nicht die biologischen Gegebenheiten auf den Kopf stellen und unversehrt wiederkommen, denn die Gesetze der Natur sind unabänderlich. Einmal tot, immer tot! Das hat sich seit Anbeginn des Lebens stets bewährt, und weshalb sollte es plötzlich anders kommen?

Endlich beginnt der Verstand Ladinoskis wieder normal zu arbeiten. Was nicht sein kann, ist nicht möglich! Und was nicht möglich ist, wird auch nicht so sein, wie es kurzzeitig in seinen Überlegungen vorkam. Für alles gibt es eine logische Erklärung, und Christoph vermeint, eine plausible gefunden zu haben. Natürlich ist die Bella Glaubengruber verstorben, und diese Person, die die Frechheit besitzt, sich als nämliche auszugeben, kann nicht die Bella sein, sondern nur jemand, der ihr extrem ähnlich sieht. Und bei eineiigen Zwillingen etwa gibt es eine augenscheinliche Ähnlichkeit.

Christoph freut sich diebisch, des Pudels Kern geknackt zu haben. Wieso er nicht früher drauf kam, wurmt ihn zwar, weil er nicht zu denen gehört, die eine lange Leitung lieben. Er wird sich nun augenblicklich revanchieren und die falsche Schwester seinerseits aufblatt'ln.

„Wie ist es so, wenn man aus dem Grab kommt, Liebling?" Ladinoski nimmt keine Rücksicht darauf, ob der Winter mitkriegt, dass die Glaubengruber sein Gspusi war. „Das muss ja schon ein komisches Gefühl sein, ein paar Monate unter der Erde von Würmern angeknabbert zu werden und dann wieder putzmunter am Wirtshaustisch zu sitzen!"

Bella sieht von ihrem Salat auf. „Ich find das nicht wirklich lustig …!"

Natürlich ist das lustig.

„Es interessiert mich brennend , wie es so ist, dem Tod ins Auge geschaut zu haben …, Herr Winter …, Albrecht, was sagst du dazu, sowas ist mehr als erstaunlich, oder?"

Winter, der gerade das letzte Viertel Knödel kaut, hört gerade nicht hin. Aufgrund der Fleischmasse in seinem Mund dringt die Antwort unverständlich in den Raum, aber es könnte sich um eine Bitte handeln, die Frage zu wiederholen.

„Was sagst du denn zu so einem Ausflug aus dem Jenseits zu uns hier?"

Winter wundert sich in erster Linie, dass der Ladinoski zum schulischen Du zurückkehrte, dann wird auch er auf den Boden der Realität zurückgeworfen und muss darauf achten, dass ihm das Fleischstück nicht im Halse stecken bleibt. Allerdings bemerkt er ebenso, dass der Christoph eigentlich eine gesteigerte Fröhlichkeit ausdrückt und wohl nicht besorgt wirkt, mit dieser Dame hier zusammenzusitzen. Das beruhigt. Da nun bereits der Tafelspitz serviert wird, sagt Albrecht einmal gar nichts und widmet sich seinem gekochten Rind.

Ladinoski bestellt sich ein zweites Bier, diesmal ein großes. Dann perseveriert er weiter. „Du weißt doch, dass ich ein neugieriger Mensch bin, Bella. Ich will es einfach wissen, was der Unterschied zwischen Leben und Tod ist … Also, wenn ich dich so ansehe, wie du das Steak isst …, kein sehr großer!“ Jetzt hat er die Betrügerin, denn niemand kann ihm einreden, dass Tote etwas essen müssen. Und diese Frau haut dazu noch ordentlich rein, als hätte sie seit Tagen nichts in den Magen bekommen. Die falsche Schwester wollte sich wohl ein kostenloses Mittagessen spendieren lassen und hat sich deswegen ein derart perfides Spiel ausgedacht. Eigentlich originell, und Christoph beobachtet gespannt, wie der Zwilling seine Rolle weiterspielt.

Dazu muss man noch weiter nachhaken. „Ich habe gar nicht gewusst, dass du eine Schwester hast.“ Ladinoski interessierte sich nie für die familiären Bande seiner Freundinnen, und da ist die Glaubengruber natürlich auch keine Ausnahme gewesen. Denn, wenn man einmal den Bruder oder die Schwester kennengelernt hat, muss man plötzlich auf schrecklichen Grillpartys in irgendwelchen spießbürgerlichen Kleingärten herumhängen, und wenn sogar noch eine Mutter ins Spiel kommt, wird von einem verlangt, ins Altersheim mitzugehen. So ist er immer besser damit gefahren, niemals ein Interesse an der Familie seiner Anhängsel zu bekunden.

„Du hast dich für nichts interessiert, was mich angeht, Christoph.“ So schlimm war’s nicht. Er brachte ja einmal in Erfahrung, dass ihr ein Fetisch für Handtaschen eigen war und wollte ihr sogar einmal eine kaufen. Doch da haben sie sich gerade wieder einmal getrennt, und dass er dann, als sie wieder zusammen waren, ihren Geburtstag vergaß, lag auch nur daran, dass er niemals wusste, wann sie ihr Wiegenfest feierte.

„Es ist richtig, ich habe eine Schwester! Weshalb ist das gerade jetzt für dich interessant?"

Das kann sich diese Frau doch denken. „Weil es schön ist, mit ihr persönlich ins Gespräch zu kommen."

„Die hättest du auf meinem Begräbnis kennenlernen können, nur vor dem hast du dich ja gedrückt." Die Frau ist gut, echt gut! Ladinoski freilich hat sich seit Jahren strikt vorgenommen, dass das nächste Begräbnis sein eigenes sein wird und er dazwischen keines mehr aufsuchen möchte. Seine Eltern sind tot, Geschwister hat er keine, seine Tante vermachte sich der Pathologie, und weitere, die er zum Friedhof begleiten könnte, kämen sicher nicht zu seiner Leichenfeier.

„Es macht mir eine große Freude, ihr hier meine Aufwartung zu machen."

Dr. Glaubengruber blickt verdutzt von ihrem Teller hoch. „Meine Schwester lebt nicht einmal in Wien, und ich glaube nicht, dass du ihr schon einmal begegnet bist."

„Wieso bist du dir da so sicher?" Ladinoski freut sich, wie er die Schlinge immer enger ziehen kann.

„Ausschließen kann ich nicht, dass du sie zufällig einmal getroffen hast …, meines Wissens warst du noch nie in Amerika, und wie sie das letzte Mal in Österreich war, hast du keine Zeit für mich gehabt …, und am Begräbnis bist du ja nicht gewesen, Schatzi!" Bella setzt jetzt ein zuckersüßes Lächeln auf, das Christoph wahnsinnig gefällt. Unwiderleglich ist das ein genetisch identer Körper, und weshalb sollte man nicht mit diesem Klon fortführen, was man mit dem anderen begonnen hat? Ladinoski muss sich sehr zusammenreißen, nicht mit seinen Fingern in ihre Nähe zu wandern.

„Ich habe sie sofort erkannt ..., weil sie so schön wie du ist."

Wieder bildet sich ein Fragezeichen auf Bellas Stirn. „Meine Schwester ist schon ein attraktive Frau, das stimmt. Doch wieso glaubst du, sie erkannt zu haben?"

„Weil sie dir wie aus dem Gesicht geschnitten ist." Ladinoski muss sich in die Wangen beißen, um nicht loszulachen. Jetzt hat er sie.

„Eine Ähnlichkeit hat noch niemand zwischen uns beiden festgestellt. Caro war immer der dunklere Typ, und außerdem ist sie eher leptosom." Als leptosom kann man den Körper der Frau wohl nicht beschreiben. Glücklicherweise scheint der Busen genauso formvollendet wie bei der Bella zu sein, und Frauen können ihren Typ doch wechseln, wie sie wollen.

„Also, schön, dich kennenzulernen, Caro!" Jetzt spielt Ladinoski seine Trumpfkarte aus.

„Wieso ‚Caro'?" Bella macht ihren berühmten Augenaufschlag. „Ich habe den zwingenden Verdacht, dass du dich auf irgendeinem Holzweg befindest."

Das sieht Ladinoski eher weniger. Genüsslich steckt er sich eine Zigarette an und bläst den Rauch sogar noch zur falschen Schwester hinüber.

„Du könntest mir auch eine anbieten." Das ist das endgültige Eingeständnis der Niederlage, denn Bella mokierte sich ständig darüber, dass er pofelte. Freilich weniger, weil ihr seine Gesundheit am Herzen lag, sondern vielmehr ihre. Denn für Dr. Glaubengruber war, seit sie sich selbst das Rauchen verboten hatte, der Passivrauch mindestens ebenso schlimm wie das aktive Inhalieren.

Christoph zieht eine Zigarette aus der Schachtel halb heraus und hält ihr den Glimmstängel direkt vor den Mund.

Sie nimmt wirklich den angebotenen Tschick, steckt diesen zwischen die Lippen und wartet. Natürlich! Dr. Ladinoski war Sekunden unhöflich und gibt nun galant Feuer.

„Also, Bella hat nicht mehr geraucht." Christoph ist sich sicher, dass diese Frau, diese Caro, bald das Handtuch werfen wird. „Ihr war jeder Raucher extrem zuwider!" So schlimm war es wahrscheinlich auch nicht, sonst hätte sie sich nicht zu ihm ins Bett gesellt, aber das Thema Rauchen war ein immer wiederkehrendes.

„Glaubst du, dass das in meiner Situation noch irgendwas verschlimmert?"

„Bella hat doch den Standpunkt vertreten, dass jede einzelne Zigarette das Leben um einen ganzen Tag verkürzt."

Die Dame jedenfalls lässt sich ob dieser Theorie nicht vom Rauchen abbringen, im Gegenteil, jetzt ist sie es, die in einen Ausbruch von Fröhlichkeit verfällt und schallend zu lachen beginnt.

„Was soll denn ich noch … hahaha … vom Leben reden, du Tschopperl!" So hat ihn Bella manchmal genannt, wenn er in ihren Augen einen ausgewachsenen Blödsinn schwafelte. Aber das wird die Schwester eben weitererzählt haben.

„Guat war's!" Diese Bemerkung ruft den beiden Plaudernden in Erinnerung, dass sich noch eine dritte Person am Tisch befindet. Winter wischt sich mit der Stoffserviette den Mund und schaut glücklich drein.

Da Ladinoski sich nicht sicher sein kann, ob der kleine Beamte, während er den Tafelspitz in sich hineinstopfte, seinen Gedankengängen lauschte, muss er diesem nun ebenfalls die Pointe der ganzen Geschichte erzählen. „Darf ich Ihnen die Dame noch einmal vorstellen …," dass nun alles wieder beim Alten scheint, erkennt Albrecht daran, dass wieder zum distanzierten Sie übergegangen wurde, „… Caro, und höchstwahrscheinlich …, das kann ich leider nicht wissen …, Glaubengruber. Äh …, sind Sie eigentlich verheiratet, gnädige Frau?"

Da nun die ganze Geschichte gegessen worden ist und er mit einer gewissermaßen fremden Person am Tisch sitzt, gebietet auch hier die Höflichkeit, sich tadelloser Umgangsformen zu befleißigen. Winter erhebt sich sogar kurz von seinem Sessel, macht einen leichten Diener und sagt abermals: „Gestatten, Winter."

Die Dame zeigt kein gesteigertes Interesse, sich noch einmal auf die Grußebene mit dem Arbeitskollegen zu begeben und meint zu Dr. Ladinoski: „Was soll denn der Blödsinn? Bist du jetzt schon betrunken?!" Keineswegs, denn ein Seidel und ein Krügel schlagen bei einem Christoph kaum an. Aber gerade diese Idee klingt nicht schlecht, denn es hat schon etwas, sich einfach am Tag einen hinter die Binde zu gießen. „Herr Ober! Noch ein großes Bier, bitte!"

„Sehr wohl, Herr Doktor! Kommt sofort!"

Jetzt wendet sich die Dame dem Winter zu. „Verzeihen Sie …, es ist jetzt etwas vermessen, Sie um etwas zu bitten." Nun denn, er hat gut gegessen, fühlt sich wohl, weshalb soll man nicht etwas bitten dürfen. Die letzte Bitte, die er erfüllte, hat ja auch nicht geschadet und ihm dieses gute und kostenfreie Mittagessen eingebracht. So kann er galant meinen: „Bitten Sie, gnä' Frau …, bitten Sie!"

„Sie können natürlich nichts dafür, dass Sie der Christoph hierher mitgenommen hat …," schlecht war's trotzdem nicht und wenn jetzt noch ein Dessert als Draufgabe käme, könnte man von einer gelungenen Mittagspause sprechen, „… ich müsste mit dem Herrn da ein paar Worte alleine sprechen."

Gut, dann eben keine Nachspeise. Wenigstens hat sich alles in Wohlgefallen aufgelöst, wenn sich auch Winter ahnungslos zeigt, was für eine Rolle er gerade spielte. Jedenfalls weiß er sich taktvoll genug, auf die anvisierte Malakofftorte zu verzichten. Er erhebt sich, küsst die Damenhand, schüttelt die Herrenhand und bedankt sich überschwänglich für die Einladung. Leichten Schrittes entfernt er sich aus dem Lokal.

Die Aussicht, mit Caro nun alleine zu sein, klingt verführerisch, zumal es als erstaunlich zu bezeichnen wäre, wie ihn der spezielle Frauentyp in der Hand hat. Hier ist sogar das Besondere, dass er weiß, was auf ihn zukäme, wenn er mit ihr in die Harpfen stiege. Und diese Vorstellung lässt etwas in seiner Hose ordentlich knistern.

„Ich hoffe, du hast nichts dagegen, dass ich deinen Freund fortgeschickt habe?"

Das dürfte ja besser laufen, als man sich's erwarten kann. Wenn die eine Schwester schon Geschmack an ihm fand, wird es der anderen wohl genauso ergehen. Falls es also ebenso rasch wie damals bei der ersten Begegnung mit der Bella funktionierte, wird das einerseits ein schöner Nachmittag und andererseits eine heiße Nacht. „Natürlich nicht!"

Jetzt hat Christoph seine Finger nicht mehr im Zaum und streicht ihr zärtlich über ihre Lippen. Sie lässt es sich gefallen. „Es ist schön, dass du mich doch noch etwas gern hast. Ich hatte schon geglaubt, dass ich nach meinem Tod völlig aus der Welt für dich bin." Jetzt könnte sie aber mit dem ganzen Quatsch aufhören. Die Idee, als tote Schwester aufzutauchen, war gut, wenn nicht sogar brillant, nur ewig den gleichen Schmonzes zu erzählen, wird auch schon fad. So ist es eben mit den Frauen, erst muss geplappert werden, das haben sie gerne, und dann kann man hoffen, zur Sache zu kommen. Selbst, wenn diese Caro einer Zellteilung mit seiner Bella entstammte, bleibt sie vorläufig noch eine völlig Unbekannte für ihn. Also wird er jetzt reden und das Thema einfach wechseln.

Selbst ein Ladinoski kann manchmal banalisieren. „Es würde mich schon interessieren, ob Sie einen ähnlichen Lebensweg wie Ihre Schwester eingeschlagen haben?“ Dr. Bella Glaubengruber war in seinen Augen keine schlechte Juristin, die sogar eine größere Karriere vor sich gehabt hätte, wenn sie etwas ehrgeiziger gewesen wäre.

„Was reitest du immer auf meiner Schwester herum! Du kennst sie ja gar nicht!“

Christoph setzt nun ein Gesicht auf, das man als selbstgefällig beschreiben könnte. „Es hat mir Spaß gemacht, liebe Frau Caro …, wirklich Spaß gemacht …,“ irgendwann hört der Spaß auf, „… ich weiß, wer Sie sind.“

„Du hast gewusst, wer ich bin?“

Christoph bietet zwischendurch noch eine Zigarette an, die dankend angenommen wird. „Natürlich …, vielleicht nicht gleich …“ Er ist jetzt überraschend ehrlich, aber ganz wird er jetzt sicher nicht zugeben, dass er auf der Seife stand. „Ich habe natürlich gleich vermutet, dass es sich um einen Scherz handelt …, die Idee …, also der Einfall, sich als verstorbene Schwester auszugeben, weil ich ja nicht gewusst habe, dass ihr Zwillinge seid, war schon bemerkenswert.“

„Jetzt versteh ich überhaupt nichts mehr, Christoph …, was soll ich sein? Ich bin nicht einmal im Sternbild Zwilling. Nur bin ich mir genauso sicher, dass du nicht einmal weißt, wann ich Geburtstag habe … Und da behauptest du Stein und Bein, dass du weißt, wer ich bin.“

Normalerweise kennt man Dr. Ladinoski als Freund sophistischer Spitzfindigkeiten, freilich liegt ihm hier das Niveau doch etwas zu tief. Kann denn Caro nicht endlich zugeben, dass die Karten bereits vom Tisch geräumt sind und das Spiel längst zu Ende gespielt wurde?! Dennoch versucht er, Contenance zu halten. „Natürlich kann ich Sie nicht kennen. Ich bin Ihnen doch heute zum ersten Mal begegnet …“ Er will noch sagen, dass ihre Tarnung längst aufgeflogen ist, nur der Blick der Frau verfinstert sich zunehmend.

Leider sah Bella auch so aus, wenn ein Grant langsam in ihr aufstieg. „Ich bin mir jetzt nicht einmal sicher, ob du dich erinnerst, wann wir uns zum ersten Mal getroffen haben!“ Na ja, heute, wann denn sonst?!

„Sag es! Sag es mir!“

Das tat er ja gerade, aber Caro kommt plötzlich mit einer Geschichte aus dem Café Schwarthaler, an die sich Christoph natürlich noch peripher erinnert, weil dieser Tag der Beginn einer kurzen, freilich leidenschaftlichen Affäre war, die in seinem ersten Geschlechtsakt gipfelte. Dann allerdings verlor er Bella über Jahre aus den Augen, obwohl sie beide eigentlich das Gleiche studiert haben, und wie er seiner Jugendliebe wieder begegnete, hat er eigentlich geglaubt, dass sie einen Schippel Kinder haben müsste. Das ist ja auch der Grund gewesen, weshalb er sich damals nach zwei Wochen von dem Mädchen verabschiedet hatte, weil eine Familie zu gründen, stand außerhalb seiner Lebensplanung. Wie er später feststellen konnte, dass die Bella noch immer Single war, hat er sie durchaus als zeitweilige Geliebte wieder brauchen können.

„Ich versteh schon, dass Sie eine sehr enge Verbindung zu der Bella gehabt haben müssen …“ Jetzt kommt Ladinoski dennoch ein trüber Gedanke. Vielleicht ist das Ganze gar nicht so harmlos, wie er vorhin dachte. Eigentlich hätte er ja schon in Jugendzeiten etwas über die Schwester erfahren müssen, aber niemand, nicht einmal der Selbiger hat ihm einen derartigen Hinweis gegeben, vielleicht weil Caro aus irgendwelchen Gründen von der Öffentlichkeit ferngehalten worden ist. Jedenfalls erkennt auch ein Laie pathologische Züge an dieser Frau, und möglicherweise sollte man Vorsicht walten lassen und das Thema „Glaubengruber-Schwestern“ einfach ad acta legen.

„Schau mich einmal an!" Natürlich kennt Christoph das Gesicht, doch so etwas gilt als eine Spielerei der Natur. Nur kann man es als Tatsache nehmen, dass ihm diese Züge grundsätzlich gefallen. Doch wenn Caro nicht ganz koscher scheint, wie es den Anschein hat, wäre es klüger, sich nicht die Finger zu verbrennen.

„Willst du mich nicht noch einmal küssen?" Eine schwierige Frage! Freilich reizt es ihn, zu prüfen, ob sie so ähnlich schmeckt wie seine Exfreundin, allerdings sitzen sie in einem gutbürgerlichen Lokal, wo es sich nicht schicken könnte, derartige Zärtlichkeiten auszutauschen. Schwierig, schwierig! Einerseits hat er derzeit keine andere Frau auf Lager, andererseits will er sich nicht unnötige Probleme aufhalsen. Aber sei's drum! Ein einziger Kuss sagt rein gar nichts. Auch wenn bei Caro kleine Verrücktheiten diagnostiziert werden könnten, ein Versuch wäre allemal kein Fehler.

Der Ober macht sofort kehrt, um die Herrschaften nicht zu stören.

Sapperlot! Eigentlich kann man keinen Unterschied zur Schwester erkennen. Leider hat gerade diese körperliche Kontaktaufnahme bei Ladinoski bewirkt, dass er nun doch mehr möchte. Denn es ergab sich in den letzten Jahren oftmals, dass er nicht lange die Finger von der Bella lassen konnte. Es hat ihm zwar stets gutgetan, wenn sie sich wieder zwischenzeitlich getrennt haben, weil er dann seine Ruhe hatte. Aber ehrlicherweise muss er zugeben, dass immer nach kurzer Zeit die Lust auf ihren Körper zurückkehrte und er meistens derjenige war, der dann als Erster angerufen hat. Und jetzt ist es ja schon etliche Monate her, seit ihn Bellas Körper befriedigen konnte.

Ladinoski zählt zu denen, die bestimmten Dingen ziemlich treu bleiben, und dazu gehört auch der regelmäßige Sex mit ein und derselben Person. Er fühlt sich eben nicht mehr so experimentierfreudig wie in seiner Jugend, wo es ihm ziemlich egal war, was da mit ihm ins Bett stieg, hauptsächlich ansehnlich und gut riechend musste es ein. Irgendwann aber wird es einem leid, sich ewig auf gewisse Wünsche neu zu orientieren, und da ist es einfach praktisch, eine Dauergeliebte zu haben, die genau das kann und macht, was man von ihr erwartet. Bella erfüllte diese Eigenschaften voll und ganz, insbesondere ihr Busen, der immer ein eigenes Kapitel für Christoph gewesen ist.

„Wenn ich selber rauche, stinkst du nicht so penetrant nach Tschick!“ Diese Bemerkung war jetzt ziemlich unerotisch, allerdings kommt er gleich wieder in den Genuss einer weiteren Zungen-Zärtlichkeit, was ihn versöhnlich stimmt.

Leider befinden sie sich in der Öffentlichkeit, aber Caro findet den richtigen Ton: „Ich spüre, dass du immer noch völlig auf mich abfährst.“

Irgendwie überhört Christoph das „immer noch“ und bestätigt das postwendend mit einem „Hmmm“.

„Musst du heute noch in Büro?“

Dr. Christoph Ladinoski befindet sich in einer Position, wo eine Stechuhr als schlechter Witz verstanden würde. „Sicherlich nicht ..., und du ..., Sie?“ Nach diesen ersten Intimitäten ist selbst ein kultivierter Mensch nicht sicher, wie die richtige Anrede sein sollte. Aber in Anbetracht der familiären Bande wäre wahrscheinlich das Du sowieso geeigneter.

„Hahaha ..., was soll ich denn noch arbeiten? Für mich gibt es keine Dienstzeiten mehr oder sogar Überstunden. Glaubst du denn wirklich, dass ich da, wo ich jetzt bin, noch arbeiten muss?“ Sie hat doch noch gar nicht gesagt, was sie beruflich macht. Eigentlich kann's wurscht sein. Und wenn sie keine Arbeit hat, bricht er sich auch kein Bein, weil seine finanziellen Möglichkeiten es erlauben, sich tadellos eine

Konkubine zu halten. Das Hotel, das ihm jetzt vorschwebt, würde er sogar bar bezahlen.

„Herr Ober! Die Rechnung, bitte!"

Auf der Gasse nimmt sie seine Hand. „Es ist dir eh recht, wenn wir zu mir fahren?"

„Gerne!"

Seine eigene Wohnung muss man für kopulative Zwecke als ungeeignet bezeichnen, weil er sich trotz finanziellen Aufstiegs nie entschlossen hatte, seine Studentenbude aufzugeben. Und die hat weit und breit kein Flair eines Liebesnestes, zumal dort nicht einmal ein Doppelbett existiert.

„Taxi oder U-Bahn" ist keine Frage, weil die Dame bereits die Hand hebt und einen Wagen herbeiwinkt. Die angegebene Adresse kommt Christoph reichlich bekannt vor, doch als sie dort sind, wird es zur Gewissheit. Die Zwillingsschwester scheint sogar im gleichen Haus zu wohnen. Nicht nur das! Womöglich hat sie sogar die Wohnung geerbt, denn auf dem Türschild steht noch immer „B. Glaubengruber".

Doch in einem unterscheiden sich die Schwestern völlig. Während Bella stets Wert darauf legte, dass alles picobello auszusehen hat, scheint Caro das vollkommene Gegenteil zu sein. Hier setzte man sicher über Monate keinen Staubsauger mehr in Betrieb. Die Schuhe werden vom Lurch am Fußboden nahezu verschlungen, und ein Mief steht in den Räumen, als ob das Lüften bei Strafe verboten wäre. Auch sonst hat alles eher die Patina eines unbewohnten Ortes. Die Vorhänge sind zugezogen und das Halbdunkel lässt nur erahnen, was man vielleicht sonst noch sehen könnte. So greift Ladinoski zu dem ihm bekannten Lichtschalter im Wohnzimmer, doch offensichtlich hat Caro die Rechnung nicht bezahlt.

So schiebt er den Damast zur Seite, und Tageslicht dringt in den Raum. Was nun zum Vorschein kommt, kann sich selbst der so kluge Dr. Ladinoski schwer erklären. Wie ist es möglich, dass der Staub den ganzen Raum, vom Perserteppich bis zum höchsten Bücherregal, vollständig in Beschlag genommen hat? Wie kann es sein, dass man die verwelkten Blumen noch nicht weggeworfen und die eingetrockneten Gläser nicht schon längst gewaschen hat? Wie ist es zu erklären, dass Myriaden von Fliegen sich hier eingenistet haben, und wie kann ein normaler Mensch hier überhaupt noch leben?

Ehe diese elementaren Fragen überhandnehmen, steht die Schwester schon an seiner Seite und drängt ihn zärtlich weiterzugehen. Natürlich weiß er, dass sich im nächsten Raum das Schlafgemach befindet, war er doch oft genug hier. Auch wenn seine Erinnerung dieses Zimmer mit einem blühenden Garten verbindet, kommt ihm der schwerwiegende Verdacht, dass sich gerade dort etwas zum Anderen gewandelt hat.

Gerade wie die Lust langsam schwindet und Gedanken um ein mögliches Reißaus kommen, sieht er, wie sich die Bluse langsam öffnet und ein lila Büstenhalter die prächtigen Doppelgipfel formvollendet in Szene setzt. Als dann auch noch diese Hügelkuppen näher und näher kommen, verflüchtigen sich die letzten Zweifel, und eine sexualbedingte Blindheit könnte den Herrn Doktor geschlagen haben. Wie wäre es sonst möglich, den Blick für die fragwürdige Umgebung derart zu verlieren, dass er fast willenlos ins Bett folgt. Die dortige Düsternis ist ihm egal, weil er kennt ja den Körper sowieso in- und auswendig. Idente Gene haben schon was für sich, denn was ihm hier geboten wird, kann sich durchaus mit der Bella messen.

Selbst, wenn er nicht mehr der Jüngste ist, konnte Bella ihn so erotisieren, dass sein spezielles Organ tadellos funktionierte. Und auch heute gelingt anstandslos nach ein paar Minuten eine gelungene Wiederholung. Christoph wirkt glücklich und sieht es als großartige Fügung des Schicksals, diese Frau, wenn auch auf merkwürdige Weise, kennengelernt zu haben. Zwar muss er wie so oft beim dritten Mal w. o. eben, na ja, sowas gehört halt dazu, wenn man auf dem Standpunkt steht, in seinem Alter auf eine gewisse Medikation verzichten zu wollen.

Bei Bella hielt er sich immer zurück, die Zigarette danach zu rauchen, aber da Caro ja selbst der Nikotinsucht frönt, fragt er nun vorsichtig an, ob es sie stören würde.

„Das ist das Einzige, was dich jetzt interessiert? Hat es dir denn gar nicht gefallen?“ Und ob! Deswegen zeigt er nun eine gesteigerte Lust auf den Glimmstängel, doch weil Frauen das so wollen, flüstert er ihr ins Ohr, dass sie einzigartig und großartig gewesen sei.

„Ich hab auch da drüben nichts verlernt.“ Sie streicht ihm über seine dünnen Haare. „Selbst wenn dort in dieser Hinsicht meistens tote Hose ist …, wenn man das einmal kann …, dann für die Ewigkeit.“

Christoph zündet sich jetzt wirklich eine an, denn so saumäßig wohl hat er sich schon lange nicht mehr gefühlt …, psychisch …, denn physisch scheint irgendwas komisch …, kratzt es da nicht fürchterlich auf seinem Rücken? Es ist fast wie ein Gelsenstich …, allerdings von unten …, zudem noch auf den Beinen, den Armen …, ja, überall juckt und beißt es …

„Was hast du denn, warum bist du plötzlich so unruhig, Schatzi?“

„Ich weiß nicht, irgendwas hat mich da gestochen.“ Er fährt wie wild mit seinen Händen über den nackten Körper. Sehen kann man in diesem dunklen Schlafzimmer fast gar nichts, aber er hat das Gefühl, dass etwas Lebendiges auf seiner Haut krabbelt. Jetzt versucht Christoph, die Flamme des Feuerzeuges dazu zu verwenden, die Situation auszuleuchten, was er vielleicht besser nicht getan hätte. Denn als guter Schüler in Naturgeschichte glaubt er, einwandfrei eine

Bettwanze zu identifizieren, und wenn ihn das Flackern der Flamme nicht betrügt, scheinen mehrere an seinen Gliedmaßen auf- und abzumarschieren. Panik muss bei so einer Beobachtung wohl jeden erfassen. Er fährt wirr mit seinen Händen über den blanken Leib.

„Was ist denn das für ein Dreck in deinem Bett hier?!" Christoph springt auf, stürzt zum Fenster und reißt auch hier den Vorhang auf. Gleißendes Sonnenlicht zeigt sofort die ganze Wahrheit. Als Bett im herkömmlichen Sinne wird dieser Schmutzpfuhl kaum zu bezeichnen sein. Muss man das nicht als Verblendung sehen, hier überhaupt hineingestiegen zu sein? Wie konnte man dieses wunderschön geblümte Satinbettzeug so verkommen lassen? Das ist ja keine Bettwäsche mehr, sondern eine Millionenstadt von allerlei Getier, worunter sich auch Lebewesen befinden, die selbst ein Ladinoski nie zuvor gesehen hat.

Er versucht, sich raschest seine Boxershort zu greifen, schnellt jedoch sofort zurück, weil diverse Kerbtiere seine Textilie in Beschlag genommen haben. Ja, es wimmelt geradezu überall, und Christoph durchdenkt in Panik, wohin er sich nun flüchten sollte. Einzig am Schreibtisch an der Wand scheint weniger Leben zugegen und auf diesen klettert er nun hinauf, nicht ohne vorher die haarige Brut auf der Schreibunterlage mit seinen bloßen Händen zu erschlagen.

Ihm schaudert es vollends.

Er wagt es kaum, zu der im Bette Platzierten hinüberzusehen. Obwohl sie völlig nackt darniederliegt, bedeckt eine dunkle, bewegliche Masse ihre Blöße.

Christoph atmet schwer. Ist es möglich, die Hölle schon zu Lebzeiten betreten zu haben?

Die Frau scheint diese nonverbale Frage in seinem vom Ekel verzerrten Gesicht zu erkennen: „Schau, Christoph, ich habe mich schon damit abgefunden. Wenn man einige Wochen unter der Erde liegt, ist einem nichts mehr fremd ..." Sie hebt ihren Arm, an dem sich haarige, fette Maden genüsslich tun.

„Am Anfang hat mir davor noch gegraust, aber man gewöhnt sich an alles, wenn man da unten ist ..., nur mir der Dunkelheit habe ich noch manchmal Probleme."

Christoph wird schwarz vor den Augen.

VIII. Verdammt noch mal, da hat er doch gestern wieder einen über den Durst getrunken. Und jetzt reißt ihn ein penetranter Wecker aus einem tiefen, traumlosen Schlaf.

Wieso Wecker? Gneringer ist sich sicher, keinen gestellt zu haben, weil er heute absolut nichts von Belang zu tun hat. Außerdem hat er schon seit Jahren keine aufziehbare Uhr mit einem schrecklichen Klingelgeräusch mehr, da er schon durch das normale Ticken des Chronometers beim Einschlafen gestört wird. Woher dieser schreckliche Ton kommt, der ihn so jäh aus dem Tiefschlaf reißt, stellt sich ihm als Rätsel. Normalerweise, also wenn er widrigerweise einen Termin wahrnehmen und zu nachtschlafender Zeit aus den Federn muss, wird er von der sprechenden Uhr in seinem Handy geweckt.

Der Schädel brummt. Der Schlaf steht noch so tief, dass er ihn erst aus den Augen reiben muss, um besser zu sehen. Dann wird nach der Brille auf dem Nachtkästchen gegriffen, damit der eigentliche Durchblick kommt. Was sind denn das für Gläser? Dieses scheußliche Modell Marke Siebziger hat er doch schon vor Jahren für die Dritte Welt gespendet.

Nolens volens setzt er sie auf die Nase und kommt aus dem Staunen nicht heraus. Ja, er ist zuhause! Es ist alles so, wie es immer gewesen ist! Der Romanführer, um die Bücher für die Referate nicht lesen zu müssen, steht auf dem selbstgezimmerten Bücherbord über dem Schreibtisch. Aber dieses jämmerliche Regal aus dem Werkunterricht der Unterstufe hat nicht einmal fünf Jahre gehalten und ist dann unter einem enormen Karacho zusammengebrochen. Er erinnert sich noch, wie ihm die Bücher dabei beinahe auf den Schädel geflogen sind. Wer hat das Werkstück wieder zusammengeflickt? Und wieso hat man seinen alten Plattenspieler wieder aufgestellt? Er verscherbelte diesen doch seinerzeit dem Winter, obwohl das Laufwerk fürchterlich eierte. Und die gelben Tapeten mit den abwechselnd schmalen und breiten, roten Längsstreifen konnte er nie leiden und ist froh gewesen, dass diese geschmacklose Form der Wohndekoration spätestens Anfang der Neunziger aus der Mode kam.

„Aufstehen, halb sieben!“ Diese durchdringende Stimme ist in seinem Leben sicher hunderttausend Mal zu hören gewesen, freilich nicht in letzter Zeit, weil seine Mutter vor gut zehn Jahren das Zeitliche segnete. Gneringer beutelt es ordentlich ..., haben denn die schauerlichen Begegnungen mit den Toten noch immer kein Ende? Natürlich, viele wünschen sich, ihre verstorbenen Eltern wiederzusehen, aber natürlich nicht in jenem Leben, in dem sie gerade leben. Nur hat Otto in den letzten Stunden Erfahrungen gemacht, dass wohl keine Eventualität auszuschließen wäre, auch nicht das Wiederkehren seiner eigenen Mutter.

Allerdings scheint hier ein weiteres Déjà-vu aufzutauchen. Nachdem sich langsam Lebensgeister melden, kann er eines mit Bestimmtheit feststellen. Es handelt sich keineswegs um seine derzeitige Bude. Nicht, dass er die Einzimmerwohnung vermisst, im Grund genommen ist das dort eine elende Absteige, und hier sieht es viel adretter aus. Aber, dass er sich plötzlich in seinem Kinderzimmer befindet, trägt keineswegs zu einer innerlichen Festigkeit bei, und dass er als passionierter Nacktschläfer einen Pyjama am Körper trägt, ist auch nicht von schlechten Eltern.

„Aufstehen, das ist die letzte Warnung!“ Wenn derart apodiktisch jemals eine seiner vielen Ehefrauen gedroht hätte, wäre er partout liegen geblieben. Eine Mutter jedoch kann andere Saiten aufziehen, und mit so einem tieferen Wissen erhebt er sich rasch von seiner Liegestatt. Er ahnt, dass sein erster Weg ins Badezimmer sein muss, denn im Hause Gneringer wird Wert darauf gelegt, sauber und mit geputzten Zähnen zum Frühstück zu erscheinen. Zusätzlich steht ein ungeschriebenes Verbot in dieser Wohnung, im Nachtgewande die Küche zu betreten, weil es die guten Sitten verlangen, in korrekter Kleidung seine Mahlzeiten einzunehmen.

Seine Zahnbürste steht im roten Becher auf der Waschmaschine. Der grüne gehört Liesl, und die Eltern teilen sich den blauen. Während nun die Borsten so eingesetzt werden, wie es der Dentist Brockmüller vorgezeigt hatte, wandert sein Blick auf sein Ebenbild im Spiegel. Rasieren braucht er sich heute sicherlich nicht, das ist kein Bart, sondern höchstens ein Flaum, aber sonst wirkt einiges ein bisschen vorteilhafter als sonst. Die Augenringe sind nicht einmal andeutungsweise vorhanden, und der Haaransatz sitzt tief wie schon lange nicht. Und dass die Ulkusfalte sich verabschiedet hat, kann man durchaus als Vorteil sehen.

„Brodel nicht solang im Bad herum! Ich muss genauso rein!“ Seine kleine Schwester hat ihn immer genervt, und als sie älter geworden ist, verschlimmerte sich dies zunehmend. Deswegen brach er vor gut neun Jahren jeglichen Kontakt zu ihr ab.

Otto wäscht sich auch noch das Gesicht und putzt sogar die Ohren, und das alles in so einem Zeitlupentempo, dass er richtiggehend spürt, wie die Liesl vor dem Badezimmer beinah zu zerplatzen droht. Als er dann an ihr vorbei zurück in sein Zimmer huscht, kann er nicht umhin, der Schwester den täglichen Klaps auf den Kopf zu geben, wohlwissend, dass sie dann sofort zur Mutter rennen und petzen wird.

„Ähhh …, ähhh …, der Otto hat mich geschlagen …, ähhh!“

Er hat schon lange keine weiße Rippunterhose und ein ebensolches Rippunterleiberl angezogen, aber in Ermangelung eines anderen Angebotes wird in die vorhandene Leibwäsche hineingestiegen. Obschon er sogar eine Jeans besitzt, ist es strikt untersagt, so eine Arbeiterkluft zum Unterricht zu tragen. Ein ordentlicher Schüler kommt, wenn schon nicht in Stoffhose, dann zumindest in Schnürlsamt in die Schule. Und auch Ruderleiberln sind absolut tabu, es muss stets ein Hemd sein.

So geschniegelt und gekampelt erscheint Otto am Frühstückstisch, wo die gesamte Familie bereits versammelt ist. Vater und Mutter trinken Kaffee, doch für die Kinder gibt es nur Ovomaltine. Dabei wäre eigentlich bei seinem fürchterlichen Brand Koffein eher angebracht, nur steht der Herr Vater auf dem Standpunkt, dass man legale Drogen erst als Erwachsener, also nach der Matura zu sich nehmen darf, wozu in besonderem Maße der Alkohol zählt. Freilich hat die Mutter schon mehrmals bemerkt, dass er mit einem leichten Spitz, besonders nach der Tanzschule, nach Hause gekommen ist, aber sie hat den Otto dann immer sofort ins Kinderzimmer abgeschoben und dem Vater erklärt, dass dem Buben nur etwas schlecht wäre. Das Abendessen allerdings fiel dann stets aus!

„Was habt ihr heute in der Schule?“ Während der Mahlzeiten soll eine gepflegte Konversation geführt werden. Beim Schmieren der Marmeladensemmeln hat man dann auf jede noch so blöde Frage zu antworten. Otto murmelt meist das Gleiche, weil sie eigentlich jeden Tag irgendein wichtiges Hauptfach haben, aber Liesl geht mit ihrer Schwatzhaftigkeit überaus ins Detail, und wenn die Trutschn mit ihren hohlen Phrasen zu Ende ist, kommt schon die Zeit, den Ranzen zu schnüren und sich auf den Schulweg zu machen. Die Mutter überreicht noch die Jausenpackerln, es handelt sich stets um ein Wurstbrot und einen Apfel, und der Vater hat dann noch einen Rat für den Tag auf Lager. Dann geht's ab ins Stiegenhaus und von dort über den Hof zur Busstation. Wenigstens führt Liesls Schulweg in die andere Richtung, und von da an hat Otto seine Ruhe vor der Schwester. Nachdem diese um die Ecke gebogen ist, kann er endlich seinen ersten Tschick in die Pappn stecken.

Er nimmt den Bus um sieben Uhr fünfunddreißig, der immer einige Minuten später kommt, sodass sich eine zweite Zigarette ausgeht.

Da der Winter weiter draußen wohnt, befindet er sich immer schon im Wagen, wo er für Otto einen Platz neben sich reserviert. Auch hält er bereits die Schultasche offen, damit im Fall des Falles sofort die Hausübung zum Abschreiben hinübergereicht werden kann.

Selbst, wenn sich Otto heute sicher ist, dass er die Gleichungen garantiert nicht durchgerechnet hat, sieht er eigentlich keinen Sinn darin, diese in sein Heft zu kopieren. Er bestand doch vor über dreißig Jahren die Matura, wieso sollte er sich noch einmal mit diesem Dreck beschäftigen?! Gerade die Mathematik brachte ihn überhaupt keinen Deut weiter, denn es hat wohl nie einen Tag seines Lebens gegeben, wo sein Konto nicht völlig überzogen gewesen war, falls er überhaupt ein Konto hatte. Wozu sich also noch einmal mit Zahlenspielereien beschäftigen?! Viel mehr amüsiert ihn gerade, dass der Albrecht diese dicke Hilde, die direkt vor ihnen sitzt, bald nach dem Schulabschluss heiraten wird. Wenn er jetzt ein wahrlich guter Freund wäre, sollte er den Albrecht warnen, dass dieser am Tag der Hochzeit sein Heft des Lebens völlig aus der Hand geben wird. Doch Otto ist klug genug, darüber den Mund zu halten, weil die Wahrscheinlichkeit, dass ihm der Schulkollege Glauben schenken wird, äußerst gering ist. Allerdings, ein bisschen sticheln wird man schon dürfen.

„Sag einmal, Albrecht, hast du eigentlich Lust, bald eine Familie zu gründen?“ Er formuliert das so laut, dass die Hilde diese Giftpfeile auf jeden Fall mitbekommen muss. Und gerade der Kamerad zeigt eine Reaktion, die zu denken gibt. Er wird rot!

Aha, die beiden haben schon etwas miteinander, und er ist nicht informiert worden. Nun hat er es herausgefunden und überlegt, wie er dieses Geheimnis für einen möglichen Scherz verwenden könnte. Gerade wie seine Ganglien einen Unfug durchdenken, steigt der Spurny bei der nächsten Station zu, und Gneringer erinnert sich nur zu gut an die gestrige Begegnung im Schwarthaler. Fix Laudon! Hat das alles mit diesem Kerl zu tun, dass er plötzlich in die Schule gehen muss?! Er versucht, dem Wolfgang einen Blick zuzuwerfen, doch der stellt sich wie immer in die hinterste Ecke des Autobusses und sieht verstohlen aus dem Fenster.

„Was schaust du dauernd zum Spurny rüber?“ Jetzt ist es Winter, der sich wundert.

„Nichts …, gar nichts!“ Wenn der Albrecht wüsste, was er weiß. Aber wie geht man mit so einem Wissen um? Kann oder soll man überhaupt jemandem sagen, was mit einem geschehen wird? Er traut sich ja nicht einmal, den Albrecht vor der zu Hilde warnen, obwohl das vielleicht dringend angebracht wäre, weil er immer wieder beobachtet, wie der Winter unter seiner Gemahlin leidet. Vielleicht gibt es ja doch noch die Möglichkeit, Albrechts Ehehölle zu verhindern. Er könnte dem Winter vielleicht ein ganz anderes Mädchen zuführen, in das sich der dann verliebt und diese schreckliche Hilde wäre völlig passé. Nur, das dürfte eher schwierig werden, weil der Winter von einem Adonis weit entfernt ist. Möglicherweise sollte man es trotzdem versuchen!

Beim Spurny würde die Sache weitaus komplizierter sein. Einerseits ist er ihm fremder als Ovid, obwohl sie schon einige Jahre gemeinsam in der Klasse sitzen, und andererseits könnte es unseriös wirken, jemandem den baldigen Tod vorauszusagen. Und überhaupt so einen schrecklichen Tod!

Was hat der Obrechtsberger damals vorgelesen? Er soll auf einem Feld nördlich von Wien, mit Klebeband gefesselt und mit einem Knebel im Mund, tot aufgefunden worden sein. Dann wurde berichtet, dass die Obduktion ergeben habe, dass ihm mehrfach in den Rücken, oder war's der Bauch, geschossen wurde. Einfach schrecklich! Geradezu fürchterlich, dass ausgerechnet der Spurny, der in Gneringers Rückschau zu den absolut Bravsten der Klasse gehörte, so ein Schicksal ausfasste. Wie kann jemand in eine derartige Situation geraten?

Jetzt tut es Gneringer schon leid, dass er damals auf der einjährigen Maturafeier so blöd gewitzelt hat. Nur, so ein Schicksal ist doch einfach unbegreiflich. Ein normaler Mensch stirbt nicht an einer Kugel und wird auch nicht ermordet. Menschen sterben im Bett oder vielleicht bei einem Autounfall, aber so?

Als ob sie es nicht erwarten könnten, für mehrere Stunden eingesperrt zu werden, stürzen jetzt die meisten Jugendlichen von den Sitzen zu den Ausgängen ihres Transportmittels. Und viele eilen, manche laufen sogar von der Station hinüber zum Gymnasium. Auch der Spurny hat einen sehr schnellen Schritt, weil er es wahrscheinlich als innere Aufgabe sieht, als Erster im Klassenzimmer zu sitzen. Nur, für den Gneringer muss auf jeden Fall noch Zeit für zwei gemütlich gerauchte Zigaretten bleiben, und der Winter bleibt vorerst solidarisch bei ihm, obwohl er dabei stets mahnt, nicht zu spät zu kommen. Denn, wenn man nur wenige Sekunden nach der ersten Glocke noch außerhalb des Klassenzimmers angetroffen und dabei vom Herrn Direktor erwischt wird, dann hat man am Samstag nach der vierten Stunde vor der Direktion zu warten, bis der Herr Direktor geruht herauszutreten, um eine Standpauke zu halten. Das dauert meistens so eineinviertel Stunden und hat zur Folge, dass man zudem noch zu spät nach Hause kommt, um dort wiederum abgemahnt zu werden. Trotz der Warnungen Winters, der es immer noch schafft, rechtzeitig im Klassenzimmer zu sein, ist Gneringer ein samstäglicher Dauergast in der Wartegruppe der Zuspätgekommenen.

„Ich geh schon vor! Es ist eins vor acht!" Albert fuchtelt mit dem Zeigefinger auf seiner Armbanduhr herum, doch Gneringer hat noch einige Züge, und die wird er sich nicht nehmen lassen.

„Dann wirst du halt wieder erwischt …, ich habe dich gewarnt!" Winter verschwindet im Schulgebäude.

Weshalb soll er da wirklich hineingehen? Er hat ja den ganzen Schaß schon hinter sich und weiß sogar noch jede Note in seinem Maturazeugnis. Bei den Hauptfächern bewertete man ihn durchwegs mit „Genügend", nein, nicht ganz richtig, in Deutsch hat er sich mündlich auf einen „Dreier" verbessert. Dann gab es noch einen „Zweier" in Physik und ein glänzendes „Sehr gut" in Zeichnen. Natürlich war das keine Meisterleistung, und der Vater hat dementsprechend sauer reagiert, aber wenn man seinen Arbeitsaufwand für die Abschlussprüfungen, der gleich null war, dazu addiert, dann war dieses positive Zeugnis wohl beachtlich. Am allerletzten Schultag schwor er sich dann noch, nie wieder eine Schule zu betreten. Jetzt steht er vor einer, und irgendwie wird erwartet, dass er die Bildungsanstalt auch betritt.

Also nein! Er ist doch mittlerweile ein anerkannter Philosoph und eine durchaus bedeutende Persönlichkeit, die schon einige Male im Fernsehen zu bewundern war. Selbst der Kunstwelt hat er Einiges hinterlassen, und ein Schippel Kinder sind ebenso von ihm. Das mit der Schule ist eindeutig Vergangenheit, und er wird sich nie wieder diesem schrecklichen Zwang beugen, einen ganzen Vormittag, wo man nur mit Belanglosigkeiten belästigt wird, zu verplempern.

Statt sich eine dritte Zigarette anzuzünden, führt ihn die Schrittfolge ins Innere des Gebäudes. Obwohl der Zeiger der großen Uhr am Gang den Achter schon passiert hat, zeigt sich der Anstaltsleiter wenigstens nicht. Er öffnet die Klassenzimmertüre, ohne zu klopfen und wird noch im Türrahmen von der Frau Dr. Schneeberger begrüßt: „Ah, Mr. Gneringer, late as always."

„Tschuldigung!" Es ist schon peinlich, sich als erwachsener Mann von über fünfzig Jahren von einer Lehrerin demütigen zu lassen. Von Rechts wegen sollte man ihr den Was-auch-immer zeigen und schnurstracks verschwinden, aber Gneringer zieht den Schwanz ein und schleicht zu seinem Sitzplatz neben Albrecht.

„Have you done your exercises?" Die Klasse antwortet im Chor mit „Yes!", und die Frau Professor lächelt zufrieden.

„Dann wenden wir uns wieder dem Thema ‚Nuclear power plant' zu ..., Schebesta, what do you know about atomic power stations?"

„I know nicht viel."

„Das hab ich mir gedacht, aber ich bin heute viel zu gut gelaunt, um mich zu ärgern. Dann lesen wir halt jetzt ‚Arms and the Man' mit verteilten Rollen. Du, Zima, read the Bluntschli!" So vergeht die Stunde in gewohnter Monotonie, und die schweigende Mehrheit, die keine Rolle über hat, döst vor sich hin. Nur Gneringer scheint irgendetwas über die Leber zu laufen.

Das kann doch nicht wahr sein. Wenn das alles Wirklichkeit wäre, müsste er jetzt bis vierzehn Uhr warten, um wieder eine Zigarette zu rauchen, weil das eine jener unsäglichen Schulen ist, wo man keine Raucherzimmer eingerichtet hat. Und das soll er sich gefallen lassen? Man sollte einfach nur aufstehen, den Hut draufhauen und eine Fliege machen. Weswegen macht er das nicht? Bekommt er es vielleicht mit der Angst zu tun, dass man seinen Vater in die Schule zitieren könnte? Aber auch der Vater hat längst seine Wohnung am Friedhof und dadurch seine Autorität wohl endgültig abgegeben. Allerdings sah er ihn heute Morgen beim Frühstück, wo er durchaus lebendig wirkte. Also sollte man das Fatum vielleicht nicht stärker strapazieren und einmal abwarten, wie es weitergeht. In fünf Minuten ist eh schon Pause. Vielleicht ergibt sich da die Gelegenheit, einer Lösung des Problems näherzukommen.

„Seid doch nicht wie die Maurer, die alles fallenlassen, ich hab euch noch was zu sagen …“ Dr. Schneeberger muss ihre Information wohl für eine andere Stunde aufheben. Jetzt ist niemand mehr bereit, ihr Gehör zu schenken, weil die fünf Minuten sehr knapp für eine Fußballpartie bemessen sind. Gneringer hat spielfrei und nützt die Gelegenheit, wenigstens das Klassenzimmer zu verlassen. Vielleicht sollte er das Verbotene wagen und auf der Toilette eine rauchen, obwohl voriges Jahr ein Schüler aus der Parallelklasse wegen so eines Delikts von der Schule verwiesen worden ist.

Pfeif drauf! Er hat hier sowieso nichts verloren, also kann man ihn gar nicht rausschmeißen. Feuerzeug und Tschick sind im Hosensack, und das Häusl befindet sich gleich ums Eck. Da es in den kurzen Pausen grundsätzlich keine Gangaufsicht gibt, wird auch nicht kontrolliert, ob auf den Toilettanlagen unlautere Dinge geschehen. Allerdings scheint er nicht der Einzige zu sein, der auf diese Idee gekommen ist, denn aus der zweiten Kabine raucht es verdächtig oben raus. Es trifft sich immer gut, wenn man sozusagen Mitverschworene hat, und Gneringer zückt schon das Feuerzeug, bevor er in die Kabine tritt.

„Ich hab dich an den Schuhen erkannt, Otto …," dringt eine Stimme von nebenan. Er wiederum erkennt an der Tonlage Selbiger, „… du warst gestern ordentlich betrunken!" Wenn das der Zuborsky oder der Sinkovic sagen würden, klänge das plausibel, aber den Selbiger sah er mit Sicherheit nicht in der Blaumeise. Da ist Gneringer sich völlig sicher.

„Das Geld für das Taxi kannst du mir dann irgendwann einmal zurückgeben. Ich brauch es jetzt nicht dringend."

Gneringer muss passen. A: ist er schon länger nicht mehr mit dem Taxi gefahren, weil das seine finanziellen Mittel übersteigt, und B: kann er sich auch nicht erinnern, in letzter Zeit etwas vom Selbiger ausgeborgt zu haben, weil er dem erfahrungsgemäß die Summe immer zurückzahlen musste, der Winter gibt sich da weitaus großzügiger, denn für einen braven Christen stellen Zuwendungen angewandte Nächstenliebe dar.

„Es ist nie gut, sich vor Weibern dermaßen eine Blöße zu geben, wie gestern. Und die Glaubengruber ist eine fürchterliche Tratschtante, die wird überall weitererzählen, dass du dich zum Dödel gemacht hast."

Gneringer hat schon so viele Räusche ausgefasst, wo er sich zum Hampelmann stempelte, da wird einer mehr oder weniger kaum ins Gewicht fallen, obwohl er den erwähnten momentan nicht zuordnen kann.

„Was hältst du eigentlich von dem Neuen?"

Der Neue …, der Neue?

Da kann der Selbiger wohl nur den …, wie hat der geheißen …, Ladinoski meinen. Der Winter hat doch erzählt, dass jener seit einigen Jahren sein Chef ist, aber jeglichen privaten

Kontakt zu dem Schulkollegen tunlichst meidet. Er soll ein unangenehmer Patron sein, der ständig den Vorgesetzten rauskehrt und den Albrecht sogar siezt. Da dieser Bursche nie zu einer Maturafeier gekommen ist, hat Gneringer, sie sind ja nur sehr kurz in einer Klasse zusammengewesen, sehr wenige Erinnerungen an den Kameraden. Soweit er sich entsinnen kann, sind sie ein- oder zweimal nach der Schule zusammen mit anderen im Schwarthaler gesessen. Sonst hatte er nie engeren Kontakt zu ihm. Das Einzige, was Gneringer noch im Gedächtnis blieb, war jenes, dass Ladinoski leidlich gut zeichnen konnte, aber nur, wenn es ums Abkopieren ging. Eigene Phantasie hat er eigentlich keine.

„Na ja …, recht nett!“

„Das ist keine Beschreibung, Otto, da bin ich Besseres von dir gewohnt.“ Die Pausenglocke beendet das etwas ungemütliche Raucher-Beisammensein, und beide schlendern ins Klassenzimmer zurück.

Die nächste Stunde hat den Februaraufstand in der Ersten Republik zum Thema, und jene, die das noch nicht gewusst haben, erfahren, dass da Hunderte von Toten zu beklagen waren. Gneringer ist das durchaus geläufig, aber beim Wort „Tote“ tanzen wieder gewisse Gedanken vor seinem inneren Auge herum, und sein Blick fällt auf den Spurny, der diesen sogar erwidert und irgendwie zurücklächelt.

Die Klasse wirkt im Allgemeinen eher unkonzentriert, und auch Frau Dr. Amalia Bäuerl scheint dies nicht zu entgehen, deswegen folgt die Entscheidung, mit Zwischenfragen die Aufmerksamkeit zu erhöhen.

„Schebesta …, wer war damals Bundespräsident in Österreich?“

„Äh …“

„Brünner …, weißt du, wer damals Bundespräsident war?“

„Selbstverständlich, Frau Professor …, der Fuß …, der Dollfuß!“

„Brünner, bist du dir sicher?“

„Natürlich, Frau Professor.“

„Dann bin ich mir auch sicher, dass es besser wäre, nicht bei mir in Geschichte zu maturieren.“

„Vielleicht gibt es von Gneringer eine Antwort? Gneringer!“ Otto hat gerade nicht hingehört und muss nun darum bitten, die Frage zu wiederholen. Die Bitte wird gewährt, und mit der Antwort: „Wilhelm Miklas“, erntet er ein wohlwollendes „Sehr brav“.

Eine Stanniolkugel, die haarscharf an Gneringers Ohr vorbeisaust, erinnert diesen, dass sich die Wandseite gerade mit der Fensterseite im Krieg befindet. So löst er das Verpackungsmaterial von seinem Pausenbrot, um sich seinerseits einer Waffenproduktion zu widmen. Das erste Geschoß wird sofort gezielt eingesetzt und der Zima mit voller Breitseite getroffen. Nach wenigen Sekunden wird zurückgeschossen. Obwohl sich der Winter grundsätzlich für neutral erklärt hat, wird er völkerrechtswidrig von Gneringer als Deckung verwendet und bekommt daher manches ab, was diesem zusteht.

Obwohl die Geschichte der Menschheit eigentlich eine ununterbrochene Abfolge von Kriegen ist, hat die Bäuerl wenig Verständnis für einen praktisch angewandten Unterricht und versucht daher ständig, von oben einen Waffenstillstand zu oktroyieren. Sie droht sogar ihrerseits mit strengen Maßnahmen, was die verfeindeten Parteien freilich relativ kaltlässt. Ihre Autorität wird, obwohl mit einem akademischen Grad versehen, nicht akzeptiert. Nach einigen hilflosen Worten friedenstiftender Absicht resigniert die Frau Professor meistens und lässt die Scharmützel nolens volens gewähren. So wird die gesamte Stunde mit körperlicher Ertüchtigung hingebogen, und die Pädagogin droht bei ihrem Abgang wie immer mit einem besonders schweren Test. Allerdings fürchtet sich davor niemand, denn bei keiner anderen schriftlichen Prüfung wird dermaßen unverhohlen geschummelt wie in Geschichte.

Ein Kettenraucher trägt ein schweres Los, weil im Wachzustand der Nikotinspiegel ununterbrochen zu sinken droht. Bei Gneringer sieht es nicht anders aus. In der großen Pause könnten sich gleich mehrere Zigaretten ausgehen, allerdings besteht hierbei die Gefahr, dass die Häuseln regelmäßig von jenem Professor, der den schwarzen Peter der Gangaufsicht zog, kontrolliert werden. Auch wenn Otto schon jahrzehntelang weg vom Fenster ist, blieb ihm diese Bedrohung noch im Gedächtnis. Er versucht zu durchdenken, wie er es damals aushielt, und kommt zum Schluss, dass er wohl erst am Anfang der Nikotinsucht gestanden haben muss. Jetzt sollte er unbedingt eine Möglichkeit finden, sich schnell eine anzustecken, will er nicht an Entzugssymptomen leiden.

Da sich auch der Selbiger rasch aus dem Klassenraum entfernt, wird er sich dem konspirativen Mitraucher anhängen. Vielleicht hat jener eine Idee. „Sag mal ..., am Häusl geht's jetzt nicht, oder?"

„Schwierig ..." Man sieht dem Clemens allerdings an, dass er nicht willens ist, sich mit dem Unabdingbaren abzufinden.

„Wo gehst du jetzt hin?"

„O. K., für zwanzig Schlei nehm ich dich mit, aber du musst die Goschn halten." Ein Zwanziger ist nicht wenig Geld, das ist mehr als ein ganzes Packerl Tschick. Gneringer kramt in seinem Hosensack und findet sogar einen Schein. Zögerlich übergibt er diesen.

„Schau nicht so! Das ist der Tarif. Alles in der Welt kostet Geld." Gneringer hat das zu akzeptieren, und beide bewegen sich hinunter zu den Garderoben. Dort wird Selbiger in der Person der Unterschulwartin Frau Geyer bereits erwartet.

„Was macht der denn da?“

„Der gehört jetzt dazu!“ Die Frau scheint beruhigt, noch dazu, weil sie Ottos Zwanzigschillingschein erhält. Dann wird von ihr die hinterste, ungenützte Garderobe aufgesperrt. Dort befinden sich neben den spartanischen Bänken einige normale Sessel und sogar ein Stehaschenbecher, wie er in Ordinationswarteräumen verwendet wird.

„Herr Selbiger, wollen Sie auch noch einen Kaffee dazu?“

„Sehr gerne, liebe Frau Geyer …, schau, Otto, das ist eine brave Frau, die Frau Geyer …“ Die Schulwartin strahlt über das ganze Gesicht.

„Wenn wir die Frau Geyer jetzt nett bitten, wird sie dir möglicherweise auch einen Kaffee bringen.“ Mit einem demütigen Kopfnicken signalisiert die Reinigungsdame, dass sie durchaus bereit sein könnte, ein zweites koffeinhaltiges Heißgetränk zu besorgen. Wenn Gneringer jetzt recht sieht, entfernt sich die Schulwartin mit einem ihnen zugewandten Gesicht, als wären sie zwei Monarchen persönlich.

„Der Kaffee ist heute für dich frei …, weil du ja zum ersten Mal da bist. Das ist sozusagen mein Einstandsgeschenk.“ Dass jedes Extra bei Selbiger etwas kostet, war Gneringer klar, aber für Koffein hätte er wahrscheinlich sogar sein halbes Königreich hergegeben. Und die Melange schmeckt ausgezeichnet, ja, sogar phänomenal. Das kann kein Löskaffee sein, der stammt garantiert aus einer Espressomaschine. Und das in einer Schule?!

Nachdem die Getränke gereicht worden sind, entfernt sich die Frau Geyer kopfwackelnd wie zuvor.

Selbiger genießt, dass Gneringer staunt. Und jener muss sich eingestehen, dass er nach fünfeinhalb Jahren gemeinsamen Herumsitzens, sie sind erst seit der dritten Klasse beisammen, von seinem Schulkollegen wohl vieles nicht weiß …, Schwachsinn! Er hat doch den Selbiger mehrmals als Anwalt gegen diverse verflossene Ehefrauen verwendet …, aber dass er damals mit Clemens in einem unterirdischen Schulcafé gewesen sein soll, daran kann er sich beim besten Willen nicht erinnern. Dennoch fragt er so, als wäre der jetzige Zustand seine Gegenwart: „Seit wann hast du hier dein Privatcafé?"

„Na ja, seit Ende der Siebenten …, ganz genau seit Mai vorigen Jahres, da hat es sich ergeben, dass mir die Frau Geyer einen Gefallen erweisen musste." Das klingt ja praktisch, nur, weshalb schuldet ein Schulwart einem Schüler einen Gefallen? Gneringer hört weiter.

„Durch Zufall habe ich beobachtet, dass die Frau Geyer Schulmilch unter der Hand verkauft hat …, natürlich habe ich das verstanden, das Leben ist heutzutage nicht leicht, und man muss sich nur vorstellen, wie wenig so ein Reinigungspersonal in den Schulen verdient, besonders die Frauen. Deswegen nütze ich ja die Frau Geyer nicht aus. Sie kann sich bei mir sogar etwas dazuverdienen." Was für ein Wohltäter (?), denkt sich Gneringer, aber da er von nun an auch an dieser Annehmlichkeit partizipiert, wird er nicht umhinkommen, ebenso seinen Obolus zu geben.

Quatsch!

Er ist längst erwachsen und kann doch zu jeder Tages- und Nachtzeit ein ganz normales Kaffeehaus besuchen und muss sich nicht im Kellerbereich einer Schule verstecken. Allerdings, wenn er sich an seine Gesichtszüge heute Morgen im Spiegel erinnert, könnte es schwer sein, seine Umgebung davon zu überzeugen, dass er den Fünfziger schon hinter sich gebracht hat. Auch irgendwas in seinem Innersten zwingt ihn, sich zu fügen, denn, wenn er schon vorhin Courage besessen hätte, wäre er gar nicht in das Schulgebäude hineingegangen. Seltsamerweise fühlt er sich zu kraftlos, eine

Erwachsenentat zu setzen, weil es eigentlich im Raum steht, dass er nicht er selbst sein kann.

Plötzlich stört die Geyer wieder, obwohl sich noch ausreichend Kaffee im Häferl zeigt und die Pausenglocke noch nicht läutete: „Verzeihen Sie, Herr Selbiger …, ich habe ihn für Sie besorgt. Darf ich einschenken …, oder wollen Sie lieber in der nächsten großen Pause …?“

Unter ihrem Kittel zieht sie stolz eine Flasche hervor. Recht professionell hält sie diese so, dass der Selbiger das Etikett lesen kann. „Ein Courvoisier, tadellos, brave Frau …, du auch einen, Otto?“ Endlich etwas Wirksames gegen den immer noch im Rachen schwelenden Brand.

„Das wär nicht schlecht!“

Der guten Frau kann man sogar selbstständiges Denken unterstellen. Sie vergaß keineswegs auf den zweiten Schwenker. Die Gläser werden ziemlich vollgefüllt und den Burschen übergeben. Selbiger zieht erst einmal das Aroma durch die Nase, aber Gneringer zaudert nicht und stürzt den Branntwein in einem Zug runter. Erwartungsvoll hält er das Glas der Geyer wieder entgegen. Da Selbiger es mit einem Augenzwinkern gestattet, darf sie dem Kollegen nachschenken.

„Pass auf! Ich sage nur: gestern!“ Schon wieder hackt der Selbiger auf etwas herum, wo Ottos Erinnerung versagt. Ihm ist's egal. Endlich erwachen an diesem Vormittag wieder seine Lebensgeister. Das dritte Glas wird durch die Glocke verhindert.

Soll er wieder da hinauf? Zurück in das elende Klassenzimmer? Jetzt erst wird's langsam gemütlich, aber unnötige Gewissensbisse fordern ihn auf, den Tschick auszudämpfen und den Schwenker beiseitezustellen.

„Hast du vielleicht noch einen Zehner? Der Cognac?“ Die Hosentaschen geben Derartiges nicht mehr her.

„Gut, du kannst morgen zahlen. Ich schreib dir dann eine Rechnung, was du mir vorläufig schuldest …, inklusive Taxi!“

Die nächsten zwei Stunden wird Darstellende Geometrie geboten. Allerdings ist man bei diesem surrealen Theaterstück verpflichtet, exakt zuzuhören, um wenigstens irgendetwas mitzukriegen. Und den wenigsten Schülern gelingt dies auch, weil dem Herrn Professor Schnebelein der pathologische Hang zu eigen ist, Fluchtpunkte von Geraden in die Unendlichkeit zu setzen und er dabei kryptisch von Kurvenradien spricht. Wenigstens blieb Gneringer die Gewissheit, dass er im ersten Semester eine knapp positive Note ausfasste und dies im zweiten Halbjahr genauso sein wird. Deswegen muss er sich dieser Belanglosigkeit nicht tiefer widmen und könnte die kriegerische Auseinandersetzung vom Geschichtsunterricht fortsetzen. Aber wie man weiß, herrscht in Diktaturen oft eine relative Eintracht. Und auf Grund einer notengebenden Macht herrscht bei Schnebelein ein Frieden, der keine Kampfhandlungen duldet.

Die nächste kurze Pause ist eine rauchfreie, sehr zum Ärger Gneringers. Dann allerdings geht es um elf Uhr fünfundvierzig wieder in den Untergrund, wo schon die Geyer mit einem nett angerichteten Tablett wartet.

„Greif zu!“ Auch wenn Gneringer vermutet, dass diese Brötchen garantiert auf die Schuldnerliste gesetzt werden, sind sie doch eine bessere Alternative als sein tägliches Wurstbrot, das ihm schon längst zum Hals heraushängt. Besonders interessant schmeckt das Sandwich mit den schwarzen Kügelchen, die leicht fischeln. Das Wort „Beluga“ aus dem Mund Selbigers bestätigt ihm, dass es sich wohl um keinen Kaviarersatz handelt. Leider könnte das genauso bedeuten, dass der letzte Happen ihn in ein finanzielles Desaster stürzt. Seine Beziehung zu Selbiger könnte man als Beispiel nehmen, wie man relativ schnell in eine Schuldabhängigkeit kommen könnte. Allerdings soll der Schulkollege so viele Schillinge notieren, wie er möchte. Diese Währung ist längst abgeschafft, und Gneringer wird nicht daran denken, jemals einen Groschen zurückzuzahlen.

Diesmal schafft Otto drei Gläser des hochgeistigen Getränkes und macht sich dann äußerst gelöst mit dem Clemens auf den Weg zu den Turnsälen. Man kann es durchaus als Vorteil sehen, wenn man in der Mutter eine Art Sekretärin hat. Das Turnsackerl mit der Turnhose und den Schuhen findet sich in der Schultasche.

Da heute das Wetter dementsprechend strahlt, muss man nicht seinen Körper in der muffigen Halle an diversen Geräten unnötigen Qualen aussetzen. Auf dem Sportplatz hinter der Schule gestaltet sich der Unterricht weitaus legerer, weil da endlich richtig Fußball gespielt wird. Die Schüleranzahl verhält sich so, dass drei Mannschaften gebildet werden und eine theoretisch immer tachinieren kann. Zwar würde Professor Nebenbrunner gerne die Faszination für die Leichtathletik wecken, besonders der Hoch- und Weitsprung sind ihm ein Anliegen, doch die Hochsprungmatte wird lieber für ein gemütliches Schläfchen genutzt.

Jetzt wirken die paar Cognacs langsam. Die Matte ist ziemlich belegt, und da Gneringer gerade spielfrei hat, sucht er sich einen schattigen Platz etwas abseits unter der großen Linde am Ende der Sechzig-Meter-Bahn. Erst als er seinen Rücken an den Stamm lehnt, bemerkt er, dass knapp zwei Meter neben ihm auch der Spurny ein ruhiges Plätzchen fand. Natürlich schaut jener wieder sofort weg, als er den Gneringer erblickt und ist schon im Begriff, sich weiter zu entfernen, um den Klassenkameraden nicht zu stören. Gneringer möchte zwar rufen: „Bleib da …, ich würde gern mit dir reden!", doch reagieren seine Stimmbänder nicht wie gewollt. So zieht sich der Spurny in einen anderen Winkel des Sportplatzes zurück, wo er niemanden mit seiner Gegenwart belästigt.

Eigentlich müsste der Spurny ja in seiner Mannschaft sein, da er jetzt genauso eine Pause macht. Allerdings kann sich Gneringer nicht erinnern, dass jener vorhin mitspielte. Es hat fast den Anschein, man vergaß einfach, den Spurny in eine Mannschaft hineinzuwählen. Und dieser schüchterne Bursche ist sicherlich keiner, der auf sich aufmerksam macht, wenn man ihn nicht beachtet.

Soll man es auf den Alkohol schieben, wenn Sentimentalität ins Spiel kommt? Gneringer hat plötzlich ein schlechtes Gewissen, wie er und alle anderen den Spurny immer behandelt haben. Es muss doch fürchterlich sein, sich theoretisch in einer Gemeinschaft zu befinden, aber nie Teil von ihr zu werden. Wie kann man sich fühlen, von jedem geschnitten zu werden? Gibt es denn niemanden in der Klasse, der ein bisschen Interesse an dem Spurny zeigte? Eigentlich wäre das die Aufgabe vom Obrechtsberger. Als Klassensprecher müsste er verpflichtet sein, sich um jeden Schüler gleichermaßen zu kümmern. Und der Obrechtsberger hat den Hang, sich in jeden Schaß mahnend einzumengen, besonders, wenn es um Fragen der Gesundheit geht. Womöglich ist auch ihm der Spurny zu unwichtig, als dass er sich um dessen Leben schert.

Wer hätte sich jetzt ehrlich um das Leben von dem Spurny kümmern sollen? Gneringer konnte in seiner Schulzeit gar nicht die Zeit dazu finden, weil er sich immer genug eigene Probleme aufhalste, weil es eindeutig schwierig zu handhaben war, zwei parallele Leben zu führen. Einerseits musste er zuhause den braven Sohn geben, andererseits galt er in der Siedlung und natürlich auch in der Schule gewissermaßen als Lebemann, also wenigstens als jemand, der schon bestimmte Erfahrungen mit dem Leben und mit Mädchen gemacht hat. Natürlich war er nie mit solchen Wassern gewaschen wie der Selbiger, aber dessen Vater hatte wahrscheinlich keine so überprotektive Ader wie der Seinige. Daher ist es immer notwendiger, sich mit Menschen wie dem Selbiger, um in der Gesellschaft etwas zu gelten, gut zu stellen, als mit Losern wie dem Spurny.

Auch herrscht in der Schule eine beinharte Sozialhierarchie, und man muss schauen, dass den Letzten nicht die Hunde beißen. Was wäre das für ein fürchterlicher Tag heute gewesen, hätte ihn der Selbiger nicht in diese phäakische Unterwelt geführt, wo er wenigstens ein paar Minuten von den schulischen Zwängen erlöst worden ist?! Aber wieso hat es der Selbiger nicht schon damals getan? Oder hat er es doch?

Momentan fließen verschiedenste Erinnerungen zusammen, und Gneringer befindet sich im Wiegel-Wagel, was denn Fiktion oder Wahrheit sein kann. Wahr ist, dass er in seinem ganzen Leben nach der Schulzeit keinen sogenannten anständigen Beruf ausübte, weil es für einen Freigeist ein Ding der Unmöglichkeit wäre, sich irgendeinem Chef zu unterwerfen. So müsste er der Schule quasi dankbar sein, dass sie ihm schon damals die Augen öffnete, wie man sein Leben nicht gestalten soll. Leider muss er ehrlicherweise zugeben, dass er seinem bisherigen Lebensweg durchaus keine Zufriedenheit andichten kann. Was nützen einem schon fünf Kinder, wenn man keinen Kontakt zu ihnen hat und man gerade deswegen nichts arbeitet, um keine Alimente zu bezahlen. Allerdings muss er zu seiner Verteidigung ebenso sagen, dass er nie eine Frau ehelichte, die völlig mittellos war. Alle fünf Ehegesponse hatten oder haben gute bis sehr gute Jobs, und alle Frauen haben es nie notwendig gehabt, dass er für sie finanziell aufkommt. Die Marianne etwa vertritt mit ihrer emanzipatorischen Ader nur einen Justament-Standpunkt, um ihm das letzte Hemd auszuziehen, selbst wenn von ihm nichts zu holen ist. Dabei hat sie von ihrem Vater eine Wirtschaftstreuhänderkanzlei geerbt, wo ihr das Geld nur so bei den Ohren herauskommt.

„Gruppe B aufs Feld!“ Nebenbrunners Pfeiferl gibt seinen Worten eine noch größere Dringlichkeit. Auch wenn Gneringer sich beinahe dem Schlafzwang hingegeben hätte, folgt er der Aufforderung sogar in einem leichten Laufschritt.

Der Spurny spielt wirklich nicht in seiner Mannschaft.

Dieser Neue, der Ladinoski, hat gar keinen schlechten Schuss. Doch das Team, welches den Brünner bekommen hat, gewinnt immer, weil der sogar bei irgendeinem Verein spielt. Jedenfalls verliert Gneringers Mannschaft knapp, was ihm heute nichts macht, denn überraschenderweise war die Spielerei ein großer Spaß für ihn. Es hat schon was für sich, rasche Bewegungen machen zu können, ohne ununterbrochen zu husten. Auch spürte er schon länger nicht mehr dieses Stechen in der Lunge oder die leichte Beklemmung unter dem Brustbein. Überhaupt fühlt er sich körperlich tipptopp, obwohl er sich so viel wie schon sehr lange nicht mehr bewegte. In letzter Zeit sind gewisse Zustände schon derart unangenehm gewesen, dass er allen Ernstes daran dachte, bald einen Arzt zu konsultieren. Besonders die erste halbe Stunde des Tages ist gewöhnlich mit allerlei körperlichen Widrigkeiten, wie akuter Atemnot und Dauerhusten, erfüllt. Und leider muss er genauso zugeben, dass die allererste Zigarette nach dem Aufwachen bedrohlich ins Lungengewebe hineinsticht. Erst bei der zweiten oder dritten fängt sich sein Körper normalerweise, und er kann langsam mit seinem Tagwerk beginnen. Natürlich muss er dann immer noch einen gewissen Kraftaufwand setzen, um in sein Morgenespresso zu gelangen, und erst dort kann er sein Werkel mit Bier und Kaffee endgültig in Gang setzen. Aber so fit wie heute fühlte er sich schon lange nicht mehr. Da nimmt man halt in Kauf, dass man sozusagen sechs Stunden auf Kur in der Schule war. Jetzt ist es bald zwei, und dann winkt schon die Freiheit.

Vor dem Schulgebäude kann ihn niemand daran hindern, frei und ungezwungen dem Tabak zu frönen. Er belustigt sich natürlich, wie die meisten Klassenkameraden eiligst zu den Busstationen hasten, weil sie rechtzeitig zum Mittagessen zuhause sein müssen. Er hat es da besser, weil beide Eltern einer Arbeit nachgehen und er deswegen um zwanzig Schilling beim Würschtelstand ein Burenhäutl und ein Kracherl kaufen darf. Verdammt, den Zwanziger besitzt er ja gar nicht mehr, der ist für eine andere Annehmlichkeit draufgegangen, und da heute kein Nachmittagsunterricht am Programm steht, muss sein Finanzier Winter ja auch ab ins traute Heim. Zum Glück kann er ihn noch einholen, bevor jener in den Autobus steigt.

„Du …, blöd …, ich hab heute mein Geld vergessen …“ Albrecht kennt jede von Ottos Ausreden, deswegen ist er natürlich darauf vorbereitet, immer etwas Kleingeld für den Freund eingesteckt zu haben. Er wird es ihm schon irgendwann einmal zurückzahlen, denn, was kann der Gneringer dafür, dass dessen Eltern ihn so knapp halten.

„Mehr als fünfundzwanzig Schilling habe ich leider nicht …,“ Winter drückt Otto die Münzen in die Hand, „tschuldige …, sind leider nur dreiundzwanzig.“ Gneringer klopft seinem Freund jovial auf die Schultern und entlässt diesen dann in den nächsten Bus.

Ab und an verdient man sich ein Krügel! Wenigstens hat der Braungruber wieder offen. Nein, das ist ja sogar noch sein Vorgänger, das Gasthaus Sinkovic, und es scheint beinah so, als ob Gneringer einen Schritt in der Zeit zurückgemacht hätte.

Die drei Stufen in den Schankraum nimmt Otto in einem. Kaum im Inneren angekommen, wartet schon der Herr Sinkovic hinter der Budel auf den Wunsch des jungen Herrn Studenten. Um diese Zeit sind die Mittagsgäste bereits wieder gegangen, und nur eine elitäre Auswahl von Menschen mit viel Tagesfreizeit befindet sich in der Stube. Ein besonders Freundlicher ist ein gewisser Herr Zuborsky, der sich jeden Tag nach Gneringers schulischen Fortschritten erkundigt.

„Ein Krügerl bitte, Herr Wirt …, grüß Gott, Herr Zuborsky!“

„Grüß Gott, Herr Gneringer!“ Otto genießt, dass er hier als Herr gilt, und auch der Wirt Sinkovic behandelt ihn dementsprechend. Es muss ihnen wohl eine Ehre sein, dass er als Fast-Akademiker so ein Etablissement derart regelmäßig aufsucht. Man darf nie so abgehoben sein, auf die einfachen Leute von oben herabzusehen, denn viele bedeutende Menschen haben gerne mit dem einfachen Volk verkehrt. Selbst Kaiser Josef der Zweite soll inkognito nächtens in den Beisln am Spittelberg verkehrt haben, um den Menschen aufs Maul zu schauen.

Der Herr Zuborsky hat sich seit gestern, seit der Begegnung in der Blaumeise, nicht verändert. Wenn er sich recht erinnern kann, trägt er sogar denselben etwas schäbigen Anzug. Ebenso bittet er schon wieder um eine Zigarette, die ihm Gneringer, großzügig wie immer, auch spendiert. Allerdings, auf ein Achtel wird er ihn heute nicht einladen können, weil sein Salär dazu nicht mitspielt.

Heute jedoch ist es Zuborsky, der das Gespräch auf die hohe Politik lenkt, als würde er sich der gestrigen Worte erinnern. Freilich änderte jener seine Ansicht noch immer nicht, und der Kreisky bleibt für ihn der gleiche Gauner, der er immer war, weil die Sozialisten grundsätzlich unternehmerfeindlich handeln. Das könnte auch der Grund sein, weshalb der pensionierte Schneidermeister darauf angewiesen ist, dass man ihm ab und zu ein Getränk spendiert, weil die Rente eines pensionierten Selbstständigen naturgemäß nicht ausreicht.

Gneringer hört auf einem Ohr zu und lässt währenddessen seine Augen durch den Gastraum schweifen. Es hat was für sich, dass diese Stube originalgetreu wieder aufsperrte und sich wie in seiner Erinnerung gespeichert präsentiert. Kein unnötiger Schnickschnack ziert die Wände, und auf den tischtuchlosen Resopaltischen befinden sich keine scheußlichen Blumengedecke, wie sie dann unter dem Braungruber eingeführt worden sind. Auch wird der Wein ausschließlich im Doppler angeboten, und der Unsitte überteuerter Bouteillen wird hier nicht gefrönt. Deswegen kostet das Achtel Weiß ja nur sechs Schillinge, in Euro umgerechnet wären das lächerliche vierzig Cent. Und das in einer Stadt, wo manche Gastronomen für ein Glas Wasser schon zwei-fünfzig oder mehr Euro verlangen. Wenn es so etwas gibt wie die gute alte Zeit, dann befindet sie sich hier drinnen im Gasthaus Sinkovic. Seine dreiundzwanzig Schilling sind daher ein Krügl und ein ganzes Achterl inklusive Trinkgeld wert!

„Irgendwann wird Kreisky auch den Löffel abgeben, und dann wird dieser sozialistische Moloch wie ein Kartenhaus in sich zusammenbrechen …“ Gneringer könnte natürlich einwenden, dass der Kanzler bei der nächsten Wahl schon die absolute Mehrheit verlieren wird, aber dass der Zuborsky insofern Recht hat, dass es keinen Regierungschef in Österreich mehr geben wird, jedenfalls bis jetzt, der so unumschränkt regieren konnte. Allerdings könnte das ja dem Zuborsky egal sein, weil, was interessiert einen Politik nach seinem Tod, wichtig ist doch nur, was im Hier und Jetzt geschieht. Und Zuborsky sollte die paar Jahre, die er noch vor sich hat, einfach genießen.

Kruzitürken! Hat sich das Rad der Zeit schon wieder zurückgedreht, jedenfalls bis in den gestrigen Abend? Er steht doch schon wieder mit Sinkovic und Zuborsky beisammen. Aber diesmal kommen sie Gneringer eindeutig lebendiger vor als in der Blaumeise. Er hat absolut nicht mehr das Gefühl, dass es sich bei diesen Menschen um Verstorbene handelt. Sie sind einwandfrei lebendig, auch wenn es ihm nicht nur schwant, dass beide eher bald den Löffel abgeben werden.

## IX.

„Ist er ansprechbar?"

„Können Sie mich verstehen ...? Können Sie mich hören?"

Was sind das für Menschen? Ladinoski erkennt schemenhaft Gestalten, die sich bedrohlich seinem Gesicht nähern und ihn sogar tätlich angreifen. Was erdreistet sich die unverschämte Person, auf seiner Wange herumzutätscheln?

Natürlich kann er einige Leute hören, doch was wollen sie denn von ihm? Und wo befindet er sich überhaupt? Irgendwie schwankt alles rundherum ...

Wenigstens scheint er angegurtet zu sein, damit er nicht herunterfällt. „Ja, was ist denn das ..., wo bin ich hier?!"

„Es ist alles in Ordnung, der Herr ..., es geht Ihnen gut!"

Weshalb soll es ihm nicht gut gehen? Er ist ja nicht krank! Er hat ja ... Allerdings liegt er in einem Krankenwagen.

„Er wird's schaffen ..., wohin fahr ma, Heinz?" Heinz nennt den Namen eines Ladinoski bekannten Krankenhauses, in das er offensichtlich gebracht werden soll. Nur, wieso?

Christoph versucht zu überlegen, wie man in eine derartige Situation kommen könnte, dass man sich in einem Rettungsauto befindet. Womöglich ein Blinddarmdurchbruch? Papperlapapp! Den Appendix hat man ihm schon in Schulzeiten entfernt. Oder ein Herzinfarkt? Natürlich hatte er in letzter Zeit viel Stress, weil die ganze Verantwortung der Frau Minister auf seinen Schultern lastete, aber es hat eigentlich nie irgendwelche Warnsignale gegeben. Zwar ist die letzte Gesundenuntersuchung schon einige Jahre her, doch damals konnte man bis auf einen marginal erhöhten Blutdruck und einem eingewachsenen Zehennagel nichts Ernsthaftes feststellen. Ein Unfall vielleicht? Nur, wo sollte ihm der geschehen sein? Zuletzt befand er sich bei der Caro in der Wohnung …

„Heinz, er ist schon wieder weggetreten!“

Das Rütteln und Schaukeln hat aufgehört, und das Bett ist weicher und angenehmer als die Liege zuvor. Allerdings befindet Ladinoski sich nun eindeutig in einem Raum, der unschwer als Krankenzimmer zu identifizieren ist. Auch deswegen, weil in seinem linken Arm eine Nadel steckt, von der ein Schlauch in eine Flasche an einer Stange führt.

Also doch etwas Ernstes!

Es handelt sich um ein Einzelzimmer. Jetzt hat sich wenigstens die Zusatzversicherung ausgezahlt, die ihm der windige Versicherungsvertreter aufschwatzte, aber nun möchte er dennoch wissen, wie es um ihn steht. Dazu ist es notwendig, nach einer Krankenschwester zu läuten. Der Knopf befindet sich direkt über ihm, und er versucht mit der rechten Hand, diesen zu erreichen. Was soll denn das?! Der Unterarm steckt in einem Lederriemen, welcher seine Bewegungsmöglichkeit stark reduziert. Auch der Arm mit der Kanüle ist ähnlich fixiert, und Ladinoski gerät in eine leichte Unruhe. Dass er im Krankenwagen angeschnallt war, kann man ja noch verstehen, nur, in einem normalen Krankenbett wird man gewöhnlich nicht festgebunden.

Dann ist das vielleicht hier gar kein Krankenhaus! Vielleicht wurde er von irgendwelchen dunklen Mächten entführt und befindet sich in so etwas Ähnlichem wie einem Gefängnis. So ein schrecklicher Gedanke wird durch die Gitterstäbe hinter dem Fensterglas stark untermauert. Ladinoski hat nun den Hang zu schreien, aber schreckliche Halsschmerzen verhindern, dass auch nur ein Ton seinen Stimmbändern zu entlocken ist. Wird er vielleicht gerade gefoltert?

Denn irgendwer hat ihm etwas in den Mund gesteckt, was wahrscheinlich verhindern soll, dass er um Hilfe rufen kann.

Doch wer sollte so etwas tun?

Möglicherweise wurde er jemandem gefährlich, zumal er in seiner Position ein Wissen besitzt, das die halbe Regierung stürzen lassen könnte. Nur zu seiner eigenen Ministerin verhielt er sich immer relativ loyal. Na gut, er hat sich manches Mal im vertrauten Kollegenkreis etwas despektierlich über diese Dame geäußert, doch dass sie ihn deswegen so aus dem Weg räumt, ist in einer demokratischen Republik eher nicht Usus. Vielleicht hat es mit den Geheimpapieren zu tun, die er sogar dem Bundeskanzler vorenthielt. Aber er tat dies mit bestem Wissen und Gewissen, weil er sich sicher gewesen ist, dass dieser bescheidene Geist mit dermaßen komplizierten Informationen sowieso nichts anzufangen weiß. Und dieses Thema ist EU-weit zu brisant, als dass sich eine Pimperl-Regierung wie die österreichische damit beschäftigen sollte. Doch hat er für die Aktion eindeutig ein D'accord aus Brüssel erhalten. Wieso will man ihm jetzt auf eine derartige Weise den Strick drehen? Verzweiflung macht sich breit.

Weshalb ließ er sich überhaupt von der Politik korrumpieren? Natürlich hätte er seine Arbeit wie jeder normale Staatsdiener ohne größere Ambitionen erledigen können, aber er hat doch alles und jedes mit der Überzeugung getan, dass es das Beste für das Land wäre, weil er der Meinung war, dass gewählte Politiker in ihrer kurzen Amtszeit gar nicht die Zeit haben, einen Blick für die grundsätzlichen Probleme Europas zu bekommen. Der normale österreichische Politiker kann einfach nicht über die Landesgrenzen hinausblicken, und deswegen muss es Menschen geben, die die Kraft haben, die wesentlichen Entscheidungen zu fällen.

Wenn es ihm wenigstens gelänge, den unangenehmen Schlauch aus dem Mund auszuspucken, aber man scheint dieses Folterinstrument ganz tief in die Gurgel gesteckt zu haben. Und die wasserartige Flüssigkeit, die ihm da über den Arm in seinen Körper läuft, soll ihm wohl endgültig den Garaus machen. Sicher wird das irgendeine Droge sein, die ihn seiner Sinne beraubt oder durch die er etwas gestehen soll.

Die Zimmertüre öffnet sich, und einige Schergen in weißen Kitteln kommen herein. Der Oberscherge, ein großer schlanker Mann mit einem Kastenkopf, tritt als Erster vor.

„Das ist ja ..., natürlich ..., du bist es!"

Natürlich ist er es. Wer sollte er denn sonst sein?! Doch irgendwie kommt ihm der ungeschlachte Patron da bekannt vor. Wenn er sich nicht falsch erinnert, saß er zwei Bänke vor ihm, in der ersten Reihe rechts. Eigentlich ein unangenehmer Zeitgenosse, stets zu sehr von sich überzeugt und mit einer herablassenden Gelassenheit, die schon an Präpotenz grenzte. Da scheint es nicht unverständlich, dass dieser ungute Typ für den Geheimdienst arbeitet, und an den langen Fingern sieht man eindeutig, dass er wahrscheinlich persönlich bei den Folterungen Hand anlegt. Natürlich macht er sich als Erstes an der Flasche mit der Droge zu schaffen und dann an dem Schlauch, der Ladinoski beim Mund heraushängt.

„Ich glaube, den Tubus könnten wir schon entfernen, Schwester!" Jetzt tritt noch eine Hilfshenkerin herbei, die so unsanft am Schläuchel hantiert, dass ein stechender Schmerz Christoph beinahe wieder die Besinnung verlieren lässt.

Er bleibt aber wach.

Der Büttel setzt sich nun sogar ans Bettende und schlägt einen salbungsvollen Ton an, der ihm schon zu Schulzeiten auf die Nerven ging. „So etwas ist nie eine Lösung, Christoph ..., Gott sei Dank ist alles noch glimpflich ausgegangen."

Was heißt glimpflich ausgegangen? Für diese Verbrecher ist nun alles im Reinen, weil er da gefesselt und geknebelt verschiedenen Folterungen ausgesetzt wird. Und gleich werden sie mit ersten netten Worten anfangen, Staatsgeheimnisse aus ihm herauszupressen, und wenn er nichts preisgibt, kommen dann die schwereren Geschütze. Sowas hat man doch schon hundertmal in irgendeinem Agententhriller gelesen oder in einer Dokumentation im Fernsehen gesehen. Aber er wird es ihnen nicht schwer machen. Sie können von ihm hören, was sie wollen, und er wird alles gestehen, was sie möchten. Er ist nie ein Held gewesen und wird nie ein Held sein. So weit geht seine Liebe zu Österreich sicher nicht, dass er sein Leben für dieses lächerliche Land aufs Spiel setzen wird.

„Was hast du denn dort überhaupt gemacht?“ Während der Scharfrichter die Frage stellt, schaut er zugleich in einen Zettel, wahrscheinlich ein Dossier über ihn, hinein. Und jetzt kommt Ladinoski noch ein weiterer schrecklicher Verdacht. Natürlich, deswegen hat ja der Winter in seiner Abteilung gearbeitet, weil jener den Auftrag hatte, ihn zu bespitzeln. Und diese beiden Agenten stecken wahrscheinlich schon seit der Schulzeit unter einer Decke.

„Das Sprechen wird dir noch ein bisschen schwerfallen …, Schwester …, vielleicht ein Schluck Tee.“ Mit einem Schnabelhäferl wird ihm eine lauwarme, bittere Flüssigkeit eingetrichtert, die den Halsschmerz etwas lindert.

„Und vielleicht könnte man jetzt auch die Riemen lösen. Er wird sich nichts mehr antun …, du wirst dir nun nichts mehr antun, Christoph?“

Was soll er sich denn antun? Sie haben ihn doch hierher entführt und in diese missliche Lage gebracht. Und jetzt tun sie so, als ob sie alle ganz harmlos wären, weil sie ihn vorläufig von den Fesseln befreit haben. Sozusagen Zuckerbrot und Peitsche. Aber, wie gesagt, er wird es ihnen leicht machen: „Ch, ch, ch …, ich werde sachen, was chihr wollt!“ Freilich fällt das Reden noch schwer, allerdings wird es bald besser: „Ich werde sagen, was ihr wollt!“

„Schau, Christoph! So eine Handlung ist oft eine Torschlusspanik, und im Nachhinein hat man keine Ahnung, weshalb man es getan hat.“ Ladinoski begreift jedoch nicht, auf was der Fragesteller in seinem Verhör heraus will.

„Es gibt bei jedem Menschen Momente im Leben, wo er nicht mehr weiterweiß und deswegen glaubt, mit allem Schluss machen zu müssen.“ Droht man ihm etwa jetzt sogar mit dem Tod?

„Es gibt immer einen Ausweg.“ Natürlich, er hat ja angedeutet, dass er alles gestehen wird, was sie von ihm hören wollen. Nur soll er endlich konkrete Fragen stellen und nicht salbungsvoll um den heißen Brei herumreden.

„Hattest du in letzter Zeit größere Probleme, etwa familiärer oder beruflicher Natur?“ Auch diese Frage kommt Ladinoski seltsam vor, aber wenn es von ihm verlangt wird, dann muss er halt darauf antworten.

„Äh …, nein.“ Er war bis jetzt sehr sicher, dass keine ernsthaften Problematiken sein Leben belästigen. Und dass er sich hier in Gewahrsam befindet und noch immer nicht ahnt, weshalb, muss man allerdings als Komplikation sehen.

Der Häscher kontaktiert wieder seine Unterlagen. „Kannst du mir sagen, weshalb du diesen eigentümlichen Ort ausgewählt hast?“ Ladinoski leidet unter Begriffsstutzigkeit.

„Hast du irgendeinen Bezug zu jener Wohnung gehabt?“ Welche Wohnung? Welcher Bezug? Meint er etwa die Wohnung seiner verstorbenen Ex, in der jetzt die Caro wohnt? Aber wieso ist das für den Geheimdienst, oder was diese Leute sonst noch sind, von Relevanz? Irgendwie dämmert Ladinoski schon etwas, und einige ekelhafte Bilder treten als Rückblende auf.

„Du kannst von Glück sagen, dass man dich da hineingehen gesehen hat, weil ein aufmerksamer Nachbar die Polizei gerufen hat, da er einen Einbrecher vermutete. Hattest du einen Schlüssel zur Wohnung?"

Was soll die ganze Fragerei? Er ist ja von der Caro hineingelassen worden. Auf was will man denn jetzt hinaus? Will man ihm etwa durch eine besonders perfide Fragestellung eine Wahrheit entlocken? Er wüsste nur zu gerne, welche Wahrheit. Er war doch nie und nimmer ein Idiot, und trotzdem versteht er nicht, was man konkret von ihm möchte.

„Schau ..., du musst wissen, Christoph, es ist keine Schande einen Suizidversuch gemacht zu haben ..., es ist nur wichtig, dass du mir Vertrauen schenkst und dass wir dein Problem gemeinsam lösen." Der hat gut reden, er sitzt eindeutig am längeren Hebel. Nur, was soll dieses Geschwafel von Selbstmord?

„Du bist hier in guten Händen. Wir sind darauf spezialisiert, dem Leben wieder einen Sinn zu geben ..., du musst mir dabei helfen ..." Das will er ja, aber diesem ganzen kryptischen Gewäsch kann er gar nichts abgewinnen.

„Versuch dich einfach zu erinnern, wie es dir in den letzten Stunden ergangen ist."

Der Klassenkamerad Mistelbacher wendet sich nun an die anderen im Raum Stehenden. „Kollegen, ihr könnt gehen, ich mache das. Der Herr ist ein alter Schulfreund von mir."

Jetzt kommt der Nächste, der mit der Masche „Schulkollege" punkten möchte ..., aber was beabsichtigte er mit der Formulierung, dass er sich entsinnen sollte, was er die letzte so Zeit gemacht habe. Irgendwie fällt sein Blick auf das Schildchen, das dem Kollegen da am weißen Mantel heftet. Da bei Ladinoski bereits die Altersweitsichtigkeit zuschlug, kann er kleine Schriften sogar aus größerer Entfernung lesen: „Primarius Dr. Hans Mistelbacher. II. Psychiatrische Abteilung". Wahrscheinlich hält er sich eher in keinem Gefängnis auf, allerdings gibt die Örtlichkeit Psychiatrie ebenfalls Einiges zu bedenken. In manchen Ländern werden missliebige Personen einfach in die Klapsmühle gesteckt, weil es am einfachsten gelingt, jemanden mit einer Geisteskrankheit mundtot zu machen.

„Christoph …, erzähl mal frei von der Leber weg, was dich dazu bewogen hat …", Mistelbacher liest die Wohnungsadresse vor, „… dort diesen Schritt zu setzen …, versuch dich zu erinnern, weshalb du dorthin gegangen bist."

Also, dass Mistelbacher Psychiater geworden ist, hätte man sich nach dessen schulischen Leistungen kaum denken können. Der zeigte doch in keinen Fächern und schon gar nicht in den naturwissenschaftlichen Gegenständen eine besondere Begabung. Er hätte sicher nicht darauf gewettet, dass diese Pflaume dann ein ganzes Medizinstudium schaffen würde. Aber wie hier zu sehen, kann man sich auch irren. Und wahrscheinlich war die Verschwörungstheorie rund um einen Geheimdienst ebenso ein leichter Fehlgedanke seinerseits, freilich ist es reichlich ungewöhnlich, dass man gefesselt auf einem Krankenbett liegt, außer man hat …

Ja, was hat er denn konkret? Ladinoski versucht sich nun doch, wie ihm geraten wurde, an die letzten Stunden zu erinnern. Er hört sich sogar, wie er seine Erinnerungen in Worte fasst und nun diesem Doktor aufs Aug drückt. Also, was ist geschehen?

Mit der angeblichen E-Mail seiner verstorbenen Freundin und dass er diese dem Winter zeigte, beginnt er nicht. Seine Erzählung startet dort, wo es ihm wichtig erscheint, nämlich im Quand Perutz, als er Bellas Zwillingsschwester, die Caro Glaubengruber, kennengelernt hat. Er beschreibt auch, dass die frappante Ähnlichkeit zwischen beiden Frauen relativ bald bewirkte, dass deren schöner Körper eine starke sexuelle Anziehungskraft auf ihn ausübte, wodurch er sich leicht überreden ließ, mit ihr in ihre Wohnung zu gehen. Dass die

Schwester im Appartement der Verstorbenen lebt, habe er erst erfahren, als sie bereits dort gewesen sind.

Dann stockt Ladinoskis Erzählung etwas. Einerseits, weil ihm das Sprechen doch etwas schwerfällt und andererseits, weil ihm wieder der überaus dreckige Zustand der Wohnung, als hätte dort eigentlich niemand mehr gewohnt, einfällt.

Die Pause nützt Dr. Mistelbacher für eine Bemerkung. „Nach den Unterlagen hier bist du im Appartement einer gewissen Dr. Bella Glaubengruber aufgefunden worden. Allerdings soll diese Frau vor einiger Zeit verstorben sein …, woran, steht hier nicht …, nein …, nein …, von einer Caro wird hier nichts erwähnt …, du kanntest diese Bella Glaubengruber?"

Natürlich! Und das erzählt er jetzt genau so und auch, dass sie durch einen Selbstmord aus dem Leben schied. Man habe sie im Amt in einem von innen versperrten Kammerl erst nach ein, zwei Wochen gefunden, aber das sei nicht seine Schuld, weil sie zu der Zeit gar nicht zusammengewesen sind. Man habe ja eine völlig offene Beziehung geführt.

„Aha!" Mistelbacher gibt vor zu verstehen und notiert sich etwas in ein Büchlein, welches er aus der Seitentasche gezogen hat.

„Und der Tod dieser Frau hat dich sehr erschüttert?" Na ja, eigentlich schon und dann wieder nicht. Sicherlich betrifft es einen, wenn jemand auf diese Weise sein Leben beendet, andererseits hat sich die Beziehung schon etwas auseinandergelebt, und er merkte erst wieder, was er an ihr hatte, als er die Schwester, die Caro, kennenlernte. So muss er sich und diesem Arzt hier eingestehen, dass ihr Zusammensein eher rein sexueller Natur war. Deswegen hüpfte er ja auch gleich mit der Zwillingsschwester ins Bett, was man ihm zwar moralisch ankreiden könnte, nur, wenn zwei erwachsene Menschen einverstanden sind, ist Moral eine zu vernachlässigende Komponente.

„Sieh mal, Christoph. Selbst, wenn wir versuchen, stark zu sein, ist der Tod eines nahestehenden Menschen manchmal so unerklärlich, dass wir Handlungen setzen, die wir selber gar nicht begreifen … Vielleicht ist es nicht leicht für dich einzugestehen, dass dir Frau Glaubengruber mehr bedeutet hat, als dir bewusst war."

Dieses ganze Psychogewäsch verwendet der Ladinoski immer noch gerne, um vor anderen, besonders Frauen, gut dazustehen, aber ernsthaft daran glauben darf kein normaler Mensch, zumal man immer alles solange drehen und wenden kann, bis man vermeint, eine Lösung gefunden zu haben. Doch in diesem Falle beschreitet der Psychiater einen völligen Holzweg. Er hat weder Gewissensbisse nach Bellas Tod bekommen, noch durch ihr Ableben irgendwelche Depressionen ausgefasst.

„Vielleicht hast du deswegen eine Caro erfunden, um einen virtuellen Ersatz für deine Geliebte zu erschaffen. Es ist manchmal nicht erklärbar, weshalb Bilder in einer Stärke auftauchen, dass wir vermuten, eine Realität zu erleben …" Mistelbacher notiert sich wieder etwas. „Hattest du vielleicht früher manchmal …, also versteh mich nicht falsch …, manchmal Stimmen gehört …?" Ladinoski begreift schon richtig, der Bursche sagt ihm durch die Blume, dass er ihn für völlig durchgeknallt hält. Christoph kann durchaus eine gewisse medizinische Bildung vorweisen, hier wird versucht, ihm so etwas wie eine Schizophrenie anzuhängen. Nicht mit ihm! Für seine mentale Gesundheit kann er jederzeit die Hand ins Feuer legen.

„Ich habe nie Derartiges vernommen, weder Stimmen noch irgendwelche Visionen!" Ladinoski versucht, mit fester und deutlicher Stimme plausibel rüberzukommen, jedoch der Psychodoktor säuselt weiter.

„Manches Mal ist es gar nicht mehr möglich, zwischen Realität und Fiktion zu unterscheiden …“ Ja, wenn man plemplem ist, vielleicht, nur seinen Sinnen kann er garantiert noch trauen.

„Es gibt Momente, wo die Wirklichkeit verschwimmt, und eine neue Wirklichkeit entsteht, die wir sodann als Wirklichkeit wahrnehmen …“ Ein bisschen viel Wirklichkeit auf einmal, aber gerade diese Berufsgruppe ist dafür bekannt, dass ihre Mitglieder selbst häufig von Wirklichkeitsstörungen heimgesucht werden.

„Du hast dir womöglich innerlich gewünscht, dass diese …“, er liest den Namen noch einmal vom Zettel ab, „… Bella Glaubengruber gar nicht verstorben ist, weil du dir ihretwegen einen Schuldkomplex eingeredet hast. Da du hingegen genau gewusst hast, dass sie auf keinen Fall mehr leben kann, hast du dir sozusagen einen virtuellen Ersatz geschaffen, eben diese …, wie hast du sie genannt? Ah, ja …, eben diese Caro.“ Also, jetzt geht der Halbmediziner mit seiner Theorie zu weit, denn er hat sich diese Frau weder geschaffen noch eingebildet. Er kann sogar Zeugen nominieren, die nämliche Person ebenfalls gesehen und auch mit ihr gesprochen haben. Da wäre natürlich einmal der Winter, der sich um sein Geld vollgefressen hat. Aber wenigstens kann der tausendprozentig bestätigen, dass Caro keine Vision seinerseits sei. „Der Albert Winter hat sie genauso gesehen!“

Das bringt den Mistelbacher etwas aus dem Konzept, weil der aufs Tapet gebrachte Klassenkamerad nicht im Protokoll vermerkt wurde. „Äh …, was hat jetzt der Winter mit der ganzen Sache zu tun?“

Jetzt muss Ladinoski den Winter doch in seine Erzählungen einbinden, wiewohl er die seltsame Mail immer noch verschweigt. Währenddessen schreibt sich Mistelbacher wieder einiges auf. „So …, so!“

Ladinoski vermutet, dass er nun glaubhafter wirkte, aber es ist leichter, eine Giraffe von Halsschmerzen zu befreien, als einen Psychiater von einem Fehlweg zu überzeugen. Leider beginnt sein Hals auch wieder etwas zu schmerzen.

„Zur gegebenen Zeit werd ich den Albrecht kontaktieren …, zurück zu dir! Ich muss …, und das wird jetzt nicht leicht für dich sein …, dich noch einmal fragen, wie du zu dem Entschluss gekommen bist, diesen letzten Schritt, diesen endgültigen Schritt setzen zu wollen."

Ladinoski muss einen Ausdruck des völligen Unverständnisses zeigen, denn der Arzt fährt so fort: „Oder erinnerst du dich gar nicht mehr, dass du dir eine Schlinge um den Hals gelegt hast?"

Was soll er gemacht haben? Eine Schlinge um den Hals gelegt? Er ist sicher kein Selbstmörder! So etwas kam nicht einmal in pubertären Jugendphantasien bei ihm vor. Also, das ist doch eine Theorie, die nur von so einem kommen kann, der die Bezeichnung „Mindergeist" verdient. Und er sieht sich in seiner Einschätzung Mistelbacher gegenüber bestätigt. Man sollte vielleicht einmal Nachforschungen anstellen, wie er das Medizinstudium überhaupt geschafft hat.

„Es gibt so etwas wie eine Todesamnesie. Die kann dann vorkommen, wenn Menschen eigentlich nicht die Absicht haben, unter das Leben einen endgültigen Schlussstrich zu setzen, allerdings durch eine Affekthandlung plötzlich in eine Situation kommen, wo es keinen Ausweg zu geben scheint. Wenn das bei dir so war, wie ich vermute, dann glaube ich, dass wir dein Problem leicht in den Griff bekommen …, du musst mir dabei helfen!"

Ich werd ihm gleich helfen, denkt sich Christoph, aber erst muss er einmal so schnell wie möglich aus dieser verdammten Heilanstalt raus.

„Wenn das alles kein Problem ist, vielleicht könnt ich dann wieder gehen?"

„Christoph, Christoph, so schnell schießen die Preußen nicht. Es wäre unverantwortlich für mich, würde ich dich einfach so gehen lassen. Auch wenn ich gerade gesagt habe, dass wir alles in den Griff bekommen werden, muss ich doch absolut sicher sein, dass du nicht wieder in so eine Situation gerätst."

Nun reicht's Christoph. Jetzt wird er diesem Scharlatan klipp und klar sagen, dass er sofort aufstehen und dann nachhause gehen wird. Wir befinden uns immer noch in einem freien Land, wo jeder tun und machen kann, was er möchte.

„Dann wäre ich dir gegenüber verantwortungslos!"

Ladinoski setzt sich nun auf und macht Anstalten, den Venflon aus seinem Arm zu ziehen. Das kann Mistelbacher natürlich nicht mit ansehen und drückt den Körper des Patienten wieder in seine liegende Position zurück.

Gegen so eine brutale Gewalt ist Christoph machtlos, zudem setzt der rohe Kerl plötzlich eine Spritze. Mit äußerster Brutalität sticht er die Nadel in den Oberarm.

„Es ist besser, wenn du dich jetzt ausruhst."

X. Das Nachmittagsschläfchen hat jetzt gutgetan. Es gilt als wissenschaftlich erwiesen, dass man sich nach dem Essen mindestens eine Dreiviertelstunde aufs Ohr hauen soll, damit wieder genug Energie aufgebaut wird, um produktiv weiterzuarbeiten. Heute allerdings steht kein weiterer Akt mehr an, und man könnte die Idee ins Auge fassen, etwas früher Schluss zu machen. Außerdem hat es den Anschein, dass nun eine bessere berufliche Beziehung zu seinem Chef und Schulkollegen aufgebaut worden ist.

Zwar hat Winter weniger verstanden, weshalb er zu dem Mittagessen mit der Schwester von der verstorbenen Glaubengruber eingeladen wurde, aber wenn der Magen eine so phantastische Sättigung ausfasste, sollte man keine unnötigen Fragen stellen. Man muss es einfach positiv sehen, dass nämlich der Klassenkamerad endlich einmal menschliche Züge zeigte. Wahrscheinlich war es genauso für den Ladinoski überraschend, dass die Frau Glaubengruber eine eineiige Zwillingsschwester hatte, nur, so etwas gibt es, und man weiß ja oft kaum etwas über seine Mitarbeiter.

Winter sortiert noch die Bleistifte nach der Größe, den kürzesten links und den längsten rechts, baut einen kleinen Turm mit den Radiergummis und stellt den Dosenspitzer dazwischen. Dann wirft er noch einen Blick auf die Zimmeruhr, vergleicht den Stand der dortigen Zeiger mit den Zeigern auf seiner Armbanduhr und entscheidet selbstständig, heute eine halbe Stunde früher das Ministerium zu verlassen. In über dreißig Berufsjahren kann man sich das auch einmal leisten. Man soll doch nicht arbeiten, bis man umfällt, dazu ist das Leben einfach zu kurz.

Gerade wie er den Sessel zurückschiebt, um sich dann auf die eigenen Beine zu stellen, läutet das Telefon. Glücklicherweise nicht das Amtsfestnetz, denn dieser Apparat ist leider oft mit weiterführender Arbeit verbunden, die er heute nicht mehr brauchen kann.

Winter besieht sich zuerst das Display, denn auch auf seinem Privathandy darf ihn nicht jeder stören. Unbekannte Nummern etwa werden grundsätzlich ignoriert. Diesmal zeigt sich ein Name, von dem er gar nicht mehr wusste, dass er ihn eingespeichert hat. Weshalb kommt der Mistelbacher auf die Idee, ihn zu kontaktieren?

„Servus, Hans …, freut mich, von dir zu hören."

„Grüß dich, Albrecht …, verzeih, dass ich dich störe …," eigentlich fühlt sich Winter kaum belästigt, denn genau genommen hat er ja bereits dienstfrei, „… ich habe gerade mit einem Patienten über dich gesprochen." Winter wird neugierig. Wer könnte das sein?

„Entspricht es der Tatsache, dass du mit dem Ladinoski ..., ja, unserem Schulkollegen, der in der Achten zu uns gekommen ist ..., zusammenarbeitest?" Winter kann die Richtigkeit der Aussage bezeugen, aber was bedeutet es, dass der Dr. Ladinoski ein Patient vom Mistelbacher sein soll? Er fragt danach.

Mistelbacher antwortet, obwohl an die ärztliche Verschwiegenheit gebunden, ohne Umschweife: „Selbstmordversuch ..., ja, der Ladinoski hat einen Selbstmordversuch unternommen."

Winter fällt die Lade herunter. Es sind doch kaum drei Stunden her, wo sie noch ganz gemütlich im Quand Perutz beisammensaßen und der Ladinoski ihn dort auf einen erstaunlich guten Tafelspitz eingeladen hatte. Rein gar nichts deutete darauf hin, dass der Christoph so eine schreckliche Handlung ins Auge fassen würde.

„Wie konnte das passier'n?"

Vielleicht bindet man sich nicht an die Schweigepflicht, wenn man die näheren Umstände so einer Tat untersuchen möchte. Jedenfalls berichtet Primarius Dr. Mistelbacher, was ihm zugetragen wurde. Man habe den Christoph in der leer stehenden Wohnung einer gewissen Frau Glaubengruber mit einer Schlinge um den Hals im letzten Moment gerettet, weil ein aufmerksamer Nachbar die Polizei verständigte. Er soll versucht haben, sich mit seiner eigenen Krawatte, die er am Luster im Schlafzimmer festgemacht hat, zu erhängen. Aber das Merkwürdige an dieser ganzen Sache scheint weniger, dass man sich an einem Ort umbringen möchte, wo ein geliebter Mensch gelebt hat, sondern dass der Ladinoski behauptete, mit der Schwester der Verstorbenen dort gewesen zu sein. Und jetzt käme der Winter ins Spiel, weil der Patient auch erzählt habe, dass jener diese vermeintliche Schwester ebenso gesehen haben soll.

„Ja, das stimmt. Ich bin mit dem Dr. Ladinoski …, also dem Christoph zu Mittag beisammen gewesen …, wir sind im Quand Perutz gewesen …, kennst du das, das ist nicht schlecht …, ich sage dir …, ein Tafelspitz!“ Mistelbacher drängt, dass man präziser zur Sache kommen soll.

„Ja, das ist richtig …, ich habe die Dame auch kennengelernt …, ich sage dir, eine frappante Ähnlichkeit mit der Kollegin Glaubengruber aus der Revision. Wenn man nicht wüsste, dass Frau Dr. Glaubengruber eine Schwester gehabt hat, hätte man glauben können, dass diese Frau in dem Restaurant eindeutig die Frau Glaubengruber gewesen ist. Ich sage dir, die Ähnlichkeit ist schon erstaunlich gewesen, aber bei eineiigen Zwillingen kann man oft nicht wissen, wer wer ist.“

Man hört an einem verächtlichen Stöhnen, dass Mistelbacher mit der gehörten Beobachtung eher unzufrieden scheint, was natürlich damit zusammenhängen könnte, dass Psychiater ihre Mitmenschen grundsätzlich für Deppen halten. „Du kanntest also Frau Glaubengruber?“

„Ich habe sie gekannt …, richtig!

„Nein …, ich meine …, also, was ich von dir wissen will, es gibt also eine Frau Glaubengruber aus dem Amt, von der der Christoph erzählt hat, dass sie Suizid begangen hat …, ist das so einmal korrekt?“ Diese Tatsache stimmt, da die Dr. Bella Glaubengruber aus der Revision vor zirka acht Wochen, vielleicht ein bisschen mehr oder weniger, Selbstmord beging. Winter enthält die Information nicht vor.

„Und dann hast du heute eine Frau kennengelernt, die ebenso ausgesehen haben soll wie jene Frau, die bei euch im Amt gearbeitet hat?“ Gewiss, Zwillinge sind doch nichts Besonderes. Nur, wenn man nicht weiß, dass es sich um Zwillinge handelt, könnte man eventuell verwirrt werden.

Das erklärt nun Winter auch so, und Dr. Mistelbacher muss sich nolens volens mit dieser Aussage zufriedengeben. Schon ist man bereit, sich zu verabschieden, als Winter noch die wichtigste Frage stellt: „Wie geht es eigentlich dem Ladinoski? Kommt er durch?"

Dahingehend kann man den Winter beruhigen, und man verspricht, sich wieder einmal zusammenzurufen, um vielleicht auf einen Kaffee zu gehen.

Na Servas! Gerade noch so quicklebendig und plötzlich an der Schwelle des Todes. Wie ist es möglich, dass Menschen überhaupt Hand an sich legen, sie müssten doch wissen, dass die Selbsttötung zu den Todsünden gezählt wird. Winter schüttelt den Kopf. Was muss denn in solchen Menschen vorgehen, dass sie jeglichen Sinn im Leben verloren haben?

Winter schaut wieder auf die Uhr. Wenn er jetzt gleich ginge, müsste er nicht sofort nach Hause zu seiner Hilde, weil sie ihn erst in eineinhalb Stunden erwartet. So könnte er vielleicht noch auf dem Heimweg für diesen armen Sünder eine Kerze anzünden. Viel mehr kann er für Christoph eigentlich nicht machen, aber wenn man das Leben eines Menschen Gott anvertraut, wird jener schon wissen, was zu tun ist.

Der Nachmittag ist sonnig und warm, und Winter entscheidet sich, einen kleinen Umweg zu machen. Es gibt so viele Gotteshäuser in seiner Stadt, die er gerne aufsucht, wenn freilich besondere Probleme auftauchen, zieht es ihn immer wieder in die Virgilkirche. Der Weg dorthin führt durch die engen Gassen der Innenstadt, vorbei an der Tanzschule, wo es ihm zum ersten Mal in der siebenten Klasse gelang, die Hilde wenigstens mit weißen Handschuhen zu berühren. Natürlich hat der Gneringer versucht, ihm dieses Mädchen madig zu machen, doch da setzte er sich wenigstens gegenüber dem Schulkollegen durch. Sicherlich hätte es vielleicht feschere Frauen gegeben, aber Schönheit ist nicht alles. Vielmehr sollten die inneren Werte zählen, und die hat die Hilde zweifelsohne, sonst wäre er wohl nicht über dreißig Jahre verheiratet. Allerdings käme natürlich eine Scheidung niemals in Frage, weil ein Sakrament gilt als unumstößlich. Was brachte es denn dem Gneringer, so oft vor das Standesamt zu treten? Außer einen Schippel Probleme gar nichts! Nicht einmal seine Kinder wollen etwas von ihrem Vater wissen, und Winter ist der Einzige, der sich noch um ihn kümmert. Jedenfalls könnte man genauso ihn mit einer Kerze bedenken. Schaden kann das auf keinen Fall!

„Servus! Hast du auch keine Lust mehr, bei so einem schönen Tag im Büro zu versauern?“ Es geschieht nicht selten, dass Winter den Zima in der Stadt trifft, da jener eine ähnliche berufliche Tätigkeit wie er ausübt. Allerdings kommt ihm dieser säkularisierte Kollege heute weniger gelegen, zumal er mit ihm keineswegs über das Thema Kirche reden kann und schon gar nicht, dass er gerade zu einer unterwegs ist. Aber es gestaltet sich stets schwierig, diesen Kerl abzuwimmeln, weil er nie den Ehestand wagte und deswegen am Abend keine Verantwortung für jemanden trägt und nicht einkaufen gehen muss. So wird der Winter schon auf der Gasse in Beschlag genommen und mit oberflächlichen Erzählungen aus dem anderen Ministerium traktiert. Meistens lässt sich der Winter sogar breitschlagen, ein Kaffeehaus aufzusuchen, wo die Plauderei bequemer weiterlaufen kann. Und auch heute hat er nicht die Kraft, dem Klassenkameraden eine abschlägige Antwort zu geben und wird schon in einen gedeckten Vorgarten verzaht.

„Gerne …, aber ich hab leider nicht viel Zeit heute.“

„Das sagst du immer, Albrecht …, heute ist so ein schöner Tag, und das Leben ist kurz …, man sollte es genießen. Es kann immer etwas Unvorhergesehenes geschehen …, und plötzlich ist alles aus!“ Erstaunlich, was der Zima gerade gesagt hat, ... nur, wenn dieser schon einmal ein Thema anschneidet, das über Ministerialgewäsch hinausgeht, könnte er doch die Gelegenheit nützen, mit diesem Kameraden das Schicksal Ladinoskis zu erörtern. Er kennt ihn ja auch.

„Der hat einen Selbstmordversuch gemacht? Das ist ja arg!" Ob er in Zima den richtigen Gesprächspartner gefunden hat, steht in den Sternen, doch muss Winter irgendjemandem die ganze Geschichte erzählen, denn die Hilde kann und will er mit so einer Tragödie nicht belasten, und die Töchter interessieren sich für gar nichts, was den Vater angeht. „Aha ..., das ist schon interessant ..., nur ..., nur ..., irgendwas gefällt mir daran nicht. Also ich habe den Ladinoski schon lange nicht mehr gesehen ..., soweit ich mich erinnern kann, war der nicht der Typ Selbstmörder." Zima sah den Ladinoski vor über dreißig Jahren das letzte Mal und hatte eigentlich keinen engen Kontakt zu dem Neuen. Dennoch, Winter kann dieser Feststellung ein D'accord geben.

„Hast du dir schon überlegt, Albrecht, dass alles vielleicht ganz anders war?" Was könnte denn anders gewesen sein, der Mistelbacher sprach zweifelsfrei von Suizid, und einem namhaften Spezialisten sollte man doch glauben. Winter wartet, was Zima noch zu sagen hat.

„Da sind mir viel zu viele Ungereimtheiten!" Zima massiert mit dem Zeigefinger seine Schläfe, um so möglicherweise sein Denkvermögen anzuregen.

„Schau ..., da ist einmal diese seltsame Frau, von der du erzählt hast, dass sie die Zwillingsschwester eurer Arbeitskollegin ..., wie hieß sie noch ..., aha, Glaubengruber ..., danke ..., die du mit dem Ladinoski im Beisl alleingelassen hast ..." Das Quand Perutz kann man beim besten Willen kaum als Beisl bezeichnen. Winter enthält sich einer Randbemerkung.

„Mit jener Frau ist der Ladinoski dann alleine geblieben?" Höchstwahrscheinlich, Winter war ja gar nicht mehr dabei, weil man ihm durch die Blume erklärte, dass er sich schleichen solle.

„Wer sagt uns, dass die Frau nichts mit dem angeblichen Selbstmordversuch Ladinoskis zu tun hat?" Na ja, auch eine Theorie, aber was sollte diese Dame denn gemacht haben?

„Vielleicht ..., und man darf den Menschen und seine Abgründe nie unterschätzen ..., vielleicht war es gar kein Selbstmord, sondern etwas Schlimmeres ..." Zima versucht eine gewisse Spannung zu erzeugen.

„Mord!"

Mit Mord sah sich der Winter in seinem gesamten Leben noch nie konfrontiert, wenn man einmal von der Geschichte mit dem Spurny absieht. Nur, mit dem saß er nicht unmittelbar vor der Tat gemütlich beisammen. „Du meinst sogar Mord?" Vielleicht ist an Zima ein Kriminalbeamter verloren gegangen, denn er scheint von seiner These mehr als überzeugt zu sein.

„Überleg einmal, Albrecht. Die Frau hat gerade ihre Schwester verloren und ist womöglich dadurch innerlich völlig verzweifelt. Dann findet sie heraus, dass die Verstorbene mit dem Ladinoski ein Pantscherl gehabt hat ..., " irgendwie hat Winter schon den leisen Verdacht gehabt, dass der Christoph mit der Glaubengruber möglicherweise intim war, weil auch die Schwester sowas beim Mittagessen andeutete, „... und diesen Menschen, der mit ihrer Schwester zusammen gewesen ist, wollte sie dann kennenlernen ..., aber zu welchem Zweck?" Man interessiert sich eben für das Umfeld seiner Geschwister.

„Du musst dir das so vorstellen, Albrecht, die Schwester ist sich hundertprozentig sicher gewesen, dass der Ladinoski am Tod ihrer Schwester schuld ist. Da ist die Schwester auf eine Idee gekommen, wie sie sich am besten am Ladinoski rächen könnte, und da hat sie wohl einen perfiden Plan geschmiedet." Zima wird nun völlig von der Kriminologie eingenommen. „Du hast ja grad erzählt, dass man den Ladinoski in der Wohnung der verstorbenen Schwester gefunden hat …" Winter braucht nichts zu sagen, ein Nicken genügt.

„Das ist der springende Punkt. Die Schwester wollte den Ladinoski an einem Ort haben, der mit ihrer Schwester in Verbindung zu bringen ist. Deshalb hat sie ihn in diese Wohnung gelockt. Dort wird sie ihn vielleicht unter Drogen gesetzt haben, und dann hat sie alles so aussehen lassen, dass man glauben müsste, der Ladinoski wollte sich umbringen!" Zima lehnt sich zufrieden zurück, und an der stolzgeschwellten Brust sieht man, dass er den Fall gelöst zu haben glaubt.

Doch auch Winter wurden die Augen etwas geöffnet. Ein Körnchen Wahrheit könnte an der ganzen Sache schon dran sein. „Vielleicht sollten wir das irgendwie der Polizei mitteilen?"

„Das wird sowieso gemacht, Albrecht, bei einem Selbstmord wird immer die Polizei beigezogen …, aber vielleicht könnten wir …?" Winter hat jetzt gar keine Zeit mehr, denn Hilde wartet darauf, dass er das Abendessen bringt. Doch der Zima meint unerbittlich: „Bis die Polizei irgendwas macht, ist die Mörderin vielleicht schon über alle Berge."

Jetzt merkt Winter schon an, dass der Ladinoski noch lebt.

„Du alter Pfennigfuchser! Im Grunde genommen ist sie eine Mörderin, weil sie womöglich gar nicht weiß, dass der Christoph überlebt hat."

Winter sieht nach einem Kellner, um die Rechnung zu begleichen.

„Jetzt willst du gehen und dem Ladinoski seinem Schicksal überlassen!"

Natürlich wollte er für den Ladinoski etwas tun, aber das mit der Kerze wird sich nicht mehr ausgehen.

„Du bleibst jetzt noch ein bisschen da!" Zima formulierte das sehr bestimmend, nur Winter fleht beinahe schon: „Du, ich muss jetzt …, ich kann nicht mehr bleiben."

„Du bist ein erwachsener Mensch und kannst tun und lassen, was du möchtest …," wenn man eine Familie hat, muss man auf diese Rücksicht nehmen, „… und wir werden uns jetzt dem Fall Ladinoski widmen." Winter versucht natürlich mit allerlei Argumenten, dem Zima dieses Ansinnen auszureden, doch der argumentiert geschickt mit der christlichen Nächstenliebe.

„Und du willst den Ladinoski im Stich lassen? Ein schöner Freund bist du!"

„Wir könnten uns vielleicht morgen …, gleiche Zeit, gleicher Ort treffen, um alles Weitere zu besprechen."

Zimas Bereitschaft, darüber zu diskutieren, endet: „Morgen könnte alles vielleicht zu spät sein …, wenn es dir egal ist …, wenn es dir scheißegal ist, was mit dem Christoph passiert, kannst du ja gehen …, auf Wiedersehen, Albrecht …, auf Wiedersehen …, morgen ist der Ladinoski vielleicht wirklich tot, weil die Mörderin es sicher noch einmal versuchen wird."

„Sie wollten zahlen?" Winter schickt den Kellner wieder weg. Er hat vorläufig resigniert und wird sich dann sicher von der Hilde einiges anhören müssen. Doch was möchte denn der Zima unternehmen? Winter setzt auf die Hoffnung, dass jener ohnehin nur so daherredet und nicht exakt bedenkt, was er schwafelt. Von einem fehlt dem Winter freilich jegliche Vorstellung, dass nämlich der Zima durch intensives Studium einschlägiger Krimi-Literatur zu so etwas wie einem Spezialisten geworden ist. Wenn Zimas Lebensweg nur eine ganz kleine andere Wendung genommen hätte, wäre er sicherlich ein erfolgreicher Kriminalkommissar geworden, so erstreckt sich sein Zuständigkeitsbereich nur bis zu den Fördertöpfen für die Landwirtschaft. Aber, auch wenn man sich nur über Literatur mit der Denkweise von Detektiven beschäftigt, kann man sich durchaus befähigt sehen, wie jene zu handeln. Deswegen erläutert er jetzt dem Winter die nächsten Schritte, die nun zu tun wären. Als Erstes müsste man einmal wissen, wo sich die Wohnung befindet, in der der schreckliche Mordversuch stattgefunden hat.

„Wie willst du denn herausfinden, wo nämliche Wohnung ist?"

„Ich glaube, das könntest du eher herausfinden, Albrecht, denn bei euch im Ministerium müssten ja Unterlagen sein, wo die Mitarbeiterin gewohnt hat." Das hätte vielleicht sogar seine Richtigkeit. Winter prüft die Uhrzeit. Um diese Zeit befindet sich niemand, der eine einschlägige Antwort geben könnte, mehr dort.

Doch aus Zima sprudelt eine nächste Idee heraus: „Dann probieren wir es mal so ..., Herr Ober!" In jedem anständigen Kaffeehaus befinden sich Telefonbücher, und Zima lässt sich den Band mit „G" bringen.

„Dann schau'n wir einmal nach ..., Glatzer ..., Glatzmayer ..., Glaubacker ..., Glaubauf ..., Glaubengruber ..., es gibt drei Glaubengruber ..., Andreas ..., Dr. Bella und eine Ottilie Glaubengruber ..., wie heißt deine Glaubengruber?"

Winter meint, dass es die Dr. Bella sein müsste.

„Und da haben wir schon die Adresse ..." Zima liest die Gasse mit der Hausnummer vor.

„Merkst du dir das, oder sollen wir es uns aufschreiben?" Sie schreiben es doch lieber auf.

„Wir fahr'n jetzt dorthin. Und du fährst mit, Albrecht!"

Winters Begehrlichkeit, diese Reise antreten zu sollen, hält sich in Grenzen. Erstens sind sie ja nicht die Polizei und werden sicherlich nicht in die Wohnung kommen können, und zweitens hört sich das wie ausgemachter Blödsinn an.

„Wir können mit der U-Bahn zwei Stationen fahren und dann ein Stück gehen, oder wir nehmen gleich die Straßenbahn.“ Man einigt sich auf die Tram und erreicht in gut einer halben Stunde den notierten Ort. Natürlich existiert wie überall eine Gegensprechanlage, und so kommt man nicht so einfach ins Stiegenhaus. Doch der Name Dr. Glaubengruber ist noch an einer Klingel mit der Zahl 19 zu lesen, also sind sie einmal richtig.

„Was machen wir jetzt?“ In erster Linie steh'n sie jetzt an und blöd herum. Winter freut sich unchristlich diebisch, dass die Kiberer-Karriere von Zima wohl hier schon ihr Ende findet. Aber jener ist mit mehr Wassern gewaschen, als es dem Albrecht lieb sein kann. Er läutet einfach bei irgendwelchen Namen an, bis sich eine Stimme meldet, die fragt, wer denn da vor dem Haustor stehe und was man wolle. Zima antwortet wahrheitsgemäß, dass sie vom Ministerium seien und einige Fragen zur verstorbenen Bewohnerin Frau Dr. Glaubengruber stellen müssten. Ein schnarrendes Geräusch gibt bekannt, dass man die Türe nun öffnen und das Stiegenhaus betreten könne. Da sie nicht genau wissen, mit wem sie vorhin gesprochen haben, müssen sie den Lift links liegen lassen und Stiegen steigen. Im Mezzanin tut sich nichts Menschliches, so wird das nächste Stockwerk angegangen. Dort wartet bereits eine Frau in einem geblümten Hauskleid, um bereitwillig Informationen rauszurücken.

„Sie san von der Polizei?“

„Nicht direkt. Wir unterstehen direkt dem Ministerium.“

So honorigen Herrschaften kann man blind vertrauen!

Zima stellt sich formvollendet mit Handkuss vor und erfährt, dass es sich bei dieser Dame um die Frau Wondratschek handelt, die seit dem Krieg hier im Hause wohnt.

Deswegen war es durchaus richtig von den Herren, gerade sie zu kontaktieren, weil sie immer wieder wichtige Beobachtungen gemacht hat. Zum Beispiel heute Vormittag sei ein dunkelhäutiger Mann, vielleicht sogar ein Neger, durch das Stiegenhaus geschlichen, um sich die Wohnungstüren anzusehen, wo es günstig sei, einzubrechen. Um nicht in den Verdacht einer unlauteren Handlung zu geraten, habe er so Werbezetteln an die Türschnallen gehängt. Aber eine Frau Wondratschek könne man nicht so leicht täuschen. Sie sah sogar durch den Türspion den verschlagenen Blick dieses schwarzen Zigeuners und war schon nahe daran, die Polizei anzurufen, die dann schon plötzlich im Haus war, weil der Herr Prizlozil auch etwas Seltsames beobachtete. Der Prizlozil vom letzten Stock, in den sie leider kaum hinaufkommt, weil ihre Beine nicht mehr mitspielen, wenn der Lift wieder mal kaputt ist, hat gesehen, wie ein gut gekleideter Herr mittleren Alters in die Wohnung von der Frau Glaubengruber, die sich hamdraht hat, eingedrungen sei. Weil das verdächtig war, weil ja da niemand mehr wohnt, hat der Prizlozil sofort die Polizei angerufen, da in letzter Zeit immer mehr Wohnungen ausgeraubt werden. Der Mann in der Wohnung soll kein gewöhnlicher Einbrecher, sondern ebenso ein Selbstmörder gewesen sein, weil der Prizlozil sogar einen Blick in die Wohnung werfen konnte und gesehen hat, wie der von der Decke heruntergehangen ist. Der ist dann doch nicht gestorben, weil auch noch die Rettung gekommen ist und diesen Mann hinuntergetragen hat. Das hat sie leider nicht persönlich gesehen, weil sie da gerade von der Frau von der Caritas gebadet worden ist, aber der Prizlozil hat ihr das ganz genau so berichtet, wie er heute bei ihr unten auf einen kleinen Schnaps war.

Andere Beobachtungen vom heutigen Tag, die nicht unbedingt zum Thema passen, werden von Zima abgewürgt. „Sie haben die Frau Dr. Glaubengruber gekannt?"

„Was glauben S' denn, na, freilich! Man interessiert sich ja für seine Nachbarn. Man will ja wissen, mit wem man es zu tun hat. Auf der Tür zwei wohnt seit einigen Monaten eine arabische oder marokkanische Familie mit hundert Kindern, die …"

„Erzählen Sie mir bitte etwas über die Frau Glaubengruber!" Man erfährt, dass sie eine sehr angenehme Person war. Blond ist sie gewesen, eine typische Österreicherin eben, die gewusst hat, sich zu benehmen, weil sie immer freundlich grüßte. Man konnte sie sogar bitten, das Einkaufssackerl hinaufzutragen, wenn der Lift wieder einmal kaputt war, was in letzter Zeit öfters vorkommt. Und einen sehr netten Freund hat sie gehabt, so einen jüngeren Herrn, der auch immer sehr zuvorkommend war, weil er ihr einmal die Eingangstüre aufgehalten hat.

Zima erkundigt sich, ob sie vielleicht den jüngeren Herrn beschreiben könnte.

„Freilich kann ich das …" Es folgt eine mehr als undurchsichtige Beschreibung, die darin gipfelt, dass der Mann eindeutig sehr österreichisch ausgesehen habe. Auch mit sehr viel Phantasie wird nichts Wesentliches erwähnt, was auf Ladinoski hindeuten könnte. So wäre es vielleicht besser, die Befragung zu beenden, weil der Herr Prizlozil vielleicht mehr zur Lösung dieses Falles betragen könnte, doch es gestaltet sich schwierig, das Verhör mit der Frau Wondratschek abzubrechen, die sich der Wichtigkeit ihrer Aussagen durchaus bewusst ist. Wenigstens darf sie noch eine letzte Frage beantworten.

„Haben Sie manchmal die Schwester von der Frau Glaubengruber gesehen?" Obwohl die Frau Wondratschek alles sieht, muss sie das verneinen. Einem guten Zeugen fällt es schwer zuzugeben, dass ihm ein wichtiges Detail entgangen ist, aber die Wondratschek kann sich beim besten Willen nicht erinnern, jemals eine Schwester oder eine andere weibliche Person zusammen mit der Frau Glaubengruber gesehen zu haben.

Nun genügt's doch. Weil die beiden Beamten nichts über das Verhalten der Familien auf Tür zwei, fünf und sechs wissen möchten und auch kein gesteigertes Verständnis für das in letzter Zeit immer dreckigere Stiegenhaus haben, dreht sich Frau Wondratschek plötzlich um und beendet ihrerseits das Interview. Allerdings könnte der jähe Abgang durchaus damit zusammenhängen, dass gleich eine wichtige Fernsehserie beginnt, was auch aus ihren Worten herauszuhören war.

„Da haben wir doch einiges!" Zima grinst wie ein Schneekönig. Winter hingegen blickt etwas säuerlich, weil der Zima nach dieser Befragung wohl Blut geleckt hat. Und es geht so weiter, wie vermutet. Als Nächstes müsse man jetzt Prizlozil vom letzten Stock in Augenschein nehmen. Winter ist schon alles egal. Es fehlt ihm die Autorität, sich gegen Zima durchzusetzen, und so trottet er einfach wie ein Hündchen nach. Für den letzten Stock wird der Lift genommen.

Auf Tür achtzehn wird man fündig. Über der Klingel steht „Prizlozil". Zima zögert nicht zu läuten, und an Schritten aus dem Inneren der Wohnung hört man, dass jemand da sein muss. Ein kleiner dicker Mann mit dicken Brillen und polierter Glatze öffnet. Nachdem Zima auch diesem Bewohner ihre ministeriale Herkunft und ihr Ansinnen vorgebracht hat, werden den beiden nicht nur sprichwörtlich alle Türen geöffnet. Sie werden sogar in den Privatbereich Prizlozils hineingelassen und in eine kleine Wohnküche geführt.

„Darf ich Ihnen etwas anbieten?" Der Herr Prizlozil zieht einige Flaschen Bier aus dem Eiskasten und stellt die Gebinde auf den Ausklapptisch an der Wand. Winter würde lieber keinen Alkohol trinken, weil den die Hilde vermutlich riechen könnte, aber Zima befindet, dass man diese Gastfreundschaft auf jeden Fall annehmen solle. Man nimmt also auf Hockern Platz. Prizlozil öffnet die Flaschen und drückt jedem der Herren eine in die Hand.

„Sie müssen wissen, ich habe Ihre Kollegen verständigt, weil es schon sehr merkwürdig gewesen ist, dass da jemand an der Tür gegenüber hantiert hat." Zima vermutet, dass mit dem Wort „Kollegen" die Polizei gemeint sein muss.

„Das war schon sehr richtig von Ihnen, Herr Prizlozil ..."

„Sehr richtig ..." Winter sagt endlich auch einmal etwas, vielleicht, weil ihm der erste Schluck des ungewohnten Getränkes durchaus mundet.

„Und Sie haben diesen Herrn, der da an der Türe war, erkannt?" Zima kann sich denken, dass der Ladinoski vielleicht dem Prizlozil bekannt war.

„Im Nachhinein schon, ... im ersten Moment nicht ..., wissen Sie, ich bin hier in der Küche gesessen und habe gehört, wie draußen am Gang gesprochen worden ist ..."

„Aha, Sie haben etwas gehört?"

„Ja ...", bestätigt Prizlozil noch einmal: „Ich habe Stimmen gehört, und das war schon seltsam, weil hier im Stock oben niemand mehr wohnt außer mir."

„Männer- oder Frauenstimmen?"

„Sie müssen wissen, das hat mich ja verwundert und dazu gebracht, durch den Türgucker zu schauen ..., ich habe beides gehört ..., einen Mann ... und auch eindeutig eine Frau ..., und die Stimme von der Frau ist mir sehr bekannt vorgekommen."

Zima ist ganz in seinem Element. „Wer war diese Frau?"

„Gesehen habe ich sie nicht ..."

„Sie sagten doch gerade, dass Sie die Stimme erkannt haben ..., also was für eine Stimme war das dann?" Zima hat nun die Diktion eines Kriminalbeamten beim Verhör drauf. „Sagen Sie schon!"

Prizlozil wirkt etwas unsicher. Vielleicht, weil man nicht glauben sollte, dass man an seinem Verstand zweifeln könnte, doch als Staatsbürger muss man der Wahrheit verpflichtet sein. So meint er etwas kleinlaut: „Geklungen hat sie wie die verstorbene Frau von gegenüber …, Sie müssen wissen, ich habe Frau Glaubengruber nicht sehr gut gekannt, aber man hat immer wieder ein paar Worte im Stiegenhaus gewechselt."

Zima wird hellhöriger. „Sie meinen, Sie haben geglaubt, die Frau Glaubengruber zu hören?" Prizlozil würde das lieber nicht gestehen, muss es jedoch bestätigen, weil es seiner Meinung nach so gewesen ist.

Jetzt steigt Winters Interesse an der ganzen Causa erheblich, vielleicht, weil der seltene Alkohol durchaus die Sinne schärft. Jedenfalls freut es Winter, dass sie einen Zeugen gefunden haben, der diese Zwillingsschwester wahrgenommen hat. Schon wieder mengt er sich in das Gespräch ein. „Das haben Sie genau so der Polizei gesagt?"

Das ist es ja! Prizlozil hat leider diese Information der Polizei vorenthalten, weil er sozusagen keine visuelle Bestätigung dafür hatte. Natürlich könnte man seiner Aussage durchaus Unvertrauen schenken, weil jeder sehen kann, dass Prizlozil ein Hörgerät trägt. Allerdings benötigt er ein solches ja nur, damit er wieder perfekt wie früher hören kann, was ihm sein Arzt auch bestätigte. So muss er zugeben, dass er den untersuchenden Polizeibeamten nichts dergleichen mitteilte, sondern nur den Eindringling per se erwähnte. Wenigstens schenken die beiden untersuchenden Herren ihm offenbar echtes Vertrauen.

„Wann genau haben Sie den Herrn erkannt?" Zima sieht es lieber, wenn er das Heft in der Hand behält.

„Erst, als ich einen Blick in die Wohnung werfen konnte!"

„Was haben Sie durch diesen Blick beobachtet?" Prizlozil muss nun ebenso zugeben, dass er sogar ins dortige Vorzimmer, allerdings nur für ganz kurz, hineingegangen ist, weil man vom Stiegenhaus ja gar nicht ins Schlafzimmer schauen kann. Er ist einfach den Polizisten nachgegangen, und sie hätten ihn ja auch sofort rausschmeißen können, was sie aber nicht taten. Dort sah er dann, wie sie gerade den Mann vom Luster heruntergeholt haben, und dabei konnte er sogar einen Blick auf dessen Gesicht werfen, welches ihm durchaus etwas sagte. Diesmal sind Zima und Winter mit der Beschreibung des Opfers mehr als zufrieden, weil es sich um den Dr. Ladinoski handeln könnte, zumal der Zeuge die goldene Nickelbrille erwähnt, die schon zu Schulzeiten ein Markenzeichen des Klassenkameraden war.

„Wollen Sie noch ein Bier?"

Winter ist überraschenderweise als Erster mit dem Getränk fertig, und obschon er sich selten so sprechen hörte, sagt er: „Ja, gerne!"

Prizlozil scheint merklich froh, dass sich höhere Chargen des Falles angenommen haben, weil man es kaum verstehen kann, was sich in ihrem gutbürgerlichen Haus abspielte. Was bewog denn diesen Mann tatsächlich, in die Wohnung von der Frau Glaubengruber zu gehen? Eine Frage, die sich der Prizlozil schon den ganzen Nachmittag stellte, und die Frauenstimme ging ihm ebenfalls die ganze Zeit nicht aus dem Ohr. Aber wenigstens hat er denen gestanden, sie garantiert gehört zu haben. Und Prizlozil begreift langsam, auf was die beiden untersuchenden Beamten hinauswollen. Das mit dem Selbstmordversuch könnte sich vielleicht doch nicht so abgespielt haben, wie die einfachen Polizisten vorhin andeuteten.

„Schau mal, Albrecht, der Herr sagt das ja auch, dass da eine Frau im Spiel war …" Prizlozil nickt fleißig.

„Jetzt geht es nur noch darum, diese zu finden, dann haben wir die Mörderin!"

„Täterin, Ewald, Täterin …, der Ladinoski lebt ja noch, wie der Mistelbacher gesagt hat, und es soll ihm sogar recht gut gehen."

„Ja, Täterin …, du hast Recht! Immer korrekt bleiben!"

Prizlozil bewundert die zwei Kapazunder ob ihrer brillanten Untersuchungsmethoden. „Jetzt müssten wir nur noch ein Foto von dieser Frau haben."

„Das finden wir sicher in der Wohnung drüben!" Winters Übermut steigt nach dem zweiten halben Bier beträchtlich, aber auch Zima kann mit der Idee etwas anfangen. Man müsste jetzt einfach die Untersuchungen hinüber zum Tatort verlegen, und es scheint so, dass die beiden einer Meinung sind.

„Eine komische Frage, Herr Prizlozil, haben Sie einen Schlüssel von der Wohnung gegenüber?" Zima bleibt der Wortführer und entscheidet, eine konkrete Tat zu setzen. Leider muss der Herr Prizlozil verneinen, obwohl es nie schlecht wäre, Wohnungsschlüsseln von Nachbarn zu haben, weil man ja freundlicherweise deren Blumen gießen könnte. Nur, so gut war er mit der Frau Glaubengruber nicht, als dass sie ihm so ein tiefes Vertrauen entgegengebracht hätte.

„Dann müssen wir eine andere Lösung finden!" Zima springt von seinem Hocker auf, und auch Winter muss mit, obwohl er ungern auf sein restliches Bier verzichtet. Man kennt das aus dem Fernsehen. Ein Pickerl mit einem amtlichen Symbol und einer strafandrohenden Aufschrift soll mögliche Besucher abschrecken. Zima besieht sich den Text, der in einem Amtsdeutsch bekannt gibt, dass man bei Beschädigung dieses Siegels eine saftige Strafe zu erwarten habe. Winter hingegen scheint gewisse Bedenken verloren zu haben und beginnt an der Plakette herumzukletzeln. Prizlozil, ebenfalls am Gang, schaut nur zu. Es gelingt ziemlich leicht den Aufkleber zu lösen, wodurch zu erkennen ist, dass das Schloss offensichtlich aufgebohrt wurde. So öffnet sich die Türe langsam nach innen.

In diesem Moment fragt keiner der untersuchenden Herren nach einer möglichen Befugnis einzutreten. Man macht es einfach, und auch Prizlozil trottet wieder nach.

Winter erkennt an einem funktionslosen Lichtschalter, dass der Strom abgedreht sein muss, aber es dringt genug Straßenlicht in die Zimmer hinein. Man stellt natürlich fest, dass hier länger niemand gewohnt zu haben scheint, man sieht freilich genauso, dass vor Kurzem jemand da war. Gewisse Möbelstücke, wie der große Esstisch, sind wohl zur Seite geschoben worden, um das Opfer auf einer Bahre herauszuschaffen. Das Augenscheinlichste jedoch ist der zentimeterdicke Staub, der überall herumliegt. So auch auf dem Schreibtisch an der hinteren Breitseite des Wohnzimmers, den Zima als Erstes in Augenschein nehmen möchte. So ein Arbeitsplatz gilt meistens als Ort, wo man Dinge finden müsste, welche für die Aufklärung einer Straftat dienlich sein könnten. Er wischt einmal die Staubflusen vom ergonomischen Arbeitssessel und setzt sich drauf. Bevor er sich den Laden zuwendet, wird einmal die Schreibtischoberfläche in Augenschein genommen. Dort befindet sich nur ein ausgesteckter Laptop, aber Zima weigerte sich bisher beharrlich, in die Geheimnisse der neumodischen Elektronikwelt einzudringen. So lässt er diesen einmal links liegen und greift sich das Buch, welches zirka fünfzehn Zentimeter neben dem Computer liegt. Hochinteressant! Es handelt sich eindeutig um Gneringers Machwerk „Wann offenbart sich die Wirklichkeit?“, doch da der Buchrücken nicht eingeknickt ist, scheint offensichtlich auch dieses Exemplar nicht gelesen worden zu sein. Jedenfalls wird die bedeutende Entdeckung sofort dem Winter mitgeteilt, der sich gerade verschiedenen Fotos, die auf einem Beistelltisch gerahmt herumstehen, widmet. Eines davon zeigt eindeutig die Frau Dr. Bella Glaubengruber zusammen mit einem Pudel auf einer Bank sitzend. Diesen Fund kann Winter jetzt dem Zima zeigen: „Jetzt siehst du einmal, wie die Frau Dr. Glaubengruber ausgesehen hat. Genauso sieht ihre Schwester aus!"

„Und wir wissen jetzt beide, dass der Ladinoski sicher hier verkehrt hat, denn außer uns Schulkollegen hat dieses Buch wahrscheinlich niemand gekauft."

Sicherheitshalber zeigt der Zima die Photographie auch noch dem Prizlozil, der ebenfalls bestätigt, dass dies eindeutig die Nachbarin sei, den Hund habe er mit Sicherheit noch nie gesehen.

Nun macht sich Zima daran, das Innenleben des Schreibtisches zu erkunden, denn normale Menschen bewahren dort die wesentlichen Papiere des Lebens, wie Dokumente oder Liebesbriefe, auf. Allerdings muss hier schon jemand seine Finger im Spiel gehabt haben, weil sich überhaupt gar nichts in den Laden befindet, nicht einmal irgendwelche Spuren von Dreck oder anderem Schmutz. Da muss jemand gründlich aufgeräumt haben, aber es wird wohl jemanden geben, der den Nachlass der Frau Glaubengruber verwaltet hat, und das dürfte höchstwahrscheinlich diese Schwester sein, die es eben in erster Linie zu finden gilt.

Prizlozil beobachtet interessiert die Untersuchungsmethoden der beiden Herren, wundert sich aber, dass niemand auf die Idee zu kommen scheint, den Laptop in Augenschein zu nehmen. Er macht Zima darauf aufmerksam, doch jener erklärt, dass er leider einer Generation entstamme, wo man in modernen Dingen noch nicht geschult wurde. Obschon man eindeutig erkennen kann, dass Prizlozil weitaus mehr Jahre am Buckel als diese höheren Chargen hat, macht er sich erbötig, eine Prüfung der undurchsichtigen Gerätschaft vorzunehmen. Zima überlässt dem freundlichen Zeugen den Schreibtischsessel.

Winter und Zima schauen diesem von links und rechts über die Schultern.

Der Deckel wird geöffnet und offenbart oben eine Art Fernsehbildschirm und unten eine Schreibmaschinentastatur. Prizlozil drückt einen Knopf links, wo ein Kreissymbol mit einem kurzen Strich dazwischen erkennbar ist.

Natürlich tut sich nichts.

Doch der Mann scheint eine Idee zu haben. Kurz verlässt er die Wohnung und kehrt mit einem Verlängerungskabel, das er in seiner Wohnung angesteckt hat, zurück und schließt die Verbindung zum Computorium. Potzblitz! Nach einem ersten Blauschimmer taucht eine wunderbare Photographie einer Küstenlandschaft auf, die den Kenner eindeutig an die Adria führen könnte. Sodann beginnt an der rechten Seite ein flaches schwarzes Staberl wie wild zu blinken, was den Prizlozil offenbar nicht irritiert. Im Gegenteil, er hat sogar den kryptischen Satz: „Das Internet funktioniert offenbar auch", auf Lager. Weiters folgen Worte, deren grundsätzliche Bedeutung natürlich von Zima und Winter verstanden werden, dennoch im Zusammenhang für beide wie böhmische Dörfer klingen. Jedenfalls scheint diesem Computerfreak durch „das Anklicken der Chronik" ein nachzuvollziehender Weg gelungen zu sein, der offenbar erstaunt.

„Es ist oft so, dass die Menschen ihr Passwort im Computer eingespeichert lassen …," Winter hat nicht einmal ein Passwort in seinem Handy, „… deswegen ist es mir sogar gelungen, in ihren E-Mail-Account hineinzukommen." „E-Mail" verstehen beide, weil sie natürlich schon Ausdrucke so einer elektronischen Post in Händen gehalten haben, aber wie das Ganze funktioniert, wissen nur die Sekretärinnen.

„Das ist seltsam! Das ist eindeutig seltsam!" Besonders Zima will wissen, was nun so seltsam sein soll und bekommt es gleich erzählt.

„Da hat jemand heute Vormittag eine Mail gesendet …" Wenn man mit derartigen Dingen nichts am Hut hat, wirkt alles merkwürdig. Selbst der Prizlozil scheint irgendwas gar nicht zu verstehen. Er zeigt jedoch so mit dem Finger auf den Bildschirm, dass beide, falls sie Augengläser dabei hätten, mitlesen könnten. Da er auch Worte dazu verwendet, hilft der kompetente Herr den Ministerialbeamten, das Geheimnis wenigstens verbal mitzukriegen.

„Jedenfalls ist heute so gegen zehn eine Mail von diesem Computer an einen gewissen Dr. Christoph Ladinoski geschickt worden …, ich lese den Text einmal vor …: ‚Servus, Christoph! Eigentlich habe ich mir ursprünglich gedacht, kein Mann und schon gar nicht du bist es wert, sich allzu große Gedanken zu machen. Andererseits bin ich zum Entschluss gekommen, dass du mir doch nicht so leicht davonkommen solltest. Bussi, Deine B.'"

Winter erinnert sich, dass er diese Worte heute schon einmal gelesen hatte, nämlich in dem Brief, der ihm von Ladinoski mittags in die Hand gedrückt worden ist. Er teilt dies Zima mit. „Da haben wir den Beweis …," ist er sich sicher, „… die Schwester war auch schon heute vorher in der Wohnung und hat dem Christoph von hier diesen Brief geschrieben …, stimmt das in etwa, Herr Prizlozil?"

Jener kann auf jeden Fall bestätigen, dass von diesem Account eine E-Mail gesendet worden ist, aber man könnte durchaus nicht ausschließen, dass es sogar von diesem Computer geschah. Eigenartig sei nur, dass die Eigentümerin dieses Accounts die verstorbene Bella Glaubengruber sein müsste, die doch die Mail natürlich nicht versendet haben kann, so müsste es jemand anderer gewesen sein.

Winter begreift auch, dass Prizlozil etwas Wichtiges gefunden hat, und Zima geht gar so weit, dem braven Helfer auf die Schulter zu klopfen. „Sie haben einen großen Anteil daran, unseren Fall gelöst zu haben!"

XI. Ohne Geld, ka Musi! Dieser Erkenntnis muss Gneringer sich beugen, und da sich die Worte „Wirt" und „Wohltäter" grundsätzlich ausschließen, endet der Gasthausbesuch aus finanziellen Gründen am frühen Nachmittag. Es ist zu keiner Zeit angenehm, ohne flüssiges Kapital und jetzt auch mit einem gewissen Hunger auf der Straße herumzustehen. Natürlich könnte man gleich nach Hause gehen, um sich etwaigen Aufgaben zu widmen, doch wieso sollte er in seinem Alter noch Hausübungen in ein Heft kritzeln? Er kann sich nicht einmal sicher sein, ob er das, was seinerzeit von ihm gefordert wurde, überhaupt noch beherrscht. Latein würde er wahrscheinlich noch irgendwie hinkriegen, freilich von der Mathematik hatte er schon Stunden, nachdem er seine Maturaarbeit abgegeben hatte, keinen blauen Dunst mehr. Und überhaupt, was macht er hier in einer Welt, von der er glaubte, dieser schon längst entwachsen zu sein?!

Dennoch wandert Gneringer langsam zur Busstation, von wo er dann zu seinen Alten fahren könnte. Aber er hat natürlich keine Eltern mehr, er kann sich eindeutig an jedes der beiden Begräbnisse erinnern. Nach logischem Ermessen dürfte alles, was er gerade erlebt, keinesfalls zutreffen. Doch, da er sich noch dazu sicher fühlt, dass nicht alle Tassen in seinem Schrank zerbrochen sind, müsste es möglich sein, zu begreifen, was sich mit ihm gerade abspielt. Denn, wenn einem die Entscheidung genommen wurde, wo man wirklich leben möchte, und hier will er garantiert nicht mehr sein, dann muss es sich immerhin um ein Spiel handeln. Jedoch um eines, wo für ihn als Spieler gewürfelt wird und er nicht eigenmächtig einen Zug tätigen darf.

Gneringer lässt einen Bus vorbeiziehen.

Zigaretten hat er jetzt auch keine mehr. Das ist ärgerlicher als manch anderes.

Ohne viel nachzudenken schlendert er weiter und biegt in die nächste Gasse ein. Irgendwie schaut alles wie immer aus, außer dass hier Automarken herumstehen, die heute sicher kein Pickerl mehr bekämen. Dessen ungeachtet hat sich Gneringer für motorisierte Fahrzeuge nie interessiert, vielleicht deswegen, weil es ihm nie gelungen ist, die Führerscheinprüfung zu bestehen. Überhaupt absolvierte er seit der Matura keine wesentliche Prüfung mehr, schon gar nicht während des Studiums, weil es Gneringer grundsätzlich als fragwürdig angesehen hat, jemandem die Autorität zu geben, ihn zu prüfen. Der wahre Philosoph lernt doch aus dem Leben, und ein Leben kann man gerade dem Gneringer nicht absprechen. Weshalb allerdings wird man dann gezwungen, einen Lebensabschnitt noch einmal zu wiederholen?

Am Ende der Gasse befindet sich rechts ein kleiner Beserlpark, in dem er auch früher manchmal seinen Gedanken nachhing. Vielleicht treibt sich dort irgendein Haberer herum, der ihm einen Tschick schnorren könnte. Und tatsächlich! Dort sitzt jemand, der raucht und den er kennt! Dass gerade dieser raucht, ist ihm neu!

Keineswegs! Gestern wollte er sogar eine Zigarette von ihm, obwohl man sich ein solch lasterhaftes Verhalten von diesem braven Burschen gar nicht erwartet.

Gneringer nähert sich langsam, doch der Spurny dreht wie gewohnt den Kopf zur Seite, um Gneringer nicht in die Augen sehen zu müssen, hält ihm aber dennoch das Packerl hin. Gneringer greift zu. Es ist sogar seine bevorzugte Marke.

Wenn er jetzt wie immer handeln würde, müsste er einfach den Tschick nehmen, den Spurny da sitzen lassen und seiner Wege gehen. Nur, irgendwas hält ihn fest.

Der Bericht Obrechtsbergers durchwirbelt zum hundertsten Mal seine Ganglien. Er stellt sich nun ebenso bildlich vor, wie der Spurny da gefesselt und geknebelt im Dreck liegt.

Man sitzt also neben jemandem, der in etwa einem Jahr das Leben verliert, während er selbst zum Beispiel in den nächsten dreißig Jahren fünf Mal vor den Traualtar schreiten und fünf Kinder in die Welt setzen wird. Ob man das als schönes Leben bezeichnen sollte, sei natürlich dahingestellt, allerdings nach gängiger Definition kann man die Abfolge seiner Schwierigkeiten und Malaisen eindeutig als Leben bezeichnen. Aber selbst wenn er wüsste, dass nächstes Jahr sein Todestag anstünde, hätte er keine Ahnung, wie er den heutigen Tag verbringen sollte.

Eine Zigarette verraucht sich schnell, was der Spurny bemerkt und die nächste anbietet. Wahrscheinlich könnte das sogar ein netter Kerl sein, urteilt Gneringer, weshalb kam dann niemand auf die Idee, irgendwie näher mit ihm Kontakt haben zu wollen?

Wie wäre es, vielleicht jetzt eine Gesprächsebene zu starten? Kann man denn die Zeit zurückdrehen und etwas wiedergutmachen, was man falsch gemacht hat?

Untypischerweise sucht Gneringer nach einem Thema, welches man nun aufs Tapet werfen könnte, aber ihm fehlen, ähnlich wie gestern im Schwarthaler, die Worte. Weshalb ist er gerade beim Spurny so schmähstad?

So kommt es, dass jener zum zweiten Mal die ersten Worte findet. „Ich muss dich etwas fragen, Otto …, entschuldige, dass ich dich belästige …" Spurny redet in die ganz andere Richtung, sodass der Satz Gneringers Innenohr verfehlt.

„Was?" Dieses barsche Wort hätte beinah das Gespräch beendet, doch Otto meint nun freundlicher: „Pardon, ich hab dich akustisch nicht verstanden."

So traut sich der Spurny, noch einmal den Mund aufzumachen. „Kannst du dich noch an gestern erinnern?"

Welches Gestern nun angeschnitten wird, scheint ambivalent. Natürlich müsste er wie jeden Tag in der Schule gesessen sein, allerdings war er auch mit hundertprozentiger Sicherheit auf dem Treffen ehemaliger Mitschüler und hatte dort nämliche Begegnung.

Gneringer sagt einmal nichts.

„Ich weiß nicht, wie ich das sagen soll …, ich mache mir um dich Sorgen.“ Wieso macht er sich um ihn Sorgen? Ihm wird doch, die nächsten dreißig Jahre …, wenigstens …, nichts passieren.

„Ich habe dich in einem Zustand gesehen, Otto, den ich mir nicht erklären kann …, du bist mir im Café als alter Mann erschienen …“ Somit geht es um den Schwarthaler! Nur, wie wahr könnte man dieses Gestern bezeichnen? Allerdings kämpft Gneringer momentan mit der Definition, was man als Wahrheit bezeichnen sollte, denn der Knabe neben ihm schaut aus wie gestern, und wenn er sich an seinen morgendlichen Blick in den Spiegel erinnern kann, sieht er selbst freilich diametral anders als am Vortag aus.

„Kannst du dir das vorstellen, ich habe gesehen, wie du im Alter aussehen könntest …, ich kann mir das einfach nicht erklären, Otto …, ich kann es mir nicht erklären …“

Da sind sie schon zwei, weil auch Gneringer seine Erschütterung nicht verbergen konnte, den Spurny im Schwarthaler wiederzutreffen.

Wenigstens zeigt der Spurny Aufmerksamkeit und spendiert die nächste Zigarette. „Wenn ich ehrlich bin, Otto, habe ich Angst, dass ich nicht ganz normal bin …“ Diese Angst hatte Gneringer nie, obwohl es gerade in letzter Zeit Anzeichen dafür gibt, die einen an eigenen Geisteszustand zweifeln lassen könnten. Dennoch hat er immer noch die Hoffnung, dass es für alles, was er in den letzten Stunden erlebt hat, eine logische Erklärung gibt. Gewisse Dinge kann es einfach nicht geben, und dazu gehört auch, dass Tote wieder lebendig werden. Einmal tot bleibt immer tot, und wer das nicht akzeptiert, sollte sich selbst in die Nervenheilanstalt einweisen!

„Es ist alles so realistisch gewesen …, ich bin einfach dagesessen …, ich sitze manchmal im Schwarthaler, ich weiß nicht, ob ihr mich bemerkt …, ich sitze immer ganz hinten in der Ecke …, jedenfalls hat es mich gefreut, dass du einmal zu mir gekommen bist und mit mir geredet hast …, so wie heute …, es freut mich, wenn jemand mit mir redet."

Wenn einer wie der Spurny so wenig die Pappn aufmacht, ist es schwer, mit ihm zu reden. Gneringer nimmt sich jedenfalls vor, selbiges zu ändern. Man bricht sich ja nichts ab, wenn man sich ab und zu mit dem Spurny nett unterhält.

„Gestern bist du aufgetaucht, als würdest du aus einer ganz anderen Zeit kommen. Ich habe dich im ersten Moment, wenn ich ehrlich bin, fast gar nicht erkannt …, aber deine Augen sind die gleichen geblieben …" Gneringer erkannte den Spurny sofort. Das lag wohl daran, dass er ihn nur so gesehen hatte.

„Das muss etwas bedeuten, Otto, wenn man jemanden, mit dem man in der Klasse sitzt, so sieht, wie er in vielen Jahren aussehen wird."

Gneringer geizt mit einer Antwort. Er steht doch ähnlich an, weil er keine Ahnung hat, weswegen er den Spurny und die vielen anderen offensichtlich Verstorbenen treffen musste. Freilich, er kann auch jetzt nicht darüber reden, weil sonst der Spurny glauben müsste, er hätte den Verstand verloren.

Gneringer fährt sich mit den Fingern über die Augenlider mit der vagen Hoffnung, vielleicht woanders aufzuwachen, um das alles dann als bösen Traum zu identifizieren. Diese Methode funktioniert leider nicht, denn weder ist der Spurny verschwunden noch seine schreckliche Schnürlsamthose, die ihm die Mutter für die Schule aufgezwungen hat. Leider muss das heißen, dass er sich noch immer in jener Gegenwart befindet, in welcher der Spurny noch eindeutig zu den Lebenden gehört.

Vielleicht ist das der Stein der Weisen? Möglicherweise steht ein tieferer Sinn hinter diesem ganzen Unsinnigen, und er hat eine bestimmte Aufgabe zu erledigen? Es könnte doch sein, dass er, vielleicht von einer höheren Macht, damit beauftragt worden ist, den schrecklichen Mord am Spurny zu verhindern.

Gneringer denkt nach, was er noch so weiß.

Wenn er sich recht erinnert, verlor er den Spurny bald nach der Matura aus den Augen. Gneringer kann nicht einmal sagen, ob der Spurny auf der eigentlichen Maturafeier, am Tag nach der letzten mündlichen Prüfung, gewesen ist und kommt zu dem logischen Schluss, dass er wohl nicht dort war, weil man sicherlich vergessen hatte, ihn einzuladen. Es könnte natürlich auch sein, dass der Spurny die Matura gar nicht beim Frühjahrstermin schaffte und im Herbst noch einmal antreten musste und deswegen nicht bei der Abschlussparty dabei war. Doch derartige Gedanken präsentieren sich nur als graue Theorie, weil hier sein Gedächtnis absolut versagt.

Wenn er also den tatsächlichen Auftrag hätte, den Tod vom Spurny zu verhindern, so müsste er sich mehrere Sachen fragen: Erstens, wer hat ihm den konkreten Auftrag erteilt? Bislang war er sich relativ sicher, und das hat sich in über fünfzig Lebensjahren nicht geändert, dass es so etwas wie eine Bestimmung gar nicht gibt, weil ein höheres Wesen, die eine solche fordert, eigentlich nicht existieren kann. Zwar weiß er, dass etwa der Winter eine andere Meinung teilt, aber der hat die Religiosität in den Genen, weil auch seine Eltern ständig in der Kirche die Kerzeln schleckten. Nur, ohne den naiven Glauben an eine Transzendenz wird es schwer werden, an ein Schicksal zu glauben. Und noch schwieriger dürfte es sein, dieses spezielle Kismet vom Spurny zu verändern, denn dazu müsste er den Spurny näher kennenlernen. Und will er das überhaupt? Gut, er sitzt jetzt neben ihm und raucht seine Zigaretten. Mehr nicht! Er hat ja überhaupt keine Ahnung, was diesen Burschen beispielsweise bewegt oder welche Hobbys oder persönliche Vorlieben er hat. Natürlich könnte man jetzt so tun, als ob man sich für ihn interessieren würde, man bräuchte nur einfach danach zu fragen. Doch ein Problem tut sich auf, interessiert es den Gneringer wirklich, mit dem Spurny so etwas wie eine Freundschaft aufzubauen? Eine Freundschaft ist keine Sache, die man so auf die leichte Schulter nehmen kann, eine Freundschaft muss ständig gepflegt werden. Mit dem Winter war es einfach, den hat er bereits im Kindergarten, nein: sogar in der Sandkiste kennengelernt, weil auch die Eltern miteinander Kontakt pflegten. So ist er sozusagen in die Freundschaft hineingewachsen und hat sie in Wirklichkeit gar nicht beginnen müssen. Oder der Selbiger etwa, der ist als Freund brauchbar, weil er Kontakte hat, die für ein angenehmes Leben einfach notwendig sind. Und zu einflussreichen Menschen muss man die Nähe pflegen, um im Leben weiterzukommen. So kann der Schebesta zum Beispiel nie ein Freund werden, weil der genauso als absolute Niete gilt, mit dem man sich besser nicht in der Öffentlichkeit zeigt.

Wenn man die Lüge meidet, muss man einsehen, dass der Spurny ebenso zur Kategorie „Unnötiger Klassenkamerad" gehört, weil der nichts an sich hat, was ihn interessant macht, wenn er nicht ein so abstruses Schicksal hätte. Es ist doch nicht normal, dass jemand ermordet wird …

Gneringer schleudert jetzt von einem Gedankengangextrem ins andere. Freilich, wenn jemand ermordet wird, verkehrt er in Kreisen, wo es Mörder gibt. Es kann einfach kein Mordopfer ohne Täter geben, und ein Täter ist eindeutig ein

Verbrecher. Und wenn er sich näher mit dem Mord an dem Spurny beschäftigen möchte, dann sollte er sich auch damit befassen, wer denn den Spurny ermorden wird. Und bislang ist der Gneringer noch nie mit einem wirklichen Verbrechen konfrontiert worden. Zwar hat man ihn selbst schon zweimal zu Gericht bestellt, aber einen Alimentenrückstand kann man beim besten Willen nicht als Verbrechen bezeichnen, überhaupt, weil er jeder seiner Ehefrauen klipp und klar gesagt hatte, dass er keine Kinder will. Und Verhütung ist immer noch Frauensache.

Gneringer wird innerlich immer vorsichtiger. Wenn er nun die ernsthafte Absicht hätte, mit dem Spurny eine engere Kontaktaufnahme einzugehen, dann bestünde für ihn doch auch die Gefahr, dass er in etwas hineingeriete, was durchaus gefährlich werden könnte. Und was derzeit noch sicher scheint, er wird den fünfzigsten Geburtstag erleben, jedenfalls hat er an diese Monstersauferei immer noch eine, zwar getrübte, aber dennoch existierende Erinnerung. Nur, wenn er mit dem Spurny eine engere Beziehung einginge, könnte das Schicksal doch einen anderen Verlauf nehmen. Was wäre, wenn ihm jenes zustoßen würde, was dem Spurny widerfahren ist? Kurz gesagt, was geschähe, wenn man ihn nun an Stelle Spurnys ermorden würde? Dann hätte er ja überhaupt kein Leben vor sich und könnte gar nichts mehr machen!

Gneringer bekommt es langsam mit der Angst zu tun. Natürlich, das ist sicher nicht von der Hand zu weisen und wahrscheinlich sogar naheliegend. Er soll die Opferrolle übernehmen und gefesselt und geknebelt abgekragelt werden. Weshalb sitzt er denn sonst hier und muss mit diesem faden Menschen zum zweiten Mal reden?

Sicher nicht mit ihm!

Wenn der Spurny ermordet wird, ist das seine Sache, was geht das den Gneringer an?! Jeder Mensch hat sein eigenes

Leben …, und die Betonung liegt auf „Leben"! Es gilt sicher nicht als seine Bestimmung, ermordet zu werden, weil er auf keinen Fall etwas mit einem Mörder zu tun haben wird. Und der Spurny hat eben einen Mörder, und der soll diesen ermorden und ihn in Ruhe lassen.

Gneringer atmet durch. Sein Entschluss steht fest. Er wird jetzt noch eine Zigarette nehmen und den Spurny da sitzen lassen. Gewissen Menschen kann man einfach nicht helfen!

XII. „Du hättest nur ein bisschen länger am Luster hängen müssen, Christoph, dann hätte es schon geklappt!"

Ladinoski schlägt die Augen auf. Es ist finster, aber die schemenhafte Gestalt am Fußende des Bettes kann er irgendwie mit einer bekannten Stimme in Verbindung bringen. Im ersten Moment glaubt er dennoch, sich verhört zu haben, weil es unmöglich sein kann, dass die Bella zu ihm spricht. Doch dann kommt eine erste Erinnerung wieder.

„Caro?"

„Was nennst du mich denn mit diesem Namen?"

Ladinoskis Schädel pulsiert dumpf. Es scheint, als hätte jemand sein Gehirn mit einer Tuchent zugedeckt, weil sich Gedanken kaum formulieren lassen. Er hat wohl eine vage Ahnung, wo er sich befindet und dass jemand zuvor behauptet hat, er solle einen Suizidversuch unternommen haben. Wenigstens sind seine Hände nicht mehr festgebunden und er kann sich aufsetzen. Ein schwacher Lichtschein vom Fenster leuchtet seinen Besuch halb an.

„Was ist denn mit mir geschehen?" Vielleicht kann ihm die Caro sagen, was sich in der Wohnung abgespielt hat und weshalb er hier eingeliefert wurde. Er kann sich nur noch erinnern, dass sie nackt in einem Bett voller Ungeziefer lag …

Verdammt noch mal! Irgendwas dreht sich in seinem Hirn, dennoch bleibt Ladinoski bei Bewusstsein. Allerdings schleicht sich nun eine Angst ein, die keineswegs zur Ruhe mahnt. Was er nun in einem schlechten Film zu sehen bekommt, kann man kaum ästhetischen Prinzipien unterordnen, und es ekelt ihm sogar davor, mit der Frau geschlafen zu haben. Doch was geschah danach? An diesem Punkt endet Ladinoskis konkrete Erinnerung, und er wäre darauf angewiesen, dass man ihm etwas auf die Sprünge hilft. Aber ein gesteigertes Bedürfnis, mit genauerem Wissen konfrontiert zu werden, taucht kaum auf. Lieber sähe er es, dass die Schwester baldigst verschwände.

Sie kommt langsam näher und sogar so nahe, dass sie ihm einen Kuss auf die Wange drücken kann.

„Ich bin ein bisschen traurig, dass es dir nicht gelungen ist …, du kannst ja noch einen Versuch machen. Wenn du willst, helfe ich dir dabei!"

Seine Lust, Hilfe von Caro anzunehmen, hält sich in Grenzen, eher sollte man vielleicht nach dem Lichtschalter suchen.

„Was bist du denn so unruhig, mein Schatz? Sei nicht so nervös …, gemeinsam schaffen wir das schon!"

Ein Gemeinsam wird es sicher keines geben. Es war schon blöd genug, auf die Zwillingsschwester reingefallen zu sein, weil er als normaler Mann seine Triebe nicht im Zaum halten konnte. Das war halt ein klassischer One-Night-Stand, und damit hat es sich. Für Christoph ist das Thema „Glaubengruber-Schwester" allemal vorbei.

Die Frau lässt nicht locker und beginnt, ihn sogar intimer zu streicheln. Christoph verweigert sich den Annäherungsversuchen und versucht mit einer gewissen Brutalität, die Frau von sich wegzuschieben. Die hingegen denkt nicht daran, den eindeutigen Hinweis zu verstehen, und schlingt nun beide Arme um seinen Oberkörper.

„Ich verstehe ja, dass du Angst hast …, ich verspreche dir, mein Schatz, der Tod ist nicht schlimm."

Hat er es gar mit einer Verrückten zu tun?

Höchstwahrscheinlich muss es so sein, denn sonst würde sie nicht in einer derartig verdreckten Absteige hausen!

Er muss blind gewesen sein. Ladinoski ist erschüttert, dass er nicht sofort Reißaus nahm und sich sogar einem Schäferstündchen hingegeben hat. Wie konnte er derart den Verstand verlieren? Nur weil diese Frau das genaue Ebenbild seiner verstorbenen Geliebten war?

Endlich gelingt es, einer Glühbirne Funktion zu geben.

Oft ist es besser, wenn manches im Dunkeln bleibt.

Doch das Licht gibt plötzlich Kraft, sich die Frau vom Leibe zu halten. Ladinoskis Einstellung gegenüber roher Gewalt könnte man als radikal pazifistisch beschreiben, nur können Gründe auftreten, die eine Affekthandlung durchaus verzeihen lassen. Einer davon wäre sicherlich ein grober Schock, und den bekommt Ladinoski gerade.

Die Frau rappelt sich vom Boden wieder hoch und kann es nicht lassen, schon wieder heranzuschleichen. „Was hast du denn, mein Liebling …, gefalle ich dir nicht mehr?"

Ladinoski möchte schreien, nur verweigern die Stimmbänder jeglichen Ton. Aus welcher Welt entstieg denn dieses Monster? Wenn dies alles mit Plastik und Schminke gebastelt wäre, müsste man mit Erstaunen reagieren, doch irgendwie lässt sich eine Realität nicht verleugnen. Die blutigen Wunden im Gesicht sind nicht das Grauslichste. Eher verschrecken diverse Würmer, die sich an verschiedenen offenen Stellen festgesetzt haben. Auch glaubt man zu erkennen, dass an einigen Stellen des Kopfes der Knochen zum Vorschein kommt, was bei den Fingern bereits offensichtlich geschieht.

Wenn man so etwas Schreckliches sieht, muss man einfach den Verstand verloren haben. Einem zurechnungsfähigen

Menschen kann so eine Horrorvision gar nicht plagen, es sei denn, man gab sich irgendeiner halluzinogenen Droge hin.

Man hat ihm ja etwas gespritzt?! Das dürfte es wohl sein! Christoph wirkt etwas gelöster. Aber es muss doch auch etwas bedeuten, dass er Caro so wahrnimmt, als wäre sie direkt der Hölle entstiegen. Wahrscheinlich verbindet er den Dreck in der Wohnung derartig mit dieser Frau, dass sie ihm plötzlich als Ausgeburt des Grauens erscheint. Nur, es bestärkt ihn in der Ansicht, mit jener Dame nie mehr etwas zu tun haben zu wollen.

Er sollte es ihr sagen.

Leider scheint sie nicht einsichtig genug und beginnt einen weiteren Versuch der körperlichen Belästigung. Christoph drückt sie nochmals weg. Manche Menschen sind schauerlich unerbittlich, wenn sie sich etwas in den Kopf gesetzt haben. Und Caro will einfach keine Ruhe geben.

„Du darfst dich nicht dagegen wehren. Du musst es einfach zulassen. Du wirst sehen, nachher wird es dir viel besser gehen."

Er wehrt sich dennoch, sogar mit den Füßen. Endlich löst sich der Knoten in der Zunge: „Verschwinden Sie!"

„Ich lasse dich erst in Ruhe, wenn du dort bist, wo auch ich bin."

Das ist eine bodenlose Frechheit, dass man so eine Person überhaupt zu ihm hereingelassen hat. Wenn man schon in einem Krankenhaus verweilt, könnte man doch erwarten, dass man dort seinen Frieden habe. Länger wird er sich das nicht mehr gefallen lassen. Wieso ist er da nicht schon früher draufgekommen?

Die Klingel befindet sich direkt über seinem Kopf und er zögert nicht, den Knopf zu betätigen. Währenddessen muss er allerdings auf der Hut sein, dass die Annäherungsversuche im distanzierten Rahmen bleiben. Nach einigen bangen

Sekunden wird endlich die Türe geöffnet, und zu seinem Glück kommt keine zierliche Nachtschwester, sondern ein Riegel von einem Mann herein.

Ladinoski gibt ihm sofort die Anweisung, den lästigen Besuch umgehend zu entfernen, doch der Hüne stellt sich einfach stocktaub. Er würdigt diese Schreckensgestalt keines Blickes und stürzt nur schnurstracks auf ihn zu.

„Was machen Sie denn da?“ Mit roher Gewalt drückt er den Christoph aufs Bett zurück und hat auch in Windeseile die Hände wieder an den Lederriemen festgemacht.

„Das können Sie doch nicht machen!“ Dummerweise scheint der gewalttätige Pfleger befugt, dies zu tun, aber Ladinoski gibt sich noch nicht ganz geschlagen.

„Bringen Sie diese Frau hier weg ..., bitte!“ Nur kann er keine Handzeichen geben, um auf die Dame, die jetzt ein paar Schritte zurückgewichen ist, hinzuweisen.

Endlich, nach mehrmaligem Insistieren, dreht sich der Bursche um und muss sie jetzt einfach bemerken, weil sie doch direkt hinter ihm steht. Doch der indolente Patron agiert so, als ob er gar niemanden sähe. Im Gegenteil, er wendet sich wieder ihm zu und meint mit einem schrecklichen Zynismus: „Es wird Ihnen bald wieder besser gehen ..., wir werden Ihnen eine Spritze geben!“

Nein, nicht schon wieder! Wenigstens scheint die Hilfskraft dahingehend nicht befugt und macht Anstalten, das Krankenzimmer zu verlassen. Das allerdings würde bedeuten, dass er wieder mit ihr alleine gelassen wird, und die Aussicht auf diese Zweisamkeit erfüllt ihn mit keinem guten Gefühl. „Bitte, bleiben Sie noch!“

Der Pfleger hält inne.

„Kann ich noch etwas für Sie tun?“ Ja, schmeißen Sie die Frau raus, sollte Ladinoski sagen. Er unterlässt es, weil es fast den Anschein hat, als sei jener für diesen Anblick blind. Nur dürfte das bedeuten, er sei offensichtlich verrückt, denn ihm entzieht sich die höllische Vision noch immer nicht. Da kommt Ladinoski eine Idee, wie er den Krankenpflerger eventuell zurückhalten könnte.

„Ich würde gerne etwas trinken." So ein banaler Wunsch muss ihm doch erfüllt werden. Dazu ist ja Krankenpersonal da.

„Ich kann dir doch den Tee reichen, Liebling!" Jetzt muss auch ein Tauber die Stimme gehört haben, und ein Stockblinder sollte sehen, wie die furchtbare Frau ihm das Schnabelhäferl an die Lippen führt. „Das wird dir guttun, Christoph."

Der Pfleger jedoch ist nicht bereit, der Wahrheit in die Augen zu blicken. Seine Worte: „Ich bring Ihnen was", kann der Ladinoski gerade noch vernehmen, als die Türe von außen zugemacht wird.

„Das könntest du immer haben, wenn du bei mir bist." Er will den Tee nicht schlucken. Erstens, weil er Tee grundsätzlich verabscheut, und zweitens, weil nicht sein kann, was sich ihm hier vorgaukelt. So eine Frau entspricht nicht der Realität, jedenfalls nicht jener Realität, die Ladinoski glauben darf. Weshalb er mit einer Schreckensvision konfrontiert sein muss, weiß er nicht, aber als Gefangener an diesem Bett kann er ohnehin nichts machen. Vielleicht müsste man nur die Tatsache akzeptieren, dass man verrückt geworden ist.

„Schmeckt er dir nicht? Schau, ich verstehe das ..., ich würde auch lieber ein Glas Wein mit dir trinken ..., ich hätte da eine Idee."

Ladinoski hat gar keine mehr, er versucht nur krampfhaft, die Augen zu schließen und hofft, dass alles bald vorbeigeht. Der kalte Tee rinnt ihm über den Hals.

Einen ekelhaften Kuss spürt er auf der Stirne.

„So! Jetzt geh mas an!" Er bemerkt, dass an seinen Unterarmen rumgespielt wird und die eben angelegten Fesseln wieder gelöst werden.

„Steh auf, Christoph, du bist frei!"

Vielleicht ist das seine letzte Chance! Die Augen sind wieder offen. Er kann seine Arme bewegen und nützt die gewonnene Freiheit, um augenblicklich auf den Beinen zu stehen.

„Ich würde das Fenster nehmen. Beim sechsten Stock klappt's immer."

Mit einem breiten Grinsen steht diese Manifestation der Unwahrscheinlichkeit vor ihm. Wenn es sich nicht um einen Irrtum handelt, was seine Augen gerade beobachten, dann fallen die letzten Fleischfetzen regelrecht vom Körper, bis nur so etwas wie ein Gerippe mit ein paar verrotteten Kleidungsstücken übrig bleibt. Und auch wenn es organisch nicht logisch erscheint, hält sich das Knochengerüst immer noch auf den Beinen und besitzt sogar ohne Stimmbänder die Fähigkeit, Worte zu artikulieren.

„Komm jetzt, komm zu mir."

So dermaßen verrückt, dass er dem leibhaftigen Tod in die Knochenhände fällt, ist er noch lange nicht. Es muss einfach einen Ausweg aus diesem Dilemma geben, doch das Skelett schneidet ihm gekonnt den Weg zur Türe ab. Wenigstens gelingen einige tadellose Ausfallschritte, um nicht am Krawattel gepackt zu werden. Freilich scheint Ladinoskis Puste keineswegs geeignet, das makabre Spiel länger durchzuhalten. Seine Lunge sticht bereits bedenklich. Auch wenn er nun einen Stuhl als Waffe einsetzte, wird er diesen Wettlauf nicht unendlich in die Länge ziehen können. Doch die wandelnden Gebeine sind so geschickt, ihn immer weiter vom Ausgang wegzutreiben, sodass nur mehr der Weg zum Fenster offensteht. Selbiges ist zwar geöffnet, allerdings vergittert. Von hier könnte man gar nicht das Krankenzimmer verlassen. Dennoch steigt er auf den Innensims, um sich wenigstens von höherer Position zu verteidigen.

Da packen die Knochenfinger die Sesselbeine. Die Lehne drückt wiederum Christoph gegen das Gitter …

Das sollte in einer psychiatrischen Abteilung nicht passieren! Das Gitter löst sich durch den Körperdruck aus der Verankerung und …

„Jetzt bist du gleich bei mir, Christoph. Ich liebe dich!“

## XIII.

Natürlich sollte einem bewusst sein, dass immer wieder Situationen auftreten, wo Personen, egal, ob tot oder lebendig, mit ihrer derzeitigen Lage unzufrieden sind. Vielleicht hat das damit zu tun, dass Menschen grundsätzlich an allem und jedem etwas auszusetzen haben, und da spielt es keine Rolle, ob man zur Kategorie der Toten oder der Lebenden gehört, weil hier wie da der Mensch immer das will, was er gerade nicht hat. Die Lebenden sind schon eine Spezies für sich, aber bei den Toten ist alles noch komplizierter, weil man zugeben muss, dass man in den Tod viel rascher als in das Leben hineingeworfen wird.

Beim Leben dauert's einige Zeit, bis man bewusst merkt, dass man so etwas wie eine Existenz ausgefasst hat. Ein Säugling kann natürlich noch nicht die Fähigkeit haben, über einen Zustand, der eben mit dem Begriff „Leben“ beschrieben wird, zu reflektieren. Den Fötus lässt jetzt Selbiger in seinen Überlegungen bewusst beiseite …, und auch einem Kleinkind gelingen eigentlich noch keine Ansätze, über wesentliche Dinge zu räsonieren. Das beginnt meist erst mit der Vorpubertät, wo man zum ersten Mal konkret damit konfrontiert wird, dass irgendeine größere Veränderung ansteht. Selbst, wenn diese als lustvolle Laune der Natur gilt, die Leuten wie Sigmund Freud Arbeit verschafft, ist sie doch ebenso nur eine Facette des Lebens, das in allen nur erdenklichen Variationen auf eines hinausläuft, und zwar auf ein unbedingtes Ende, welchem in der allgemeinen Beschreibung der Fachterminus „Tod“ gegeben wird. Aber, und Dr. Selbiger vergisst das nie, dieser gilt für diverseste Berufe eindeutig als gewinnbringender Arbeitgeber, wie zum Beispiel für den guten Krimiautor, der mit solcher Erscheinungsform des Lebens einen saftigen Reibach machen kann. Freilich leben vom Tod auch ganz gut die verschiedensten Naturwissenschaften, die sich allesamt in die Hybris versetzen, dem Tod ein Schnippchen schlagen zu wollen. Besonders die Gilde der Ärzte hat ein Faible, mit dem Tod zu drohen, weil dadurch ihre Kasse heller klingt. Dabei sind gerade sie es, die wissen müssten, dass man der ewigen Abberufung nicht entkommen kann. Da sind die diversen Religionsdiener schon anders. Die nehmen sich kein Blatt vor den Mund und haben sogar eine Fülle von Patentrezepten parat, was es mit dem Tod auf sich hat. Natürlich nur, weil sie zugleich anbieten, wie es dann weitergehen wird.

Freilich muss einem bewusst sein, dass in der westlichen Welt diese Berufsgruppe einen schweren Stand hat, aber den Globus bewohnen nicht nur säkularisierte Humanisten. Man braucht sich nur ein bisschen über die Medien zu informieren, dann sieht man, dass die Jenseits-Prophetien längst nicht ausgestorben sind …

Es war ein langer Tag, und Müdigkeit legt sich langsam über Selbiger. Natürlich könnte man noch die letzten Eintragungen, seine heutige Causa betreffend, in die Datei einfügen, aber die Augen werden nicht mehr lange mitspielen. Er hat sich vorgenommen, wenigstens noch bis zu einem bestimmten Punkt zu kommen. Ein Glaserl Wein wird dabei helfen, einige Zeit den Wachzustand beizubehalten.

Leider schaltet er sein Telefon nie aus.

Er braucht nicht auf die Uhr zu schauen. Um diese Uhrzeit will niemand mehr gestört werden. Denn, wenn jemand es wagt, ihn noch so spät anzurufen, kann es sich keineswegs um etwas Angenehmes handeln. Und Ärger hat er in den letzten Tagen mehr als genug gehabt, weil einige seiner Mandanten derart unabkömmlich einsitzen, dass er möglicherweise sein Honorar abschreiben muss.

Natürlich besteht immer noch die Möglichkeit, gar nicht abzuheben oder den Anrufer, wenn dessen Name am Display erscheint, einfach wegzudrücken. Mit der Absicht greift er zum Apparat, jedoch dieser Frau jetzt ein Gespräch zu verweigern, wäre in ihrer Lage nicht fair. Also atmet er durch, drückt auf Grün und hält sich das Handy ans Ohr.

„Ich weiß, dass es für dich spät ist…, du musst allerdings verstehen, dass Zeit keine Rolle mehr für mich spielt.“ Das sagen sie alle, sie müssten sich doch erinnern können, dass es für sie auch einmal notwendig gewesen ist, zur Ruhe zu kommen. Wenigstens hat er noch nicht geschlafen, denn, wenn er einmal aufgeweckt wird, fällt es Selbiger furchtbar schwer, den Schlaf des Gerechten wiederzufinden. Er versucht währenddessen, die Contenance zu halten, und meint freundlich: „Was kann ich denn für dich tun?“

„Ich habe etwas für dich getan …“ Das klingt gefährlich, denn oft, wenn seine Klienten eigenmächtig handeln, setzen sie sich noch tiefer in die Tinte. Und diese Mandantin gehört leider zu einer sehr sturen Sorte.

„Es ist mir gelungen, ihn da hinzubringen, wo er hingehört.“ Selbiger weiß mit dieser unpräzisen Formulierung wenig anzufangen, so muss er, um seinem Gedächtnis auf die Sprünge zu helfen, genauer nachfragen.

„Ich habe ihn dazu gebracht, dass er endlich einen Schritt setzt.“ Noch immer hellt sich die Dunkelheit der Unwissenheit nicht auf, und Selbiger sollte konkreter werden. „Ich bin schon ein wenig müde und muss zugeben, dass ich mich schwer auskenne. Was meinst du, Bella?“

Zwei Dinge stören Dr. Selbiger am konkreten Gespräch besonders. Erstens, dass gerade er zugab, etwas nicht zu wissen, und zweitens zeigt es sich selten von Vorteil, mit Mandanten per Du zu sein, aber er hat diese Frau schon vor über dreißig Jahren kennengelernt, weil manche Knaben aus der Bubenschule immer vor dem Mädchengymnasium herumlungerten. Damals wie heute kann man zwar nicht von einer ausgesprochenen Freundschaft sprechen, man kannte sich einfach, weil das Angebot an feschen Mädels im Bezirk eher bescheiden gewesen war. Er hat sogar einmal erwogen, sich Bella aufzureißen, weil er entschieden wissen wollte, wie ihr ästhetischer Busen in natura aussah, aber dann hat es sich irgendwie doch nicht ergeben. Jedenfalls muss sie sich später an ihn erinnert haben, als sie einen Advokaten benötigte, weil wahrscheinlich sein seltener Familienname jedem im Gedächtnis bleibt.

„Du wirst auch schon alt, Clemens …, ich habe die ganze Zeit vom Christoph geredet!"

Was hat sie denn jetzt schon wieder angestellt? Es ist schon schwer genug gewesen, es so hinzubiegen, dass die Bella trotz ihrer Todsünde nicht sofort ganz hinuntergeschickt worden ist, sondern sich wenigstens in einer Zwischenwelt aufhalten darf, wo ihr die Chance gegeben werden sollte, sich etwas zu rehabilitieren. Das heißt jedoch im konkreten Fall, dass man sich möglichst unauffällig verhalten soll. Jedenfalls scheint es keineswegs angebracht, von dort Sachen zu unternehmen, die das Leben anderer, im konkreten Fall lebender Menschen in irgendeiner Weise beeinflussen. Die Bella Glaubengruber befindet sich sozusagen auf Bewährung.

„Ja, was hast du denn getan?"

Was Dr. Selbiger nun zu hören bekommt, erbaut ihn wenig. Natürlich wäre es zu begreifen, dass man gewisse Dinge auch nach dem Tod ins Lot bringen möchte, weil man sie im Erdendasein nicht verarbeiten konnte. Allerdings sollte man sich dazu nie eines Verbrechens bedienen, und wenn er den Bericht richtig versteht, brachte die Bella Glaubengruber den Christoph Ladinoski dazu, ebenso Selbstmord zu begehen. Doch diese Form der Beeinflussung dürfte man wohl sehr leicht als Mord auslegen, und wenn sie dann vor dem Jüngsten Gericht steht, wird es verdammt schwer werden, den Obersten Richter davon zu überzeugen, dass die Mandantin aus redlichen Gründen gehandelt habe.

Selbiger schaut auf die Zeitangabe seines Laptops. Um diese Stunde müsste er sich schon in die Bettdecke kuscheln, wenn der nächste Tag nicht völlig verhaut sein soll. Andererseits würde es seine anwaltliche Ethik auch als Pflicht sehen, ihr jetzt beizustehen. Denn schneller, als man denkt, sind die himmlischen Heerscharen zur Stelle und verfrachten einen an einen beileibe unangenehmen Ort, von dem es kein Zurück mehr gibt.

„Wie rasch kannst du hier sein, Bella?"

Am anderen Ende des Gesprächs wird gezögert.

„Na ja, ich würde mich lieber um den Christoph kümmern …, du weißt, gerade die ersten Minuten nach dem Ableben sind besonders schwierig …," zum Glück kennt Dr. Selbiger solcherlei Problematiken nur vom Hörensagen, weil er selbst noch nicht in die Bredouille geriet, dem Tod ins Auge zu schauen, „… da hat man eigentlich noch keine wirkliche Ahnung, wo man ist … Daher würde ich ihn nicht so gerne alleine lassen und ihm zeigen, was so alles in den ersten Momenten nach dem Sterben passiert."

Freilich sollte Selbiger dafür Verständnis zeigen, weil er vielleicht ebenso in den ersten Stunden seines Todes einen Betreuer an seiner Seite bräuchte. Allerdings sagt ihm seine berufliche Erfahrung, dass er sein Mandat gleich in den

Wind schießen könnte, wenn sie die Bella erwischen, weil das Besuchsrecht in der Hölle ziemlich eingeschränkt wird. So bleibt er streng. „Jeder muss diese Erfahrung auch allein machen können, es wäre angebrachter, du würdest gleich zu mir in die Kanzlei kommen."

Die Räumlichkeiten seiner Kanzlei befinden sich direkt neben seiner Wohnung. Es sind nur ein paar Schritte bis dorthin, und für Bella ist jeder Weg gleich weit, weil sie sich in gewissem Sinne außerhalb der üblichen Raumvorstellung bewegt. Doch mit der Zeit, die eigentlich ebenso keine Rolle spielen sollte, ist das so eine Sache. Normalerweise dürfte man annehmen, dass Verstorbene über genügend Zeit verfügen, weil sie sich nach gängiger Überlieferung in einer zeitlosen Unendlichkeit befinden sollten. Die leidige Erfahrung, dass dem nicht so ist, hat Dr. Selbiger schon machen müssen. Obwohl es eigentlich unlogisch klingt, scheinen die Toten überhaupt keine Zeit zu haben, oder es liegt einfach daran, dass ihnen das Zeitgefühl abhandengekommen ist, wie manche seiner Kollegen behaupten. Es kann also vorkommen, dass man einen konkreten Termin mit einem Verstorbenen ausmacht und auf diesen dann unendlich lange wartet. Allerdings, und das kann man als das komplette Gegenteil bezeichnen, sind manche Tote früher da, als einem lieb ist.

So wird es oft zum Vabanquespiel, wann und wie ein Treffen mit seiner speziellen Klientel stattfindet, und er kann nur hoffen, dass ihn die Glaubengruber nicht die ganze Nacht hängen lässt. Er jedenfalls verlässt seinen Schreibtisch in der Wohnung und bewegt sich hinüber in das Besprechungszimmer seiner Kanzlei. Natürlich befinden sich zu dieser Nachtzeit weder seine Sekretäre noch seine Konzipientin in den Büros, und er wird sich seine anvisierte Flasche Wein selbst öffnen müssen. Soweit er sich entsinnen kann, bevorzugt die Bella eher einen Roten, was ihm um eine späte

Uhrzeit auch gelegen kommt. Trotzdem muss man grundsätzlich vorsichtig sein, wenn man mit Verstorbenen Alkohol trinkt, weil man nicht vergessen darf, dass ihre körperlichen Reaktionen darauf vollkommen andere als die eines Lebenden sind. Der Verstorbene kann saufen wie ein Loch, wird freilich nie seine Persönlichkeit verändern, wogegen etwa bei Dr. Selbiger nach dem vierten Glas meist schon eine leichte Trübung der intellektuellen Brillanz bemerkbar wird. Weshalb allerdings manche Tote immer noch Alkohol präferieren, bleibt auch Dr. Selbiger ein Rätsel. Aber da er in seinem Beruf mehrheitlich mit erst kürzlich verstorbenen Personen zu tun hat, könnte die Ursache dafür in der Macht der Gewohnheit zu finden sein.

Clemens macht es sich auf seinem bevorzugten Stuhl bequem und wartet, den Blick zur Tür gerichtet, darauf, dass seine Mandantin erscheint. Seltsamerweise haben viele Menschen die absurde Vorstellung, dass Tote durch Wände gehen oder aus Selbigen herauskommen. Er hingegen machte stets die Erfahrung, dass die Verstorbenen genauso die üblichen Ein- und Ausgänge verwenden wie die Lebenden. Überhaupt hat der Kontakt zu den Toten, wenn man sich einmal mit ihnen beschäftigt, nichts Befremdliches an sich. Es sollte einem nur klar sein, dass man es mit Menschen zu tun hat, die halt nicht mehr so im Leben stehen wie man selbst. Aber das darf kein Grund sein, diesen Persönlichkeiten mit einem besonderen Vorurteil gegenüberzutreten. Es sollte einem stets bewusst sein, dass man einmal auch zu denen gehören wird.

Allerdings, und darüber kann jeder erzählen, der mit Toten Umgang pflegt, gibt es durchaus gravierende Unterschiede im körperlichen Zustand mancher Verstorbener. Einmal erscheinen sie wie aus dem Ei gepellt, als würden sie sich für den Opernball hergerichtet haben, dann wiederum lassen sie sich so gehen, dass man sie nicht einmal in der

Geisterbahn einsetzen könnte, möchte man nicht eine Massenhysterie verursachen. Meistens jedoch haben sie ihm gegenüber einen durchaus manierlichen Auftritt, was wohl damit zusammenhängen könnte, dass ihnen durchaus bewusst ist, wer ihnen da gerade gegenübersteht.

Die meisten legen sogar auf gute Umgangsformen wert und verhalten sich dementsprechend. Es klopft!

„Herein!"

Bella Glaubengruber trägt ein fesches, eng anliegendes, beiges Kostüm, dazupassende Schuhe, und auch die Handtasche ist farblich abgestimmt. Die hellen Haare sind zu einem Dutt geknotet.

Als alte Bekannte begrüßt sie Dr. Selbiger sogar mit einem flüchtigen Kuss auf die Wange.

„Darf ich dir etwas anbieten?" Er wusste, dass sie dem Roten gewogen sein wird und durfte auch den Aschenbecher nicht vergessen, weil es ihm ebenso zu Ohren kam, dass sie sich vor Kurzem, komischerweise erst nach dem Tod, dieses Laster wieder angewöhnte. Höflich gibt er ihr Feuer und raucht sich selbst eine an.

„Jetzt wiederhol mir noch einmal alles, was du mit dem Christoph gemacht hast." Bella ziert sich, weil es ihr unsinnig erscheint, das, was sie am Telefon berichtete, noch einmal zu perseverieren. Doch der Anwalt besteht mit der Begründung darauf, dass es unausweichlich notwendig sei, um die Sachlage genauer zu klären.

Leider erfährt Dr. Selbiger nichts Neues oder etwas, was zu ihrer Entlastung beitragen könnte. Sowohl nach dem Allgemeinen Bürgerlichen Gesetzbuch als auch nach naturrechtlichen Prinzipien schaut diese Causa nach einer aktiven Sterbehilfe aus. Und wenn man zwischen den Zeilen lauscht, kann man durchaus so etwas wie einen Mord heraushören. Denn, wenn der Christoph mit einem Sessel eine Gegenwehr startete, könnte man durchaus annehmen, dass er gar nicht den Lichtschacht hinunterspringen wollte. Genauso scheint es fragwürdig, dass sich das Fenstergitter aufgrund von Materialermüdung aus der Wand löste. Dr. Selbiger kann nur hoffen, dass die Bella nicht zu aktiv in die ganze Angelegenheit eingegriffen hat. Dann sähe die Sache ziemlich übel aus.

Sie aber beharrt steif und fest, dass es Ladinoskis freier Wille gewesen ist, zu springen, weil er sie immer noch liebte und in Ewigkeit mit ihr verbunden sein wollte.

Bei diesem Punkt sollte jeder gesunde Menschenverstand hellhörig werden. Wenn Frauen von Liebe sprechen, muss das immer differenziert betrachtet werden. Und besonders bei der Bella Glaubengruber kommen ihm so seine Zweifel, ob sie die ganze Wahrheit auftischt, zumal er den Christoph Ladinoski auch ein wenig kennt. Er ist zwar nur etwas über ein halbes Jahr mit ihm in die Klasse gegangen, aber er empfand den Burschen als durchaus so sympathisch, dass er sich mit ihm etwas angefreundet hat. Soweit er sich entsinnen kann, war ihm ein Faible für schöne Frauen durchaus anzusehen, dennoch ist er niemals der Typ „Hoffnungsloser Schwärmer" gewesen. Dazu präsentierte sich der Ladinoski eindeutig zu kopflastig. Logisch denkende Menschen verlieren ihren Kopf selten und noch weniger bei Frauen. Er erinnert sich sogar noch, wie er jenem die Bella sogar angetragen hatte, die ihrerseits dann vollkommen den Kopf verlor und sich wirklich in den Christoph verliebte. Allerdings trennten sie sich ja bald darauf wieder. Dass sie sich nicht gänzlich aus den Augen verloren haben, erfuhr er erst nach Glaubengrubers Tod. Freilich bestätigte sie ebenso, dass beide eine relativ offene Beziehung führten, die grundsätzlich auf Sex und sonst gar nichts aufgebaut war, was eigentlich gegen die Theorie Liebe, jedenfalls von Christophs Seite, spricht.

Selbst, wenn ein Anwalt in erster Linie dazu beauftragt wird, seinen Mandanten, egal mit welcher Wahrheit auch immer, zu vertreten, wäre es dennoch notwendig zu wissen, wie es sich in realiter verhalten hat. Leider ist das halt mit der Wahrheit so eine Sache. Kaum jemand gibt zu, dass es logischerweise gar keine Objektivität geben kann. So verhält es sich in der diesseitigen, aber noch viel schlimmer in der jenseitigen Welt. Und zwar deshalb, weil in der anderen Welt Mächte am Ruder sind, die sozusagen glauben, die absolute Wahrheit gepachtet zu haben. Natürlich sitzen diese sogenannten Mächte auf einem sehr langen, wenn nicht sogar unendlich langen Ast, doch wenn man sich bemüht, gelingt es einem manches Mal, ihn so anzusägen, dass diese nicht immer das allerletzte Wort haben.

Selbiger kann sich ohne Selbstüberschätzung zu den Besten seiner Gilde zählen, weil es ihm nicht nur einmal gelang, hoffnungslose Fälle vor drohender Überhitzung in den Höllenfeuern zu bewahren. Das kann grundsätzlich nur funktionieren, wenn seine Mandanten ihm absolutes Vertrauen entgegenbringen. Bei Bella ahnt er wohl, dass er absolutes Vertrauen besitzt, nur könnte ihr Fall schwieriger werden, weil sie eine sture Persönlichkeit aufweist, welche sehr in der eigenen Subjektivität verwurzelt ist. Allerdings findet ein Paragraph im Jenseits weitaus leichter Anwendung als bei diesseitigen Gerichten, nämlich jener der Unzurechnungsfähigkeit, freilich nur bei kürzlich Verstorbenen! Denn in dieser Phase herrscht, seiner Einschätzung nach, eine ausgesprochene Unorientiertheit, weil man irgendwie noch immer mit einem Fuß im Diesseits steht. Und da sich Bella erst seit zirka acht, neun Wochen in so einem Zustand befindet, würde dieser Rechtskniff durchaus bei ihr handhabbar sein, sollte es zu einer Anklage kommen. Soweit allerdings ist es zum Glück noch nicht.

Dr. Selbiger merkt, dass ihm seine Mandantin nicht mehr länger die Aufmerksamkeit schenken möchte. Natürlich blicken Verstorbene niemals nervös auf die Uhr wie die Lebenden, wenn sie wie auf Nadeln sitzen, sondern bei ihnen tritt dann die seltsame Erscheinungsform der Verwandlung auf. Das hat Clemens schon mehrmals beobachten können. Gewöhnlich, also bei den meisten, verändert sich zuerst unmerklich die Gesichtsstruktur, bis man sogar manchmal glaubt, in das Antlitz eines fremden Menschen zu schauen. Es kommt einem dann so vor, als säße man einer komplett anderen Person gegenüber. Ein solches Phänomen hält einige Minuten an, bis nämlicher Verstorbener wieder in die ursprüngliche Erkenntlichkeit zurückkommt, allerdings dann oft um Jahre oder Jahrzehnte gealtert, was man zum Beispiel heute beobachten kann. Dr. Bella Glaubengruber hat nun den Habitus einer uralten Frau, die sie ja nie geworden ist. In diesem Zustand muss sie sogar von Clemens gestützt werden, um überhaupt Richtung Ausgang humpeln zu können. Dort freilich verwandelt sie sich rasch wieder in ihr ursprüngliches Outfit zurück und kann von alleine verschwinden. Hierbei könnte man erwähnen, dass Tote als Erscheinungsform normalerweise visuell jenen Alterszustand beibehalten, in dem sie verstorben sind.

Dr. Selbiger spintisierte schon lange mit dem Gedanken, einmal ein Buch über seinen speziellen Berufsstand zu schreiben, allerdings müsste man dabei achtgeben, nicht die Persönlichkeitsrechte seiner Mandanten zu verletzen. Also wäre wahrscheinlich eher ein Roman angebracht, der in jenem Milieu spielt, in dem seine Fälle angesiedelt sind. Leider sieht er in sich nicht das Talent eines literarischen Autors, wiewohl er eine ausgesprochen phantasievolle Begabung aufweist, die man benötigt, um ein erfolgreiches Plädoyer vorzutragen. Natürlich bestünde noch die weitere Frage, wer sich denn für ein Buch über Gerichtsfälle aus dem Jenseits interessieren könnte. Da kommen natürlich in erster Linie die Toten selbst in Frage, denen in Grunde genommen schrecklich fad ist, weil sie ja bis ans Ende der Zeit nichts mehr Wesentliches zu tun haben. Allerdings hat er sich dahingehend noch nicht schlaugemacht, ob es überhaupt Tote gibt, die Bücher lesen und wenn ja, welche? Denn sowohl das in Papier gedruckte Wort wie auch das elektronische Tablet sind ja nicht für die Ewigkeit gemacht. Papier verrottet irgendwann, und jede Elektronik gibt mit der Zeit den Geist auf. Und mit vergänglichen Dingen, so glaubt Dr. Selbiger zu wissen, geben sich die Verstorbenen eher nicht mehr ab.

Oder sollte man für die Lebenden schreiben?

Da wäre ebenso Vorsicht geboten. Zum einen, weil das, was er so täglich erlebt, ziemlich unglaubwürdig klingen könnte, und zum anderen, weil er sich nicht sicher sein kann, wieweit es ihm gestattet sei, Probleme aus dem Jenseits ins Diesseits zu transferieren. Natürlich bestünde die Möglichkeit, sich dahingehend zu informieren. Freilich, falls er direkt bei seiner zuständigen Kammer, in diesem Falle keineswegs jene aus dem ersten Hieb, anfragen würde, gäbe man ihm sicher eine abschlägige Antwort, weil die Herrschaften da oben es nicht gerne sehen, dass er als Lebender so in den Tod an sich involviert wird. Aber seit die Gesetzeslage dahingehend geändert worden ist, dass jedem Verstorbenen das Recht eingeräumt wurde, sich einen lebenden Strafverteidiger zur Seite zu stellen, sind manche Dinge im Jenseits nicht mehr so, wie sie seit Ewigkeiten vorgekommen sind.

Dr. Selbiger erinnert sich manchmal zurück, wie es überhaupt dazu kam, dass sein beruflicher Werdegang so verlief. Eigentlich begann es damit, dass seine Eltern ihn in dieses Gymnasium im Nachbarbezirk steckten, weil sie von dessen gutem Ruf überzeugt gewesen sind und die dem Wohnort näher gelegene Anstalt als Deppenschule gegolten hat. Weiters war für seinen besonderen Lebensweg verantwortlich, dass er mit jemandem in die Klasse ging, der sich schon relativ früh mit seinem eigenen Ableben konfrontiert sah. Interessanterweise ist es gerade jener gewesen, den er am allerwenigsten kannte, weil der Kollege an einer geradezu abweisenden Introvertiertheit litt. Und er hätte sich im Traum niemals gedacht, ihn überhaupt nach der Matura wiederzusehen. Aber, wie man weiß, zeigt das Leben Varianten, die man sich beim besten Willen nicht erträumen kann.

Begonnen hat alles damit, dass der Obrechtsberger auf der einjährigen Maturafeier einen Zeitungsausschnitt mitbrachte, aus dem jener einen Bericht über einen ungeklärten Mordfall vorlas. Selbiger saß zu weit weg, um mitzukriegen, was der Klassensprecher mit nämlichem Artikel aus dem Schundblatt beabsichtigte. Erst als der Gneringer eine völlig deplatzierte Bemerkung bezüglich Berühmtheit durch den Gastraum warf, überriss Clemens, dass es sich bei dem Mordopfer um den stillen Spurny handelte. Selbiger war zwar wie alle ein wenig erschüttert, aber nicht sonderlich betroffen. Hat er doch selbst nie eine besondere Nähe zu diesem Kollegen gespürt, weil den Spurny so gar nichts umgab, was ihn interessant gemacht hätte, und außerdem ist jener von sich aus allen Schulkollegen aus dem Weg gegangen. Wahrscheinlich hätte er auch nach der Einjahresfeier keinen Gedanken mehr an so einen faden Zopf verschwendet, wenn dann nicht diese merkwürdige Begegnung gewesen wäre.

Natürlich ist er bei den Letzten gewesen, die gegangen sind, und man konnte annehmen, dass er stattlich betrunken war, als er ins Taxi hineintorkelte. Freilich war es ihm völlig egal, wer den Wagen chauffierte, weil er so schnell wie möglich ins Bett wollte. Er erinnert sich noch genau, dass es ihm eigentlich lästig kam, dass ihn der Fahrer in ein Gespräch verwickeln wollte, weil grundsätzlich sollte es genügen, wenn man die Adresse sagt und dann in Ruhe gelassen wird. Aber der Lenker hat immer wieder sein gerade begonnenes Jus-Studium angesprochen und wollte wissen, ob er wirklich die Absicht habe, Anwalt zu werden, wie er immer wieder in der Schule erzählt hätte. Erst nach einiger Zeit, und daran war sicher der Alkohol schuld, erkannte Selbiger die Stimme und, nachdem er sich die Augen mehrmals fest rieb, auch den Rest der Person. Natürlich hat er damals sofort geglaubt, eine besondere Variante einer weißen Maus zu sehen, doch die Vision machte keine Anstalten zu verschwinden. Im ersten Moment vermutete er eine zufällig frappante Ähnlichkeit, im zweiten, dass die Geschichte vom Obrechtsberger Blödsinn gewesen und der Spurny immer noch am Leben sei, und erst im dritten Augenblick kam eine seltsame Einsicht, dass da etwas nicht mit rechten Dingen zugehen konnte.

Als das Taxi dann vor Selbigers Bude endlich stehenblieb, meinte der Spurny, dass er natürlich keinen Fahrpreis zu entrichten hätte, weil er ja in Wirklichkeit kein Geld mehr benötigte. Was er eher bräuchte, wäre jemand, der ihm in rechtlichen Dingen zur Seite stünde und ob er ihm da helfen könnte. Selbigers Argument, dass er ja erst am Anfang seines Studiums stünde, ließ der Spurny nicht gelten.

„Du bist keiner, der etwas lernen muss, um etwas zu können", hat er damals gesagt, und so etwas bauchpinselte einfach.

Jedenfalls, und das dürfte damit zusammenhängen, dass Wein grundsätzlich Bedenken zerstreut, forderte der Selbiger von sich aus den Spurny auf, mit ihm in seine Wohnung mitzukommen. Denn dort könnte man sich vielleicht noch ein letztes Glas einverleiben, als ob er nicht schon genug gesoffen hätte, und alles Weitere besprechen. Der Klassenkamerad zeigte sich einverstanden und zu Selbigers Überraschung sogar bereit, ein Achtel Veltliner mitzutrinken. Natürlich kam da wieder der Eindruck, dass der Spurny doch ganz normal lebendig und die ganze gehörte Geschichte von seinem grauenhaften Ende als ausgewachsener Mumpitz zu titulieren wäre. Freilich ist er bald eines Besseren belehrt worden, weil der Spurny seine im Leben vorhandene Schüchternheit gänzlich ablegte. Jedenfalls war er erstens von sich aus gesprächig und andererseits gewillt, seine Worte mit gewissen Demonstrationen zu unterstreichen. Dazu gehörte auch, dass er sein Hemd aufknöpfte und die gewaltige Schusswunde, die die Brust richtiggehend auseinandergerissen hatte, herzeigte. Selbiger, der sich nie mit dem Gedanken gespielt hat, Medizin zu studieren, bekam dadurch einen etwas drastischen Blick auf innere Organe und durfte es wohl nur seinem gewaltigen Rausch verdanken, dass er relativ emotionslos das zerfetzte Herz betrachten konnte. Leicht schlecht ist ihm dennoch geworden, aber übergeben hat er sich nicht.

Wenigstens zeigte der Spurny Verständnis dafür, dass Lebende vielleicht etwas hilflos Toten gegenüberstehen, weil es ja nicht tagtäglich geschieht, mit jemandem konfrontiert zu werden, der sich einer völlig anderen Form der Vergegenwärtigung bedient. Lebende können natürlich nicht wissen, dass Tote durchaus die Möglichkeit haben, über kurz oder lang ins Leben zurückzukehren. Das Blöde ist nur, und diese Erfahrung machen die meisten Toten, die in der Welt der Lebenden auftauchen, dass die meisten Menschen anscheinend eine angeborene Furcht vor den Toten haben. Der Tote wird in der Vorstellung der Lebenden meist mit „hässlich" oder „entstellt" definiert, wie man ja an den unzähligen Horrorfilmen sieht, die sich eben dieses Vorurteils bedienen. Aber das stimmt nicht immer. Tote haben durchaus die Möglichkeit, adrett und gepflegt aufzutreten, und nur in Ausnahmefällen sehen sie so aus, als wären sie direkt der Grube entstiegen. Dann jedoch darf man dem Toten nicht böse sein, weil es oft nicht in dessen Macht steht, ob sich zwischenzeitlich in seinem verwesenden Gesicht Maden oder Würmer zeigen, da er das selbst nicht so richtig bemerkt. Spiegel existieren im Jenseits durchaus, sind allerdings schwer erhältlich!

Jedenfalls hat der Spurny das Hemd gleich wieder geschlossen, weil er seinen alten Schulkameraden nicht mit einem unschönen Anblick verschrecken wollte, und ist dann auch bald zur Sache gekommen.

„Schau, Clemens, ich habe mich an dich gewandt, weil dort, wo ich nun bin, nicht alles so roger ist, wie man es sich, wenn man überhaupt über den Tod nachdenkt, vorstellt … Und du kannst mir glauben, ich habe mich selber natürlich nicht damit beschäftigt, wie es sein wird, zu sterben …" Selbiger hat damals schon bemerkt, dass der schweigsame Spurny ein ganz anderer geworden ist.

„Es gibt normalerweise keinen Neunzehnjährigen, der ernsthaft damit rechnet, sterben zu müssen … Natürlich haben wir alle immer wieder pubertäre Tragikanfälle gehabt, wo wir uns mit Selbstmord oder ähnlich unnötigem Zeug beschäftigt haben … Doch wenn wir ehrlich sind, niemand von uns rechnet ernsthaft damit, abtreten zu müssen."

Selbiger erinnert sich heute noch, dass er ab einem gewissen Zeitpunkt schwer gegen das Einschlafen ankämpfen musste, weil der Spurny wie ein Wasserfall über das Thema „Tod" räsonierte. Aus verständlichen Gründen übte Clemens eine Toleranz, ihn nicht zu unterbrechen, aber es näherte sich langsam der Zeitpunkt, wo er dem Alkohol Tribut zollen musste. Wann er tatsächlich eingeschlafen ist, weiß der Selbiger freilich nicht mehr. Als er dann irgendwann in den Vormittagsstunden erwachte, war niemand anwesend.

Es ist das Phänomen eines jeden Saufkopfes, dass nach dem Aufwachen die Ereignisse der vergangenen Nacht erst langsam aus dem Inneren des Gehirns hervorgekramt werden können. So war Selbiger nicht sofort einsichtig, wem denn das zweite Glas auf dem Zimmertisch zuordenbar wäre. Eine Frau würde sicherlich nicht gegangen sein und müsste höchstwahrscheinlich noch neben ihm im Bette liegen. Doch bei der Gestalt, die in seiner Erinnerung auftauchte, könnte es sich nur um eine Verwechslung handeln. Clemens war sich ziemlich sicher, dass ihm der Weingeist da einen üblen Streich spielte, denn wie sonst wäre er auf die absurde Idee gekommen, dass da ein Verstorbener mit ihm die Nacht durchzecht hätte. Nach einem solchen Abusus nimmt man sich vor, weniger zu saufen, und Selbiger formulierte diesen Vorsatz, während er eine Kopfwehtablette im Badezimmer suchte und begann, sich in einen relativen Zustand der Ordentlichkeit zu bringen. Das kalte Wasser auf seinem Gesicht tat dann gut, und er war sich bald sicher, wieder klarer denken zu können. Leider erschien kein Bild eines anderen Freundes, mit dem er in seinem Zimmer gesessen haben konnte, denn soweit er sich an die Maturafeier erinnerte, ist der Gneringer schon um Mitternacht so vollkommen hinüber gewesen, dass der sicher nicht bei ihm war. Und andere Kollegen ließ er eigentlich selten in die Wohnung.

Wenigstens war der dumpfköpfige Vormittag ein Samstag, und er musste nicht den Weg zur Uni beschreiten. So war er nahe daran, wieder ins Bett zurückzukehren, als ihm ein Zettel in die Hände fiel, der mit einer Handschrift versehen war, die eindeutig nicht die eigene gewesen ist. Natürlich hat es ihn damals verwundert, wer ihm da eine Nachricht zukommen hat lassen, weil niemand, nicht einmal seine Mutter, einen Schlüssel zu seiner Wohnung besaß. Der erste Gedanke war natürlich, dass sich jemand unbefugt Zutritt verschafft habe, nur, nach einigen herumschweifenden Blicken stellte Selbiger fest, dass wohl nichts fehlte. Es befand sich eigentlich in seiner Absteige wenig, was für einen Einbrecher von Interesse wäre. Der einzige Gegenstand von nennenswertem Wert war seine halbelektronische Schreibmaschine, die ihm sein Vater zur Volljährigkeit schenkte.

Es war dann auch nicht leicht, den zackigen Buchstaben einen Wortsinn zu entlocken, doch Selbiger gelang es.

Diese Nachricht liegt immer noch in einer Schublade.

„Lieber Clemens! Es ist komisch, wenn gerade ich das schreibe. Es ist niemals zu spät. Es ist nie zu spät, das Leben selbst in die Hand zu nehmen, auch wenn das Leben einmal anders verläuft, als man es sich vorstellen möchte. Das ist mir nicht immer bewusst gewesen, weil ich mich nicht, wie ich noch gelebt habe, dem Leben stellte. Ich habe geglaubt, dass es immer oder jedenfalls sehr lange so weitergeht, und du kannst dir vorstellen, dass ich völlig konsterniert war, als ich feststellen musste, dass man meinem Leben so schnell ein Ende setzen konnte. Ich habe dir ja meine Wunde gezeigt, verzeih, dass ich das getan habe, es musste sein, damit du mir glaubst. Ich wollte dich auf keinen Fall schockieren, aber ich bin schon draufgekommen, dass es nicht leicht ist, euch Lebende von uns Toten zu überzeugen. Es ist schon interessant zu beobachten, dass die meisten Lebenden eigentlich gar nichts mit uns zu tun haben wollen, auch wenn sie scheinbar so tun. Dieses ganze Blumen-Bringen auf den Friedhof dient doch nur dazu, sein eigenes schlechtes Gewissen zu beruhigen, weil man sich zu Lebzeiten um den lieben Verstorbenen nicht so gekümmert hatte, wie es vielleicht angebracht gewesen wäre. Nur, dass der Abgetretene dann plötzlich aus dem Grab herausklettert, will sich niemand vorstellen und möchte in Wirklichkeit kaum jemand haben. Es scheint so, dass Menschen, die noch nicht verstorben sind, einen Horror vor den Toten haben. Wie sonst ist es denn zu erklären, dass viele, die uns begegnen, schreiend Reißaus nehmen oder sonstwie sonderlich reagieren. Aber, und das war eindeutig, bist du schon ganz anders. Natürlich habe ich bemerkt, dass du erstaunt gewesen bist, das verstehe ich, weil ich als Lebender vielleicht nicht anders gewesen wäre. Dennoch hast du mir zugehört und mir Vertrauen gegeben, dass sich alles wieder zum Guten wenden wird. So bin ich glücklich, dass du mir versprochen hast, dich um meine Angelegenheiten zu kümmern ..." Selbiger weiß bis heute nicht, was er alles in jener Nacht geschwafelt hat. „... Ich lasse dir baldigst meine Unterlagen zukommen, damit du dich meines Falles annehmen kannst. Dein Wolfgang."

An Schlaf war nicht mehr zu denken. Wie es schien, hatte er eindeutig diese Begegnung oder jedenfalls etwas erlebt, was mit gewöhnlicher Logik nicht zu erklären war. Natürlich stieg ihm damals eine gewisse Unruhe ins Hirn, weil er sich recht sicher war, dass es sich eindeutig um eine Nachricht von jemand gehandelt hatte, der grundsätzlich nicht mehr existieren sollte. Dadurch stand er damals vor einem ziemlichen Dilemma. Er wusste, dass es nahezu unmöglich sein würde, auch nur irgendeinem Menschen von dieser Kontaktaufnahme zu berichten, ohne nicht gleich mit hirnverbrannten Kommentaren bedacht zu werden. Dennoch entschied er sich dafür, unter die Leute zu gehen, um vielleicht einen zu finden, der ihm da helfen könnte. Sein erster Weg führte ihn dann in sein seit Schultagen bevorzugtes Stammcafé. Dort, im Schwarthaler, hatte er schon unzählige Probleme des Lebens mit diversen Kollegen erörtert, und weshalb sollte nicht einer darunter sein, der ihm halbwegs Glauben schenken könnte. Leider saß damals nur der versoffene Gneringer dort, der traditionsgemäß seinen gestrigen Vollrausch mit einem frischen Krügel Bier bekämpfte. Dennoch setzte er sich ihm gegenüber und versuchte, das Gespräch in ernsthafte Bahnen zu lenken. Aus gegebenem Anlass wollte Selbiger von Gneringer wissen, was er so über das Jenseits dächte. Allerdings war das Perlen vor die Säue werfen, weil in diesem Zustand kein ernstzunehmendes Wort aus diesem Alkoholiker herauszuhören war. Der Bsuff war steif und fest davon überzeugt, dass es nach dem Tod überhaupt nichts mehr gäbe und alles, was über den Tod von allerlei Philosophen oder Theologen schwadroniert wird, nur den Zweck hätte, die eigene Lebensangst zu bekämpfen.

„Ich wette mit dir …," hatte er damals gesagt, „… dass mit dem Tod alles aus ist." Dann bekam Gneringer einen derartigen Lachkrampf, dass ihm Teile seines Frühstücks wieder aus dem Magen hochgekommen sind.

Selbiger empfand nun keine gesteigerte Lust mehr, länger am Tisch zu verweilen. Denn auch bei ihm bestand die Gefahr, sich selbst Alkohol als Problemlöser unterzujubeln. So ließ er den Gneringer in seiner agnostischen Fröhlichkeit zurück und wollte das Kaffeehaus schon verlassen, als er vom Herrn Fritz daran gehindert worden ist. Es sei jemand, wurde ihm gesagt, für ihn am Telefon.

Es war für Selbiger nicht ungewöhnlich, hier angerufen zu werden, tätigte er doch im Kaffeehaus einen Großteil seiner Geschäfte. So betrat er die Telefonkabine, schloss die Türe hinter sich und hielt sich den beiseitegelegten Hörer ans Ohr. Nur ist es weder sein Informant gewesen, der sich um das Privatleben der Uniprofessoren kümmern sollte, noch sein Kontaktmann vom Donauhafen am Guatemalaplatz, über den er günstige Zigaretten bezog, sondern schon wieder jener Schulkollege, der ihm in der Nacht erschien.

„Entschuldigung, dass ich dich so rasch wieder kontaktiere …, die Zeit eilt."

Selbiger entsinnt sich bis zum heutigen Tag, dass er gerade über diese Formulierung völlig verblüfft war, weil er sich eigentlich dachte, dass in der Unendlichkeit des Tot-Seins die

Zeit keine Relevanz mehr habe. Er enthielt sich auch hier einer Anmerkung und lauschte, was man nun von ihm wollte.

„Kannst du sofort kommen?" Eigentlich hatte Selbiger nichts Weltbewegendes vor, so antwortete er: „Wenn du möchtest!", stellte aber die weitere Frage: „Wohin soll ich denn kommen?"

„Komm einfach aus der Kabine raus …, du wirst schon sehen!" Selbiger war nicht sonderlich verwundert, dass der Spurny wusste, wo er sich gerade befand, weil man doch annehmen konnte, dass Verstorbene sozusagen von der anderen Seite die Lebenden betrachten können. So befolgte er die Anweisung und trat ins …, jedenfalls nicht ins Kaffeehaus zurück.

Auf den ersten Blick stand er nun in einem Raum, der marginal das Aussehen eines Gerichtssaals bekundete. Eher hatte man hier das Gefühl, dass man in die Kulisse einer äußerst billigen Filmproduktion geraten war, weil keine ernstzunehmenden Bemühungen zu erkennen gewesen sind, das Ganze originalgetreu aussehen zu lassen. Grundsätzlich war zwar alles so vorhanden, wie es sich der kleine Maxi vorstellt, wenn er vor Gericht zu erscheinen hätte. Auf der Vorderseite drapierte man etwas erhöht einen Richtertisch, an dem allerdings keine Richter saßen, sondern nur vier offensichtlich aus Pappmaché hergestellte Figuren, von denen zwei mit Richterroben ausgestattet waren und die beiden anderen Zivilkleidung trugen. Links von hinten aus gesehen befand sich ein kleinerer Tisch, an den eine, gleichfalls mit einer Robe ausgestattete, künstliche Figur mit stierem Blick nach vorne gesetzt wurde, sozusagen der Staatsanwalt. Rechts saß dann der Spurny in Handschellen, der mit einem flehenden Blick bat, dass Selbiger sich neben ihn platzieren sollte. Und an der Seite gab es sogar eine komplette Figurengruppe von diversen Puppen, die wohl die Geschworenen symbolisieren sollten. Die Publikumsreihen aber waren, wenn man so will, mit beweglichen Personen besetzt, wenn auch offensichtlich mit keinen Lebenden, da manche durchaus vom Tode gezeichnet erschienen.

Was blieb dem Selbiger nun anderes übrig, als gute Miene zum ganzen Aufmarsch zu machen, neben dem Spurny Platz zu nehmen und abzuwarten, was die ganze Chose bedeuten könnte. Kaum hatte sein Hintern den Sessel berührt, legte schon eine Stimme von irgendwoher, wohl aus dem Mund einer der Richterpappfiguren, dem Spurny ein Verbrechen gegen die Prinzipien des ewigen Lebens zur Last. Wenn Selbiger richtig verstanden hatte, soll der Spurny eigenmächtig die vorgegebene Ordnung verändert und dadurch dem Lauf der Dinge eine andere Wendung gegeben haben. Man warf ihm vor, sich nicht in das Schicksal des eigenen Todes zu fügen und demütig und still auf das Jüngste Gericht zu warten. Weiters wurde behauptet, dass er eine permanente Gefahr für die Gemeinschaft der Verstorbenen sei, weil er durch sein renitentes Verhalten andere Tote dazu verleite, es ihm gleich zu tun.

Spurny lächelte nur ob dieser Anschuldigungen, als ob er nun sicher wäre, dass ihm an der Seite Selbigers nichts mehr geschehen konnte. Der aber schien völlig überfordert. Eigentlich, weil er sich erst zwei lächerliche Semester mit der Jurisprudenz beschäftigen durfte und dabei garantiert nichts gelernt hat, was hier anzuwenden wäre. Natürlich hatte er „Zeugin der Anklage" im Kino gesehen und dadurch eine periphere Vorstellung, wie es bei Gericht zugehen könnte. Allerdings war ihm wohl bewusst gewesen, dass das dortig gezeigte englische Rechtssystem wohl nicht auf die nunmehrige Verhandlung übertragbar sein dürfte. Überhaupt sah er sich eigentlich völlig fehl am Platz, da sich nun das Publikum lautstark zu Wort meldete und für Spurny den Tod forderte, was Selbiger ziemlich skurril vorgekommen war. Wie kann man, dachte er sich seinerzeit, für jemanden den Tod fordern, der offensichtlich schon den Löffel abgegeben hat?!

Eine weitere, diesmal weibliche Stimme aus dem Off forderte nun diese drastischste Form aller Bestrafungen, und wenn Selbiger recht hörte, kam die Wortmeldung von direkt gegenüber, also vom Platz des Staatsanwaltes. Diese Puppe hatte frauliche, wenn auch nicht ästhetische Züge.

Spurny schwieg, nur sein Augenspiel mahnte, dass Selbiger jetzt etwas sagen sollte. Eine dritte Stimme, anscheinend wieder vom Richtertisch, wollte nun wissen, was denn der Herr Verteidiger zu erklären habe und ob es Zeugen gäbe, die diese Anschuldigungen widerlegen könnten. Als Selbiger nicht sofort antwortete, begann bereits ein mehrstimmiges Gemurmel, dass dann wohl der Angeklagte schuldig sei und man bereits mit der Urteilsverkündung beginnen werde.

Jetzt verlor der Spurny sein Schweigen, aber es war nur ein Wort, das seinen Lippen entkam: „Bitte!"

Es gab nur zwei Möglichkeiten. Entweder musste sich Selbiger eingestehen, dass er niemals ein guter Jurist oder gar Anwalt werden könnte, oder er sollte jetzt augenblicklich aktiv handeln. Zeugen konnte er keine nominieren, also musste er sich etwas anderes einfallen lassen. Jedenfalls verließ er aus dramatischen Gründen seine Sitzposition hinter dem Tisch und trat nach vorne. Ob es wirklich Sinn hatte, dass er seinen Wortlaut direkt zu den vermeintlichen Geschworenen richtete, entzog sich seiner Kenntnis, allerdings was er plädierte, ist ihm bis in die Gegenwart präsent geblieben.

Selbiger beginnt innerlich zu schmunzeln, wenn er sich daran erinnert: „Hohes Gericht, meine sehr verehrten Geschworenen …," ihm erschien es damals wichtig, gewisse Formulierungen zu verwenden, auch wenn diese eindeutig von der Filmleinwand gestammt haben, „… hier steht ein …", Selbiger wollte damals sogar „Mensch" sagen, besann sich dann sicherheitshalber anders, „… hier steht jemand vor Gericht, der hier gar nicht hingehört.“ Selbigers Gedächtnis kann sich noch an sein anfängliches Herumrudern der Worte erinnern, bis ihm endlich der Knopf aufging.

„Hohes Gericht, meine sehr verehrten Geschworenen, wessen klagt man diese Person, diesen Wolfgang Spurny, an? … Er soll, so hat es vorhin die Anklage formuliert, eine vorgegebene Ordnung verändert haben, sodass dadurch dem Lauf der Dinge eine andere Wendung gegeben worden sein soll … Was ist denn das für eine Ordnung, die so unordentlich ist, dass sie ein kleines armseliges Rädchen wie der Wolfgang Spurny verändern kann! … Ja, ich frage sie noch einmal, werte Geschworene, was soll denn das für eine besondere Ordnung sein, die so jämmerlich schwach ist, dass sie selbst das schwächste Glied der Kette verändern kann?! Und wenn hier in diesem Gericht von Ordnung gesprochen wird, so hoffe ich inständig, dass dabei eine unumstößliche ewige Ordnung gemeint ist, die so ein lächerlicher Wurm wie der Wolfgang Spurny nicht umstoßen kann …“ Es tat ihm damals schon ein bisschen leid, dass er den Spurny derartig runtergemacht hatte, aber es fiel Selbiger beim besten Willen nichts Besseres ein.

„Sehen Sie sich ihn doch an, meine sehr verehrten Damen und Herren …, trauen Sie diesem Wesen zu, so etwas überhaupt machen zu können …?“ Wichtig waren damals auch die dramatischen Pausen, die der Selbiger in sein Plädoyer einfügte und die von Satz zu Satz wirkungsvoll länger geworden sind.

„Ist denn eine Gestalt wie der Spurny, der im Leben eine absolute Null gewesen ist, jetzt fähig, so etwas zu tun? Glauben Sie denn wirklich, meine Herrschaften …, dass eine ewige, vielleicht sogar göttliche …“, bei „göttliche“ entstand ein ordentliches Gemurmel im Saal, „… Ordnung von einem einzigen schwächlichen, ja, schwachem Individuum außer

Kraft gesetzt werden kann?“ Vereinzelter Applaus aus den Publikumsreihen deutete ihm an, dass er sich auf dem richtigen Weg befand.

„Was soll denn das für eine Ordnung sein? Ich frage Sie, meine Damen und Herren Geschworene, wo befinden wir uns denn …,“ wenigstens hat Selbiger nicht darüber nachgedacht, wo genau er sich befand, „… dass wir glauben müssen, so eine Ordnung wird einfach und allein durch diesen Wolfgang Spurny, durch diesen …, durch diesen bescheidenen und braven Mann außer Kraft gesetzt.“ Die nächste Beifallskundgebung wurde durch eine mahnende Stimme von irgendwoher unterbunden.

„Ist es denn möglich, dass diese Ordnung so leicht außer Kraft gesetzt werden kann …, ist es möglich …, ich frage wieder und wieder, kann denn das sein? … Und ich werde nicht aufhören, diese Frage bis in alle Ewigkeit zu stellen.“ Hier ließ Selbiger aus dramaturgischen Überlegungen eine besonders lange Stille folgen, bis er den letzten Rundumschlag setze.

„Und dafür fordert man den Tod? Für ein Verbrechen, dass gar keines sein kann!“ Nun wandte Selbiger seinen Blick von den Geschworenen ab und der Pappstaatsanwältin zu. „Dafür fordern Sie den Tod, gnädige Frau? Sie fordern den Tod für jemanden, Frau Staatsanwältin, für jemanden, der gar kein Verbrechen begehen konnte, weil es hier kein Verbrechen gibt.“

Die endgültige Krone setzte Selbiger dann mit folgendem Satz auf: „Gehe ich recht in der Annahme, dass Sie den Tod für jemanden fordern, der bereits verstorben ist?“ Selbiger war nun so in Fahrt, dass er noch unendlich viele Argumente draufgehabt hätte, aber dieses letzte genügte, dass die schlecht gekleisterte Figur aus Papier und Bindemittel plötzlich die Form vollends verlor und in sich zusammenfiel. Das war allerdings nur der Beginn einer Kettenreaktion, die die gesamte Richterschaft wie auch die puppenhaften Geschworenen dahinraffte.

Der Jubel unter den Zuschauern war grenzenlos, es wurde gepfiffen, gejohlt, applaudiert und sogar auf den Rängen getanzt. Dann übersprangen einige gar die Absperrung, packten den Spurny und trugen ihn auf ihren Schultern hinaus. Den Selbiger hingegen beachtete niemand mehr, und ehe er sich versah, befand er sich wieder im Schwarthaler und komischerweise genau am Tisch vom Gneringer, den er ja vorhin sicher verlassen hatte. Auch stand ein Krügel vor seiner Nase, welches offensichtlich das Seinige war, weil er sich daraus trinken sah. Allerdings musste er offenbar einige Minuten weg gewesen sein, weil der Gneringer despektierlich fragte, wieso er denn zum Scheißen so unendlich lange benötigt habe? Jedenfalls ließ es der Selbiger bei dem einen Bier sein und machte sich mit gemischten Gefühlen auf den Heimweg. Konnte das, was er gerade erlebt hatte, leibhaftig geschehen sein?

Jetzt kann Selbiger über seine damalige Ungläubigkeit nur lachen, weil er schon über hundertfünfzig Mal vor einem gleichartigen Gericht seine anwaltliche Tätigkeit ausgeübt hat und das mit einer Erfolgsquote von stattlichen achtzig Prozent. Es ist schon fast so, dass er zu einer lebenden Legende unter den Advokaten wurde und sich der Dankbarkeit vieler Verstorbener kaum mehr erwehren kann. Allerdings nicht nur mit schnöder Dankbarkeit, denn von irgendwas muss jeder leben. Solange Selbiger noch sein Leben im Diesseits fristet, hat man so seine Kosten. In seiner Position muss man schon repräsentieren, und da darf man nicht mit seiner Kanzlei in der billigen Vorstadt residieren. Einem Wiener ist durchaus bewusst, dass nur wenige Straßenzüge in Frage kommen, wo angemessene Büroräumlichkeiten zu finden sind. Natürlich sind da die Mieten so horrend, dass seine

Honorare auch ein gewisses Lohnniveau fordern und er deswegen auf eine Klientel zurückgreifen muss, die sich ihn überhaupt leisten kann.

Damals beim Spurny war er natürlich noch idealistischer, zumal er noch studierte und nach irdischer Rechtsauffassung sicher nicht den Anwalt spielen durfte. Freilich hat sich dieser Fall bereits gelohnt, wie er schon bald feststellen durfte.

An einem Samstag wurde die Post auch in den Achtzigerjahren nicht mehr zugestellt. Dennoch läutete, kaum war er daheim, ein österreichisch-postalisch-uniformierter Bote an seiner Türe, wie Selbiger dem Spion entnahm. Da ihn mittlerweile aus verständlichen Gründen gar nichts mehr wunderte, öffnete er bereitwillig die Türe und nahm das etwas dickere Kuvert entgegen. Dann leistete er eine Unterschrift, und der Postler verschwand.

Allerdings befand sich auf dem Briefumschlag weder ein Adressat noch ein Absender, dennoch war sich Selbiger sicher, dass das Poststück ihm galt. Daher zögerte er nicht lange und verwendete nicht einmal einen Brieföffner zum Aufschneiden, sondern riss das Papier einfach auf. Da sich darin noch ein Innenkuvert befand, musste auch dieses geöffnet werden, damit ein möglicher Inhalt zum Vorschein kam. Geschriebenes fand sich nicht, aber ein dünnes Blättchen, welches die Konsistenz von Gold zu haben schien. Bei einem Juwelier, den er am darauffolgenden Montag konsultierte, erhielt er die endgültige Bestätigung, dass es sich um dieses wertvolle Material handelte. Der Fachmann hat nur erstaunt gefragt, woher denn das Zahngold käme und angemerkt, dass es sich um eine Menge von etwa vier Plomben handeln müsste. Selbiger hat darauf nur eine unklare Antwort gegeben, dennoch ist es ihm gelungen, das Edelmetall um einen wohlfeilen Preis zu versilbern.

Hinter den Vorhängen geht schon langsam die Sonne auf, und Selbiger ärgert sich, dass er noch immer nicht im Bett ist.

XIV. Dass er sich von Zima auf ein weiteres Bier, und dann noch eins und dann noch eins … unten im Beisl am Eck überreden ließ, war sicherlich nicht klug, denn jetzt merkt Winter, dass er in seinen Bewegungen den Gneringer kopiert.

Glücklicherweise läutete ein Ober das Ende des Abends mit dem Vermerk: „Sperrstunde!“, ein, denn aus irgendwelchen Gründen verlor der Winter komplett sein Zeitgefühl. Natürlich hat man sich bei der Verabschiedung hoch und heilig versprochen, morgen nach der Arbeit den Fall Ladinoski/ Glaubengruber weiterzuverfolgen. Dann aber ist jeder seiner Wege gegangen, und jener von Winter scheint kein leichter zu sein. Und das auch noch in zweierlei Hinsicht! Einerseits dürfte er dermaßen torkelnd nicht vor Mitternacht zuhause sein, und andererseits teilt er nun ebenso die Überzeugung, dass Ladinoski von der Dame, die er selbst heute zu Mittag kennengelernt hatte, mit dem Tod bedroht wurde. Doch wie soll man mit einem diesbezüglichen Wissen umgehen?

Ist er nun dazu beauftragt worden, diese präsumtive Mörderin zu finden? So in etwa hat das der Zima gerade noch am Wirtshaustisch angedeutet, allerdings dabei in der Wir-Form gesprochen. Er selbst ist weder Detektiv noch irgendwie sonst qualifiziert, ein Verbrechen aufzuklären. So etwas sollte man eindeutig befugten Organen überlassen, und die existieren in Österreich in Form einer funktionierenden Polizei. Da drüben auf der anderen Straßenseite wäre sogar eine Wachstube, doch Winter scheint klug genug, in seinem fragwürdigen Zustand sein Wissen hinterm Berg zu halten. Ja, er setzt jetzt sogar eine Handlung, die man bei ihm als ungewöhnlich bezeichnen könnte. Winter hebt seine Hand, und als ihm ein Taxi entgegenkommt, steigt er sogar in den Wagen ein, weil sich die Erkenntnis breitmacht, dass seine Knie langsam weich werden.

Es kam noch nie vor, dass es ihm Schwierigkeiten bereitet, das Gartentor aufzusperren, aber der Schlüssel will und will nicht ins Loch passen.

„Das kann doch nicht sein ..., ich bin doch nicht ganz deppat“, hört er sich selbst murmeln, und leider scheint die Hilde sehr hellhörig und immer noch nicht schlafen gegangen zu sein.

„Bist du's, Albrecht?“ Der Unterton ist eindeutig negativ, nur will Winter in diesem Moment auch nicht lügen und bestätigt seine Anwesenheit im Halbdunkel.

„Was machst du da draußen, komm endlich rein!“ Ihr massiger Leib wirft aus dem Türrahmen einen breiten Schatten in den Garten. Winter freilich muss kleinlaut zugeben, dass es ihm aus unerfindlichen Gründen nicht gelingt, das Türl zum Vorgarten zu öffnen. Er ahnt natürlich, wenn die Hilde jetzt den Schlafrock anziehen muss, um hinauszugehen, wird das zur Folge haben, dass ihre Laune noch weiter sinkt. Immerhin kann er eine Urkunde vorweisen, die ihn als Mitbesitzer des Reihenhauses ausweist, und diese gibt ihm gewissermaßen ein Recht, unter sein eigenes Dach einzukehren.

„Ich komm nicht rein. Da muss was mit dem Schloss kaputt sein.“

Natürlich folgt ein drastischer Kommentar Hildes, aber sie bequemt sich dennoch, die Stiegen hinabzusteigen.

Hildes Augen haben auch in relativer Dunkelheit einen Durchblick. „Wie schaust denn du aus?!“

Winter besitzt keine Erfahrung, wie man sich verhält, wenn man offensichtliche Trunkenheit verstecken will, versucht sich jedoch schnurgerade zu halten, um so einen nüchternen Eindruck zu erwecken. Doch wie es der Teufel will, bleibt er mit seinem linken Schuh an der obersten Stufe hängen und kommt zu Sturz. Natürlich würde jeder Mensch von seinem angetrauten Partner Mitleid erwarten. Ein selbiges erhält er nicht.

„Bist du völlig besoffen?"

Obschon es auch ihm so vorkommt, ist Winter jetzt nicht bereit, das zu gestehen. Er rappelt sich umständlich am Schuhkastl hoch, doch selbst in der wiedergewonnenen Vertikalen findet er keine sonderliche Sicherheit.

Natürlich könnte er stante pede den Weg ins Schlafzimmer einschlagen oder besser noch den ins Gästezimmer, um sich erst beim Frühstück möglichen Anschuldigungen zu stellen, aber er hat das innere Bedürfnis, die Ursache seines ungewöhnlichen Auftritts sofort zu begründen.

Normalerweise braucht Hilde sich keine größeren Sorgen zu machen. Selbst wenn ihre Ehe von Anfang an eher unspektakulär verlief, wollte sie das wahrscheinlich auch so. Sie hat Albrecht schon vor dreißig Jahren richtig eingeschätzt, denn ihr Ziel war ein Mann, der einem ordentlichen Beruf nachgeht und ein guter Vater für ihre Kinder sein sollte. Also das genaue Gegenteil von ihrem eigenen Vater, der zwischenzeitlich immer wieder arbeitslos gewesen ist, aber nicht, weil es keinen geeigneten Job gab, sondern, weil er einfach keine Lust hatte, einer normalen Hacken nachzugehen. Dadurch erfuhr Hilde schon in der Kindheit, wie es zuging, wenn es ewig am Geld mangelte und man selbst für den Schikurs auf Zuwendungen vom Elternverein angewiesen war. So etwas sollte ihren Kindern nicht passieren, und deswegen musste sie sich einfach einen Partner wählen, der gewillt war, eine Verantwortung für eine Familie zu übernehmen. Früher imponierte ihr außerdem, dass der Albrecht schon zu Schulzeiten diverse Ferienjobs angenommen hatte und dann nach der Matura nicht auf die unnötige Idee kam, herumzustudieren wie etwa sein fragwürdiger Freund Gneringer, der es im Endeffekt zu überhaupt nichts brachte und nicht einmal jetzt willens ist, die Alimente für seine vielen Kinder zu bezahlen. Dass ihr Gatte sich für das Ministerium und nicht die Privatwirtschaft oder eine Bank entschieden hat, war zwar ihre Idee, aber wie sie sich sicher ist, fügte sich der Albrecht gerne und geht sogar noch heute der gleichen Arbeit mit Zufriedenheit nach. Und dass halt in den langen Ehejahren die Macken nicht weniger werden, muss man verzeihen, denn ein sonntäglicher Kirchgang ist noch immer besser als ein täglicher Wirtshausbesuch mit fatalen Folgen. So veranlagte Ehegatten beginnen dann irgendwann, ihre Frauen und Kinder zu schlagen, und Albrecht hat nie auch nur irgendwie die Hand gegen sie erhoben. Vielleicht verhält sich Albrecht grundsätzlich zu milde, weil es ihm scheinbar egal ist, dass sie in der Ehe die Hosen anhat. Und Hilde weiß leider nur zu gut, dass sie es manchmal ist, die ein viel zu strenges Regiment führt, zum Beispiel, wenn er einmal nicht pünktlich zum Abendessen kommt, was so gut wie nie vorkommt. Wenn sich also der Albrecht derart besäuft, dann könnte es einen Grund dafür geben, und es wäre vielleicht angebracht, diesen herauszufinden. Hoffentlich ist nichts Ernstes passiert.

„Setz dich ins Wohnzimmer …, ich mach dir einen Tee!“ Winter hört mit Verblüffung, dass das Eheweib plötzlich einen milden Ton angeschlagen hat, aber da er meistens tut, was sie verlangt, findet er rasch den Weg zum Ohrenfauteuil. Nach einigen Minuten wird ein dampfendes Häferl auf den niederen runden Tisch gestellt, und die Hilde, die normalerweise um zehn in einen Tiefschlaf abtaucht, setzt sich ihm sogar gegenüber. „Jetzt sag einmal, was geschehen ist!“

Sie haben schon sehr lange nicht mehr miteinander geredet, weil normalerweise niemand auf die Idee kommt, den Ton vom Fernseher leiser zu drehen. Und der erste Fernseher war sogar ein Hochzeitsgeschenk. Diesmal freilich bleibt der

Bildschirm dunkel, und Hilde fordert Albrecht noch einmal auf, seinen Sorgen freien Lauf zu lassen.

Hilde kann Albrechts Gedankengängen zu Anfang schwer folgen, weil die Lippenbewegungen nicht sonderlich mit den Worten übereinstimmen. Jedoch mit einiger Konzentration kann man sich durchaus in einen Betrunkenen hineinhören. So erhält sie Kenntnis von einem Leben ihres Gatten, von dem er in letzter Zeit eigentlich nichts mehr berichtete. Gut, zu Beginn ihrer Ehe gaukelte sie noch ein Interesse für Büroangelegenheiten vor, aber mit der Zeit verliert man Lust, ewig das Gleiche zu hören.

Jedenfalls erfährt sie heute, dass ihr Mann einen Vorgesetzten hat, der mit ihm sogar in die gemeinsame Klasse gegangen ist. Der Name sagt ihr wenig, sie kann sich nur an einen gewissen Zima, einen Obrechtsberger oder einen Schebesta erinnern und natürlich an Gneringer, der noch immer in Albrechts Welt herumgeistert. Diesen Ladinoski lernte sie nie kennen, er soll auch nur ein halbes Jahr in seinem Gymnasium gewesen und nie ein richtiger Freund von ihrem Mann geworden sein. Dann aber fällt ein Name, der die Hilde hellhörig macht. Natürlich ist ihr die Bella Glaubengruber ein Begriff, eine eitle, unangenehme Person, die ihren ausgestopften Busen jedem, ob Mann oder Frau, zur Schau gestellt hat …, dass die sich umbrachte? … Da sieht man doch gleich, dass das Schicksal jeden Menschen mit einer besonderen Bestimmung bedenkt.

„Du hast die Frau Dr. Glaubengruber gekannt?“ Natürlich kannte die Hilde sie nicht als Frau Doktor, aber schon in der Schule hatte die Person einen äußerst speziellen Ruf, der auch bis in ihre Klasse hineingedrungen ist. Zwei ihrer Freundinnen, die Erika und die Annemarie haben sich sogar in ihrem Dunstkreis bewegt, weil Bella den Nimbus gehabt haben soll, leiwand zu sein. Sie selbst freilich ließ sich nie von so oberflächlichen Menschen blenden, die es nur darauf abgesehen haben, irgendeinen windigen Schönling aufzureißen.

„Dann kanntest du ja auch ihre Zwillingsschwester?" Hilde wusste doch einiges von der Glaubengruber, weil die Annemarie sich stets bemüßigt fühlte, von dieser tollen Person zu berichten, nur von einer Zwillingsschwester ist dabei nie die Rede gewesen.

„Dann sind die beiden Schwestern vielleicht nicht in die gleiche Schule gegangen." Albrecht bemerkt nicht die Unlogik seiner Worte, was man dem Alkohol zuschreiben könnte, aber Hilde klärt ihren Mann auf, dass die Glaubengruber ihres Wissens wohl eine Schwester gehabt habe, allerdings nur eine, und diese sei etwas älter gewesen.

„Das kann nicht sein. Ich habe ihre Schwester persönlich gesehen … und … und …," Albrecht klopft sich auf die Stirn, um die Hirnwindungen zu ordnen, „… und ich weiß auch ihren Namen …, ich hab ihn doch gehört …, ja …, ja …, sie hat Caro geheißen!" Den Namen „Caro" kann Hilde ebenso bestätigen, aber bei dieser Frau handelt es sich eindeutig um die eben erwähnte ältere Schwester, also sicher nicht um eine nicht vorhandene Zwillingsschwester. Hilde ist sich da sehr, sehr sicher.

Albrecht findet sich längst damit ab, dass seine Ehefrau stets Gegenargumente vorbringt und er darauf bereitwillig den Kürzeren zieht. Im speziellen Fall kann sie freilich nicht Recht behalten, weil er ja im Quand Perutz diese Frau eindeutig kennengelernt hat und sie ganz genauso aussah wie die verstorbene Frau Dr. Glaubengruber aus der Revision. Albrecht sitzt auf einem sehr, sehr hohen Ross.

Hilde urteilt mit Erstaunen, dass der Albrecht seinem Standpunkt treu bleibt, doch ganz auf den Alkohol will sie seine Starrsinnigkeit jetzt nicht schieben. Irgendwie muss es einen Grund dafür geben, wenn der Albrecht nicht von seiner

Argumentation heruntersteigt. Sie kennt ein Leben lang seine ausgezeichnete Beobachtungsgabe, und falls er jemanden sah, der der Glaubengruber ähnelte, könnte es so gewesen sein. So hält sie wieder den Mund und lässt ihn weitererzählen.

Der nächsten Pointe, dass nun auch der ihr unbekannte Dr. Ladinoski einen Selbstmordversuch unternommen haben soll, fehlt ebenso nicht die Würze. Ja, finden denn die Menschen keine Mittel und Wege mehr, ihre Probleme anderweitig zu lösen?! Es hat fast den Anschein, dass ihr Mann von Selbstmördern geradezu umgeben ist …, erst die Glaubengruber …, schrecklich …, na ja, jetzt tut es ihr ein wenig leid, dass sie vorhin etwas bösartige Gedanken über die Bella in ihren Erinnerungen formulierte …, und …, da soll es doch einen Klassenkameraden gegeben haben …, nein …, der legte nicht Hand an sich, der ist leider ermordet worden, was genauso nicht erbaulich ist …, aber jetzt zeigt sie sogar Verständnis dafür, weshalb ihr Mann seine Sorgen wegspülte. Denn, wenn man als normaler Mensch mit derartigen Geschehnissen konfrontiert wird, darf es schon einmal vorkommen, dass man die Fassung verliert.

Doch noch endet die Geschichte nicht, weil der Albrecht nun zu jenem Erzählpunkt kommt, wo er den Zima traf. Hilde kennt diesen charmanten Schwadroneur recht gut und hat sich sogar manchmal vorgestellt, wie es gewesen wäre, hätte sie ihn statt ihres Albrechts genommen. Allerdings kam sie schon damals zum Ergebnis, dass er ein ausgesprochener Dampfplauderer wäre, weswegen er wahrscheinlich auf die morbide Idee kommen musste, dass der Ladinoski gar keinen Selbstmordversuch begangen habe, sondern einem Mordanschlag zum Opfer fiel. Und dass es eine ominöse Schwester gewesen sein soll, dürfte auch auf Zimas Mist gewachsen sein.

Hilde kommt noch einmal mit den familiären Konstellationen Glaubengrubers und versucht, ihren Mann wieder von der These der Zwillingsschwester abzubringen, aber vergebens.

„Hilde …, ich habe sie ja gesehen, und ich weiß, wie die Frau Dr. Glaubengruber ausgesehen hat. Ich sage dir …, nein, du musst mir glauben …, sie hat ganz gleich ausgeschaut, so wie Zwillinge eben ausschauen."

Niemand kann aus seiner Haut heraus. Auch wenn Hilde sich den inneren Auftrag gab, milde gestimmt zu sein, muss sie auf solchen Blödsinn einfach kontra geben.

„Du musst dich einfach geirrt haben, Albrecht. Ich weiß mit Bestimmtheit, dass die Bella keine Zwillingsschwester gehabt hat." Doch Albrecht beharrt steif und fest darauf.

„Woher willst du das wissen? Hast du sie so gut gekannt?" Das hat Hilde natürlich nicht, aber sie antwortet dennoch mit: „Ja!"

„Und wen soll ich dann gesehen haben?" Albrecht stellt seine Frage mit ungewohnt fester Stimme, weil nach seiner Einschätzung die Hilde darauf keine Antwort weiß. Doch auch eine sanftmütige Hilde fällt nicht aufs Maul.

„Vielleicht hast du eine Halluzination gehabt, und die Bella Glaubengruber ist dir erschienen." Hilde weiß in diesem Moment, welchen fürchterlichen Blödsinn sie geredet hat, aber wenn man so herausgefordert wird, muss man einfach mit schwachsinnigen Argumenten kommen. Ein Lachkrampf unterstreicht allerdings den Unernst ihrer Aussage.

Bei Winter freilich kommt eine vergessene Erinnerung hoch. Hat nicht der Ladinoski ihm noch im Büro diesen Ausdruck eines elektronischen Briefes gezeigt, wo man die Annahme haben könnte, dass das Schriftstück offensichtlich von der verstorbenen Frau Dr. Glaubengruber stammte? Aber, jetzt wird es eindeutig schwierig, der Hilde die Sachlage zu erklären, weil er im Gegensatz zu ihr nichts von Computern versteht.

Dieser freundliche Mann, ein Herr Prizlozil, hat doch durch das Eintauchen in die elektronischen Geheimnisse nachgewiesen, dass eine Manipulation stattgefunden habe, mit der man eine falsche Schwester vortäuschte. Oder war das alles ganz anders? Hat die falsche Schwester vorgegeben, die Frau Dr. Glaubengruber gewesen zu sein? Oder ist die Frau Dr. Glaubengruber die falsche Schwester gewesen? Oder wer war diese Frau überhaupt, wenn es keine falsche Schwester gegeben haben kann, die die Frau Dr. Glaubengruber gewesen ist? Albrecht redet sich immer mehr in einen Wirrwarr, bis sich alles um ihn rundherum zu drehen beginnt.

Hilde wird noch eine Decke holen. Wenn der Albrecht einmal schläft, ist er nicht mehr wach zu kriegen. Also soll er einfach hier auf dem Fauteuil schlafen. Sie bringt das Teehäferl in die Küche und setzt sich auf den Schemel. Hilde schaltet die Dunstabzugshaube ein, denn der Albrecht soll beim Frühstück nicht merken, dass hier drinnen geraucht wurde. Obwohl sie es ihm eigentlich bei der Hochzeit hochheilig versprochen hatte, es sein zu lassen, ist ihr dieses Laster seitdem geblieben. Aber die zwei, drei Zigaretten vor dem Schlafengehen sind seit Jahren ein liebgewonnenes Ritual und beruhigen sie zudem, und mehr als zehn weitere sind es über den Tag verteilt auch nicht.

Hilde gab noch niemandem gegenüber zu, dass es ihr eigentlich nicht gut geht. Nur, wie könnte sie ihrer Umgebung erklären, was ihr wirklich fehlt, weil jeder vermutet, dass alles im grünsten Bereich sein müsste. Sie hat einen Ehemann, der treu blieb und mit den Jahren ein immer stattlicheres Gehalt nach Hause brachte, sodass es ihnen offensichtlich an nichts mangelt. Der jährliche Flug in die Karibik ist ebenso drin wie die Winterwoche in Bad Gastein oder die

Osterwoche am Attersee. Natürlich sind längst die letzten Raten des Reihenhauses getilgt, und es existieren neben einigen Sparbüchern diverse Fonds und Aktien. Die Töchter studieren an der Uni, und akademische Grade stehen bei beiden unmittelbar bevor. Selbst der Haushalt wird von einem dienstbaren Geist erledigt, sodass die Hilde eigentlich den ganzen Tag auf der faulen Haut liegen könnte, wenn da nicht diese Unruhe wäre. Natürlich könnte man irgendetwas Kreatives machen. Auch hat sie vom lieben Gott manche guten Eigenschaften bekommen, nur Talent befindet sich nicht darunter. Sie versuchte es natürlich schon mit Charity bei der örtlichen Pfarrgemeinde, doch es gelingt ihr nicht, heuchlerischen Frömmlern gegenüber Toleranz zu üben, und eine solche sollte man in einem christlichen Umfeld wohl zeigen. Selbst das Kursangebot in der Volkshochschule konnte ihr keine Befriedigung geben, weil sie sich nie sonderlich für Fremdsprachen interessierte und man einen Kochkurs als Ausgeburt der Banalität bezeichnen muss. Das Einzige, was ihr noch ein bisschen Spaß macht, ist ihr kleiner Laptop, der für sie sozusagen das Tor zur großen Welt darstellt. Deswegen bewegt sie sich dort sogar in mehreren sozialen Foren und hat in diesen nicht wenige Freunde gefunden. Dennoch muss man es als traurig ansehen, Menschen, denen man nie im Leben begegnen wird, als „Freunde“ zu bezeichnen, aber die eingetippten Gespräche sind manchmal kurzweilig und nett. Und vielleicht erzählt man dort manchmal mehr von sich als jenen Personen, die einem nahestehen, weil alles von einer herrlichen Anonymität zugedeckt wird.

Heute hat es ihr ehrlich Freude bereitet, dass sie mit ihrem Mann ein Gespräch führte. Wieso tun sie das nicht öfters? Früher, also in den ersten Jahren ihrer Ehe, sind sie manchmal ins Theater und dann nachher sogar ins Restaurant gegangen, doch dann sind die Kinder zur Welt gekommen, und alles hat sich in eintöniger Weise eingependelt. Wie Lore und Edith noch klein waren, durfte sie wenigstens mit ihnen Hausübungen machen, aber ab der Pubertät haben die Mädchen nur lakonisch gemeint: „Mama, das verstehst du nicht!“ Dabei besuchte sie ebenso die Oberstufe eines Gymnasiums, wenn auch nicht ganz bis zur Matura, weil sie in den naturwissenschaftlichen Fächern so eine Pflaume gewesen ist, dass man sie aus dieser Anstalt herausgenommen und in eine Hauswirtschaftsschule gesteckt hat. Dort lernte sie zwar mehr als eine gute Hausfrau zu sein, aber ohne Matura ist ihr die Möglichkeit genommen worden zu studieren. Es hätte doch einiges gegeben, was sie interessiert hätte und wo Mathematik nicht keine zwingende Voraussetzung wäre. In der Psychologie etwa sah sie schon immer eine Wissenschaft, welche die Funktion ausübt, Menschen persönlich beizustehen. Ebenso hätte sie sich vielleicht sogar an die Philosophie herangewagt, die möglicherweise eine Erklärung dafür gibt, was es mit der Existenz des Menschen oder gar mit dem Vorhandensein eines Gottes auf sich hat. Und die Frage nach dem Tod ist doch, nicht nur weil man älter wird, eine ursächliche. Weswegen beschäftigen sich die Menschen denn mit dem Tod? Weil sie Angst vor ihm haben? Weil er negativ besetzt ist? Weil der Tod das Einzige ist, was unabänderlich kommt und man ihm auf keinen Fall entrinnen kann?

Und wird dann aus letztgedachten Gründen eben Gott oder was auch immer ins Spiel gebracht?

Hilde weiß schon, dass es sich viele Philosophen nicht leicht gemacht haben, die Existenz eines Gottes zu begründen, sowas kann man in Wikipedia nachlesen, aber exakt gelungen dürfte es eigentlich niemandem sein, sonst würde nicht noch immer darüber diskutiert werden, ob es einen Gott gibt. Mit Albrecht ist es schwierig, darüber zu reden, weil der einen Glauben hat, und gläubige Menschen setzen nicht nur das Vorhandensein Gottes voraus, sondern haben Gott sozusagen mit den Genen mitbekommen. Sie lassen sich auch dann nicht in die Enge treiben, wenn man gute Argumente vorbrächte, die Gott in einem anderen, vielleicht sogar ungöttlichem Licht erscheinen ließen. Wahrscheinlich muss das so sein, weil Gott für den Gottesgläubigen das Reine, das Unschuldige repräsentiert. Und sowas muss doch in unserer Welt existieren, sonst hätte das Leben keinen Sinn, sagen sie.

Weswegen begehen Menschen überhaupt Selbstmord?

Auch wenn die Glaubengruber nie eine Busenfreundin von ihr war, kannte man sich peripher. Es muss wohl Schreckliches in so einem Menschen vor sich gehen, wenn er so weit getrieben wird, einen derartigen Schritt zu tun. Was müssen manche Menschen erlebt haben oder gerade erleben, dass sie vor lauter Sinnlosigkeit glauben, es kann nicht mehr weitergehen. Hildes Mitleid mit Bella hält sich in Grenzen, aber es mutet schon eigentümlich an, dass diese Frau im Leben ihres Mannes plötzlich auftauchte. Doch eigentlich kann sie nicht sehr wichtig für ihn gewesen sein, weil er von ihrem Selbstmord erst heute berichtete. Wahrscheinlich hat ihn der zweite Suizidversuch im Amt derart aufgewühlt, dass er gegen seine Prinzipien ein paar Bier zwitscherte, was man deshalb verstehen sollte. Albrecht tut nur stärker, als er in Wirklichkeit ist, eigentlich hat er überhaupt keine harte Haut und zeigt sich für die meisten Dinge im Leben viel zu sensibel. Natürlich muss es einen betreffen, derart drastisch mit dem Tod konfrontiert zu werden, weil selbst für den christlichsten Menschen der Tod jemand ist, dem man nicht im eigenen Hause haben will. Deswegen glaubte er wahrscheinlich, in der Frau, die er mit seinem Chef beim Mittagessen traf, die Bella Glaubengruber zu sehen, weil ihn ein schlechtes Gewissen plagte, dass er sich um diesen Menschen zu Lebzeiten nicht kümmern konnte. Aber man kann in keinen Menschen, nicht einmal den nächsten, hineinschauen und wissen, wie dessen Innerstes aussieht, deswegen wird es freilich immer unmöglich sein, gewisse Schrecklichkeiten, wie einen Suizid, zu verhindern.

Hilde raucht sich schon den vierten Tschick an.

Albrecht soll sich nicht so viele Sorgen machen. Er steht doch auf dem Standpunkt, dass der Tod kein Ende bedeutet und im Ewigen Leben gipfelt. Und vielleicht geht's der Bella jetzt da, wo sie sich befindet, auch viel besser als zuvor.

Der positive Gedanke gefällt Hilde jetzt so gut, dass sie sich zum Mistkübelfach hinunterbeugt, den Mülleimer beiseiteschiebt und hinter diesem eine Flasche für besondere Anlässe hervorzieht. Den Single-Malt kaufte sie sich vorige Woche im Supermarkt, weil im Internet zu lesen stand, dass diese Spezialität aus einer einzigen Destillerie stammt und nicht aus verschiedenen Sorten zusammengestoppelt wurde. An den feinen Geschmack könnte sie sich gewöhnen, und es sind nie mehr als zwei Gläser, die sie über den Tag verteilt trinkt. Dass es heute ein drittes wird, hat damit zu tun, dass ihre Sorgen sich langsam verflüchtigen, und das muss gefeiert werden.

Ja, irgendwie steigt ein Gefühl in ihr auf, dass die Glaubengruber an einem wunderbaren Ort verweilt, wo man Freude empfindet und Glückseligkeit erntet. Haben die alten Völker nicht ähnlich gedacht? Da laufen ja alle nackt durch den Garten Eden. So, glaubt Hilde, wird es wohl nicht sein, aber dass das Jenseits weder ein Ort des Wolkensitzens noch ein brennheißer Backofen sein kann, wie einem die katholische Kirche weismachen möchte, entspricht ebenso ihrer Vorstellung. Vielleicht ist das Jenseits dem Diesseits nicht unähnlich, möglicherweise nur von einer größeren Perfektion. Es könnte so sein, dass man hier wie dort in einer ident aussehenden Welt lebt, nur dass in der anderen Welt gewisse Widrigkeiten wie Krankheiten, Sorgen, Verbrechen oder andere üble Dinge des normalen Lebens nicht mehr existieren. Allerdings, grundsätzlich schlecht will die Hilde die normale Welt auch nicht reden. Natürlich kann es immer Verbesserungen geben, aber doch nur deswegen, weil der Mensch nie mit dem gänzlich zufrieden ist, was er hat. Hilde zum Beispiel würde im Jenseits gar keine bessere Wohnung benötigen, ihr reicht die derzeitige Wohnsituation allemal, und ein Schloss im Himmel würde sie sicher dankend ablehnen. Freilich wäre ihr persönlich eine Hütte in der Hölle, die so wie in den Slums von Südamerika aussieht, garantiert nicht recht. Nur, wer bestimmt dann, wo man im Jenseits zu leben hat? Kann man dem Albrecht zustimmen, der die Ansicht vertritt, dass es so etwas wie eine Aufrechnung der guten und schlechten Taten gibt, und anhand dieser Liste wird man im Jenseits einquartiert? Oder ist es völlig egal, was man hier macht, weil das Leben der böse Traum ist und man mit dem Tod erst im wirklichen Leben erwacht?

Es wäre jetzt nicht schlecht, den Laptop zu befragen, was bedeutende Menschen über transzendente Dinge gedacht haben. Doch das Gerät steht am Beistelltisch im Wohnzimmer, und sie möchte den Albrecht nicht aufwecken. Ihr Mann braucht seinen Schlaf, weil er morgen wieder einen langen Tag im Amt hat.

Hilde kann es egal sein, ob oder wann sie schläft. Jetzt etwa wird noch ein weiteres Glas Whisky getrunken werden, weil sie die Erfahrung gemacht hat, dass sie dann besser mit sich selbst plaudern kann. Manchmal kommt es sogar vor, dass sie vermeint, ihre Stimme von einer anderen Seite zu hören und sie in ein Zwiegespräch mit sich selbst fällt. In derartigen Momenten fallen alle Zwänge von ihr ab, und sie befindet sich in einer Sphäre des Wohlbefindens.

Heute Nacht dürfte es ein bisschen anders sein. Die andere Stimme scheint bereits da, doch diesmal handelt es sich offenbar nicht um die ihrige. Die Töne klingen einige Nuancen tiefer, und die Artikulation wirkt ziemlich gespreizt. Natürlich könnte das sein, weil sie mehr als sonst vom Lebenswasser genossen hat und sich die Ohren leicht belegt haben. Deswegen fährt sie sich mit den Zeigefingern in diese und entfernt mögliches Ohrenschmalz. Dennoch scheint da jemand anderer zu sprechen.

„Es ist schön, dass du dich nach all den Jahren noch an mich erinnern kannst. Auch wenn wir uns nicht wirklich nahestanden, freut es mich, dass ich dich vielleicht jetzt kennenlernen könnte." Nun wird unüberhörbar, dass da jemand weiterer Worte durch die Küche schickt.

Da die Ohren keine Ausfälle zeigen, setzt sie nun ihre Augen ein, ob jemand etwa aus dem Radio doziert, doch der Anzeige nach ist der Apparat eindeutig ausgeschaltet. Hilde steht kurz auf, macht einen Blick ins Vorzimmer, ob von dort jemand Kommentare abgibt. Auch hier befindet sich natürlich niemand. Das Schnarchen Albrechts dröhnt allerdings unüberhörbar.

Als sie sich umdreht, muss sie einfach ihren Augen trauen. Auf den zweiten Hocker an der anderen Seite des Küchentisches hat sich eine etwa gleichalte Person in einem beigen Kostüm gesetzt. Wenn man ein ängstlicher Mensch wäre, müsste man in Panik fallen, aber Hilde gilt eigentlich nicht als sonderlich furchtsam. Auch zeigt diese Frau nicht unbedingt den Habitus eines nächtlichen Einbrechers, sondern schaut gepflegt und ordentlich aus. Mit so einem tadellosen Outfit könnte man sogar ins Theater gehen. Dennoch bleibt Hilde der Mund sperrangelweit offen, weil man ja nicht erwartet, dass man um zwei Uhr früh auf derartige Weise Besuch bekommt. Denn auf normalem Weg hereingelassen wurde die Frau sicher nicht, denn Hilde hat persönlich das Haustor zweimal versperrt. Ebenso über die Fenster oder die Terrassentür wäre ein Eindringen ins Haus grundsätzlich ein Ding der Unmöglichkeit. Die Fenster sind vergittert, und die Terrasse wird mit einer Alarmanlage gesichert. So kann diese Visite nur auf ungewöhnlichem Wege zustande gekommen sein. Jetzt gibt es zwei Möglichkeiten: Man schreckt sich zu Tode oder freut sich, dass endlich einmal etwas Außergewöhnliches im Leben geschieht.

Hilde, die oft genug an der Eintönigkeit des Alltags verzweifelte, entscheidet sich dafür, nicht mit Angstzuständen zu reagieren, sondern setzt sich auf ihren Schemel zurück. Bis auf ein leichtes Nicken zum Gruß macht sie vorsichtshalber einmal nichts und schweigt. Der Besuch freilich lächelt freundlich und bittet dann um eine Zigarette. Der Wunsch wird von Hilde erfüllt, und während beide Damen rauchen, schauen sie sich gegenseitig an.

Hilde kennt das Gesicht. Selbst wenn frau natürlich sieht, dass die Haut schon Jahrzehnte am Buckel haben müsste, wirkt diese doch relativ faltenfrei und rein. Ein dezentes Make-up unterstreicht das gepflegte Äußere, und nichts erinnert mehr an die schrille Schminke der Jugendzeit. Natürlich wird jeder Mensch reifer, und mit den Jahren gelingt es manchen, einen Stil zu entwickeln, weshalb nicht auch der Glaubengruber? Allerdings sitzen bei Hilde noch die Worte des Ehemannes im Ohr, wo er behauptete, dass jene sich entleibt haben soll. Und wenn das stimmt, dann wäre diese Begegnung schon von einer sehr eigentümlichen Art. Hilde nimmt vorsichtshalber noch einen Schluck vom Hochprozentigen, bleibt aber Gastgeberin genug, auch der Besucherin einen anzubieten. Der Gast willigt dankend ein. Hilde nimmt ein Glas aus dem Kastl, schenkt es voll und schiebt es rüber.

„Zum Wohl!“

„Prost, Strobl, freut mich, dich so gesund und munter zu sehen.“

„Ich heiße jetzt Winter …, ich glaube, du hast meinen Mann gekannt.“ Hilde freut sich wohl, dass sich die Glaubengruber an ihren Mädchennamen erinnern kann.

„Entschuldige …, natürlich …, das habe ich momentan kurz vergessen …, verzeih mir!“

„Das macht doch gar nichts …, aber sag einmal …,“ Hilde sitzt jetzt auf Nadeln, weil sie vor Neugier fast platzt, „Albrecht …, also mein Mann hat mir erzählt …“ Sie denkt nach, wie sie das jetzt formulieren sollte, ohne zu despektierlich rüberzukommen. „Mein Mann hat mir gesagt …“

Bella hat schon die Erfahrung gemacht, dass manche Lebenden Schwierigkeiten damit haben, dass sie selbst den Schritt zu ihrem eigenen Tod setzte. Deswegen nimmt sie der ehemaligen Schulkollegin das Wort aus dem Mund und erzählt frei von der Leber weg: „Das ist schon richtig. Ich habe mich umgebracht, und du kannst mir glauben, dass es nicht leicht ist, sich eine Schlinge um den Hals zu legen und dann vom Sessel zu springen. Aber ich habe es gemacht, und diese Tatsache muss ich einfach akzeptieren …“ Bella lacht hell auf. „Es bleibt mir ja nichts anderes übrig.“

Die scheinbare Gelassenheit beruhigt auch Hilde. Es ist immer gut, wenn in einem Gespräch eine positive Stimmung herrscht. Und Lachen ist die beste Medizin.

Hilde hätte sich nicht gedacht, dass die Bella einen derart erfrischenden Humor an den Tag, besser: die Nacht legt. In der Schule haben sie sich ja nicht enger kennenlernen können, weil die Bella erstens in die Parallelklasse gegangen ist und zweitens den Ruf hatte, oberflächlich zu sein. Aber wie sie jetzt so miteinander herumplaudern, kommt es Hilde so vor, als wären sie seit langen Jahren gute Freundinnen. Die Bella zeigt die Gabe, zuhören zu können, und Hilde hat seit geraumer Zeit wieder jemanden, dem sie ihre Sorgen und Probleme anvertrauen kann. Bella versteht, dass man sich in einer über dreißigjährigen Ehe totlaufen kann, auch wenn der Ehemann kein Schuft oder gar ein Hallodri ist. Ebenso kann es fürchterlich belasten, dass man als Frau nicht mehr begehrt wird oder vielleicht niemals richtig begehrt wurde.

Die paar Mal, wo sie im Bett gewesen sind, kann sich Hilde an den Fingern einer Hand abzählen, und seit sie die Lore gezeugt haben, kann man nur mehr von toter Hose sprechen. Leider nahm sie diese Tatsache stillschweigend hin und kam nie auf die Idee, sich einen Liebhaber zu nehmen, obwohl es einige Gelegenheiten dazu gegeben hätte. Sie erinnert sich an eine Gartenparty, wo ihr der Zima eindeutige Avancen machte und ihr sogar vorschlug, in der Gartenhütte eine Nummer zu schieben. Aber sie hat dem Kerl, wie manch anderen, die sich auch angeboten haben, einen Korb gegeben und hat die letzten Jahre das Leben einer Nonne geführt, obwohl sie sich nie dazu berufen sah, eine zu werden.

„Bei dir ist es noch immer nicht zu spät!"

Das sagt sich so leicht. Hilde war sich stets bewusst, dass sie für wenige Männer eine Traumfrau darstellt, auch wenn es Herrn der Schöpfung geben soll, die weiblichen Rundungen nicht abgeneigt sind. Allerdings bewegt sich ihr Bodymaßindex in Kategorien, die weniger auf eine glückliche Lebenseinstellung schließen lassen.

„Du müsstest nur ein bisschen auf dich schauen …, vielleicht das eine oder andere Gramm weg …" Auch das hat sich Hilde schon gedacht und immer wieder diverse Diäten ausprobiert. Besonders Appetitzügler werden im Internet angepriesen, freilich konnte sich die Wirkung dieser Pillen bislang nicht sehen lassen.

„Wie hältst du eigentlich deine Figur?" Bella zeigt immer noch eine phantastische Taille und eigentlich keinen Bauch. Und auch wenn der Busen durch einen BH in Form gebracht wird, fügt er sich doch harmonisch ins Ganze.

„Jetzt brauche ich nicht mehr darüber nachzudenken …, du meinst wohl früher?“

Hilde wollte Bella nicht auf die Zehen treten oder gar auf den Zahn fühlen und entschuldigt sich für den Fauxpas, aber diese ist keineswegs ang'rührt.

„Nein, nein …, das stört mich nicht …, ich hab mich schon längstens dran gewöhnt, dass ich nun nicht mehr da bin …, du siehst, es hat sogar manche Vorteile!“ Bella lenkt das Gespräch dann wieder auf die eigenen Erfahrungen mit dem Gewicht und gesteht, dass es auch für sie nicht immer leicht war, selbiges zu halten. Gerade um den dreißigsten Geburtstag hat sie eine Phase gehabt, wo sie wie ein Ballon aufgegangen sei und wie eine Dampfnudel ausgesehen haben soll. Allerdings gab es damals gerade wieder eine fürchterliche Trennung, und der Mann, mit dem sie damals Kinder haben wollte, zeugte mit einer anderen welche. Solche Lebensabschnitte verleiten einen, unmäßig zu fressen, und dann wird es manchmal schwierig, die Kurve zu kratzen. Sie hat sich dann am eigenen Schopf aus dem Sumpf gezogen und entschieden, sich nicht mehr gehen zu lassen. Damals begann gerade der Boom mit den Fitnessstudios, und selbst wenn sie sich vorher niemals vorstellen wollte, Hanteln zu stemmen, machte es ihr dann enormen Spaß, zumal auch die Männerwelt begriffen hat, dass es guttäte, den Bierbauch zu bekämpfen. So konnte man gleich zwei Fliegen mit einer Klappe schlagen. Einerseits war es nicht schlecht, dem eigenen Körper eine gewisse Festigkeit zu geben, andererseits tummelten sich dort genug fitnesssuchende Männer herum, die einem Flirt nicht abgeneigt gewesen sind.

Hilde schaut begeistert. Weshalb ist sie nicht eher auf diese Idee gekommen? Ein gesunder Geist lebt doch in einem gesunden Körper. Und wenn sie sich in ihrem Körper wohlfühlte, würden wohl ihre Depressionen im Sand verlaufen.

Vielleicht kann die Bella ihr sogar ein bestimmtes Studio empfehlen!

„Gib mir einen Zettel und einen Kuli …, ich schreib dir ein Fitness-Center auf, wo ich Mitglied war, da kannst du dich auf mich berufen, dann gibt's Prozente …, äh …, vielleicht auch nicht …, die werden mich sicher schon aus der Mitgliederliste gestrichen haben …" Bellas Lacher wirkt ansteckend, und die beiden Frauen halten sich die Bäuche.

Nun, freilich kommt Hilde ein weiterer Gedanke. Wenn man schon die Chance bekommt, mit jemandem so traut zusammen zu sein, der in einer so anderen Gegend lebt, sollte man diese auch nützen. Zuerst einmal schenkt sie beide Gläser wieder bis zum Rand, hebt ihres und meint: „Auf dich, Bella, schön, dass du da bist!"

„Das Kompliment kann ich nur zurückgeben, auf dich, Hilde!"

„Dürft ich dich etwas fragen?" Natürlich hat die Bella nichts dagegen, weil ihr Gespräch äußerst angenehm verläuft. Sie musste freilich auch schon die Erfahrung machen, dass viele Menschen ein erhebliches Vorurteil gegenüber Verstorbenen haben und nicht immer so freundlich und jovial reagieren wie die Hilde. Es tut ihr jetzt leid, dass sie sich zu Schulzeiten oft über dieses dickliche Mädchen lustig gemacht hat. Doch Bella nimmt sich vor, das alles wieder gutzumachen. Jedenfalls wird sie der neuen Freundin ehrlich gegenübertreten und ihr über alles, was sie wissen möchte, wahrheitsgemäß berichten.

Hilde beginnt sogar chronologisch, also mit dem Sterben, weil dieses sozusagen den Beginn des Anderen darstellt. Außerdem haben die meisten Menschen vor dem Sterben noch mehr Angst als vor dem Tod, weil das Sterben mit der Vorstellung verbunden ist, dass auch Schmerz dabei eine

Rolle spielt. Und vor Schmerzen fürchtet sich jeder, weil es niemanden gibt, der noch keine hatte.

„Soweit ich mich erinnere, hat es kurz weh getan …, aber ich kann dir beim besten Willen nicht sagen, wie lange ich dazu gebraucht habe, bis ich nichts mehr spürte, weil, liebe Hilde, beim Eintritt des Todes etwas Seltsames geschieht …, man verliert augenblicklich das Zeitgefühl, weil man sich ja wo befindet, wo Zeit keine Rolle spielt …, also kann ich, selbst wenn ich es möchte, dir nicht sagen, wie viele Sekunden … oder Minuten ich lebendig mit einer Schlinge um den Hals von der Decke herabgehangen bin. Jedenfalls, und das kann man dann eigentlich korrekt als den Todeszeitpunkt bezeichnen, hat man plötzlich gar keine körperlichen Schmerzen mehr und fühlt sich irgendwie …, ja, eigentlich irgendwie gut …, ich habe selber noch gar nicht intensiver darüber nachgedacht …, ja, wirklich …, ich habe mich nicht schlecht gefühlt, auch wenn ich nicht ganz sicher war, was eigentlich mit mir geschehen ist."

Sodann möchte die Hilde etwas wissen, was sie im Internet über Nahtoderfahrungen gelesen hat.

„Nein …, nein, nein! Ich weiß nicht, woher die das haben …, meine Mutter oder mein Vater oder andere verstorbene Verwandte sind mir nicht entgegengekommen und haben mich an der Hand genommen, um mich zu irgendeinem Licht zu führen, das man sehen soll …, nein, da ist gar kein Licht …, ich gebe dir recht, Hilde …, ich habe das seinerzeit auch so gehört …, nur, wenn du logisch nachdenkst, sind das alles Aussagen von Menschen, die nicht gestorben sind und daher die Wahrheit gar nicht wissen können, weil sie ja noch nicht verstorben sind. Und dass sie dem Tode nahe waren, ist eine saublöde Formulierung, weil doch jeder Mensch dem Tode gleich fern oder gleich nahe ist, denn, wenn man die Schwelle überschritten hat, gibt es kein Zurück mehr, und alles andere hat mit dem Tod nichts zu tun."

„Und das mit dem Licht stimmt genauso nicht?" Hilde ist etwas verwirrt, als Taufscheinkatholikin hat sie natürlich geglaubt, dass Jesus oder eventuell auch nur Petrus dort warten würden, um einem helfend durch einen Tunnel zu führen.

„Nochmals! Bei mir war da gar nichts Besonderes …, also von Licht keine Rede …" Bella stockt, weil Hilde so einen Blick zeigt, als würde sie eine Zwischenfrage stellen wollen, doch diese winkt ab.

„Ich bin einfach da gehangen und habe mir alles von oben angeschaut und mir sogar dabei gedacht, was für ein elender Raum das eigentlich ist, wo ich mich gerade befinde. Du musst wissen, in unserem Ministerium gibt es eine unzählige Menge von kleinen Zimmern oder Kabinetten, die für nichts und wieder nichts benützt werden, und deswegen geht dort niemand hinein. Ich habe zufällig in meinem Schreibtisch einen Schlüsselbund gefunden, mit lauter so alten Schlüsseln dran, welche mit Bart …, also nicht für Sicherheitsschlösser …, und irgendwie hat mich die Neugier gepackt, und ich habe versucht herauszufinden, wo die verschiedenen Schlüssel passen könnten. Und einer hat auch gepasst, und zwar in die ganz schmale Türe hinter einer Tapete am Ende des Vorzimmers, wo mein Sekretär normalerweise sitzt … Der und auch alle anderen vom Amt haben sich nie dafür interessiert, was sich hinter der unscheinbaren Türe befindet. Ich dadurch schon. Jedenfalls war es ein enger Raum mit einem winzigen Fenster zum Lichthof, und anstelle einer Deckenbeleuchtung ist nur ein eiserner Haken aus der Decke herausgekommen. Sonst war da gar nichts drin, außer natürlich Staub und Dreck …, aber wer hätte dort putzen sollen …?" Auf diese Bemerkung folgt wieder ein herzhafter Lacher. „Jedenfalls bin ich dann lange nicht mehr hineingegangen bis auf jenen Tag, wo ich mir eingebildet habe, dass es nicht mehr weitergeht, weil ich mich leider an den vermaledeiten Haken erinnert habe …"

Hilde erkennt an Bellas Mienenspiel, welche Schwierigkeiten auftreten, darüber zu erzählen. Und tatsächlich, aus Bellas Augen scheinen Tränen zu fließen.

„Ich muss mich bei dir bedanken, Hilde, dass ich das alles einmal loswerden darf …, wenn ich ganz ehrlich zu dir und zu mir bin, versteh ich manchmal selbst nicht mehr, warum ich das Ganze gemacht habe …, womöglich eine Torschlusspanik, weil …" Hilde stellt fest, dass auch Verstorbene ihre Probleme haben.

„Natürlich habe ich den Christoph dafür verantwortlich gemacht …" Auf Hildes fragenden Blick erklärt die Bella, dass es sich um den Dr. Ladinoski handelt, der ihr Geliebter, sie formuliert es sogar mit dem Wort „Betthäschen", gewesen war. Allerdings habe sie mit diesem Mann, das muss sie leider zugeben, auch eine relativ offene Beziehung geführt, weil sie sich beide entschieden haben, dass das Leben spannender wäre, wenn man nicht ununterbrochen aufeinander pickt.

Das wäre wahrscheinlich bei ihr genauso, denkt sich Hilde. Wenn sie sich einmal eine Auszeit vom Albrecht nehmen würde, ginge es ihr sicher besser.

Natürlich heißt das noch lange nicht, dass dann der Partner jederzeit mit anderen Frauen ins Bett hüpfen darf und man dann ellenlang wartet, bis es dem gnädigen Herrn einmal geruht, wieder vorbeizukommen. Bella selbst ließ nur dann einen anderen unter die Bettdecke, wenn die Trennung definitiv ausgesprochen war. Nur, wenn man formal zusammengewesen ist, betrog sie den Christoph nie. Er aber fuhr gerade in den letzten Monaten mehrgleisig und das noch dazu mit viel Jüngeren. Ihr ist in der Kantine berichtet worden, dass sich dieser über fünfzigjährige Dödel sogar an eine zweiundzwanzigjährige Praktikantin herangemacht haben soll. Und so etwas trifft einen, besonders wenn man selbst merkt, dass man von Tag zu Tag älter wird.

„Du schaust doch phantastisch aus!" Hilde versucht keinen Trost zu spenden, sie meint das wortwörtlich so.

„Das ist lieb von dir ..., jetzt ist es eh schon egal ..., so etwas wie Alter gibt es für mich nicht mehr." Dennoch gefällt so ein Lob stets. Allerdings scheint sie nun etwas den Faden verloren zu haben, und Hilde muss ihr wieder auf die Sprünge helfen. „Du warst gerade bei deinem Geliebten ..., das war doch der Chef von meinem Albert."

„Verdammt noch mal!" Irgendwie wirkt Bella jetzt unkonzentriert. „Ich weiß nicht, ob ich das Richtige gemacht habe ..."

Hilde weiß darauf natürlich keine Antwort, denn Selbstmord ist auf keinen Fall eine Lösung, aber sie legt ihre linke Hand auf die rechte Bellas. Es fühlt sich etwas kühl an. „Schau, es ist dir niemand böse, dass du das getan hast. Ich kann mir doch vorstellen, was du gelitten haben musst, dass du so etwas Fürchterliches getan hast."

„Ich glaube, ich habe echt Scheiße gebaut ..."

Hilde überlegt fieberhaft, wie sie jemanden überzeugen könnte, das Richtige getan zu haben, der eigentlich das komplett Falsche gemacht hat. Nur Bella will auf etwas anderes hinaus. Sie reflektiert gar nicht ihren eigenen Suizid, sondern erzählt eine ganz andere Geschichte.

„Schau mal, Hilde, das Komische am Tot-Sein ist, dass man auch in diesem Zustand der gleiche Mensch bleibt, der man immer war, auch wenn man per definitionem gar nicht mehr Mensch ist ..., aber man ist noch immer jene Person, als die man geboren wurde, selbst wenn man längst verstorben ist ..., das heißt, liebe Hilde, ich bleibe für immer die Bella Glaubengruber. Und selbst das Doktorat wird mir im Jenseits nicht abgenommen, wenn es mir also Spaß macht, kann ich es führen …, und ich tue es gerne, weil es ebenso hier manche Vorteile mit sich bringt, wenn man als Akademikerin auftritt … Zum Beispiel, ich habe letzthin jemanden kennengelernt, dem ich schon an der Kleidung angesehen habe, dass er bereits viel, viel länger tot war als ich. Normalerweise kennt man seidene Kniehosen nur aus historischen Filmen, und dazu hat dieser Mann sogar eine Perücke getragen, obwohl ich zugeben muss, dass das bei Männern lächerlich, geradezu schwul aussieht. Doch wie mir der Kostümierte gegenübergetreten ist, habe ich eindeutig gemerkt, der ist sicher nicht vom anderen Ufer, weil er ziemlich anlassig agierte. Außerdem hat er eine extrem herablassende Art Frauen gegenüber gezeigt, dabei habe ich bald herausgefunden, dass er zu Lebzeiten nichts anderes als ein Lakai gewesen ist. Er wollte mich dann sogar wie ein naives Stubenmädel behandeln und hat versucht, mich mit irgendwelchen hanebüchenen G'schichtln zu beeindrucken. Dem ist dann bald die Lade heruntergefallen, wie er gemerkt hat, dass er einer Frau Doktor gegenübersteht. Die meisten Männer, so auch dieser, nehmen dann sofort Reißaus, wenn sie zugeben müssen, dass sie den Frauen geistig unterlegen sind …"

Hilde merkt zwar, dass Bella wieder den Faden verloren hat, nur ihre Selbstzweifel sind wie weggeflogen. So wird sie lieber das spannende Thema am Köcheln lassen.

„Man lernt da Menschen aus verschiedenen Zeiten kennen?"

„Ja, freilich, weil doch zu jeder Zeit die Menschen gestorben sind …, und es werden ja immer mehr."

„Aha …, hast du auch schon so Prominente wie die Kaiserin Maria Theresia oder vielleicht den Beethoven kennengelernt?"

„Ich habe selbst zu Lebzeiten weder einen Bundespräsidenten oder irgendeinen Star persönlich kennengelernt …, ah …, aber wenn's dich interessiert, den Hansi Hölzel hab ich zufällig vorgestern gesehen …, aber der hat immer einen Schwarm von jungen Mädels um sich …", Bella schüttelt den Kopf. „Dass so viele Menschen so jung verstorben sind?"

„Der Falco ist auch da?" Hilde ist beeindruckt, weil sie sogar eine handsignierte Schallplatte ihres Musikgottes besitzt und sogar persönlich einen Kuss auf die Stirne in einer Diskothek in einer U-Bahn-Station bekommen hat, aber da ist der Falco noch ein kleiner Bassist einer heute fast vergessenen Formation gewesen. „Er lebt hier?" Hilde ist sich der Blödheit dieser Frage nicht bewusst.

Bella lächelt. „Man sagt allerdings, dass der Falco sich nicht oft hier aufhalten soll, sondern mehrheitlich dort, wo er verstorben ist …, es gibt im Jenseits gewöhnlich keine Vorschriften, wo man sein muss …, nur bleiben die meisten in jenem Umfeld, wo sie zuletzt gelebt haben. Wenn ich wollte, könnte ich auch überall sein, aber ich bin eben in Wien geblieben, weil ich noch immer eine starke Affinität zu dieser Stadt habe. Außerdem bin ich draufgekommen, dass unsere Stadt einen so starken Bezug zum Tod hat, dass es sich als Toter hier gut leben lässt …"

Hilde denkt jetzt mit. „Wenn alle Menschen, die jemals in Wien verstorben sind, noch hier sind, müssten es ja sehr viele sein … Allein auf dem Zentralfriedhof liegen doch Millionen Verstorbene …" Hilde stellt nun eine logistische Frage. „Haben die denn überhaupt alle in Wien Platz?"

„Hier nimmt niemand einem anderen einen Platz weg. Im Jenseits ist Platz für jeden." Bella spürt, dass sie einige genauere Erklärungen abgeben müsste. „Du musst dir das so vorstellen, ein Verstorbener braucht vieles nicht mehr, was für die Lebenden lebensnotwendig ist. Grundsätzlich müssen wir weder essen noch schlafen ..., obwohl das mit dem Essen und Trinken so seine Sache ist ..., Prost!" Die Gläser klingen wieder einmal.

„Zurück zum Schlafen ..., das heißt, für uns wird es nie eine prekäre Wohnsituation geben, weil wir uns nicht darum kümmern müssen, eine Wohnung oder wenigstens ein Bett zu haben ..., wenn wir einmal abschalten wollen, das kommt bei uns genauso vor, weil wir auch im Jenseits nicht ununterbrochen am Damm sein können, dann können wir das überall. Manche Verstorbene, und es sind gar nicht so wenige, haben dann den makabren Hang, sich ins eigne Grab zu legen, aber das liegt mir gar nicht, weil dann immer wieder irgendwelche Reste organischer Natur an der Kleidung zu finden sind. Und bis dann alles wieder sauber ist, dauert's. Und die Schnellreinigungsbranche steckt im Jenseits noch in den Kinderschuhen ... Diejenigen etwa, die verbrannt worden sind, haben's da besser, weil man sich auch in die Urne zurückziehen darf, und Asche ist bekanntlich sehr hygienisch. Ich für meinen Teil bevorzuge, mich in Denkmäler hineinzusetzen ..., ja, richtig hineinzusetzen ..., ja, das geht, und dann schaue ich aus dem Denkmal heraus auf die Menschen, die mich betrachten ..., das entspannt mich besonders ..., gestern war ich im Strauss im Stadtpark drinnen ..., du kannst dir gar nicht vorstellen, wie viele Menschen mich fotografiert haben, da hat man fast das Gefühl, selbst berühmt zu sein ..."

„Dann ruhst du dich ja gar nicht aus?" Hilde kann sich nicht vorstellen, was daran entspannend sein soll, aber Bella erklärt: „Jeder hat so seine Methoden, und es geht nicht darum, im gängigen Sinne zu ruhen, so wie Menschen schlafen, denn an Schlaf brauchen wir nicht mehr denken, es geht nur darum, Orte zu finden, wo wir uns einfach passiv verhalten können. Das mit dem Denkmal etwa hat mir ein vornehmer, ältlich wirkender Herr mit stattlichem Bart empfohlen, der mir angemerkt hat, dass ich mich anfangs zu unruhig hier im Jenseits verhalten habe. Er hat mir erzählt, dass er so eine Therapie bei sich selbst auch anwendet und sich am liebsten in den Goethe hineinversetzt, weil er da bequem sitzen kann …, mir macht es nichts aus zu stehen …"

Hilde stellt die nächste Frage: „Das ist ja schön und gut, aber diese Methode ist ja nur für wenige, weil es eigentlich gar nicht so viele Denkmäler in Wien gibt, oder?"

„Eigentlich gibt es unzählige Denkmäler, doch das ist nicht von Bedeutung, weil sich zugleich unendlich viele Verstorbene in einem Denkmal aufhalten können …, man liegt ja nicht alleine im Grab, sondern man hat meistens einen Haufen Verwandte über und unter sich herumliegen …, auch dort kommt man sich nicht in die Quere, weil ein Toter dem anderen überhaupt keinen Platz wegnimmt. Wir sind ja sozusagen gar nicht mehr da, und wer nicht da ist, der kann niemandem einen Platz wegnehmen."

Hilde hätte sich nicht gedacht, dass alles immer unlogischer wird, was sie da hört. Wenn Tote gar nicht da sind, wer sitzt ihr denn da gegenüber? Diese Person raucht und trinkt und schaut eigentlich sonst relativ menschlich aus. Wenn man nicht dezidiert wüsste, dass die Bella Glaubengruber schon das Zeitliche segnete, müsste man glauben, von ihr für blöd verkauft zu werden. Allerdings glaubt Hilde, die Bella zu gut kennengelernt zu haben. Dennoch will sie in Erfahrung bringen, wieso das überhaupt geht, dass sie jetzt hier bei ihr in der Küche sitzt.

„Wenn ich ganz ehrlich bin, Hilde, hast du mich hier am falschen Fuß erwischt. Ich weiß es selber nicht." Bella greift sich an den Kopf. „Ich bin noch nicht lange genug tot, um zu begreifen, was da im Jenseits wirklich vor sich geht. Einerseits fühl ich mich manchmal noch so, als wäre ich quicklebendig, andererseits spüre ich ununterbrochen, dass dem nicht so ist, weil ich ja weiß, dass ich eindeutig verstorben bin. Allerdings habe ich hier …, also nicht hier bei dir in der Küche …," Bella beginnt schon wieder ein Lächeln aufzusetzen, „… also hier im Jenseits auch noch niemanden getroffen, der mir plausibel sagen konnte, was Sache ist …, natürlich erzählen manche dies und andere wieder das …, und wenn du dem einen anfängst zu glauben, erklärt dir der andere, dass das völlig anders ist und überhaupt nicht stimmt, was dir der Erste erzählt hat. Und kaum glaubst du dem Zweiten, mengt sich ein Dritter ein, der wiederum alles auf den Kopf stellt und etwas behauptet, was dann ein Vierter endgültig verwirft."

„Also niemand weiß irgendwas?" Hilde versucht mitzudenken, auch wenn sie selbst immer verwirrter wird.

„ Na ja…, irgendwie ja … und irgendwie nein! Theoretisch müsste man schon annehmen, dass irgendwer eine Ahnung hat, weil man ja hoffentlich Teil irgendeiner Ordnung ist, die einen Sinn und Zweck dahinter sieht, dass man zuerst lebt und dann stirbt, doch nach dem Tod, wie du ja siehst, immer noch vorhanden ist. Ich will stark hoffen, dass sich das jemand ausgedacht hat, aber wer dieser jemand wäre …", Bella macht mit den Händen eine abweisende Geste, „… kann ich persönlich nicht sagen, und ich habe auch noch niemanden getroffen, der mir darauf eine Antwort geben konnte."

„Gibt es nicht so etwas …," Hilde kramt jetzt in ihrem religiösen Wissensschatz, „… so etwas wie Engel oder höhere Wesen, wie vielleicht …, na …, so wie man sich das vorstellt … oder wie zum Beispiel …, na ja, wie man sich zum Beispiel den Heiligen Petrus vorstellt oder …, oder so etwas wie einen Buddha oder Jesus Christus?"

„Wenn es sie gibt …, und ich will das jetzt nicht grundsätzlich leugnen, bin ich ihnen noch nicht bewusst begegnet. Natürlich trifft man hier im Jenseits auch ununterbrochen

Leute, es sind ja mehr als genug da, nur, soweit ich feststellen konnte, waren es durchwegs solche, die so wie ich vorher gelebt haben, und keine darunter mit Flügeln auf dem Rücken …“ Bella scheint sich das besonders bildlich vorzustellen, denn schon wieder fällt sie in einen herzhaften Lachkrampf.

„Wer ist denn da bei dir in der Küche?“ Albrecht muss durch den nächtlichen Lärm wohl aufgewacht sein, denn schon öffnet sich die Küchentüre. Bevor er in Ohnmacht fällt, fallen ihm noch die Augen heraus.

XV. Man sitzt grundsätzlich lieber in jener Scheiße, die man bereits über die Jahre gerochen hat. Als Gneringer sich die steile Gasse Richtung Kirche hinaufmüht, spürt er ein ordentliches Gliederreißen. Hier handelt es sich um keinen Körper eines Jugendlichen mehr, sondern um einen, bei dem die Bandscheiben schief sitzen und der Ischias nervt. Es scheint schon ungewöhnlich, dass man Freude dabei empfindet, wenn einem vieles wehtut, aber für Gneringer ist es die Gewissheit, dass er morgen nicht in die Schule muss und auf die Matura pfeifen kann.

Was dann der weitere Tag bringen könnte, will er, wie so oft, gar nicht hinterfragen, wenigstens sind gewisse übliche Bahnen vorgezeichnet. Hier hat alles seinen Platz und dazu gehört eben auch …, Gneringer schielt vorsichtig hinüber, … eben auch das Espresso Blaumeise, welches natürlich noch immer oder schon wieder geöffnet hat. Wenn allerdings alles völlig normal wäre, müsste er seine Schritte gleich dorthin lenken. Freilich existiert da eine absurde Erinnerung an die gestrige Nacht, wo gerade dieses Etablissement mit erheblichen Fragwürdigkeiten aufwartete. Obwohl man seinen momentanen Zustand als nahezu vollkommen nüchtern bezeichnen dürfte, tauchen in seinem Gehirn Aufzeichnungen auf, die man besser für sich behalten sollte, will man nicht, dass sich andere an den Kopf greifen. Lästigerweise lassen ihn die Gedanken doch nicht so in Ruhe, wie er gerne möchte, denn irgendwie zeigt das Gestrige schon eine reale Komponente. So verlangsamt sich sein Gang, je näher er dem Tschocherl kommt, und ernsthafte Zweifel machen sich breit, ob er da heute hineinwill. Aber er ist Manns genug, nicht allzu viele Zweifel zu scheißen, weil sich zuhause sicher kein Wein findet und ein Spritzer nun das Richtige wäre. Dennoch öffnet er übervorsichtig die Eingangstüre, um zuerst seinen Blick voranzuschicken, wer sich heute Nacht da drinnen einen Fetzen anzüchtet.

Otto atmet durch. Es sind die üblichen Verdächtigen, von denen er mit Bestimmtheit weiß, dass sie allesamt noch leben, die meisten allerdings von der Arbeitslosen oder von der Notstandshilfe.

Es zeigt sich hier von Vorteil, eine allzu herzliche Begrüßung zu unterlassen, denn, wenn man einen freundlichen Ton anschlüge, könnte es passieren, dass jemand daherkommt, der einem das letzte Geld aus dem Sack schnorrt, und jeder hat eigentlich nur so viel in der Tasche, sich einen eigenen Rausch anzuzüchten.

So ist es auch für Gneringer in Ordnung. Er nimmt sich seinen Spritzer von der Schank und stellt sich etwas abseits, um nicht in eine unnötige Konversation verwickelt zu werden.

Verdammt noch mal, was für ein Mumpitz! Wieso manifestieren sich schon wieder Bilder von Verstorbenen, und weshalb bildet er sich ein, sie sogar getroffen zu haben. Begonnen hat die ganze Chose im Schwarthaler mit dem Spurny und setzte sich dann nahtlos bis hierher in die Blaumeise fort, wo es dann geradezu einen Aufmarsch von lebenden Leichen gab, mit denen er sogar diskutierte. Gneringer kann sich jetzt ein Lächeln nicht verkneifen …, das ist ja geradezu abstrus! Wieso sollten gerade ihm Personen aus dem Jenseits ihre Aufwartung machen? Wenn es wirklich so etwas wie ein Totenreich gäbe, werden die Verstorbenen doch nicht so mir nichts, dir nichts zurückkommen können. Ja, in der Phantasie vielleicht, und wahrscheinlich hat ihm seine eigene Phantasie einen Streich gespielt, und er ist so naiv gewesen, sich von seiner Einbildung übertölpeln zu lassen. Aber so geht es eben Menschen wie ihm, wo Genie und Wahnsinn eng beisammen liegen. Und dass er ein Grenzgänger ist, hat er immer schon gewusst und wohl deswegen diese virtuellen Ausflüge in irreale Welten ausgefasst. So kann er sich auch gleich die Einbildung erklären, wieso er noch immer das Gefühl hat, heute Morgen in seinem Kinderschlafzimmer aufgewacht zu sein, weil eben die Erinnerungen an seine Vergangenheit so stark sind, dass diese sozusagen filmreife Bilder in die Gegenwart schickten, damit man fast glauben musste, in der Vergangenheit zu sein.

Es kehrt etwas Ruhe ein.

Man darf solche Visionen nicht überbewerten und sollte vielleicht grundsätzlich etwas weniger trinken. Denn er muss sich leider eingestehen, dass viele dieser Abenteuer im Kopf mit Alkohol in Verbindung gebracht werden könnten. Um den guten Vorsatz in die Tat umzusetzen, nimmt er sich ernsthaft vor, heute nur mehr einen weiteren Spritzer zu bestellen. Das wäre dann genau die richtige Menge, damit man dann gut schlafen kann.

Gneringer winkt dem lebenden Kellner zu und gibt den Deut, ein volles Glas zu bringen. Er wird dann auch gleich bezahlen, damit er nicht in Versuchung kommt, länger als projektiert zu verweilen. Also kramt er in seinem Hosensack nach Münzen, die der Größe nach zwei Eurostücke sein müssten. Er besieht das Geld nicht näher, sondern drückt sie dem Ober mit der Bemerkung: „Den Rest kannst‘ dir g'halten", in dessen Hand. Die Antwort: „Bist' deppat, Otto?", kommt für jenen etwas unvermutet. Allerdings wird der Satz verständlicher, als Gneringer erkennt, weswegen der Kellner diese rüden Worte in den Mund genommen hat. Woher die zwei Zehnschillingmünzen stammen, ist der Servierkraft vollkommen egal, hier wird nur mit einer einzigen Währung bezahlt, und wer selbige nicht hat, wird gleich mit einem Fußtritt hinausexpediert werden. Otto kann froh sein, dass ihm ohne gröbere Watschen bis morgen Kredit gegeben wird. Den zweiten Spritzer freilich kann er sich abschreiben, der wird wieder mitgenommen.

Auf der dunklen Gasse kommen die Zweifel wieder. Wieso um aller Welt hat er Schillinge bei sich, wenn sich doch alles, was er so geglaubt hat zu erleben, bloß in seiner Vorstellung stattfand?

Tiefes Durchatmen hilft jetzt nichts! Jetzt könnte es so weit sein, dass man um Hilfe bitten müsste!

Wer könnte so spät verfügbar sein? Er blättert verzweifelt im Adressbuch seines Handys, aber er muss sich eingestehen, dass außer dem Winter niemand in seinem Familien-, Freundes- und Bekanntenkreis existiert, der ihm überhaupt einige Sekunden Gehör schenken würde. Und der Winter wird wie jeder ordentliche Mensch auch schon tief schlafen.

Egal! Das ist ein Notfall! Er wählt jetzt Winters Nummer, doch eine Computerstimme gibt bekannt, dass der Angerufene gerade nicht erreichbar sei. Nach Gneringers Information verfügt sein Klassenkamerad noch über einen Festnetzanschluss, aber aus unerfindlichen Gründen speicherte er die Nummer nicht in seinem Telefon. Wahrscheinlich wurde sie deshalb vernachlässigt, damit er Winters Frau nicht ans Rohr bekommt, weil sie darüber weniger erpicht ist, dass ihr Mann mit einem Taugenichts näheren Kontakt pflegt. So gibt es nur mehr die allerletzte Alternative, und Gneringer sieht keinen anderen Ausweg, als diese anzugehen.

Winter wohnt eine gute Viertelstunde von der Blaumeise in südlicher Richtung, und wenn man eilige Schritte setzt, schafft man den Weg dorthin auch in zwölf Minuten. Gneringer ist in zehn an jener Ecke, von der man dann in Winters Gasse einbiegt. Das Haus wäre dann das vierte links, also genau dort, wo gerade ein Rettungswagen mit Blaulicht parkt.

Solche Fahrzeuge inzidieren im Allgemeinen, dass etwas Unangenehmes geschehen sein muss, und Gneringer tritt nun vorsichtig näher, um in Erfahrung zu bringen, wen man mit medizinischer Hilfestellung bedenken muss. Vielleicht erlitt die Hilde gar einen Herzinfarkt, einen hohen Blutdruck konnte man mit ihrem knallroten Gesicht schon längst in Verbindung bringen. Doch soweit im diffusen Straßenlicht zu erkennen, steht diese korpulente Frau auf beiden Beinen neben der Rettung. Oder hatte eine der beiden Töchter einen Unfall? Allerdings wohnen die Mädels gar nicht mehr bei den Eltern. Wen also sollte das Schicksal derart in die Mangel genommen haben, dass man die Sanität rufen musste?

Im Schutz der Alleebäume schleicht Otto heran. Sowohl die Gartenlampe als auch die Straßenlaterne spenden nun genügend Licht, sodass man deutlich sehen kann, wer da auf der Bahre liegt, die gerade herausgetragen wird. Gneringer erschrickt. Positiv ist einzig und allein, dass der Winter noch leben sollte, denn die Berufsrettung transportiert keine Leichen, die werden nur von der Bestattung mitgenommen. Allerdings wird damit seine Hoffnung, dass ihm geholfen wird, fortgetragen, und selbst seine Kräfte verlassen ihn zunehmend. Er muss sich an einem Baumstamm abstützen, um nicht das Gleichgewicht zu verlieren. Das Rettungsauto folgetonhornt vorbei.

„Was machst denn du hier?“ Hilde kann den schwankenden Otto gerade noch festhalten. Irgendwie wirkt die hantige Hilde sogar ungewöhnlich freundlich. „Was hast du denn? Kann ich dir irgendwie helfen?“ Normalerweise wäre doch Hilde diejenige, die einen Beistand benötigte, weil ihrem Gatten etwas zugestoßen sei.

„Es geht schon!“, versucht Gneringer abzuschwächen, nur gelingt es ihm schwerlich, einen geraden Eindruck zu hinterlassen, obwohl es nicht am Alkohol liegt.

Eigentlich mag sie den schrecklichen Freund ihres Gatten überhaupt nicht, allerdings dürfte er in einer Verfassung sein, wo man ihn nicht auf der Gasse stehen lassen sollte. Wenn man ihn nicht kannte, müsste man ihn ebenso in eine Rettung setzen. Wahrscheinlich ist es sowieso harmlos, und er fasste nur einen saumäßigen Schwips wie immer aus. Aber was macht er dann um diese Uhrzeit in einer Gegend, wo es weit und breit keine Ausschankstätten für Alkoholiker gibt? Wollte er um diese Nachtstunde gar ihren Albrecht heimsuchen? Er müsste doch wissen, dass sie ab zehn keinen Besuch mehr empfangen, weil ihr Mann zu den Frühschlafengehern gehört. Freilich sollte sich Hilde eingestehen, dass sie selbst eben einen Gast bewirtete, und Milde walten lassen. Möglicherweise gibt es für sein Erscheinen Gründe.

„Komm kurz zu mir hinein …, ich mach dir einen Tee.“

Dass Gneringer jemals von Hilde ins Haus gebeten wurde, gab es noch nie. Eigentlich sollte man bei ungewöhnlichen Dingen die Ohren spitzen, aber Otto fühlt sich zu schwach, diese seltsame Aufforderung zu hinterfragen. Er lässt sich sogar stützen, während sie gemeinsam die Stufen zum Reihenhaus erklimmen.

Hilde bugsiert den neuen Gast gleich in die Küche, wo es theoretisch möglich wäre, einen Tee zu brühen. Allerdings gehen Gneringer dort die Augen über. Was er dort sieht, scheint mehr als seltsam. Es hat den zwingenden Anschein, als sei hier ziemlich gefeiert worden. Neben einer fast leeren Flasche Whisky und zwei Gläsern befindet sich am Tisch auch ein übervoller Aschenbecher, aus dem die Stummeln nur so herauspurzeln. Dass in einem Nichtraucher- und Abstinenzlerhaushalt eine Orgie stattgefunden haben kann, übersteigt Gneringers Vorstellung. Dennoch macht sich Hilde am Wasserkocher zu schaffen und zieht sogar einen Teebeutel aus einem Küchenkastl hervor. Dann jedoch erbarmt sie sich Gneringers hilflosen Blicken, lässt den Beutel Beutel sein und wendet ihre Hand dem Glasregal zu. Selbst, wenn dem herausgenommenen Gebinde eher Saft zuzuordnen wäre, kann man natürlich etwas anderes hineinleeren.

Gneringer erkennt am ersten Schluck, dass es sich hier um ein Markenprodukt erster Güte handelt. Dass Hilde ihm nicht alles eingeschenkt und sich einen Boden voll belassen hat, hinterfragt er lieber nicht. Auch dass sie im Haus ungeniert raucht, was ihm noch nie gestattet war, bedenkt er mit keiner Bemerkung. Wenigstens kann er jetzt selbst so frei sein, sich eine anzustecken und tut es sogar. Hilde gibt ihm auch Feuer!

Bevor sie allerdings auf seine Befindlichkeit zu sprechen kommt, fragt er lieber zuerst, was denn dem Albrecht widerfahren sei. Auch wenn man nie ein Herz und eine Seele war, verbindet in diesem Fall die Sorge gemeinsam um einen Menschen. Hilde dürfte froh sein, sie mit einem anderen zu teilen. „Die Sanitäter sagen, dass es nichts Ernstes sein muss …,“ Gneringer nimmt das Wort „Herzinfarkt“ sicher nicht in den Mund und hört weiter zu, „eine Kreislaufschwäche wahrscheinlich …, sie müssen das genauer untersuchen …“

Gneringer könnte jetzt sagen: „Der Albrecht war doch immer kerngesund“, aber von Haus aus hatte er nie eine Ahnung, wie es um den Gesundheitszustand seines Klassenkameraden bestellt war. Leider hat er sich nie dafür interessiert. Auch glaubt er im Blick Hildes zu erkennen, dass da Weiteres geschah, was zu brennender Sorge Anlass gäbe. Aber wie ist es möglich, selbiges herauszufinden, ohne mit der Tür ins Haus zu fallen?

Hilde erzählt weiter: „Vielleicht …, vielleicht …, vielleicht hat er sich einfach zu sehr erschrocken?“

Otto stellt etwas Befremdliches fest. Wenn man selbst dem Alkohol gewogen ist, jedoch momentan an einer grundsätzlichen Nüchternheit leidet, bemerkt man natürlich, wenn jemand anderer etwas getrunken hat. Im Dunkel der Gasse fiel ihm das so nicht auf, aber jetzt ist eindeutig zu erkennen, dass Winters Gattin eine leichte Schlagseite zeigt. Für eine Mehrpersonen-Sauferei spricht gerade das dritte Glas, welches hier herumsteht und sicher nicht vom Albrecht benützt wurde, weil man stark annehmen kann, dass er keinen Lippenstift verwendet. Also muss jemand hier gewesen sein, mit dem sich Hilde einen Rausch anzüchtete, und diese Person war eindeutig weiblichen Geschlechts. Und wenn man weiters die Uhrzeit in Betracht zieht, wird der Albrecht schon geschlafen haben, während die Gattin hier in der Küche Hof hielt. Wer immer das gewesen sein soll, kann Otto natürlich egal sein, außer nämliche Person hat etwas damit zu tun, dass sein Freund diesen nächtlichen Prolaps ausfasste.

Soll er danach fragen?

Die Hilde kann doch tun und lassen, was sie möchte, und wenn er ganz ehrlich zu sich ist, wirkt sie heute in ihrem Alkoholdusel recht sympathisch, und wenn er weiter nicht irrt, wird ihr schon die Zunge übergehen.

Zuerst allerdings brabbelt sie unverständliches Zeug. „Ich hätte das nicht für möglich gehalten …, es ist kaum zu glauben …, es ist wahr …, ich sage dir, Otto, wenn ich dir das erzählen würde, würdest du es sicher nicht glauben …, deswegen glaub ich, dass es den Albrecht umgehaut hat, denn er hat sie gesehen …, er hat sie gesehen, so wie ich sie gesehen habe.“ Natürlich wird der Gneringer jetzt neugierig, wen denn die Hilde leibhaftig erblickt haben soll, und es tritt ein Phänomen ein, welches ihm nicht unbekannt ist. Geübte Alkoholiker können sich nach einem weiteren Schluck eines geistigen Getränkes wieder in den Griff bekommen und dadurch die vorherige Kryptik verlassen. Doch was Gneringer erzählt bekommt, versetzt ihn bei Weitem nicht in einen friedlichen Ruhezustand. Hier wird ihm gerade eine Geschichte aufgetischt, die seine Theorie von seiner eigenen Phantasie ad absurdum führt. Wenn er zwischen den undeutlich gemurmelten Wörtern hindurch hört, hat die Hilde Winter eine ähnliche Erfahrung wie er selbst gemacht, was bedeuten könnte, dass auch seine Erlebnisse durchaus einen realen Background hätten. Irgendwie klingt das mehr als beunruhigend, doch steht ihm die Hilde durch ihre Erfahrung näher, als er es sich jemals denken konnte. Und jetzt bekommt der Umfaller seines Klassenkameraden leider eine verständliche Dimension.

Hilde wirkt unsicher, ob der Otto begreift, was sie gerade verbalisierte. Zu ihrer Überraschung enthält er sich seiner üblichen zynischen Kommentare. Ja, er scheint ihr sogar zu glauben oder tut wenigstens so, aber sie kann gar nichts anderes erzählen, weil alles, was geschah, der reinen Wahrheit entspricht.

Gneringer fragt zwischendurch vorsichtig an, ob eventuell ein weiterer Whisky irgendwo zu finden wäre und erkennt die Richtigkeit der Anfrage. Nach einem kurzen Bücken Hildes steht eine neue, ungeöffnete Bottle am Tisch. Gneringer übernimmt nun die Aufgabe des Mundschenks und füllt die Gläser. Nachdem man sich sogar vorsichtig zugeprostet hat, kommt er nun dran zu erklären, was ihn in diese Gegend, also Richtung Winters, trieb.

Gneringer erzählt vom Anfang an. Er hat kaum so frei von der Leber weg gesprochen, und nur selten sind ihm so offene Ohren dargebracht worden.

Dicker Rauch steht schon in der Küche, aber auch Hilde bricht ihre Vorsätze und raucht eine nach der anderen. „Das muss doch etwas zu bedeuten haben!", spricht sie durch die Schwaden. Gneringer, dem schon länger Ähnliches schwante, könnte in Hilde eine Verbündete sehen. Was hat es auf sich, dass plötzlich die Toten auferstehen und die Lebenden mit ihren Problemen belästigen? Die Traumtheorie muss er nun endgültig aufgeben und seine apodiktische Überzeugung von einem absoluten Nichts nach dem Tod wohl ebenso. Diese Erkenntnis wiegt schwer, weil sie seinen bisherigen Denkmodellen diametral entgegengesetzt ist.

„Vielleicht wollen sie uns irgendetwas sagen ..." So eine Bemerkung Gneringers ist nun sicher keines großen Geistes würdig, drückt freilich seine völlige Ahnungslosigkeit aus, weshalb er sich so geballt mit dem Tod auseinandersetzen muss. Natürlich könnte man argumentieren, dass sich der Tod immer und überall allgegenwärtig zeigt, aber doch eher als abstrakter Begriff und nicht durch seine Repräsentanten, die Verstorbenen. Die hätten nach gängiger Vorstellung die Bestimmung, Ruhe zu geben. Weshalb spricht man denn so salbungsvoll an den Gräbern von „ewiger Ruhe"? Natürlich nur, damit man eben eine Ruhe vor ihnen hat, und man könnte es sogar als Belästigung auslegen, dass sie keine Ruhe geben.

XVI. Verdammt und zugenäht! Obwohl es sich offensichtlich um einen Lichtschacht handelt, lässt die Helligkeit hier unten schwer zu wünschen übrig. Christoph sieht sich besorgt um. Was hat er denn in diesem engen, quadratischen Innenhof, von dem nicht irgendein Ausgang wegführt, verloren? Und das nächstliegende Fenster befindet sich schätzometrisch drei Meter über dem Boden und zeigt sich obendrein vergittert. Ohne Leiter oder eine andere Steighilfe wird man dieses sicher nicht erreichen können. Zusätzlich stellt sich nun die ernsthafte Frage, wie kann man überhaupt in so eine Bredouille geraten?

Eine ziemlich vage Reminiszenz, die sich leider mehr und mehr konkretisiert, tut sich auf, und die besagt, dass er von da weit oben gekommen sein müsste. Sein Blick steigt nun zu dem ominösen obersten Fenster, nach der Zählung handelt es sich um den sechsten Stock, von dem er mit Sicherheit vermutet, dass er da herausgefallen sein …, das Gleichgewicht verloren haben …, runtergepurzelt sein soll …, allerdings, weh tut ihm nichts. Dennoch tastet er vorsichtshalber seinen Körper nach etwaigen Verletzungen ab, und soweit es das Licht zulässt, setzt er auch Beobachtungen. Aber den länglichen Schnitt am linken Daumen hat er schon vorgestern ausgefasst, als beim Brotschneiden das Messer abglitt, sonstige Blessuren finden sich nicht.

Nach menschlichem Ermessen müsste man durch so einen Sturz ordentliche Verletzungen ausgefasst haben oder mindestens ein oder zwei gebrochene Beine. Und gerade er, der sich ununterbrochen die Bandeln zerrt und meist ein Drittel des Jahres eine Orthese trägt, fühlt nicht einmal den geringsten Schmerz. Im Gegenteil, seinen Zustand könnte er als fit wie selten beschreiben, und auch das leichte Dauerkopfweh, welches trotz Medikamentenmissbrauchs beharrlich seine Stirnhöhlen traktierte, scheint wie weggeblasen. Gerade diese Migränefreiheit könnte man als durchaus positiv sehen, säße man nicht hier unten in einem dunklen Schacht fest und trüge ein lächerliches Krankenhauskleidchen.

So aber müsste man die Gesamtsituation als unbehaglich beschreiben. Es werden nun weitere Erinnerungslücken geschlossen, die ihm andeuten, dass da eine konkrete Person für seine missliche Lage verantwortlich gemacht werden kann.

Dort oben erkennt man nun, dass sich da jemand aus dem Fenster beugt, nur zuordnen kann er diese Gestalt weder einem Alter noch einem Geschlecht. Doch auch wenn es sich um die verrückte Schwester handelt, die ihn offensichtlich, jetzt scheinen alle Zweifel ausgeräumt, umbringen wollte, entscheidet er sich dafür, um Hilfe zu rufen, weil er anders keinen Ausweg sieht. Ladinoski brüllt derart gewaltig, dass der gesamte Lichtschacht hunderttausend Echostimmen wirft ...

Endlich! Es wurde ihm wohl Gehör geschenkt. Nach einiger Zeit tut sich wieder etwas. Seine Augen beobachten, dass sich mehrere Personen, nunmehr eindeutig männliche, abwechselnd aus dem Fenster lehnen. Einer trägt offensichtlich eine amtliche Kappe auf seinem Haupte, was wohl bedeuten könnte, dass Hilfe naht.

Nochmals vergehen bange Minuten, bis endlich am untersten Fenster eine Handlung gesetzt wird. Jedenfalls geht dort ein Licht an und die Läden werden geöffnet. Ladinoski erkennt die ihm sattsam bekannten Monturen der Wiener Berufsfeuerwehr. Die Herrschaften machen sich mit einer funkenden Gerätschaft daran, das Gitter zu entfernen. Und als der erste Feuerwehrmann Anstalten macht, herauszusteigen, kommt Ladinoski diesem mit ausgestreckten Armen entgegen, weil ihm ja nur jemand hilfreich sein müsste, hineinzuklettern. Der indolente Kerl aber scheint den Verunfallten nicht zu bemerken, sondern springt nur vom Sims an ihm vorbei auf den Boden des Lichthofes. Ladinoski geht jetzt direkt auf den Mann zu, weil er vielleicht in der Dunkelheit übersehen wurde. „Danke, dass Sie mir helfen!“

Doch irgendwie erweckt es den Anschein, als wäre Ladinoski Luft. Als noch eine zweite Person herunterklettert und auch jene Christoph schneidet, wird er zu Recht ungehalten.

„Was unterstehen Sie sich ..., holen Sie mich endlich hier raus!“ Selbst scharfe Worte können die Männer nicht dazu bringen, Ladinoski mit einer Aufmerksamkeit zu bedenken. Im Gegenteil, sie kümmern sich mit einer Offensichtlichkeit geschäftig um etwas anderes.

Ladinoski hat es vorhin auch nicht gesehen. Da muss offenbar noch jemand das Gleichgewicht verloren haben, doch die andere, ebenfalls in Patientenkleidung steckende Person dürfte es weit schlechter als er getroffen haben. Da die Herrschaften von der Feuerwehr Taschenlampen mit sich führen, erkennt man in den Lichterkegeln einen Menschen in einer riesigen Blutlache mit dem Gesicht nach unten liegend. Wie er aus den Zwiegesprächen der helfenden Organe heraushört, scheint jener Verunglückte nicht mehr am Leben zu sein und dass es deswegen obsolet sei, einen Sanitäter oder Arzt beizuziehen.

Ladinoski versteht durchaus, dass man sich zuerst um den schwereren Fall kümmert, obwohl er es als bodenlose Frechheit empfindet, derart keines Blickes gewürdigt zu werden. Aber jetzt wird man wohl alles daran setzen, ihn ebenso herauszuholen. Wenigstens wird nun eine Leiter vom Fenstersims heruntergelassen. Da man jedoch noch immer keine Notiz von ihm nimmt, nimmt er die Gelegenheit wahr, selbstständig auf ihr hinaufsteigen. Allerdings steigert sich bei jedem Kletterschritt die Wut über so eine despektierliche Rettungsaktion, und er formuliert schon im Kopf ein saftiges Beschwerdeschreiben an den Bürgermeister, dem er seit Jahren freundschaftlich verbunden ist. Ladinoski kann diesen beiden Beamten schon jetzt garantieren, dass sie nicht einmal mehr bei den Straßenkehrern Unterschlupf finden werden und ab morgen stempeln gehen müssen.

Obwohl sich sicherlich drei oder vier weitere Personen, darunter mindestens ein Arzt, im Raum befinden, fühlt sich keiner bemüßigt, dem Christoph beim Hineinklettern einfach die Hand zu reichen. So kommt's, wie's kommen musste, und er purzelt mit einem Karacho ins Zimmer. Aber selbst nach dem Ausrutscher zeigt sich keiner bereit, auch nur einen Finger zu rühren, um ihm auf die Beine zu helfen. Er hätte sich doch die Hand brechen können, aber irgendwie scheint er dauernd auf die Butterseite zu fallen. Dennoch wird das Krankenhaus mit Repressalien sondergleichen bedacht werden!

Nun ist Ladinoski geladen wie selten. Wenigstens kommt gerade sein Schulkollege Mistelbacher hinein. Dem wird er jetzt gewaltig die Leviten lesen. „Du Arsch, du …, du hast allein zu verantworten, dass diese verrückte Frau mich da runtergestoßen hat …," auch der kann seinen Primarius-Posten in den Wind schießen und wird den Rest seines Lebens auf der Straße mit einem leeren Joghurtbecher sitzen und Centmünzen zählen, „… glaub nicht, dass du ungeschoren davonkommst!"

Mistelbacher hat schon in der Schule eine elende Überheblichkeit gezeigt und diese bis heute nicht abgelegt. Doch was der Fatzke nun bietet, entbehrt jeder Beschreibung. In seiner haarsträubenden Arroganz wagt er es, Christoph richtiggehend links liegen zu lassen.

Ladinoski ist nahe daran, seine gute Kinderstube zu vergessen und dem Eingebildeten eine saftige Ohrfeige zu affichieren, aber noch hält er sich im Zaum. Jedoch, als es der Psychiater wagt, ihm einfach den Rücken zuzudrehen, kann sich selbst Christoph nicht mehr am Riemen reißen und setzt zu einem gewaltigen Fußtritt an.

Der Tritt geht freilich ins Leere, weil der Psychiater augenblicklich zum Fenster eilt, da die Leiche aus dem Lichthof geborgen wird. Ladinoski könnte nun einen weiteren Versuch der angebrachten Gewalttätigkeit starten, doch hat er keine Ambition, eine Perle vor die Sau zu werfen. Jenen Psychiater trifft man eher, wenn man seiner beruflichen Karriere ein jähes Ende setzte und den schon vorher gehegten Gedanken wird er bereits morgen in die Tat umsetzen. Auch hat er folgende Einsicht: Wenn man ihn schon so ignoriert, zeigt wahrscheinlich niemand mehr ein Interesse daran, dass er nun länger im Krankenhaus verweilen sollte. Es wäre wohl besser, nach Hause zu gehen, die Sache zu überschlafen und morgen die Rache in die Tat umzusetzen. Zuerst scheint es allerdings günstiger, sich des Krankengewandes zu entledigen, denn falls man sich so auf der Gasse zeigte, könnte man leicht der Lächerlichkeit anheimfallen.

Ladinoski betritt einen schmalen, schwach beleuchteten Gang, der in nur eine Richtung führt. Am Ende befindet sich eine Tür zu einem weiteren Flur, wo sich die Möglichkeit findet, einen linken oder rechten Weg zu wählen. Auf der rechten Seite zeigt ein grünes Signet an, dass dort ein Notausgang erwartet werden kann. Normalerweise ist Ladinoski kein Freund unkorrekter Gewandung, aber vielleicht gebietet es die Situation, augenblicklich aus dem Spital zu entfleuchen. Wer weiß, was sonst noch hier passieren könnte?

Und dem Taxifahrer könnte man die Geschichte von einem sommerlichen Kostümball erzählen …

Es gibt immer wieder Erscheinungsformen des Glücks.

Wenn Kleidercontainer übervoll sind, stellen die Leute die Säcke einfach daneben. Und hier hat schon länger niemand die Altkleider abgeholt.

Das erste Sackerl befüllte wohl eine ältere Dame, doch im zweiten wird Ladinoski bereits fündig. Das Sakko sitzt etwas zu weit, allerdings passt die Hose tadellos, und auch ein paar Lederschuhe annehmbarer Größe werden gefunden. Hemd findet sich keines, aber der Krankenhauskittel geht bei schlechtem Licht notfalls als eines durch. Nun scheint die Aufmachung derart passabel, dass ein Weg in die Öffentlichkeit durchaus in Frage kommt.

Selbst, wenn er diese Gasse nicht einmal namentlich kennt, kann man sich in Wien leicht orientieren, da auf jedem Straßenschild auch der jeweilige Bezirk vermerkt wird. Und den kennt er aus Jugendtagen ziemlich gut, weil er hier seinem Großonkel in Schulzeiten relativ oft einen Besuch abgestattet hat, da man für jeden helfenden Handgriff mit hundert Schilling belohnt worden ist.

Wenn er nicht irrt, müsste man links gehen, um auf die Hauptstraße zu gelangen. Von dort könnte er dann sogar die Straßenbahn nehmen und käme nicht in Verlegenheit, einem Taxifahrer zu erklären, weshalb er dummerweise kein Geld im Säckel habe.

Ladinoskis Orientierungsvermögen kann man durchaus als erstklassig beschreiben. Er befindet sich bald dort, wo er hinwollte. Allerdings dürfte es sich bereits um eine Uhrzeit handeln, wo die Tram in den Remisen schläft, und mit den Nachtbussen kennt er sich nicht aus. Doch irgendwie sind seine Akkus so aufgeladen, dass er den Weg zu seiner Wohnung auch zu Fuß schaffen kann. Müdigkeit definiert sich heute als Fremdwort, und fast beschwingt macht er sich auf die Socken, obwohl er gar keine trägt.

Nur alle fünf Minuten rattert ein Fahrzeug durch die tagsüber stauverstopfte Straße. Es hat wirklich etwas für sich, einmal fern allen Trubels zu sein, und es scheint auch, dass manch tägliche Sorgen viel weniger auf seinen Schultern lasten. Man sollte vielleicht öfters einen nächtlichen Spaziergang unternehmen, um einfach seinen Gedanken freien Lauf zu lassen.

„Grüß dich Gott, Christoph." Ladinoski grüßt den Vorbeihuschenden zurück, obwohl er gar nicht genau sah, wer das gerade war. Einerseits gebietet es die anerzogene Höflichkeit, dass man jeden Gruß erwidert, und andererseits vermeinte er im Gesicht des Fremden eine gewisse Vertrautheit erkannt zu haben, was ihn dazu veranlasst, sich umzudrehen, und jenem Menschen nachzublicken. Der langsam schlurfende, eigenartig nach links wippende Gang erinnert ihn an jemanden, er kann diesen momentan aber keiner konkreten Person zuordnen. Oder jedenfalls keiner Person, die er in den letzten Jahren traf. Als Kind hatte er sich über seinen Onkel Theophil lustig gemacht, weil jener wie der Donald Duck watschelte, als Jugendlicher jedoch verstand Christoph, dass eine Kriegsverletzung aus dem Ersten Weltkrieg Schuld daran trug.

Es ist schon lustig, auf was man alles kommt, wenn man gewisse motorische Eigenheiten beobachtet, noch dazu in einem Bezirk, in dem sein Großonkel früher lebte. Und auch solche breiten Hüte waren immer ein besonderes Markenzeichen Onkel Theos.

Da der alte Herr schleppend vorankommt, packt Christoph eine seltsame Neugier. Er geht dem Mann neugierig nach, um sich das Pendant des Onkels näher zu besehen.

„Es ist schön, dass du mich begleitest, Christoph." Wenn er diese Stimme in der auditiven Erinnerung abruft, könnte man schon eine frappante Parallele zum Onkel herstellen. Auch ziert diesen Fremdling ein ebenso stattliches Rhinophym als Erker. Doch weswegen wird er sogar mit seinem Vornamen angesprochen?

„Kennen wir uns?"

„Du warst schon immer zu Späßen aufgelegt, Christoph." Grundsätzlich stimmt das, weil gerade der Onkel stets einen gewissen Humor in ihm geweckt hatte. Gerade von diesem Verwandten hat er gelernt, nicht alles auf die schwere Schulter zu nehmen. Man könnte es durchaus als Merkwürdigkeit titulieren, auf einen Phänotypus zu treffen, der in einem derartige Erinnerungen weckt. Doch gibt es ja eine Theorie, dass jeder Mensch auf der Welt irgendwo einen Zwilling haben soll, der ihm aufs Haar gleicht. Der Zwilling seines verstorbenen Onkels gefällt ihm, also wird er ihn noch ein Stück des Weges begleiten.

Und es geht zurück in die Gasse, die er oft in seiner Kindheit hinunterlief, um dann zu dem großen Portal mit den rankenverzierten Säulen zu kommen. Als kleiner Junge musste er sich ziemlich strecken, weil die Türnummer achtundzwanzig ganz oben am Klingelbrett war. Und wie es das Schicksal will, bleibt auch der alte Herr vorm altbekannten Jugendstiltor stehen, als ob er wüsste, dass da Christophs Onkel lebte. „Ich komme noch immer gerne zurück, obwohl ich schon zweiunddreißig Jahre nicht mehr hier zuhause bin."

Vor gut dreißig Jahren verstarb ebenso der Onkel, und Christoph erinnert sich daran, wie er mit seinem Vater hier gewesen ist, die letzten Dinge, die noch übrig geblieben sind, auszuräumen, bevor die Wohnung dem Hausherrn zurückgegeben wurde. Er weiß noch, dass es ein seltsames Gefühl war, alles in Kisten zu packen, um es dann auf den Mistplatz zu führen. Außer ein paar vergilbten Fotos, einigen Büchern und einem elfenbeinernen Zigarettenspitz haben sie nichts für sich behalten. Es war eine traurige Erfahrung, wie wenig von einem Menschen zurückbleiben konnte. Wenigstens hat er immer noch die Erinnerung an Onkel Theophil!

„Sie haben hier auch gewohnt?" Christoph hat so eine blöde Frage tatsächlich gestellt, bevor ihm einiges immer unklarer wird. Wenn jener Herr vor dreißig Jahren in diesem Haus wohnte, so muss er den Onkel gekannt haben. Er ist doch ebenfalls den meisten damaligen Hausparteien begegnet, weil der Onkel einen sehr jovialen Umgangston pflegte, also hätte er seinen nächtlichen Begleiter durchaus kennen müssen, vielleicht mit einem etwas jüngeren Habitus, aber eigentlich dem Onkel ähnlich.

Sie stehen jetzt so im Licht der Straßenlaterne, dass Christoph die Züge des Mannes übergenau studieren kann. Weil es nicht sein kann, dürfte es nicht sein, doch wenn er wetten müsste, würde er viel darauf setzen, dass es sich durchaus um den Onkel Theophil handelt.

„Jetzt wohnen dort in meiner alten Wohnung zwei junge Studentinnen …, fesche Mädels …“ Dem alten Herrn schießt eine Idee ein: „Geh’ ma hinauf …, ich zeig sie dir…, die werden dir sicher gefallen!“ Er kramt sowohl in seinem Hosensack, als auch in der Seitentasche seines Sakkos. „Ach geh …, blöd …, einen Schlüssel brauche ich ja nimmer.“

Dann geschieht etwas, was man als durchaus unwahrscheinlich bezeichnen müsste. Der Herr geht einfach auf die geschlossene Türe zu und verschwindet in dieser auf eine Art und Weise, wie man es auch aus Gespensterfilmen kennt.

Christoph ist verwundert und verblüfft. Hatte er eben eine Begegnung der dritten Art, oder spielt ihm sein Verstand gerade einen Streich?

„Jetzt komm doch endlich!“ Nunmehr kann es keinen Zweifel geben. Es kann wirklich nur einer, der mit seinem halben Körper im Türholz steht, ein so verschmitztes Lächeln haben. „Was hast du denn?“

Christoph hat Bedenken, was das sein soll, aber der Onkel greift sich plötzlich seine Hand und zieht ihn ebenfalls durch die geschlossene Tür ins Innere des Gründerzeithauses. Dann dreht er das Ganglicht auf und verweist auf die Lifttüre. „Den ham sie erst vor einigen Jahren eingebaut. Wenn es den schon zu meiner Zeit gegeben hätte, hätt ich mir einiges leichter getan.“

Die Schiebetüre öffnet sich, und der Onkel drückt den Knopf für den letzten Stock. „Natürlich bräuchte ich heute den Lift nicht mehr …, ich fahre justament damit.“

Oben angekommen stehen sie auch schon vor Nummer achtundzwanzig, und es handelt sich garantiert um die Türe, an die Christoph wohl hundertmal klopfte, da er sich gut an die lila Butzenscheiben erinnert. Allerdings steht der Familienname des Onkels, Schrann, nicht mehr unter der Klingel. Die Namen Lara & Jaqueline verweisen nun darauf, wer hier die Miete zahlt.

Die Klingel wird jedoch nicht verwendet. Man bedient sich wieder der praktischen Methode der Durchdringung. „Ahhh …, die Jacky ist im Bad …, das ist gut!“ Der Onkel ist nun nicht mehr zu halten und verschwindet dorthin, wo ein eindeutiges Duschgeräusch plätschert.

Christoph lungert etwas verloren im Vorzimmer herum. Eigentlich keine vornehme Art, sich in die Behausung von jungen Damen einzuschleichen. Dennoch geht er auf Zehenspitzen weiter. Aus dem Wohnzimmer dringt halblaute Musik, was indiziert, dass dort noch jemand wach sein müsste. Höflich wäre es nun, anzuklopfen, aber wie sollte er argumentieren, wenn er wirklich hereingebeten würde? Dass er mit seinem Onkel heimlich hier eingedrungen sei? Wie würde jemand auf Herrenbesuch zu so später Stunde reagieren? Normal sicherlich nicht! Das Mindeste wäre wahrscheinlich ein Gekreische, und ehe man sich versieht, wird wohl die Polizei erscheinen, und dann hat der Herr Doktor einen ziemlichen Erklärungsnotstand. So wäre es vernünftig, eiligst zu verschwinden, doch irgendwas Seltsames lässt die Vernunft außer Acht.

Christoph tastet mit den Fingern, ob auch die Wohnzimmertüre unkonventionell überwunden werden könne, und ehe er sichs versieht, befindet er sich bereits im Zimmer.

Auf einem Sofa liegt ein nur mit Slip und Leiberl bekleidetes, in einen dicken Wälzer vertieftes, bildhübsches Mädchen. Aus einem CD-Player dringen musikähnliche Töne.

Christoph setzt schon zu einem „Guten Abend!“ an, unterlässt es lieber und versucht, sich auf leisen Sohlen durch den Raum zu stehlen. Der Gedanke: „Was mach ich überhaupt hier?“, kommt schon in seinem Hinterstübchen vor, andererseits ist das eine geile Schnitte, die wohl eine Sünde wert wäre. Da aber kratzt es in seinem Hals, und obwohl er möglichst unauffällig sein wollte, hustet er mehrmals laut. Jetzt müsste er einfach gehört worden sein, doch die Lesende verzieht keine Miene, als ob sie das Geräusch gar nicht vernommen hätte. Die Augen haften weiter am Buch.

Christoph kann sich das nicht erklären. Man muss es als skurril bezeichnen, dass sich ein älterer Herr in Gegenwart einer halbnackten Person befindet und diese jedenfalls so tut, als sei man gar nicht vorhanden.

Da steht sie plötzlich auf.

Christoph stammelt nun Worte der Entschuldigung, die ebenso ins Leere gehen, denn die Frau geht einfach auf ihn zu und …, und … einfach durch ihn hindurch.

Ladinoski dreht sich um und beobachtet, wie sich das Mädel eine Zigarette aus einer Schachtel nimmt und sie anzündet. Er sieht natürlich ebenso, dass sie keinen BH trägt, weil die formvollendeten Brüste im Leiberl pralle Hügelkuppen bilden. Dann wiederholt sich die vorige Prozedur des Durch-ihn-Gehens, und sie platziert sich wieder erotisch auf dem Diwan. Christoph bleibt die Luft weg.

Dass Ladinoski einfach Luft für jemanden ist, kann man als Erfahrung bezeichnen, die keineswegs einen inneren Gleichmut fördert. So sind auch seine hysterischen Ausbrüche in Form eines Schreianfalles verständlich.

„Was hast du denn, Christoph?“ Der Onkel hat natürlich seine stimmlichen Panikattacken vernommen und steht augenblicklich im Zimmer.

„Is was g'scheh'n?" Dann schüttelt Onkel Theo den Kopf. „Gefällt dir die Lara nicht …? Die ist ja bezaubernd!" Freilich ist sie das, aber sieht denn der Onkel nicht, dass sie völlig geschnitten werden?

„Sei doch froh, dass sie uns nicht sehen! Glaubst du, dass zwei so blutjunge Dinger wie die auf uns alte Dödeln abfahren?" Ladinoski kann durchaus nicht leugnen, dass man in seinem Alter schon bei den Unterdreißigjährigen aufs Abstellgleis gestellt wird, und anwesende Lara wird, wenn's hoch hergeht, knapp zwanzig sein. Nur ist das nicht der springende Punkt. Wieso ist es möglich, dass man so mir nichts, dir nichts durchdrungen werden kann?

„Weil das ein praktischer Vorteil ist, wenn man tot ist."

Es gibt Momente, wo man auf der Leitung steht. „Was soll das heißen …, tot sein?"

„Immer einen Scherz auf den Lippen, Christoph …, aber lass mich jetzt …, ich geh wieder zu meiner Jacky und leg mich ein bisschen neben sie …," der Onkel lacht, „da hab ich wieder das Gefühl, jung zu sein!", und verschwindet.

Die Leitung scheint nun überlang geworden zu sein, doch nach einer Weile beginnt sich etwas zu verbinden. Sicherheitshalber wird jetzt Ladinoski so etwas wie einen Test machen.

Er setzt sich nun neben Lara aufs Sofa und beginnt, sie zu streicheln. Seine Fingerkuppen spüren ihre zarte Haut, doch die Empfindung scheint absolut einseitig rüberzukommen, denn eine dementsprechende Reaktion folgt nicht. (Mit an höchste Wahrscheinlichkeit grenzender Annahme hat er eigentlich eine Watsche oder Ähnliches erwartet.) Übermütig geworden, streckt er seine Zunge heraus und beginnt an ihren Lippen zu schlecken. Auch diesmal hat es höchstens die Wirkung, als fummelte man an einer Gummipuppe herum.

Wenn wenigstens von diesem Weibe ein Ausdruck des Ekels käme, wäre er schon zufrieden gewesen. Doch seine

Untersuchungen am Mädel können nur bedeuten, er existiere einfach nicht für sie.

Auch wenn es für einen der Erotik gewogenen Mann seltsam erscheint, beendet Ladinoski seine lüsternen Körperspiele und lässt von Lara ab. Es macht einfach keinen Spaß, ein Niemand für jemanden zu sein.

Sollte der Onkel Recht haben und er gerade in jenem Zustand sein, den der Theo mit diesem fürchterlichen Wort bedacht hat?

Ladinoski erhebt sich vom Sofa und geht im Zimmer auf und ab, weil er als passionierter Peripatetiker so klarer einen Gedanken fassen kann.

Wenn man also annimmt, der Onkel habe vorhin nicht gelogen, was würde das bedeuten? Oder konkreter, was bedeutet das für ihn persönlich?

Normalerweise fällt es Dr. Ladinoski nicht schwer, philosophische Gedankengänge über Leben und Tod zu konstruieren, aber wenn die Möglichkeit besteht, dass man in die ganze Chose tiefer involviert ist als man möchte, gibt es leider doch Momente, wo ein brillanter Verstand ins Stocken geraten kann.

Also noch einmal: Wenn es wahr wäre, dass man ihn nicht mehr zu den Lebenden zählen sollte, worin äußert sich das im Besonderen?

Christoph raucht gerne beim Denken.

Der Lara die Frage zu stellen, ob er sich eine nehmen darf, hält er für unsinnig. So fingert er sich einfach eine aus dem Packerl und zündet sich diese an.

Wenn man nun voraussetzt, dass das lernende Mädchen da drüben eindeutig lebt, inwieweit kann man eine Differenz zu ihm herstellen?

Ladinoski mag solche Leichtmarken überhaupt nicht, weil sie einfach nur nach heißer Luft schmecken. Wenn schon

Zigarette, dann eine, die die Lungen ordentlich durchputzt, wie eine GAULOISES BRUNES!

Bei näherer Betrachtung unterscheidet sie sich in gar nichts von ihm, wenn man Alter oder Geschlecht einmal ausklammert. Beide Personen rauchen, und von beiden Zigarettenenden steigt weißer Rauch auf. Jedoch den seinigen scheint sie ebenso nicht zu bemerken.

Aber wieso ist es ihm dann möglich, wie ein Normallebendiger eine Zigarette zu rauchen und auch sonst das Gefühl zu haben, ein Mensch zu sein? Ladinoski merkt, dass er langsam in die Gänge kommt und sein Geist wieder reger arbeitet. Müsste man dann nicht annehmen, dass da irgendwas aus dem Gleichgewicht geriet? Wenn er also diese Zigarette rauchen kann und er mitsamt der Zigarette gar nicht gesehen wird, kann etwas an der ganzen Sache nicht stimmen, zumal er die Asche ungeniert auf den Boden fallen läßt, was genauso kein Aufsehen erregt. Als er dann den übriggebliebenen Filter in den Aschenbecher vor ihrer Nase wirft und dieser ebenso nicht auffällt, könnte eine Tatsache entstanden sein, die man mit gewöhnlichen Naturgesetzen wohl nicht erklären kann. Und wenn die Gesetze der Natur außer Kraft gesetzt werden können, kann das nur eines bedeuten …

Ladinoski hat plötzlich einen Geistesblitz. Er kehrt zur Zigarettenschachtel zurück. Soweit er sich erinnern kann, sind noch drei Tschick in der Packung gewesen, als er sich einen davon herausgenommen hat. Nach Adam Riese müssten jetzt nur mehr zwei übrig sein. Er öffnet also das Packerl. Verflixt!

Ladinoski ist sich ziemlich sicher, dass er sich vorhin nicht verrechnet hat. Da er auch die Volksschule grandios absolvierte und garantiert bis drei zählen kann, wird jeder diesbezüglicher Rechenfehler auszuschließen sein. Dass nun schon wieder drei herauskommt, unterstreicht seine Theorie von der Ungesetzmäßigkeit.

Natürlich erscheint es praktisch, dass man sozusagen unendlich rauchen könnte, weil man immerwährenden Nachschub hätte, andererseits müsste das genauso bedeuten, dass man eine Zigarette raucht, die sozusagen keine natürliche Existenz aufweist. Jedenfalls nicht in jener Welt, die man gewohnt war.

Ladinoski kennt durchaus die Theorie, dass man beim Philosophieren Acht geben muss, die Sophismen in Grenzen zu halten, doch gerade in derartigen Momenten dürfte es schwer werden, eine fundierte Ebene beizubehalten.

Um sich zu konzentrieren, raucht er die nächste und beobachtet dabei, dass, wenn er sich eine Zigarette herausnimmt, sie dabei immer noch im Packerl bleibt.

O. K.! Diese Erscheinung ist nun einmal eine Tatsache und muss akzeptiert werden. Wenn man das tut, und Ladinoski sieht sich dazu bereit, wird nun die nächste Sonderlichkeit etwas plausibler, nämlich das Phänomen der Durchdringung. Und zwar sowohl bei den Türen als auch durch ihn selbst.

Denn falls man real nicht mehr existiert, jedenfalls für eine gewisse Bevölkerungsgruppe, könnte man davon ausgehen, im materiellen Sinne nicht mehr anwesend zu sein. Und wo keine Stofflichkeit besteht, wird man Schwierigkeiten haben, sich bemerkbar zu machen. Wenn man also nicht komplett verdodelt eins und eins zusammenzählte, sollte man zum Schluss kommen, dass das, was dem Onkel verbal herausrutschte, nicht ganz aus der Luft gegriffen sein dürfte.

Allerdings kommt das schon etwas unvermutet, weil Ladinoski mit seinen etwas über fünfzig Jahren noch nicht auf die Idee gekommen ist, dem Leben ein Ende anzudenken.

Außerdem, jetzt versucht er noch einmal seinen Verstand zu schärfen, wie sollte das vonstattengegangen sein? Wenn man vom Leben in den Tod hinübergeht, dann müsste es auch so etwas wie einen Todeszeitpunkt geben. Soweit er darüber informiert ist, gibt es den Begriff „klinischer Tod“, also den kompletten Ausfall des Herz-Kreislauf-Systems. Und falls man dann nicht wiederbelebt oder künstlich am Leben gehalten wird, kommt unweigerlich der biologische Tod, und ist der einmal eingetreten, muss man davon ausgehen, dass man endgültig mit dem Leben abgeschlossen hat. Doch an einen konkreten Todeszeitpunkt kann er sich beim besten Willen nicht erinnern, obwohl er der steten Überzeugung war, ein gutes Gedächtnis zu haben.

Die nächste irreale Zigarette wird geraucht. Jetzt sind allerdings konkret nur mehr zwei Sargnägel im Packerl, weil sich Lara ebenso einen fingerte. Also kommt Christoph zum Schluss, dass man nur dann virtuell rauchen kann, wenn irgendjemand auch real eine Rauchware zur Verfügung stellt. Das jedoch bleibt nur ein Nebengedanke, der ihn kurz ablenkt. Gleich kommt er wieder ins Räsonieren, wann genau er denn den Löffel abgegeben haben soll.

Nachdem er verschiedene Zeitpunkte des letzten Tages in seiner Erinnerung auflistete, ergibt sich das Ergebnis, dass es da zwei Möglichkeiten mit Todesfolge gegeben haben könnte. Zum einen ist da der vom Schulkameraden Mistelbacher angedeutete Selbstmordversuch, und zum anderen der von Glaubengrubers Schwester initiierte Sturz in den Lichtschacht. Den angeblichen Suizid schließt er sofort wieder aus, also kann nach seinem Ermessen wohl nur das Runterfallen zum Tod geführt haben, weil er nunmehr einsieht, dass ein Sturz aus so einer Höhe wohl kaum so glimpflich ausgegangen wäre, wie er eigentlich bislang geglaubt hatte. Es klingt ja unlogisch, dass er nicht einmal den geringsten Kratzer ausfasste. Irgendwie scheint es komisch, dass er den eigentlichen Todeszeitpunkt verschlafen haben muss.

Weshalb muss man die Erfahrung, dass man ins Jenseits hinüberreist, alleine machen? Nach tradierter Mythologie existieren doch transzendente Vermittler zwischen Dies- und Jenseits, welche im allgemeinen Sprachgebrauch als Engel bezeichnet werden. Natürlich entspricht die Vorstellung von Flügeln einer naiven Einbildung, aber irgendwie wäre es eigentlich praktisch, von einer berufenen Gestalt empfangen zu werden, die einen in die andere Welt einführte. So würden diese Missverständnisse, denen er gerade aufsaß, gar nicht aufkommen können, und er wäre schon eher draufgekommen, dass er tot ist. So allerdings hat er sich die ganze Zeit richtiggehend zum Trottel gemacht, und ein Dr. Christoph Ladinoski blamiert sich nur ungern.

Ein gellender Schrei durchdringt die Wohnung! Da Lara gerade schweigend gelesen hat, muss wohl die andere junge Dame, welcher gerade der Onkel seine Aufwartung macht, dafür verantwortlich sein. Offensichtlich vernimmt Lara diesen Ausdruck höchster Erregung durchaus, weil sie aufspringt und über den Gang ins Kabinett ihrer Mitbewohnerin stürzt. Ladinoski folgt ihr unauffällig.

„Was ist denn mit dir …, hast du wieder schlecht geträumt?" Jacky umklammert im hintersten Eck ihres Bettes zitternd einen Kopfpolster. Lara setzt sich neben sie und legt ihre Arme schützend um die Mitbewohnerin. „Keine Angst …, es ist niemand da …, schau mal …, es ist absolut niemand hier im Zimmer."

„Ich habe ihn schon wieder gesehen!"

„Wen denn?", erkundigt sich die Lara besorgt.

„Diesen schrecklichen, alten Mann!"

Lara versucht, ihre Freundin zu beruhigen: „Es kann einfach niemand hier sein …, es kann eindeutig niemand hier in unsere Wohnung hinein …"

„Er ist aber neben mir gelegen!“ Jaqueline ist felsenfest davon überzeugt, doch Lara scheint mit diesem Problem der Kollegin bereits öfters konfrontiert worden zu sein.

„Du hast einfach einen zu bildlichen Traum gehabt. Es ist nicht möglich, dass jemand auftaucht …“ Lara wirkt etwas genervt, weil es scheinbar immer wieder vorkommt, dass Jacky diese konkrete Einbildung erzählt, weil die Freundin nun mit einer Beruhigung bedacht wird, wie es dazu kommen könnte, dass man immer wieder die gleiche Person zu sehen glaubt.

„Der alte Mann ist ein Symbol für deinen Vater …“ Dann folgt eine ziemlich feministische Schlussfolgerung über männliche Dominanz und Unterdrückung im Kindesalter und dass aus inneren Ängsten heraus die Vorstellungskraft so stark wird, dass man vermeint, eine reale Gestalt mit lüsternen Ambitionen zu sehen.

Ladinoski schaut zum Onkel rüber. Der steht grinsend neben dem Bett und hat das Gesicht eines Unschuldslamms aufgesetzt. „Blöd gelaufen …, das passiert mir leider manchmal.“ Christoph, der natürlich noch nicht in alle Geheimnisse des Todes eingeweiht sein kann, wartet auf eine weitere Erklärung.

„Ich weiß, ich sollte es nicht …, das Mädel ist so süß …, da hat's mich gepackt.“ Christoph vermutet zwingend, mit beschränktem Wissen geschlagen zu sein.

„Man sollte sich nur dann manifestieren, wenn man sich relativ sicher ist, dass die Lebendigen keine allzu große Angst vor uns haben.“

„Was heißt das?“ Christoph flüstert, weil es ihm unangenehm erscheint, hier so unverschämt als stiller Beobachter anwesend zu sein.

„Sie können dich nicht hören, solange du einen ganz normalen ätherischen Leib hast …, das geht nur, wenn du …“ Der

Onkel verwendet jetzt Begriffe, die aus einem Lexikon der Geheimwissenschaften stammen dürften, und er kann sich das nur damit erklären, dass der Onkel schon eine geraume Zeit tot und deswegen sozusagen informierter über die Entfaltungsmöglichkeit im Todeszustand ist. Allerdings könnte jetzt vielleicht der Zeitpunkt gekommen sein, sich die nötige Bildung anzueignen.

„Onkel Theo, könnten wir vielleicht woanders hingehen?“ Dieser Vorschlag findet nicht breiteste Zustimmung. Man sieht dem Onkel an, dass er eigentlich hierbleiben möchte, und auch wenn er Argumente anführt, dass dies ja hier seine eigene Wohnung sei, lässt sich der Neffe nicht umstimmen.

„Ich muss mit dir reden, aber bitte nicht hier!“

Theophil Schrann ist im Wiegel-Wagel. Einerseits hat er keine gesteigerte Lust, sich der Weiblichkeit zu entziehen, andererseits wäre Blut, wenn man noch eines hätte, dicker als Wasser, und der Christoph war immer ein ganz braver Bub. Also könnte man doch diesen Wunsch erfüllen. „Gut …, baba, Jacky!“ Er schickt dem Mädchen noch ein Luftbussi, bevor sie sich auf den Weg machen.

Nur wohin?

Jedenfalls fahren sie wie ganz gewöhnliche Sterbliche mit dem Lift hinunter und verwenden nur beim Verlassen des Hauses die Methode der Entmaterialisierung, an die sich Christoph durchaus gewöhnen könnte. Auf der Gasse merken beide, dass der Tag nicht mehr fern ist, denn oben an den Dachfirsten dämmert es bereits. Die ersten Frühaufsteher haben schon ihre Bettstätten verlassen und eilen finsteren Blickes an ihre Arbeitsplätze. Heute muss Dr. Ladinoski nicht ins Büro.

Der Onkel zeigt mit dem Finger in eine Richtung. „Dann lass uns wenigstens etwas frühstücken!“

Christoph kann sich soweit orientieren, dass er vermutet, wo der Onkel seine Buttersemmel und eventuell auch ein weiches Ei einnehmen möchte. Der Rollbalken des Gasthauses Silberner Karpfen wird gerade gehoben, und Christoph erinnert sich beim Eintreten daran, dass in seiner Kindheit in diesem gutbürgerlichen Etablissement nahezu jede Familienfeier stattfand. Den Onkel selbst hat er als begnadeten Blitzdichter in Erinnerung, der auf beinah jedes Wort einen passenden Reim dichten konnte. Nur als ihm einmal jemand den Begriff „Farkas“ zugerufen hatte, geriet er etwas ins Strudeln, zog sich sodann mit der slowakischen Stadt Kaschau aus der Affäre, die er einfach in einem Nonsensgedicht in „Kasch“ und „Au“ abteilte. Auch gab es damals allerlei andere Onkel, Tanten und merkwürdige Nebenverwandte, die durchaus bühnenwirksame Auftritte geliefert haben. Die Tante Amalia etwa besaß die Gabe, im Gesang mit ihrer Frauenstimme bis in die Tiefen des Männerbasses hinabzutauchen und dabei durchaus richtige Töne zu treffen, und zwei besonders dicke Onkel veranstalteten regelmäßig ein geradezu olympisches Wettessen.

Wohin sind all diese Menschen gekommen?

Zwar wird die Frage nicht sofort beantwortet, allerdings fällt ihm ein, dass in den Silbernen Karpfen vor einigen Jahren eine Bankfiliale einzog. Ebenso kann er sich auch an jenen Herrn erinnern, an dessen Tisch sie nun Platz nehmen. Es handelt sich um Dr. Seydenmann, einem Schulkollegen seines Vaters, an dessen Begräbnis er mit Sicherheit teilnahm. Er muss so fünf oder sechs Jahre alt gewesen sein, als er seinen Vater zum ersten und einzigen Mal weinen sah, wie sie gemeinsam am offenen Grab gestanden sind. Sein Erzeuger hatte damals gemurmelt, dass es ungerecht sei, wenn gerade die Besten in so jungen Jahren sterben müssen, und Christoph fragte sich damals ernsthaft, was denn an diesem alten

Seydenmann jung gewesen sein sollte, denn er war doch damals, ebenso wie sein Herr Vattern, ein alter Mann.

„Der junge Herr Ladinoski also …“ Dr. Seydenmann kann den Christoph natürlich nicht wiedererkennen, weil man sich mit den Jahren eindeutig verändert, scheint aber sehr über diese Begegnung erfreut zu sein.

„Sie müssen mir erzählen, wie es Ihnen so im Leben ergangen ist …, Ihr Vater ist sich schon seit Ihrer Geburt sicher gewesen, dass aus Ihnen etwas Bedeutendes werden wird.“

Christophs Vater hatte zeit seines Lebens eine Fotografie seines besten Freundes am Schreibtisch stehen. Der Vater erzählte auch immer gerne, dass er diesen Mann am liebsten als Taufpaten seines Sohnes gesehen hätte, aber der Liebe Gott sich eben den Scherz erlaubte, verschiedene Religionen zuzulassen, und in der Religion der Ladinoskis wäre der Seydenmann leider nicht befugt gewesen, ein solches Amt auszuüben.

Christoph berichtet höflich einige Sequenzen aus seiner beruflichen Karriere, nimmt sich zugleich vor, die Gelegenheit zu nützen, seinerseits nach seinem Vater zu fragen. Es könnte freilich sein, dass beide Herren im Jenseits wieder einen intensiven Kontakt zueinander pflegen. Gerade wie er die Worte in seine Richtung lenken möchte, werden sie von einem distinguierten Ober gestört.

„Was darf's sein, die Herren?“ Christoph verspürt eigentlich gar keinen Hunger, aber aus irgendeiner Gewohnheit bestellt er ein Croissant und eine Melange. Der Onkel hingegen demonstriert sich völlig ausgehungert, denn er vergrößert das große Frühstück um ein weiteres weiches Ei, eine Portion Schinken und einen Pfiff Bier.

„Den hab ich mir jetzt verdient!“, kommentiert er diese Bestellung noch zusätzlich. Interessanterweise steigt der Geruch des frischen Kipferls in Christophs Nase, und auch der Melange kann er durchaus das Prädikat „ausgezeichnet“ geben. Weshalb das so zutrifft, wird er ein anderes Mal einen länger dienenden Verstorbenen fragen, nun liegt ihm eher das Schicksal seines Alten auf der Zunge: „Lieber Herr Dr. Seydenmann, Sie können sich vorstellen, dass mich interessiert …"

Wiederum gelingt es nicht, Informationen zu erhalten.

Gerade wie Dr. Seydenmann, sein Kaffeehäferl absetzend, die Lippen spitzt, um womöglich etwas Licht ins Dunkel zu bringen, stürmt ein etwa Vierzigjähriger in den Speisesaal hinein. Dass das Gesicht einer wutentbrannten Fratze gleicht, wäre für sich allein noch nicht beunruhigend, sondern eher die Tatsache, dass jener einen Revolver oder eine Pistole, so genau kann das Christoph nicht unterscheiden, in der Hand hält. Jedenfalls dürfte er, wenn man dessen erregten Worten Glauben schenken will, eine üble Absicht haben. Die Formulierungen „Du Schwein" und „Du Schuft" kann man so deuten, dass er jemanden ob eines Vergehens rügen möchte. Und es wird auch sofort klar, wer als Ziel dieses aggressiven Auftretens ausgewählt wurde. Der Erregte positioniert sich genau gegenüber von Dr. Seydenmann und richtet seinen Schießprügel auf ihn. Sodann folgen noch einige konkrete Insultierungen, bevor geschossen wird. Christoph kann mindestens drei Einschusslöcher in der hohen Stirn Seydenmanns ausmachen, aber aus diesen dringt weder Blut, noch sackt der Doktor in sich zusammen oder stürzt vom Sessel zu Boden. Stattdessen gibt Seydenmann einen Kommentar ab: „Nicht schon wieder, Berger …, Sie sehen doch, dass ich in Gesellschaft bin!"

Berger legt seine Waffe an, als ob er noch einmal schießen möchte, scheint es sich dann anders zu überlegen, steckt das Mordinstrument in seine Jacke, dreht sich um und geht grußlos ab.

Die Frage nach Christophs Vater muss weiter warten, denn Dr. Seydenmann fühlt sich bemüßigt, seinen Tischgesellen zu erzählen, was es mit der ganzen Sache auf sich hat.

„Ein armer Narr …, er kann's nicht lassen, er macht's immer und immer wieder, weil es ihm noch nicht genügt, dass es beim ersten Mal schon geklappt hat …“ Seydenmann konkretisiert seinen Bericht dann auch derart, dass man begreift, wie es dazu kam, Opfer eines Mordanschlages zu sein. Diese Tat deckt sich durchaus mit den Erzählungen seines Vaters, der Ähnliches berichtete, doch dass eine ganz gewöhnliche Eifersuchtsgeschichte dahinterstand, erfährt Christoph heute zum ersten Mal. Seinerzeit ist kolportiert worden, dass rassistische Gründe an diesem Attentat schuld gewesen sein sollten. Seydenmann aber berichtet frei von der Leber weg, dass er ein Gspusi mit der Gattin dieses Bergers hatte und der cholerische Narr deswegen seinen Gefühlen eine strafrechtliche Relevanz gab.

„Er müsste doch wissen, dass er sich so nur lächerlich macht …,“ wendet der Onkel jetzt ein, „… wenn er hier immer noch mit der Puffn rumfummelt!“

„Ich glaube, das ist ein viel zu großer Trottel, der schon zu Lebzeiten eher einen beschränkten Geist zeigte und im Tod auch nicht gescheiter geworden ist.“

„Wie oft hat er bereits auf Sie geschossen?“, fragt jetzt Christoph naiv.

„Ich zähl das gar nicht mehr …, so zirka jede Woche ein- bis zweimal …, und Sie wissen ja selbst, wann ich gestorben bin, so können Sie es sich selbst ausrechnen … Übrigens, ich möchte mich noch herzlich bei Ihnen bedanken, dass Sie persönlich an meinem Grab getrauert haben …, es ist immer schön, beweint zu werden …, danke!“

Christoph nimmt den Dank gerne an und hofft, dass jetzt die Chance kommen wird, dem Gespräch seine Wendung zu geben. Doch Seydenmann möchte noch einiges sagen: „Also bald nach meinem Tod hat es dann angefangen …, aber ich muss zugeben …, ich verstehe ein bisschen seinen Ärger!“

Seydenmann überkommt ein hämisches Grinsen. „Mein Tod hat ihm rein gar nichts gebracht …, seine Gattin hat er deswegen nicht zurückbekommen. Im Gegenteil, ihn haben sie eingesperrt, und seine Frau ist bald darauf an Blutkrebs gestorben. Das scheint ihn dann so getroffen zu haben, dass er auch das Zeitliche gesegnet hat …, das hat ihm noch weniger genützt …," Seydenmann legt jetzt eine längere Pause ein, wohl um seine Geschichte zu dramatisieren, „… endgültig hat ihn dann der Schlag getroffen, als er merken musste, dass ich sogar hier im Jenseits mit der Emmy …, also der Frau Berger zusammen war …, hahaha …" Der Lacher klingt durchaus höhnisch.

„Jetzt, meine Herren, müssen Sie mich entschuldigen …," Seydenmann zieht seine Taschenuhr aus dem Gilet, „… ich muss leider!" Er erhebt sich von seinem Sessel, verbeugt sich vor seinen Tischgesellen, legt noch einen Fünfzigschillingschein auf den Tisch, „Das müsste reichen", und eilt von dannen.

Auch der Onkel, dem es erstaunlicherweise gelang, das gewaltige Frühstück zu verputzen, winkt den Ober herbei und bittet um die Rechnung.

Natürlich sollte man auf alles und jedes gefasst sein, wozu besonders das Unerwartete gehört, aber dass man im Jenseits noch derart dem Kapitalismus huldigt, dass man dem schnöden Mammon Referenz erweisen sollte, schlägt einem die Krone aus. Befindet man sich denn nicht in einem Land, wo Milch und Honig fließen? Nur sollten diese Produkte eigentlich für die Verstorbenen gratis zur Verfügung gestellt werden!

Ladinoski, der nicht erwartet hatte, dass man im Jenseits ebenso seine Zeche bezahlen muss, ist leicht nervös. Ohne viel Hoffnung kramt er in den Taschen seines Altkleidersakkos herum, doch das Wunder eines Bargeldfundes bleibt aus.

So muss er dem Onkel andeuten, völlig blank zu sein. Der allerdings bedauert, dass er immer nur so viel eingesteckt habe, um seine eigene Konsumation begleichen zu können, und macht sich, nachdem er den Kellner mit einem Berg Münzen bedacht hat, ebenso auf die Strümpfe.

„Haben Sie noch einen Wunsch, der Herr?“

Man kann sich vorstellen, wie peinlich es für einen höheren Beamten mit vorzüglichem Gehalt sein muss, mit Zechprellerei konfrontiert zu werden, aber Dr. Ladinoski muss gestehen, dass er sich vorläufig in einer pekuniären Misslage befindet.

„Da haben wir leider ein Problem!“ Eine finstere Miene lässt ahnen, dass der Maître die problematische Situation nicht auf die leichte Schulter nimmt.

Leider fehlt Christoph die zündende Idee, wie man dieses Schlamassel unter Männern bereinigen könnte.

Was soll's?! Es kann doch nicht sein, dass man selbst nach dem Tod marktwirtschaftlichen Zwängen unterworfen wird. Es heißt ja immer so schön, dass das letzte Hemd keine Taschen habe und man nichts mitnehmen könne. Und wenn er sich eben in so einer Welt befindet, kann niemand von ihm erwarten, auch nur einen Groschen bei sich zu führen. Was wollen sie denn mit ihm machen?

Christoph entscheidet, sich in keine weitere Diskussion einzulassen und macht Anstalten, den Tisch zu verlassen.

Das weiß der Herr Ober wohl zu verhindern. Wenn man noch Schmerzen verspürte, würde der Griff wahrscheinlich wehtun, dennoch gelingt es nicht, sich von dieser Handgreiflichkeit zu lösen. Nach einigen hilflosen Befreiungsversuchen gibt der Zechpreller auf und lässt sich wieder in seinen Stuhl zurückdrücken.

Der Kellner löst seine Hand vom Genick Ladinoskis. „Bitte, bleiben Sie sitzen und verhalten Sie sich ruhig!“ Was bleibt Christoph anderes übrig?!

Für eine Ewigkeit muss er nicht auf seinem Stuhl verweilen. Falls Zeit noch eine Rolle spielen würde, würde man sagen, es vergehen einige Minuten, bis sich Weiteres ereignet. Zwei uniformierte Personen betreten zackig den Silbernen Karpfen. Zwar kann man mit einiger Phantasie erkennen, dass beide Herrschaften wohl polizeilich adjustiert sind, allerdings mit ziemlich unterschiedlichen Uniformen. Der kleine Dicke sieht einem typischen Spinatwachter der Siebzigerjahre gleich, und der etwas größere Blade könnte sein Amt schon in der Kaiserzeit ausgeübt haben. Dennoch tragen beide das typische Verhalten von Ordnungsorganen zur Schau.

„Der Herr will kein Geld haben? Erst fressen und saufen und dann nicht zahlen ..., das haben wir schon gern", beginnt der erste. Der zweite amtshandelt jedoch höflicher: „Zeigen Sie uns bitte Ihre Papiere!"

Dr. Ladinoski, der natürlich keinen Ausweis bei sich haben kann, legitimiert sich ausschließlich mit seinem Namen. Das jedoch wird so nicht hingenommen.

„Er hat keine Papiere." Ob das jetzt eine Frage war oder eine Feststellung, kann Christoph nicht beurteilen, allerdings hat seine Legitimationslosigkeit zur Folge, dass er aufgefordert wird, freiwillig mitzukommen.

Christoph sieht keine andere Möglichkeit, als dieser Aufforderung nachzukommen, denn die beiden Herrschaften machen nicht den Anschein, zu Scherzen aufgelegt zu sein. Das zeigt sich auch darin, dass ihm nun Handschellen angelegt werden, als ob er ein Verbrecher wäre. Jedenfalls bedenken ihn die Blicke der anderen Gäste mit diesem Stigma.

„Vorwärts, Bürscherl!"

Nun platzt Ladinoski der Kragen. Wer ist er denn, dass man ihn so behandelt? Es kann doch nicht angehen, dass man von zwei dahergelaufenen Gestalten, die sich anmaßen, Polizeigewalt auszuüben, dermaßen despektierlich behandelt wird. Ladinoski kehrt neben seinem Doktorat auch den hohen Staatsbeamten raus, was einerseits zur Folge hat, dass nicht nur die Polizisten, sondern alle Personen im Raum inklusive Personal zu lachen beginnen und andererseits eine Gummiwurst auf seinem Schädel gezielt eingesetzt wird. Allerdings hat diese Behandlung wohl eher symbolischen Wert, weil sie mit keinem Schmerz verbunden ist.

Bis auf die Gasse verfolgen ihn die Heiterkeitsausbrüche der Gasthausbesucher.

In der Schönbrunner Wagenburg glaubt er kein ähnliches Fahrzeug gesehen zu haben. Die adipösen Polizeibeamten bugsieren Ladinoski in eine vierrädrige Kutsche, die durch die vergitterten Fenster wohl einen Gefangenentransport symbolisieren soll. Weil sich das von einem Gaul gezogene Gefährt ruckartig in Bewegung setzt, verliert Christoph sein Gleichgewicht und stößt im Halbdunkel gegen eine Person.

„Kann Er nicht aufpassen?" Christoph entschuldigt sich natürlich für dieses Missgeschick, verweist aber auch darauf, dass er durch die Handschellen zur Ungeschicklichkeit gezwungen worden ist.

„Dann setze Er sich da nieder!" Christoph sieht schemenhaft, dass sich an den beiden Längsseiten des Innenraums zwei schmale Bänke befinden und lässt sich auf der unbesetzten nieder. Langsam adaptieren sich die Augen an das spärliche Licht, und er kann sein Gegenüber genauer betrachten. Offensichtlich scheint der andere Herr auf einem Kostümball verhaftet worden zu sein, denn seinen Kopf ziert eine Perücke in Mozart-Fasson. Auch sonst hat er sich trefflich historisierend gekleidet, was durch ein weißes Rüschenhemd und seidig glänzende Kniebundhosen zum Ausdruck kommt.

Es gibt keinen Ort, wo es die Höflichkeit verbietet, sich vorzustellen. „Ladinoski ..., Dr. Christoph Ladinoski!" Auch dem Anderen ist durchaus eine Kultur nicht abzusprechen.

„Hieronymus Graf Zinzenofen-Zinzenofen." Zudem bedauert jener ebenso, dass er nicht die Hände reichen kann, weil man es gewagt habe, ihm Handeisen anzulegen. Anschließend folgt eine Tirade in altertümlichem Deutsch auf die geradezu fürchterlichen Zustände dieser revolutionären Zeit, in der sie sich heute befinden und dass jegliche Formen von Moral und Anständigkeit längst den Bach hinuntergeronnen sind. Wie konnte es geschehen, wimmert der verkleidete Graf, dass nunmehr der Abschaum des Bürgerlichen das Sagen habe, und es folgt noch ein Hohelied auf die Göttlichkeit der monarchischen Ordnung.

Als alter Republikaner steigt Ladinoski nicht auf eine derartige Thematik ein, sondern versucht dem Gespräch die Wendung zu geben, weswegen jener in die Fänge der Obrigkeit geriet.

Wenn Christoph nun der ungewohnten Satzbildung folgen kann, sei es reine Willkür gewesen, weshalb man ihn der Freiheit beraubte. Denn es könne doch nicht angehen, dass der Pöbel es wagte, einem Zinzenofen etwas abzuverlangen. Noch nie seit den ersten Tagen des Heiligen Römischen Reiches sei es vorgekommen, dass die Ordnung derart mit Füßen getreten worden ist. Wie konnte es dieser freche Bursche wagen, auch nur einen Gulden für den Dreck zu verlangen, den man ihm vorgesetzt hat.

„Aha ...", rutscht es Christoph etwas zu laut raus, „Sie konnten nicht bezahlen."

Entgeistert blickt Zinzenofen-Zinzenofen den in Lumpen gehüllten Kerl, mit dem er die fahrbare Zelle hier teilen muss, an. Was wagt dieser Mensch da überhaupt für eine Feststellung? Kein Zinzenofen wird jemals den schnöden Mammon mit bloßen Händen anfassen, und so soll es in alle Ewigkeit auch bleiben.

Ewig dauert die holprige Fahrt nicht, denn bald nachdem das Gefährt zum Stillstand gekommen ist, wird schon die Türe aufgerissen und in rüdem Tone aufgefordert, hurtig herauszukommen. Christoph fügt sich dem Befehl, doch der Zinzenofen muss mit roher Gewalt aus dem Wagen gezogen werden. Es nützt ihm nichts, dass er das Lumpenpack mit einschlägigen Worten bedenkt. Im Gegenteil, das hat zur Folge, dass der Herr Graf mit Schlagstöcken richtiggehend weichgeklopft wird. Allerdings scheint jener ebenso von jeglicher Schmerzempfindung befreit zu sein, da er die Prozedur nur mit einem süffisanten Lächeln bedenkt.

Christoph kommt das Gebäude, vor dem sich das Ganze abspielt, durchaus bekannt vor, und er ist sich gleich sicher, dass sie vor der Justizanstalt Josefstadt stehen. Allerdings hätte er zu Lebzeiten nie daran gedacht, sich an einer Führung ins Innere dieses Hauses zu beteiligen. Doch was er dort drinnen beobachtet, entspricht nie und nimmer den Bedingungen eines modernen Strafvollzugs. Männer mit nackten Oberkörpern und schwarzen Kapuzen mit Augenlöchern, martialisch riesige Beile in Händen haltend, erwarten die beiden Missetäter. Einer von denen scheint sogar dafür abkommandiert worden zu sein, sich persönlich um ihn zu kümmern, denn er weist Christoph an, mit ihm mitzukommen. Ladinoski zeigt keine gesteigerte Lust, Widerspruch zu leisten.

Nachdem sie einen durchaus modernen Gang durchmessen haben, weist der Büttel mit dem Beil nach links.

„Da nüber!“ Hier ist das Mauerwerk schon schäbiger und an nicht wenigen Stellen blättert der Verputz herunter, sodass der blanke Stein zu Tage kommt. Es verwundert, dass man im neunzehnten Jahrhundert nicht mit Ziegeln baute, Christoph sieht aber dennoch keine Veranlassung, mit seiner Begleitperson über diese architektonische Anomalie zu plaudern, zumal nun auch die moderne Elektrik einer altertümlichen Beleuchtung weichen musste. Einfache Fackeln stecken in eisernen Vorrichtungen und spenden ein eher unheimliches Licht.

„Da runter!" Den engen Torbogen hätte man leicht übersehen können, aber der Wärter dürfte sich hier auskennen. Eine äußerst schmale und katastrophal schlecht beleuchtete Wendeltreppe führt nach unten. Dass Ladinoski vorangehen muss, ist in Unkenntnis der örtlichen Gegebenheit eher ungünstig. Doch er hält den Mund und schweigt.

Glücklicherweise gelingt es ihm, wohlbehalten unten anzukommen, freilich, der erste Blick rundum verweist auf weniger Positives. Soweit das flackernde Licht es zulässt, erkennt man eine Art Höhle, von der mehrere vergitterte Seitengänge wegführen. Nachdem für ihn entschieden worden ist, den zweiten Gang links zu gehen, kommen sie nach ein paar Metern zu einer Tür aus Eisenstäben, welche mit einem altertümlichen Schlüssel aufgesperrt wird. Ein Fingerzeig genügt, und Christoph bewegt sich ohne Widerspruch in einen schmalen Raum, welchen man wohl in Anbetracht der Situation als Zelle bezeichnen sollte. Hinter ihm wird sofort zugesperrt.

„Grüß Gott!" Natürlich hat Ladinoski den Grafen von Monte Christo im Kino gesehen, aber dass jemandem ein Bart bis zum Boden hängt, erstaunt dennoch. Obwohl ihn freundliche Augen durch das Gesichtsgestrüpp ansehen, strahlt der Herr wenig Beruhigendes aus, vielleicht auch, weil er an allen vier Gliedmaßen mit Eisenketten an die Wand geschmiedet wurde. Da muss man ehrlicherweise zugeben, dass die eigene Beeinträchtigung durch die Handschellen eher weniger ins Gewicht fällt.

Wahrscheinlich kämpfte der Gefangene schon länger mit einer Langeweile, denn offensichtlich freut er sich, einen Gesprächspartner zu bekommen. Überschwänglich heißt er den Neuankömmling willkommen und verspricht, dass sie die nächsten Jahre gut miteinander auskommen werden.

„Jahre?“, wiederholt Ladinoski dieses schauerliche Wort.

„Sie haben völlig Recht, lieber Freund …, man muss immer, besonders in den Termini, korrekt bleiben …, die Zeit existiert für uns nicht mehr in der üblichen Einteilung …, Sie müssen mich verstehen, ich bin schon eine halbe Ewigkeit hier …, habe unglücklicherweise noch immer die schlechte Angewohnheit der Lebenden, die Zeit in Minuten, Stunden, Tage, Monate und auch eben Jahre einzuteilen. So verzeihen Sie mir bitte, wenn ich immer wieder in eine falsche Bezeichnung zurückfalle.“

Ladinoski verzeiht, möchte freilich doch wissen, wie viele „Jahre“ jener bereits hier in Zelle dunsten musste.

„Lassen Sie mich überlegen …“ Wenn man dem Gefangenen Glauben schenken will, erfährt man, dass er zusammen mit einem gewissen Franz Kafka das deutschsprachige Humanistische Staatsgymnasium in der Prager Altstadt besucht hatte, wobei er dazu noch anmerkt, man habe es diesem Klassenkameraden angesehen, dass ihm ein Hang nahestand, sich an düsteren Abgründen zu ergötzen, weil er in all den acht Jahren, die sie gemeinsam die Schulbank drückten, niemals gelacht haben soll. Auch hätten stets Schwärme von gemeinen Stubenfliegen den finsteren Kameraden umgeben, sodass niemand eine gesteigerte Lust hatte, näher mit dem Franzl befreundet zu sein.

Normalerweise wäre der Ladinoski der Erste, den so eine Geschichte amüsiert, allerdings, wenn der Mithäftling ebenso 1883 geboren wurde und man ihm überdies ein durchschnittlich langes Leben attestierte, muss er natürlich schon eine geraume Zeit tot sein. Und wenn er jene Zeit, seit er nicht mehr unter den Lebenden verweilt, hier unten verbracht hat, müssten das schon ein paar stattliche Jährchen sein. So lässt sich vermutlich auch der gewaltige Bart erklären. Und sagt man nicht, dass Körperhaare nach dem Tod noch weiterwachsen können?

So interessiert sich Christoph nicht weiter für Kafka, sondern erkundigt sich bei seinem Leidensgenossen, weswegen er eine so schreckliche Bestrafung ausgefasst hat.

„Nur wenn man einmal kein Geld bei sich gehabt hat …" Die Geschichte zeigt eine schauerliche Parallele zu seinem Erlebnis im Silbernen Karpfen, auch hier geht es um die Banalität unbeabsichtigter Zechprellerei, weil der Erzähler offensichtlich ebenso nicht wusste, dass man im Jenseits seinen gerechten Obolus zu entrichten hat.

„Und Sie sind dann sofort hier eingesperrt worden?" Ladinoski erkundigt sich mit ziemlichem Unbehagen, welches sich dazu noch steigert, als er die Antwort hört.

„Ja, gleich!"

„Sie sind seitdem nie mehr draußen gewesen?"

„Nie mehr!"

Obwohl Ladinoski lieber die Ohren schließen möchte, erfährt er doch, dass man jenen sofort und ohne die Umstände näher zu klären an die Wand geschmiedet habe.

„Lieber Freund, schau'n S' ned so verdattert …, man gewöhnt sich daran."

Um ein betrübtes Gesicht zu vertreiben, versucht es der in Ketten Liegende jetzt so: „Kennen Sie den? Treffen sich ein Rabbi und ein katholischer Priester beim Mittagessen. Der Priester beißt herzhaft in ein Schinkenbrot. Dann fragt er den Rabbi …" Ja, diesen Kalauer kennt Ladinoski, und es gelingt keineswegs, in eine gute Laune zu verfallen. Im Gegenteil, irgendwie steigt eine Hoffnungslosigkeit auf.

Der andere Gefangene hat noch weitere Witze auf Lager. Selbst, wenn diese gut erzählt und die Pointen richtig gesetzt werden, verfehlen sie völlig die beabsichtigte Wirkung.

Ladinoski wendet sich dem Gitter zu. „Lasst mich hier raus!"

„Beruhigen Sie sich lieber Freund …, am Anfang habe ich mir genauso die Lunge aus dem Leib gebrüllt, und Sie sehen, wie weit ich gekommen bin!"

XVII. Dass Gneringer unter einer Steppdecke mit geblümtem Überzug steckt, wirft mehrere Fragen auf. Erstens, seit wann verwendet er ein Bettzeug, zweitens, wer hat solche schrecklichen rosa Pflanzenornamente ausgewählt, und drittens, was ist denn das für eine Hand, die sich da seine Brusthaare krallt?

Der letzte Punkt könnte der wesentlichste sein. So ist es nicht unverständlich, dass sein Blick vorsichtig über den Polsterrand wandert, welcher Person die Würstelfinger zuzuordnen seien. Ein brünetter Haarschopf eines Hinterkopfes paart sich mit gewissen Erinnerungen, und einer eindeutigen Deduktion zur Folge glaubt er, eine Lösung gefunden zu haben. Allerdings würde das bedeuten, dass er sich an einem Orte befindet, der eigentlich, wenn er der bekannt gute Freund Albrechts wäre, absolut tabu sein müsste.

Ein wenig dröhnt noch sein Schädel, und es fällt schwer, die Zeit vor dem Schlaf zu konkretisieren, und er muss sich hautsächlich auf Mutmaßungen stützen. Nach menschlichem Ermessen war er viel zu betrunken, um überhaupt noch einen hochzukriegen. Allerdings, wieso liegt er dann splitternackt in diesem Doppelbett, und weshalb ist seine eigene Hand zwischen zwei mächtigen Brüsten vergraben?

Gneringer versucht vorsichtig, seine Finger aus dem Busenzwischenraum herauszuziehen, worauf eine Stimme flüstert: „Schlaf weiter, Otto."

Gneringer erschrickt. Und seine Gedanken kreisen natürlich wieder um Albrecht, und ein weiteres Bild aus dem Gestern sagt ihm, dass der wohl nicht ins Schlafzimmer kommen wird. Dennoch kann man die gesamte Situation als merkwürdig bezeichnen.

Seine Kleidungsstücke samt Unterhose liegen auf einem Sessel etwa zwei Meter vom Bett auf seiner Seite entfernt. Das einzig Vernünftige wäre, sich so schnell wie möglich mit Gewand zu bedecken und das Weite zu suchen. Aber als er diesbezüglich Anstalten macht, kommt auch Hildes Körper in die Gänge. Ihr rechter Arm zieht ihn richtiggehend hinüber, und ehe er sich versieht, kommt er unter sehr viel Fleisch zu liegen.

Obwohl Gneringer nie einer war, der sich an die Freundinnen seiner Freunde ranmachte, ist er eindeutig ein Mann. Und auch wenn die Hilde absolut nicht seinen ästhetischen Prinzipien entspricht, hat ein Mann durchaus Regungen, die nicht steuerbar sind.

Was jetzt geschieht, kann man nur als schrecklichen Affront Winter gegenüber ansehen, und im Geiste denkt sich Otto schon eine gewaltige Ausrede ein, sollte er einmal in die peinliche Situation kommen, Rechenschaft ablegen zu müssen.

Allerdings kann er dem langen Zungenkuss zum Abschluss einiges abgewinnen, wenn auch spürbar ein saftiges Problem in der Luft steht.

„Jetzt mache ich uns einen Kaffee, Otto!" Dieser Akt dürfte wohl vorbei sein. Sein schütteres Haar wird noch sanft gestreichelt, bevor Hilde sich wegdreht, aufsteht und einen Morgenmantel überstreift.

„Du kannst den Schlafrock vom Albrecht nehmen."

Aus gewissen Gründen wird dieses Angebot umgehend abgelehnt, und er lässt sich auch nicht überreden, auf eine frische Unterhose Albrechts zurückzugreifen. So steigt er in seine eigene Kleidung und erscheint so in der Küche, wo Hilde gerade die Reste der letzten Nacht wegräumt.

„Milch, Zucker oder beides?“ Gneringer trinkt so selten Kaffee, dass es ihm egal ist, und er bedankt sich nur höflich, als ihm ein Häferl vor die Nase gestellt wird. Hoffentlich nicht Albrechts Häferl!

„Ich hab leider keine frischen Semmeln, die holt normalerweise der Albrecht vom Bäcker, bevor er ins Büro geht.“ Gneringer gehört nicht zu den Frühstücksmenschen, da er gewöhnlich zu Zeiten aufsteht, wo andere bereits das Mittagsmahl aufgegessen haben, allerdings wäre jetzt eine Zigarette angebracht, zumal durch den Schlaf der Nikotinspiegel bedenklich abgestürzt ist. Aber irgendwie sieht er keinen Aschenbecher und fragt sich, ob die Rauchfreigabe auch für heute Vormittag gilt. Schon wieder scheint Hilde sehr einfühlsam und seinen Wunsch zu erraten: „Du kannst ruhig eine rauchen …, ich glaube nicht, dass der Albrecht schon heute nach Hause kommt …, der wird sicherlich einige Tage im Spital bleiben müssen …, der Notarzt hat ja gesagt, dass man ihn ordentlich durchchecken wird.“

Gneringers Packerl zeigt eine gähnende Leere. Doch die Fürsorglichkeit geht so weit, dass Hilde eine der ihren anzündet und dem Otto dann rüberreicht. Sie selbst meint, dass sie gewöhnlich erst nach dem Kaffee eine braucht.

Im Grunde genommen hat es was für sich, so gemütlich beisammenzusitzen, und Gneringer kann sich gar nicht mehr entsinnen, wann es bei ihm eine solch traute Zweisamkeit gab. Bei seiner letzten Ehefrau Marianne war der Morgen mit Abstand die schlimmste Tageszeit, weil er da stets die Vorwürfe bezüglich der letzten Nacht zu hören bekam. Aus nämlichen Gründen hat er sich den Morgenkaffee abgewöhnt und gleich mit einem Bier begonnen. Jedenfalls schmeckt der Milchkaffee überraschend gut, und wenn man nicht ein absoluter Freigeist wäre, könnte man sich durchaus daran gewöhnen.

Weil keine Semmeln im Haus sind, wird das Marmeladebrot schnell geschmiert.

„Die hat der Albrecht selber gemacht." Gneringer weiß, dass Winter dieses perverse Hobby pflegt, weil er einmal bei der Ribiselernte im Garten mitgeholfen und dabei den Vorschlag gemacht hat, dass man doch lieber Wein daraus herstellen sollte. Freilich ist der süße Aufstrich nicht zu verachten, und ein plötzlicher Hunger macht's möglich, dass sogar fünf Brote verputzt werden.

Hilde isst nur ein Joghurt und eine kleine Portion Fruchtsalat. „Ich habe da noch einen Marillenkuchen ..., möchtest du ein Stück?" Obwohl es nicht dezidiert erwähnt wird, hat Gneringer ebenso davon Kenntnis, dass Winter als begeisterter Laien-Zuckerbäcker gilt. Im Magen findet sich noch reichlich Platz, auch hier zuzuschlagen.

Dann muss Hilde kleinlaut gestehen, nicht mehr viel im Haus zu haben, und dass man warten müsse, bis der Albrecht von der Arbeit mit dem Einkaufssackerl käme. Allerdings korrigiert sie sich sofort.

Doch sie hat einen Vorschlag. „Wenn du Lust hast, könnten wir Mittagessen gehen ..., ich würde gerne die Pizzeria unten an ..., aber wenn du keine Lust auf italienische Küche hast ...?"

Nach der morgendlichen Völlerei steht Gneringer eigentlich nicht der Sinn nach weiteren Speisen, doch er meint freundlich, dass er gegen eine Pizza nichts einzuwenden hätte. Nur geht sein Vorschlag dahingehend, dass man das vielleicht auf den Abend verschieben sollte.

Gneringer begreift jetzt nicht wirklich, was er da sagte. Wenn er sich selbst richtig verstanden hat, ließ er anklingen, dass er die Frau seines besten Freundes wieder treffen möchte, doch was würde Albrecht davon halten?

Das kann er ihn vielleicht bald selbst fragen, denn Hilde hat schon die nächste Idee. „Vielleicht sollten wir den Albrecht im Spital besuchen …, er würde sich sicher freuen, dich zu sehen."

Das sieht Gneringer nicht ganz so. Denn, wenn der Winter ahnte, dass sich seine Frau in seinem Bett einer Kopulation mit ihm hingab, käme das einer schweren Prüfung seiner katholischen Toleranz gleich. Das schlechte Gewissen kann diesen Vorschlag nur gutheißen. Freilich gibt er zu bedenken, dass in einem Krankenhaus die Besuchszeiten erst so um zwei beginnen.

„Da hätten wir ja noch etwas Zeit!" Hilde setzt ihren Busen gekonnt in Szene, indem sie den Morgenmantel neckisch öffnet. Doch Gneringer ist froh, relativ sicher im Gewand zu stecken, auch wenn der Sex nicht zu verachten war.

Er lehnt das Ansinnen freundlich ab und schlägt sicherheitshalber vor, einen Spaziergang zu machen.

„Gut! Ich mach mich nur kurz frisch!"

Nun wäre wieder eine Möglichkeit, die Fliege zu machen, doch Otto bleibt wie angewachsen auf seinem Sessel sitzen.

Er hat gar nicht gewusst, dass die Hilde auch Kleidung jenseits der Caritas-Tonne besitzt. Die Jeans passen jedenfalls wie angegossen, und selbst das hellblaue Leiberl mit der Goldapplikation ist durchaus adrett anzusehen. Und dass sie Schuhe mit höheren Absätzen trägt, fiel ihm vorher nie auf.

„Und wohin wollen wir?"

Gneringer macht selten Spaziergänge ohne konkretes Ziel. Falls er sich zu Fuß bewegt, befindet er sich meistens auf einer Beisltour. Dennoch steigt in ihm eine gewisse Unsicherheit auf, ob ein derartiger Wandertag Hildes Gefallen finden würde. So schlägt er in Ermangelung eines besseren Einfalles den nahegelegenen Schlosspark vor, und Hilde goutiert den Vorschlag durchaus.

Gneringer ist zuletzt mit seinem Vater dort gewesen, kann sich allerdings immer noch orientieren, weil die Zeitlosigkeit des Ortes bedingt, dass hier wenig Veränderung ansteht. Freilich kann er sich nicht erinnern, derart viele asiatische Mitbürger in seiner Kindheit beobachtet zu haben, kommt aber zu dem Schluss, dass das wohl mit der rapiden Bevölkerungsexplosion der letzten fünfzig Jahren zu tun haben muss.

„Vielleicht sollten wir zur Feier des Tages ein Glas Champagner trinken?“ Worüber sich die Hilde, deren Ehemann gerade im Krankenhaus verweilt, besonders freut, hinterfragt Otto weniger. Und auch das spezielle Getränk lässt mitnichten sein Wasser im Mund zusammenlaufen. Trotzdem findet ein projektierter Ethanol-Schub durchaus seine Anerkennung. Bevor er allerdings seine Brieftasche prüfen kann, ob sich eventuell noch Winters Geldschein darin befindet, demonstriert Hilde eine gewisse Großzügigkeit. „Ich lad dich doch ein, Schatzi!“

Dieses partnerschaftlich-intime Wort versetzte Gneringer immer schon einen gewissen Stich, und normalerweise sollten hier sofort die Alarmglocken schrillen, aber die Aussicht auf einen gepflegten weißen Spritzer lässt jede Vorsicht in den Wind schießen. Es kommt ihm sogar eine Idee, wo man sich einen Tropfen genehmigen könnte.

Sein verstorbener Vater hatte dort gern Halt gemacht, um sich vor dem steilen Anstieg zur Gloriette auszurasten. An diesem Pavillon hinter den hohen Hecken hat der Zahn der Zeit nicht kariös genagt. Die Verstecktheit der Lage bedingt ebenso, dass die Touristenströme daran vorbeigeleitet werden und die mittägliche Klientel daher eine gediegen altösterreichische ist.

Freie Plätze finden sich zuhauf, und sie wählen einen Tisch an der Seite. Hilde bestellt sich ein Glas Champagner, muss aber mit Bedauern feststellen, dass frische Austern hier nicht feilgeboten werden. Auf einen fragenden Blick Gneringers flüstert sie ihm ins Ohr, dass sie im Internet gelesen habe, dass so eine Speise die sexuelle Lust steigern soll.

Gneringer zeigt immer Lust auf ein Glaserl Wein und genießt es sogar, einmal in der Sonne und nicht in einer verrauchten Bude mit dem täglichen Trinken zu beginnen. Überhaupt wäre das ein ziemlich angenehmer Tagesanfang nach sämtlichen halluzinogenen Vergegenwärtigungen der letzten Zeit, wenn nicht der Makel daran haftete, dass er den Freund eindeutig hintergangen hat. Leider stört es ihn nicht, dass die Hilde eben seine Hand nimmt und diese sanft streichelt. In letzter Zeit hat er viel zu oft das Gefühl gehabt, von Gott und der Welt alleine gelassen worden zu sein, und hier ist endlich jemand bei ihm, der ihn versteht. Kann es denn purer Zufall sein, dass er in ihr eine Seelenverwandte, wenn man die armen Seelen, also die Verstorbenen meint, gefunden hat?

Sollte es ebenso Vorsehung sein, dass plötzlich unvermutet hinter einem Oleanderbusch eine durchaus bekannte Gestalt auftaucht und den Gastgarten betritt? Auf jeden Fall muss es das schlechte Gewissen sein, das ihn dazu veranlasst, seine Hand von der Hildes zu lösen.

„Was ist, Otto …?“ Auch sie sollte vielleicht vorsichtiger sein, mit wem sie sich in der Öffentlichkeit zeigt, bevor sie geschieden ist. Und weil da plötzlich ein Klassenkamerad ihres Mannes erscheint, wäre es wohl ratsam, eine gewisse Distanz zu wahren.

Wenn man einmal berücksichtigte, dass der gestrige Schultag sich vielleicht nur in der Phantasie abspielte, sah Gneringer den Selbiger schon einige Zeit nicht mehr, weil jener nie zu ihren Vierteljahrestreffen ins Schwarthaler kommt und seine letzte Konsultation bei dem Anwalt auch schon Jahre zurückliegt. Allerdings erkennt man sich sofort, und selbst Winters Frau gilt diesem nicht als Unbekannte, da sie dementsprechend begrüßt wird. Dummerweise bittet Gneringer den Selbiger sogar an ihren Tisch, und der nimmt das Angebot an.

Die traute Zweisamkeit verabschiedet sich nun prompt, weil man sich bemüßigt fühlen könnte, ein Gespräch zu führen, selbst, wenn man sich wahrscheinlich nichts zu sagen hat. Allerdings beginnt der Anwalt gleich sehr direkt: „Verzeihen Sie, Frau Winter, dass ich Sie in Ihrer Privatsphäre störe …," Gneringer hört mit Verblüffung, dass der Klassenkamerad sich nicht zuerst an ihn gewandt hat, „… aber ich muss Sie dringend sprechen. Leider habe ich Ihre Telefonnummer nicht, doch da ich gewusst habe, dass Sie hier sitzen …," wie soll denn der Dr. Selbiger das in Erfahrung gebracht haben, denken sich sowohl Hilde als auch Otto, „… bin ich persönlich vorbeigekommen."

Jetzt fährt Gneringer dazwischen. „Wie konntest du wissen, dass Hilde …, also … Frau Winter hier im Pavillon ist?"

„Ich habe da meine Informanten." Doch einen Gneringer speist man nicht mit banalen Antworten ab.

„Was soll das heißen? Wir haben selbst vor einigen Minuten noch nicht gewusst, dass wir hierhergehen werden …, oder wird die Frau Winter observiert?"

„Nein, nein, man hat euch nur hineingehen gesehen …" Selbiger erzählt irgendwas Unverständliches von einem Lakaien des vorletzten Kaisers, der sich als Hobbydetektiv berufen sieht und ihm manches Mal Informationen zuträgt.

Nun fühlt Hilde auf den Zahn: „Um was handelt es sich denn, Herr Doktor?"

„Es geht um den Fall Glaubengruber …"

„Um die depperte Funsen von früher?"

Schon wieder will Gneringer nicht den Schlapfen halten, doch sofort wird ihm das Maul gestopft: „Jetzt halt endlich die Pappn, Otto …!"

Selbiger wendet sich wieder Frau Hilde Winter zu. „Wie mir meine Mandantin berichtet hat, haben Sie letzte Nacht ein längeres Gespräch geführt …“ Hilde bestätigt diese Angabe wahrheitsgemäß, staunt aber dennoch, dass ein Rechtsanwalt sich für so eine Sache interessiert. Freilich, wer es einmal akzeptiert hat, dass man auf Du und Du mit Verstorbenen sein kann, den sollte eigentlich nichts mehr verwundern.

„Hat Ihnen gegenüber Frau Dr. Glaubengruber eine Andeutung darüber gemacht, in welcher Beziehung Sie zu Herrn Dr. Ladinoski steht und stand?“ Während Hilde ernst darüber nachdenkt, worüber sie mit Bella schwatzte, sieht man dem Otto an, dass ihn sein aufgezwungenes Schweigen bald zum Platzen bringen könnte.

„Ich muss leider zugeben …, also, ich muss zugeben, dass ich mich nicht mehr an alles so genau erinnere, weil wir über dies und das räsoniert haben …“ Eigentlich müsste sie zugeben, dass ihre saftigen Gedächtnislücken die Erinnerung vernebeln, doch mit so einer Schwäche hält man gerne hinterm Berg. Aber etwas fällt ihr ein: „Ja, sie hat schon erzählt, dass sie mit dem Ladinoski ein Pantscherl gehabt hat …, und ich glaube auch, dass sie eigentlich recht schlecht auf diesen Mann zu sprechen war, weil sie ihm die Schuld an ihrem Selbstmord gegeben hat.“

Selbiger wirkt erfreut, dies zu hören. „Sie meinen also, die Frau Glaubengruber hat ihren Suizid mit der Schuld des Christoph Ladinoski begründet.“

„Ja …, das könnte man so sagen!“

„Hat sie dann noch Weiteres über den Ladinoski erzählt?“ Hilde ahnt nicht, worauf der Selbiger hinaus will. Soweit sie sich erinnern kann, haben sie ununterbrochen die Themen gewechselt und dem Gespräch andauernd eine andere Wendung gegeben. Aber wenn der Anwalt den Selbstmord Ladinoskis ansprechen möchte …, genau die Information gab ihr die Bella ja persönlich und auch, dass sie an diesem nicht ganz unschuldig sei, selbst wenn der Christoph garantiert aus eigenen Stücken gesprungen sein soll. In Gegenwart eines Juristen rückt sie mit der ganzen Wahrheit raus.

Gneringer wirkt sichtlich pikiert, dass gerade ihm die Information vom Suizid Ladinoskis vorenthalten wurde, doch als mittelpunktzentrierter Mensch wirft er jetzt einfach seine Begegnung mit dem Spurny und den weiteren Toten aus seiner näheren und ferneren Umgebung aufs Tapet und versteigt sich sogar noch zu der Bemerkung, dass es eigentlich eine Frechheit sei, von Toten belästigt zu werden.

„Ich würde das nicht als Belästigung sehen, lieber Otto. du musst einfach verstehen, dass es Menschen gibt, die mit ihren Problemen zu dir kommen, weil sie vielleicht deine Hilfe erwarten."

„Aber die sind doch schon tot."

„Und Tote brauchen keine Hilfe, Otto?" Selbigers Blick geht jetzt über eine übliche Strenge hinaus.

„Gerade die Toten werden oft von uns vergessen ..., es nützt reichlich wenig, alle heiligen Zeiten ein Kerzerl am Grab anzuzünden und mit gesenktem Haupt vor dem Stein zu stehen und ein Gebet zu murmeln."

„Sie, Herr Doktor, helfen den Toten?"

Obschon ein Rechtsanwalt üblicherweise mit klaren Antworten geizt, gibt es bei dieser konkreten Tätigkeit den Vorteil, dass im Jenseits keine gesetzliche Schweigepflicht herrscht, weil sowieso alles von Transzendenz durchdrungen ist und Transzendenz bekanntermaßen transparent erscheint.

„Soweit ich die Möglichkeit habe, sind mir die Anliegen von Verstorbenen ein Bedürfnis!"

„Da bist du auf die Idee gekommen, Tote als Mandanten anzunehmen?" Gneringer, der zwar auch Erfahrungen machte, dass die Toten nicht dortbleiben, wo sie hingehören, kann sich das schwer vorstellen.

„Wenn ich ehrlich bin, hat mich der Spurny darauf gebracht!“

Gneringer wird hellhörig. „Der Spurny …?“

„Na, siehst du! Er ist doch der Erste aus unserer Klasse gewesen, den das Schicksal zu sich gerufen hat.“

„Aber weshalb gerade der Spurny? Wieso erscheint einem zuerst nicht irgendein näherstehender Mensch, wie die eigene Großmutter zum Beispiel?“

„Bei mir war's die Bella Glaubengruber!“ Hilde muss das jetzt einwerfen.

„Wahrscheinlich ist das unterschiedlich.“ Selbiger kann sich auch nie ein Unwissen eingestehen. Deswegen lenkt er seine Gedankengänge nun etwas um und erzählt seine Geschichte von der Taxifahrt nach der einjährigen Maturafeier. Die bald darauf stattgefundene Verhandlung erwähnt er freilich lieber mit keinem Wort. Einerseits, weil die ganze Szenerie ziemlich unglaubwürdig klingen könnte, und andererseits, weil er in langen Berufsjahren die Sachkenntnis erhielt, dass keine Gerichtsverhandlung der nächsten gleicht und man jedes Mal mit einer anderen Aufmachung konfrontiert wird.

„Was hat der Spurny denn angestellt …? Soweit wir alle wissen, ist ja ihm was angetan worden.“

„Was ihm angetan worden ist, geschah noch zu seinen Lebzeiten. Dafür bin ich nicht zuständig!“

„Dann hat der Spurny etwas nach seinem Tod falsch gemacht?“

„Das könnte man so sagen.“ Obwohl Selbiger von Standes wegen in diesem Fall an keine Geheimhaltung gebunden wäre, berichtet er dennoch nichts von einem möglichen Vergehen Spurnys, erklärt aber den beiden Nichtwissenden, dass auch die Toten immer noch vor der Entscheidung zwischen Recht und Unrecht stehen. Die Toten haben also immer noch den freien Willen, eine Entscheidung zwischen Gut und Böse zu fällen.

„Das heißt, bei den Toten gibt es genauso noch Verbrechen?" Die Frage Gneringers wird von ihm noch um folgende Bemerkung erweitert: „Allerdings werden Mord und Totschlag wohl nicht darunterfallen." Otto muss über seinen eigenen Gedankengang lächeln.

„Das ist richtig. Mord kommt unter Toten so gut wie gar nicht vor, weil man davon ausgehen muss, dass Tote sich nicht mehr gegenseitig umbringen können." Selbiger hat endlich sein Getränk, ein kleines Bier, bekommen und prostet beiden zu.

„Leider halten sich die Toten nicht immer an das, was man von ihnen erwartet."

„Ein Toter kann doch keinen anderen mehr umbringen?" Auch Hilde scheint so ein Schwerverbrechen in der dortigen Gegebenheit unlogisch.

„Einen Toten nicht, das ist richtig." Selbiger schnorrt sich jetzt eine Zigarette. „Manche Tote fühlen sich allerdings bemüßigt, in der Welt der Lebenden Unruhe zu stiften, und so etwas wird nicht gerne gesehen."

Hilde denkt jetzt mit. „Hat die Bella, die Glaubengruber, etwas angestellt, was man in diese Richtung deuten könnte?"

Dr. Selbiger spricht jetzt sehr direkt. „Dummerweise, ja!"

„Sie hat jemanden umgebracht?" Gneringer kann nie lange dasitzen, ohne zu reden.

„Es hat den Anschein."

Nun wird Selbiger bedrängt, Tacheles zu reden. „Wie es aussieht, hat die verstorbene Dr. Bella Glaubengruber den Ladinoski in den Tod getrieben." Zwei erstaunte Gesichter fordern genauere Angaben, und Selbiger erzählt, dass eindeutige Indizien gegen die Glaubengruber sprechen.

Hilde will nicht wahrhaben, dass man ihre neue Freundin als Mörderin abstempelt, aber Gneringer kann sich so eine Tat gut vorstellen, weil ihm die weibliche Psyche allzu oft ein Haxel stellte. Dennoch steht nun die beunruhigende Tatsache im Raum, was für Macht die Toten über die Lebenden haben können.

„Kann das sein, dass jeder Tote töten kann?"

„In unserer Welt ist alles möglich."

„So könnte der Spurny auch mich töten?"

„Erstens, was sollte der Spurny für einen Grund haben, dich zu töten, Otto, und zweitens kenne ich den Spurny mittlerweile sehr privat, der kann keiner Fliege was zuleide tun."

„Weswegen ist er dann umgebracht worden?"

„Wenn ich ehrlich bin, Otto, das weiß ich nicht …, er hat es mir nie erzählt."

Das beruhigt Gneringer keineswegs, und er winkt den Kellner für einen weiteren Rebensaft herbei. Diese Gelegenheit nützt die Hilde um ihrerseits mehr über die Glaubengruber in Erfahrung zu bringen: „Was kann denn mit der Bella geschehen, wenn man ihr den Mord nachweist?"

Selbigers berufliche Erfahrungen erstreckten sich beinah über drei Dezennien, was die Erfahrung mit sich gebracht hatte, dass jene Mandanten, die er rauspaukte, immer wieder seinen Lebensweg kreuzten, doch die wenigen Klienten, deren Prozess er verlor, sind in der Versenkung verschwunden. Was es tatsächlich für einen Strafkatalog im Jenseits gibt, wird einem Lebenden wohl nicht offenbart, allerdings kann man davon ausgehen, dass dann der Tod eher unangenehm weitergelebt werden wird. Freilich hält sich sein Pessimismus bei Bella in Grenzen, denn er hat schon mehrere Fälle abgehandelt, in denen toten Tätern ein Mord vorgeworfen wurde. Er ist dann stets mit dem Argument zielführend gewesen, ob es nicht Bestimmung gewesen ist, dass jener justament zu diesem Zeitpunkt sterben musste. Daraufhin hat das Gericht zwar nie einen Freispruch gefällt, denn Urteilssprüche gibt es im Jenseits überhaupt keine, aber sich derart eindeutig zurückgezogen, dass sich sowohl Anwalt als auch Mandant als Gewinner sehen konnten. Und bei der Frau Doktor Glaubengruber sollte es hoffentlich nicht anders sein.

Hilde spürt an den selbstsicheren Worten des Anwalts, dass Bellas Angelegenheit in den richtigen Händen liegt.

Nach einem tiefen Schluck nimmt Gneringer das Heft wieder in seine Hand. „Was sind denn so die Verbrechen, die es dort drüben gibt?"

„Ich muss dich jetzt ein bisschen enttäuschen, Otto, das Jenseits ist kein Drüben. Das Jenseits ist genauso da und hier wie das Diesseits …, wie also jenes Leben, wie wir es definieren. Der Unterschied ist nur, dass es keine geregelte Zeitfolge mehr gibt." Selbiger hat jetzt Lust auf ein weiteres Bier bekommen und winkt sich eines.

„Du musst dir das so vorstellen: Unser Leben beginnt irgendwann, nach medizinischem Wissen mit der Zeugung und endet nach einer gewissen Zeit mit dem Funktionsverlust unserer Organe, wobei man dann nach allgemeiner Diktion vom Tod spricht. Allerdings hast du ja auch schon festgestellt …, ich sage nur: Spurny …, dass mit dem Tod längst nicht alles aus ist. Und damit fängt's an …, danke …," der Ober stellt das Bier auf den Tisch, „… äh, …, ah ja! Eigentlich fängt es gar nicht damit an …, besser formuliert …: Es hört nicht auf. Was ich damit sagen will, und diese Erfahrung habe ich bei all meinen Mandanten gemacht, ist das, dass der Tod nicht die Probleme löst, die man im Leben hat …, sondern nur verlagert!"

„Also ein Selbstmord bringt nichts?" Hilde will das genau wissen.

„Aus meiner konkreten Erfahrung heraus kann ich steif und fest behaupten, ein Selbstmord bringt nie etwas und schon gar nichts Gutes … Man schiebt die Probleme nur woandershin, anstatt sie zu lösen."

„Doch wie soll man seine Probleme lösen, wenn man sich umgebracht hat?"

„Das muss jeder für sich selber wissen. Meine Aufgabe ist es nur, den Verstorbenen rechtlich beizustehen."

„Wäre es nicht besser, es gäbe für diese Menschen …, äh …, Toten eine psychotherapeutische Betreuung?"

„Das wäre, liebe Frau Winter, sicherlich ein guter Ansatz. Nur, soweit ich weiß, ist die Psychotherapie im Jenseits nicht gut angesehen und wird deswegen meines Wissens nicht angeboten …, ich habe seinerzeit sogar den Sigmund Freud vertreten, dem Kurpfuscherei vorgeworfen worden ist, weil er es nicht lassen konnte, ehemalige Patienten auch im Jenseits auf die Couch zu legen …, leider muss ich zugeben, dass ich diesen Prozess mit Bomben und Granaten verloren habe …, und mir ist seitdem der Freud nie mehr untergekommen …", Selbiger murmelt noch leise: „Vielleicht ist es eh besser so …", dann hebt er wieder die Stimme: „Ich kann Sie beruhigen, wenigstens können Tote keinen Selbstmord begehen!"

Obwohl Selbiger beim letzten Satz grinst, sieht Hilde diese Sache nicht als Spaß. „Irgendwie kommt es mir vor, dass Sie sich über die Toten lustig machen."

Und Gneringer kehrt altklug seine marginalen Lateinkenntnisse hervor. „De mortuis nil nisi bene", hat aber dabei keineswegs einen Todernst ins Gesicht geschrieben.

„Natürlich mache ich mich über die Verstorbenen nicht lustig, ich lebe ja von ihnen …"

„Das hab ich mir gleich gedacht, dass du nicht für Gottes Lohn arbeitest …" Gneringer zündet sich genüsslich eine an. „Sag schon, was machst du für einen Reibach?"

Dr. Selbiger hat selbst schuld, dass ihm die Worte übergegangen sind. Aber über Geld zu reden, ist nicht das seine. So muss er in die Gegenoffensive gehen. „Wenn ich nicht recht irre, schuldest du mir noch die gestrige Bewirtung in der Garderobe!“

Gneringer schaut entgeistert.

„Ich hab alles aufgeschrieben, inklusive Taxi …“ Selbiger zieht einen vergilbten Zettel hervor. „Es sind exakt vierhundertvierundzwanzig Schillinge!“

## XVIII. „Gute Nacht!“

Was soll denn das heißen? Christoph schielt zu seinem Zellengenossen hinüber.

„Ich sag das nur so aus alter Gewohnheit. Ich wollte Sie nur darauf hinweisen, dass gleich das Licht abgedreht wird, dann ist es eine Ewigkeit finster …“

Kaum sind diese Worte gesprochen, gehen wie auf Kommando die Fackeln draußen am Gang nacheinander aus, und nach wenigen Momenten kann man nicht einmal die eigene Hand vor den Augen sehen.

„Haben Sie Lust, was zu spielen?“ Da Christoph nicht antwortet, fährt der Angekettete fort.

„Wie wäre es mit „Mit letztem Buchstaben weitermachen“ …? Das geht so …, also, wir müssen uns nur auf ein Thema einigen …, fangen wir mit einem leichten an …, zum Bespiel ‚Tiere‘ …, ich sage zum Beispiel ‚Hase‘, und Sie müssten ein Tier finden, das mit E beginnt, wie etwa ‚Elefant‘, und dann sollte ich eines mit ‚T‘ finden, wie …, lassen Sie mich nachdenken, T …, T …, T ist nicht so einfach …, ich hab's: ‚Tarantel‘ …, und jetzt sind Sie dran …, nun machen Sie schon …, jetzt eins mit L …“

Ladinoski agiert als Spielverderber, jedenfalls bemüht er sich, nicht einmal über ein L-Tier nachzudenken.

„Das ist doch nicht so schwer, der Herr …, L, wie ‚Lemming' zum Beispiel oder ‚Luchs' …"

Natürlich hätte Christoph mehrere Tiere mit diesem Anfangsbuchstaben auf Lager, allerdings sollte man durchaus verstehen, dass es Menschen gibt, die Gesellschaftsspiele verabscheuen.

Der Zellenkamerad scheint ein unverbesserlicher Optimist. „Wenn Ihnen Tiere zu kindisch sind, könnten wir es ebenso mit berühmten Persönlichkeiten versuchen …, Schriftsteller zum Beispiel …, Schriftsteller sind immer gut …, Sie können sogar anfangen …" Selbst die offensichtliche Großzügigkeit animiert Christoph nicht, auch nur ein Wort zu sprechen, und nach einigen weiteren Versuchen, die Finsternis mit einer Beschäftigungstherapie zu vertreiben, kommt endlich die Bemerkung: „Sie fader Zopf!", und Christoph könnte seine Ruhe haben. Ist denn Ruhe das, was er wirklich möchte? Ja, gut, man spricht, oder besser: die Lebenden sprechen leichtfertig von Totenruhe, aber können sich lebende Menschen überhaupt vorstellen, was er hier gerade erlebt? Tief unter der Erde in Wien-Josefstadt in Handschellen in einer finsteren Zelle zu sitzen … Und diesen schauerlichen Zustand soll man dann als das nächste Leben bezeichnen …, vielleicht für alle Ewigkeit?

Christophs Beziehungen zu religiösen Thematiken sind immer eher marginal gewesen, weshalb er auch nie ernsthafte Gedanken anstellte, was einmal nach dem sogenannten Ende kommen könnte. Als Bürger des Christlichen Abendlandes vertraut man eigentlich der gängigen Vorstellung vom Paradies, gepaart eventuell mit den Annehmlichkeiten des germanischen Götterhimmels, wo man in Walhalla sitzend Bier und Met von geilen Jungfrauen serviert bekommt. Einmal hat er in einer Diskussion mit einem Schulkollegen, ja, es war sogar sein späterer Mitarbeiter Winter, dahingehend argumentiert. Nur bei ihm sah alles eher nach einem paradiesischen Heurigen aus, wo Wein und Saumeisen aufgetischt worden sind. Auch meinte er damals, dass es ihm egal wäre, ob die Weibspersonen Jungfrauen wären, Hauptsache, sie waren knackig und gut im Bett. Selbst die Hölle hatte er in diese Vorstellung integriert. Die Verdammten saßen ebenfalls an den Tischen, nur wurde jenen armen Sündern bei jeder Bestellung anstatt Wein ein Kräutertee eingeschenkt …, und nicht von Kellnerinnen, sondern von grantelnden Oberkellnern.

„Was ist denn das?“ Wie von der Tarantel gestochen beginnt der Zellengenosse zu schreien, und auch Christoph bleibt es nicht verborgen. Man sieht etwas, doch der Angekettete ist völlig aus dem Häuschen: „Das gibt es gar nicht …, das hat es noch nie gegeben …, Licht in der Finsternis …, sollte das das Ewige Licht sein, von dem schon manche erzählt haben …? Ja …, es muss es sein …, es ist es …, das Ewige Licht …, endlich …, das Ewige Licht!“

Langsam wandert ein Lichtkegel in ihre Richtung, und es hat den Anschein, dass sich der Schreiende zu früh gefreut hat. Denn, dass das Ewige Licht in Person eines Justizwachebeamten mit Taschenlampe daherkommt, gehört eher ins Reich der Legende.

„Ist hier ein Dr. Christoph Ladinoski?“ Christoph wird so direkt ins Gesicht geleuchtet, dass er wieder nichts sehen kann. Dennoch gibt er darauf die richtige Antwort. Das hat zur Folge, dass ein Schlüssel im Schloss umgedreht und das Gittertor geöffnet wird.

„Kommen Sie mit, Herr Doktor! Folgen Sie mir, bitte!“ Der Beamte geht voraus und nach wenigen Metern leuchtet er eine Lifttüre an.

„Hier, bitte.“ Es wird ihm sogar die Türe aufgehalten, und nach einigen Augenblicken geht es schnurstracks nach oben.

„Bitte sehr!“ Wenn er sich nicht irrt, betritt er nun jenen Gang, über den er ganz zu Anfang hineinkam.

Der Justizbeamte nimmt ihm die Handschellen ab und bittet ihn, auf der Bank da drüben etwas zu warten.

Es geht recht munter im Flur zu, und Christoph beobachtet, dass ununterbrochen mutmaßliche Verbrecher eingeliefert werden. Hie und da erspäht er sogar das Antlitz eines entfernten Bekannten, doch Ladinoski wendet die Augen lieber ab, denn es dünkt ihm, besser niemanden von den Abgeführten zu kennen.

„Herr Doktor?“ Sein persönlicher Beamter steht wieder vor ihm und weist ihm den Weg zu einem Raum mit der wenig vertrauenserweckenden Aufschrift „Verhörraum“. Er wird aufgefordert hineinzugehen. Dort drinnen befindet sich in der Mitte, wie man es auch aus schlechten Fernsehkrimis kennt, ein Tisch mit zwei gegenüberliegenden Sesseln. Auf dem einen Platz steht eine Schreibtischlampe so ausgerichtet, dass man ein Gegenüber anleuchten kann. Natürlich wird er mehr oder minder gebeten, sich dorthin zu setzen. Dann verlässt das Justizorgan das Zimmer.

Während er nun alleine so dasitzt, beginnt etwas, was man nach landläufiger Meinung mit dem Sterben verbindet, nämlich das rasche Vorüberziehen des eigenen Lebens. In Bruchteilen von Augenblicken rattert seine Biographie von einer Erinnerung, die man gar nicht haben kann, nämlich an den Mutterleib bis hin zu dieser irrealen Gegenwart an ihm vorbei. In seltsam gehäufter Weise erscheint dabei immer wieder sein Onkel Theophil, stets mit einem erhobenen Zeigefinger mahnend, dass man das Leben doch nicht vergeuden sollte. Dabei wird andauernd von einer dröhnenden Off-Ton-Stimme ein riesiges Sündenregister vorgelesen, mit dem sich Christoph identifizieren sollte, obwohl er sich meistens dazu keiner Schuld bewusst ist oder gar nicht daran erinnern kann. Wie sollte man noch wissen, wann man in der Volksschule der kleinen Paula den Bleistift zerbrochen hat und dass man dem Fritzi den Radiergummi versteckte. Dass er dann im Gymnasium einem gewissen Schebesta seinen Schummelzettel stahl, weil er wollte, dass dieser Trottel ein „Nicht genügend“ ausfasste, ahnt er noch peripher und auch, dass er eine gewisse Birgit Tsummer bei einem Rendezvous warten ließ, bis sie wohl zerplatzte. Aber dass solche lässlichen Sünden eine ewige Verdammnis zur Folge haben könnten, da fehlt ihm jetzt die völlige Einsicht. Gerade, wie das Kapitel „Glaubengruber“ auftaucht, gibt es, bedingt durch eine Stimme von sehr nahe, einen Filmriss.

„Servus, Christoph.“

Man hat eigentlich selten Kontakt miteinander gehabt, und so ist es nicht verwunderlich, dass man keine Todesanzeige bekam. Jedenfalls muss es den Selbiger ebenso erwischt haben, sonst wäre er sicher nicht hier. Freilich scheint es jenem im Jenseits etwas besser zu gehen als ihm selbst, denn der Schulkollege trägt kein schäbiges Sackel aus einer Caritas-Tonne, sondern einen Zwirn vom besten Schneider der Stadt. Stecktuch und Krawatte passen ebenso zusammen.

Obwohl es ihn nicht sonderlich interessiert, stellt Ladinoski die höfliche Floskel: „Wann bist denn du gestorben?“

„Leider muss ich dich enttäuschen …“ Zu Christophs Erstaunen berichtet jener, dass er keineswegs den Löffel abgegeben habe und zurzeit immer noch unter den Lebenden weile. Weiters erfährt er, wieso Selbiger jetzt gekommen sei.

„Im Grund genommen dürfte ich gar nicht bei dir sein, weil ich die Gegenpartei verteidige. Allerdings habe ich mir aus alter Freundschaft gedacht, dass ich bei dir eine Ausnahme machen werde, denn das Verbrechen, dessen du angeklagt wirst, gehört zu den schlimmsten, die im Jenseits geahndet werden.“

Möglicherweise, weil die Gehirnströme ihre Funktion eingestellt haben, versteht Ladinoski nur Bahnhof. Selbiger hingegen weiß, dass viele Verstorbene ein bisschen retardiert handeln, weil ihr Denken ohne Synapsen funktionieren muss, und holt weiter aus.

„Erinnere dich, weswegen sie dich hier eingesperrt haben." Natürlich kann er nicht so leicht vergessen, welcher Fauxpas ihm vorhin unterlief. Doch dass man für dieses Vergehen, kein Kleingeld zu haben, mit ewiger Verdammnis bedacht werden soll, kann nur als ein übler Scherz aufgefasst werden. „Wenn du kooperierst, könnte ich dir wahrscheinlich helfen!"

Ladinoski hat die Hoffnung längst aufgegeben, dass er nur zwischenzeitlich in einem schlechten Film mitspielt und meint in fast hoffnungslosem Ton: „O. K., was soll ich machen?"

Dr. Selbiger kommt gleich auf den Punkt: „Du bräuchtest nur bestätigen, dass du freiwillig gesprungen bist."

Was soll er sagen? Er ist doch nie und nimmer aus freien Stücken den Schacht hinabgesprungen, und so erzählt er es dem Anwalt auch. Diese Caro habe plötzlich wie eine Ausgeburt der Hölle ausgesehen und ihn in ihrer Raserei gegen das Fenster gedrückt, sodass die Gitterstäbe herausbrachen und er stürzen musste.

Kurz muss Selbiger eine Verwirrtheit zugeben als er den Namen „Caro" hört, kann sich aber gleich daran entsinnen, dass die Bella ihm erzählte, dass der Christoph sie verwechselte. Also sollte dieser Mann immer noch nicht wissen, wer ihn da wirklich schupste?

Nachdem Ladinoski aufgeklärt wurde, wem er seinen Zustand zu verdanken hat, bleibt jenem naturgemäß etwas die Luft weg. Allerdings könnten nunmehr einige Zusammenhänge klarer werden. „Die Bella hat mich am Gewissen?"

Clemens bestätigt das halbherzig, weil er ja den Standpunkt vertreten muss, dass die Glaubengruber unschuldig sei.

„Jetzt bist du sowieso schon tot, und daran wird sich auch nichts ändern, ob du es selbst gemacht hast oder jemand anderer dafür verantwortlich ist.“

Theoretisch klingt das richtig, irgendwie hat er sich schon damit abgefunden, dass er verstorben ist. Allerdings sollte er es der Glaubengruber so einfach machen und ihre eindeutige Schuld an seinem jetzigen Zustand leugnen? Wenn er jetzt mit seiner Annahme Recht hat, dann sitzt Bella gleichsam ordentlich in der Bredouille, sonst wäre der Selbiger wohl nicht gekommen, um so einen Deal mit ihm auszuhandeln. Also wäre es vielleicht besser, einmal das Terrain abzustecken. „Fiat iustitia et pereat mundus.”

„Was ist denn schon Gerechtigkeit?“ Natürlich muss ein Anwalt so reagieren, weil ihm das Ende der Welt in diesem Falle nicht kratzt.

Dennoch versucht Ladinoski jetzt so zu argumentieren: „Man kann die Tatsache nicht wegreden, dass mich die Bella am Gewissen hat.“

„Das möchte ich ja gar nicht. Du kannst ihr natürlich die Schuld an deiner Misere geben, aber was bringt's dir, auf dieser lächerlichen Tatsache herumzureiten …? Es ist doch schnurzegal, wie du zu Tode gekommen bist.“

„Mir ist es nicht egal!“, bleibt Christoph bockig.

Clemens, der den Christoph seit ihrer ersten Begegnung durchaus schätzt, wäre es wahrlich keine Freude, wenn jener bis in alle Ewigkeit in einem finsteren Kerker verrotten müsste. Auch wenn die Gesetzeslage im Jenseits keineswegs eindeutig ist, könnten die Strafen für bestimmte Delikte kein Honiglecken sein. Wieso hätte man denn im alten Griechenland den Toten eine Münze, den sogenannten Obolus, unter die Zunge gelegt? Damit eben so etwas nicht geschehen konnte, was dem Ladinoski widerfuhr. Denn, wer seine Zeche nicht bezahlt, scheint das Recht verwirkt zu haben, ein anständiges Mitglied der Gesellschaft der Toten zu sein und wird womöglich auf ewig weggesperrt.

Dr. Selbiger schildert den Sachverhalt gekonnt drastisch, aber ein Ladinoski ließ sich immer schon schwer überzeugen. Wenn man als philosophisch denkender Mensch voraussetzt, dass eine höhere Wertvorstellung nur in der Abstraktion existieren könnte, muss man annehmen, dass so ein Aberglaube an den Fährmann Charon absoluter Schwachsinn ist.

„Insofern hast du schon Recht, dass es den Charon nicht mehr gibt …," gesteht Selbiger, „…die Betonung liegt auf ‚nicht mehr' …, ursprünglich hat es tatsächlich einen Bootsführer mit diesem Namen gegeben …, ganz genau hat er Charon Schiffinger geheißen …, man hat ihn leider entlassen müssen, weil ihm Fährpreiswucher unterstellt wurde. Außerdem hat er seine Einnahmen nicht versteuert …, aber von der Sachlage her ist diese mythologische Erzählung in ihren Ansätzen richtig."

Ladinoski lässt sich nicht in die Enge treiben. „Du kannst mir erzählen, was du möchtest …" Selbiger erzählt noch einiges, doch erkennt sofort, dass der Christoph auf stur schaltet. Natürlich wird er wahrscheinlich auch ohne dessen Aussage die Glaubengruber raushauen können, aber es wird, erstens, etwas schwieriger, und zweitens hätte das für seinen Schulkollegen weitreichende Konsequenzen. Denn wenn man im Jenseits für etwas verurteilt wird, dürfte das für die Ewigkeit sein, denn nach Selbigers Einschätzung kann in einer ewigen Rechtsprechung das Recht auf Berufung gar nicht existieren.

„Christoph, ich kann dir nur noch einmal sagen, dass es für dich besser wäre, diese Aussage zu machen …, schau …, es würde der Bella nützen und dir genauso!"

„Du erwartest jetzt von mir, dass ich lüge?" Ladinoski war auch zu Lebzeiten nicht unbedingt ein bedingungsloser

Vertreter der Wahrheit gewesen. Doch darum geht es hier gar nicht. Er versteht nur, dass er die Wahrheit verdrehen sollte, um der Glaubengruber zu helfen. Aber für ihren Mord an ihm sollte sie dann ungeschoren davonkommen?

Selbiger müsste einsehen, dass er sich auf einem Holzweg befindet. Wenn er mit seiner Annahme Recht behält, wird der Christoph nicht von seinem Standpunkt abrücken.

„Gut, dann kann ich nichts mehr für dich machen!“ Selbiger setzt ein ernstes Gesicht auf. „Auf Zechprellerei steht lebenslänglich …, verzeih: todeslänglich. Und … und das muss ich leider sagen …, wir werden uns wohl nie wieder im Leben …, äh …, also begegnen.“

Selbiger beugt sich über den Tisch und nimmt mit beiden Händen die rechte Christophs und drückt sie sehr, sehr fest. „Leb wohl, lieber Freund …“ Gern hätte er noch eine Träne gedrückt, doch so perfekt beherrscht er die Schauspielkunst auch wieder nicht. Dennoch scheint eine derart theatralische Verabschiedung einen leichten Sinneswandel Christophs zu verursachen.

„Also, jetzt einmal ehrlich! Wir kennen uns lang genug, Clemens …, was passiert mit mir …, wenn …, wenn ich nicht auf dein Angebot einsteige?“

Eigentlich kann Dr. Selbiger darauf keine Antwort geben, denn natürlich hat er keine Ahnung, wie es im Jenseits zugeht. Er ist doch auch nur wie die Jungfrau zum Kind gekommen. In Wirklichkeit zeigt sich ihm das Jenseits als potemkinsches Dorf, von dem er nur einige Bewohner kennengelernt hat, die vorgegeben haben, seine Hilfe zu benötigen. Irgendwie scheint ihm dabei schon genützt zu haben, dass er die Profession eines Juristen oder genauer eines Rechtsanwaltes innehat, weil es immer wieder um Fragen der Ordnung gegangen ist, obwohl meistens nicht ersichtlich war, worin diese Ordnung besteht. Einerseits musste er mehrmals feststellen, dass für gewisse Taten, die man nach dem Tode begeht, drakonische Strafen in Aussicht gestellt werden, aber ob diese dann zum Tragen kommen, konnte er nie nachprüfen. Andererseits ist ihm ebenso nie genauer einsichtig geworden, was die Handlungen im sogenannten lebendigen Leben für einen Einfluss auf das Leben danach haben. Das kann natürlich damit zusammenhängen, dass er noch nie auf einen Toten traf, der zu Lebzeiten ein wirklich guter oder auch ein abgrundtief schlechter Mensch gewesen ist. Die meisten, die er so kennenlernte, sind moralisch und ethisch Durchschnitt gewesen und haben sich weder durch heiligmäßige Nächstenliebe noch durch schauerliche Verbrechen ausgezeichnet. Selbst die Glaubengruber etwa stellte während ihrer Lebenszeit nichts Weltbewegendes an, und dass sie dann nach dem Tod zur Mörderin wurde, hat wahrscheinlich auch nur damit zu tun, dass sie eine verständliche Kurzschlusshandlung setzte, weil sie dem Ladinoski ihren Selbstmord in die Schuhe schob.

„Ich kann dir nur sagen, dass nach dem Tod andere Gesetze als anderswo herrschen." Natürlich sind Juristen Spezialisten für Verbindlichkeiten, aber Selbiger kann sicher unterschreiben, dass der Christoph kein Einfaltspinsel ist.

„Und hier gibt es ein Gesetz …," jetzt muss Selbiger aufpassen, was er doziert, denn nach seiner Erfahrung existieren im Jenseits nur Gesetzmäßigkeiten, aber keine Gesetze, „… welches die Unwissenheit stärker als alles andere bestraft …," er freut sich, auf diesen Einfall gekommen zu sein, „… und dein Fehler war, nicht zu wissen, dass man auch nach dem Ableben für eine Konsumation aufkommen muss."

„Erstens …", wendet Christoph ein: „Wie hätte ich wissen können, dass ich auch hier eine gefüllte Brieftasche benötige, und zweitens, wie kommt man hier zu Geld?"

Eine gute Frage, die sich Selbiger natürlich noch nie so stellte, denn ihm ist es nur wichtig, selbst zu seinem Honorar zu kommen, was nicht immer so leicht ist, weil die Toten die Angewohnheit haben, gerne in die Weiten der Ewigkeit abzutauchen. Freilich muss er ehrlicherweise zugeben, dass er stets gerecht entlohnt wurde, weil er sich sonst gewisse Annehmlichkeiten des täglichen Lebens im Diesseits gar nicht leisten könnte.

„Christoph, du warst schon in der Schule einer jener, denen man nichts beibringen konnte, weil du deinen Intellekt eingesetzt hast …, und Intellekt kommt doch von ‚inter legere' …, dazwischen lesen …, also, man muss immer zwischen den Zeilen lesen …, und wenn man eben ein Restaurant betritt und dort die Absicht hat, eine Konsumation zu tätigen, sollte man sich vergewissern, ob das auch finanziell möglich ist."

„Wenn ich noch leben würde, wäre das logisch …, wie ich mittlerweile jedoch weiß, bin ich tot …, und weshalb sollen Tote für etwas bezahlen, was sie gar nicht benötigen?"

„Du hast etwas gegessen?"

„Ein lächerliches Kipferl …"

„Na, siehst du…, du gibst es zu …"

Selbiger hat schon viel im anderen Reich erlebt, aber so eine nervtötende Kakophonie kam ihm noch nie unter. Er muss sich die Ohren zuhalten, will er nicht Schaden an seinem Trommelfell erleiden, und seines kann ja immer noch platzen.

Ladinoski hingegen dürfte, was sein Mienenspiel verrät, wenig bis nichts von diesem penetranten Krach hören, obwohl die Blasmusikkapelle direkt hinter ihm die polternden Töne anschlägt. Woher die Musiker augenblicklich gekommen sind, muss nicht hinterfragt werden, weil das Befremdliche zur Tagesordnung im Jenseits gehört. Dennoch muss man zwingend annehmen, dass hinter dem Aufmarsch eine tiefere Bedeutung steht. Nach ewig langen fünf Minuten werden die Instrumente aus den Mündern gezogen, und auf einen Schlag zieht Stille ein. Der Kapellmeister, ein kahlköpfiger Mann in Lederhose und Joppe, tritt vor und begrüßt den Anwalt mit einer Verbeugung.

Christoph sitzt nahezu regungslos da und starrt in ein Narrenkastl.

Jedenfalls wird dem Anwalt dann die Hand geschüttelt.

„Ich beglückwünsche Sie zu ihrem brillanten Sieg!“

Selbiger bedankt sich, ohne zu wissen, worum es sich eigentlich handelt. Jedenfalls marschiert die Musikkapelle ab, wie sie gekommen ist. Glücklicherweise verklingen die falschen Töne bald.

Beide bemerken, dass da ein Kuvert am Tisch liegt, doch Christoph ist mit den Fingern schneller dran. Er liest die Anschrift und überreicht den Brief dann seinem Gegenüber: „Das ist für dich!“

Dr. Selbiger öffnet den Umschlag und kann zu seiner Freude auf den ersten Blick erkennen, dass hier mindestens zwei druckfrische Fünfhunderteurobanknoten drinnen sind. Überdies liegt ein Zettel bei, den er herauszieht und liest.

„Christoph …, ich kann dich beglückwünschen …, die Anklage wurde fallengelassen!“

„Was heißt das? Kann ich jetzt gehen?“

„Ja, natürlich…, du bist frei!“

„Aber wohin soll ich gehen?“

„Du musst verstehen, lieber Freund, dass das nicht meine Sorge ist. Ich lebe woanders!“

XIX. „Um Gottes willen …, wie geht es dir denn?“ So etwas hört man in einem Spital besonders gerne …, jedoch, wer gab denn diesem lästigen Patron den Hinweis, dass er hier zu finden sei? Wieso taucht plötzlich der Zima und nicht etwa sein liebendes Eheweib oder immerhin der leibliche Nachwuchs auf?

„Ist es das Herz?“

Wenigstens hat man den Winter bereits beruhigt und ihm erklärt, dass es nichts Schlimmes sein sollte, allerdings wurde bereits von der Ärzteschaft angedeutet, dass er sich in nächster Zeit etwas schonen sollte, und dazu gehört sicher auch, dass man nicht mit unnötigen Problemen belästigt wird. Leider macht der Zima nicht den Eindruck, dass es nur ein kurzer Besuch sein wird, weil er sich einen Sessel herbeischiebt. Bevor er die Sitzgelegenheit nützt, wirft er noch einen Blick auf den Monitor, an dessen Kabeln Winter hängt.

„Ich sage nur, lieber Albrecht, in einem Spital kann dir gar nichts passieren …, wenn die Pumpe schlappmacht, ist sofort ein ganzer Haufen von Spezialisten mit einem Defibrillator da, die dich sofort aus dem Koma herausholen!"

Winter kann so einfühlsamen Worten reichlich wenig abgewinnen und überlegt eine Formulierung, wie er den ungebetenen Kerl auf den Mond schießen könnte. Aber man dürfte ihm auch irgendetwas zur Ruhestellung gespritzt haben. So gelingt es ihm aus Gründen innerer Passivität nicht, dem Störenfried einen Weisel zu geben.

Zima setzt sich ans Fußende des Krankenbettes und schiebt Winters Füße so beiseite, dass er auf das Leintuch seine Aktentasche legen kann. Nachdem diese umständlich geöffnet wurde, zieht er ein Konvolut an Papieren heraus, die er zu ordnen beginnt. „Ah ja …, hier ist es …, du siehst, ich bin nicht untätig gewesen …, ich habe den gesamten Vormittag recherchiert."

Das ist schön und gut, aber Winter würde nun am liebsten leicht wegdösen.

„Ich habe mich mit dem Fall Ladinoski, beziehungsweise Glaubengruber, beziehungsweise Caro eingehendst beschäftigt, und leider muss ich sagen, da sind Ungereimtheiten, die ich nicht und nicht verstehe."

Winter versucht, sich schlafend zu stellen, doch Zima rüttelt an den Zehen. „Wach bleiben …, das interessiert dich sicher!“

Da kann man einfach nur resignieren.

„So! Du weißt ja vielleicht, dass ich gute Kontakte ins Innenministerium habe …“ Winter schaltet die inneren Scheuklappen ein und versucht sich vorzustellen, in einem Liegestuhl am Attersee zu sitzen. Vielleicht gelingt's.

Ein Schwafelkünstler wie Zima kommt nie sofort zur Sache. Jedenfalls beginnt seine Geschichte mit diversen Hofräten, die ihm zu Dank verpflichtet wären, weil er auch ihnen manchmal aus der Patsche half, und einer dieser unfähigen Amtspersonen soll jener Stelle vorstehen, die einen Zugriff auf sämtliche Personendaten österreichischer Staatsbürger hat. Und deshalb konnte er seine Untersuchungen dahingehend ausweiten.

Obwohl man zwingend annehmen durfte, dass die Schwester von der Frau Dr. Glaubengruber Österreicherin ist, war es ziemlich schwierig, die Daten nämlicher Person zu erhalten, weil nach ersten Nachforschungen keine Caro Glaubengruber existierte.

„Natürlich habe ich sofort gewusst, dass das nicht stimmen kann und insistiert, einmal nachzusehen, ob die gesuchte Person nicht etwa geheiratet hätte und nunmehr einen anderen Familiennamen trägt … Du kannst dir vorstellen, lieber Albrecht, dass ich Recht behalten habe …, allerdings musste mein Kollege aus dem Innenministerium die kanadischen Behörden bemühen, weil die Dame ihren Wohnsitz von Österreich dorthin, also nach Kanada, verlegt hat und dort aufgrund von einer Eheschließung den Namen Miller angenommen hat. Dann ist es natürlich nicht mehr schwierig gewesen, das Datenblatt zu erhalten, und ich konnte es mit dem nun schon in meinem Besitz befindlichen von der Frau Dr. Bella Glaubengruber vergleichen …, und jetzt kommt's!"

Zima kratzt sich auf seinem kahlen Schädel, als würde er seine kleinen grauen Zellen in Gang bringen wollen. „Da ist mir etwas untergekommen, was ich bis zum heutigen Tage nicht verstehen kann. Ich habe festgestellt, dass beide Personen eindeutig unterschiedliche Geburtstage in verschiedenen Jahren haben und außerdem an verschiedenen Orten geboren worden sind." Zima hält die Augen fest auf seinem Zettel. „Dr. Bella Notburga Glaubengruber ist am 4. 5. 1964 in Wien, ganz genau im AKH geboren …, ihre Schwester, die Caro, eigentlich Caroline-Marie Miller, geborene Glaubengruber am 2. 12. 1959 im Landeskrankenhaus St. Pölten …, was sagt dir das, Albrecht?"

Winter sieht sich gerade auf einem Schinakel bei Sonnenuntergang über den See rudern.

„Nach diesen Angaben können die beiden Frauen gar keine Zwillingsschwestern sein!" Nun spricht hörbar Hercule Poirot aus Zima.

„Dennoch hat mir das allein noch nicht genügt …" Nun berichtet er, dass es ihm unter schwierigsten Umständen gelungen sei, Fotos beider Damen zu erhalten, und auch wenn die Qualität bei dem der Caro Miller als schleißig zu bezeichnen wäre, konnte er selbst hier definitiv feststellen, dass es sich um zwei absolut verschiedene Personen handelt. Die Bella sei eindeutig die Hübschere, denn die Caro habe ein gewaltiges Doppelkinn und schiefe Zähne. Man könne sich kaum vorstellen, dass gerade die eine Frau einen Ehemann fand und die andere nicht.

„Aber wenn es tatsächlich …, und daran gibt es keinen Zweifel mehr, unterschiedliche Personen sind, dann kann ich nur sagen, dass unsere Ersttheorie von der Zwillingsschwester verworfen werden muss …, schlaf nicht, Albrecht …, schlaf nicht ein!"

Plötzlich taucht das feiste Gesicht Zimas aus den Fluten des Sees, und Winter hat wieder eine Ahnung, wo er sich gerade befindet: „Was sagst du da?"

„Hast du mir gar nicht zugehört?"

Dummerweise gesteht der Winter seine vorherige Geistesabwesenheit und muss noch einmal die ganze Faktenlage mit der falschen Zwillingsschwester über sich ergehen lassen. Nur trägt in folgender Fassung Winter die Alleinschuld an dem fehlgeleiteten Gedankengang, weil nur er es gewesen sei, der den „Zwilling" angeblich gesehen haben will. So kann Zima doch gar nichts dafür, dass er einen derartig falschen Schluss zog. Aber nun sei es wichtig, komplett umzudenken. Und weil der Zima es sich vorgenommen hatte, diesen Fall so schnell als möglich zu lösen, liegt nun schon folgende Theorie bereit, die in ungefähr so lautet: Weil der Dr. Ladinoski ein hohes Tier, ja, sogar womöglich als ein Geheimnisträger der Bundesregierung gilt, ist jemand von einem feindlichen Geheimdienst auf ihn angesetzt worden, mit dem alleinigen Zweck, einen Mord zu begehen. Weshalb man eine präsumtive Mörderin dann so wie die Frau Dr. Glaubengruber hergerichtet hat, wird noch zu untersuchen sein, aber womöglich wurde das deshalb gemacht, um den Ladinoski in den Wahnsinn zu treiben, weswegen er auch einen Suizidversuch gemacht habe.

Zwar gilt Zima im Moment als jener Kandidat, der einen Winter in den Wahnsinn treiben könnte, doch wenn sich Albrecht an die Erscheinung letzter Nacht in seiner Küche erinnert, könnte beileibe ein Fünkchen Wahrheit am Geschwafel sein. Allerdings war er bis jetzt überzeugt, dass es eine bloße Vision war, die er glaubte, gesehen zu haben, denn neben der Gestalt mit den Zügen der Glaubengruber saß seine eigene Frau mit einer Zigarette in der Hand. Und das ist genauso eine Unmöglichkeit, wie wenn jemand direkt aus der Hölle auf die Erde zurückkäme.

Nun aber werden Zimas Mutmaßungen und Winters Gedankengänge unterbrochen, weil schon wieder jemand vorbeischaut, dem man wieder nicht zur Familie zählen kann. Zima erklärt: „Ich habe den Martin verständigt, weil ich weiß, dass man den Dilettanten von Ärzten hier im Spital nicht vertrauen kann."

Diese Fürsorglichkeit sollte Albrecht ehren, wiewohl er ja ebenso noch nicht weiß, wer etwa dem Zima die Information seines Hierseins gab. Jedenfalls ist er nicht ganz unglücklich, dass der Obrechtsberger kam, weil man hoffen kann, dass jener auf dem Boden der Realität stehen bleibt.

Es wird freilich sofort von dem gewissenhaften Mediziner begonnen, sich um das Befinden Winters mit medizinischen Maßstäben zu kümmern, und so muss der Fall Ladinoski erst einmal warten. Zima tritt sogar beiseite, um den Fachmann seines Amtes walten zu lassen, und der macht leider ein ziemlich ernstes Gesicht.

„Gerade in unserem Alter dürfen wir uns mit der Gesundheit keineswegs spielen ..." Obrechtsberger berichtet streng, dass er sich natürlich schon beim diensthabenden Oberarzt erkundigt und dieser bekannt gegeben habe, dass eine schändlich hohe Promillezahl im Blut zu finden gewesen wäre. Obrechtsberger murmelt etwas von eins Komma zwei. „Dass du dem Teufelszeug Alkohol frönst, mein lieber Albrecht, hätte ich mir von dir am wenigsten gedacht ..." Nun folgt ein wahrscheinlich fundierter Vortrag über die durchaus zu erwartenden körperlichen Schäden bei übermäßigem Alkoholmissbrauch, wobei wahrscheinlich keine im Zusammenhang mit Ethanol vermutete Krankheit ausgelassen wird. Die Begriffe „Fettleber" oder „Zirrhose" sind ja durchaus bekannt, aber wenn das alles stimmt, was der Winter und selbst der im Hintergrund weilende Zima zu hören bekommen, kann es ja gar nicht möglich sein, dass die Stadt Wien immer noch an die zwei Millionen Einwohner beherbergt, weil es ersichtlich scheint, dass in dieser Metropole nicht wenig getrunken wird, was man ja an der erklecklichen Anzahl von Beisln und Bars tatsächlich sieht. Leider, und das könnte gegenüber dem Obrechtsberger unfair sein, fühlt sich der Winter nicht wirklich angesprochen, denn er ist sich ziemlich sicher, nicht unter die Kategorie „Alkoholiker" zu fallen, selbst, wenn er gestern einmal über die Stränge geschlagen hat. Und selbst beim Zima stoßen die altbekannten Ausführungen auf ziemlich taube Ohren. Er bekommt dadurch sogar Lust auf ein Bier. Es ist ja bereits nach Büroschluss.

„Von jedem anderen hätte ich so etwas erwartet ...," dabei macht der Obrechtsberger natürlich einen Seitenblick auf den Zima, den er schon lange in Verdacht hat, genauso von diesem Dämon gefangen genommen worden zu sein, „... doch bei dir enttäuscht mich das umso mehr!" Dr. med. univ. Obrechtsberger fuchtelt warnend mit dem Zeigefinger, weil er sich sicher ist, wem man die Schuld in die Schuhe schieben muss. „Ich habe dir schon immer gesagt, dass der Gneringer kein Umgang für dich ist. Wenn du weiter mit diesem Trunkenbold zu tun hast, wirst auch du wie er bald in der Gosse landen!"

Wenn man die Geister ruft, erscheinen sie manchmal leibhaftig!

„Bin ich wieder einmal ein Thema für unseren Martin?" Obrechtsberger erschrickt natürlich, zumal man über Dritte nicht vor denen spricht.

Winter hingegen sollte akzeptieren, dass heute wieder ein kleines Klassentreffen stattfindet, denn nun wankt auch der Gneringer herein, allerdings, und das sollte zu denken geben, mit seiner Gattin Hilde im Schlepptau. Freilich kann das nur Zufall sein. Sie werden wahrscheinlich einfach gleichzeitig hineingekommen sein. Hoffentlich gehen sie sich nicht gegenseitig an die Gurgel, wie sie es schon so oft getan haben.

Doch bleibt vorerst alles relativ friedlich. Der Zima bleibt weiter in der Ecke, und der Obrechtsberger lässt natürlich der Ehefrau den Vortritt, gibt ihr trotzdem noch die Diagnose ab, dass Alkoholiker ab fünfzig eine rapid reduzierte Lebenserwartung haben.

Gneringer macht das einzig Richtige: „So, meine Herren, ich glaube, der Albrecht hat sich sehr über euren Besuch gefreut, freut sich aber noch mehr, wenn wir uns alle schleichen."

Zima hat den Wink mit dem Zaunpfahl verstanden und verabschiedet sich sofort. Obrechtsberger hingegen vermeint, noch nicht sein gesamtes Gesundheitsrepertoire angebracht zu haben, doch Otto packt den Abolitionisten am Schlafittchen und schafft ihn ebenso nach draußen.

„Was habt ihr eigentlich da zu suchen?" Obrechtsberger verteidigt sich damit, dass ihn der Zima angerufen habe, und der beteuert, dass er die Information direkt von der Wiener Rettung, weil sein Schwager dort in der Notrufzentrale arbeitet, bekam. Und beide argumentieren ähnlich, dass man ja einen lieben Freund und Klassenkameraden in seiner Not nicht alleine lassen dürfe.

„Ich habe noch einen wichtigen Termin!" Wenigstens ist der Obrechtsberger der Erste, der einen raschen Abgang macht, worüber die anderen zwei nicht unfroh sind, weil sie beide einen ähnlichen Gedanken haben, den der Zima folgendermaßen formuliert: „Geh ma noch auf einen Kaffee ins Büffet?"

Gneringer, der grundsätzlich eine andere Flüssigkeit im Kopf hat, stimmt dem Vorschlag zu, gibt freilich zu bedenken, dass in der Krankenhausrestauration höchstwahrscheinlich ein Rauchverbot zu erwarten sei, weswegen er eher das Beisl ums Eck präferiere. Zima hat nichts dagegen, da offenes Bier in einem Spital ohnehin kaum zu erhalten sei.

Einigen Herrschaften an der Schank sieht man an den nackten Beinen unter ihren Mänteln an, dass sie derzeit auch im Spital den ordentlichen Wohnsitz haben. Da Gneringer schwerlich als Kostverächter zu bezeichnen ist, zeigt er durchaus Verständnis, dass man sich nicht von der reduzierten Getränkeauswahl einer Krankenhauskantine einschränken lassen möchte.

„Nehmen wir den da?“ Gneringer hat gegen den Tisch nichts einzuwenden, wundert sich natürlich dennoch, dass der Zima seinen Kaffeegedanken sausen lässt und ein Krügel urgiert. Schätzte er diesen einschläfernden Burschen stets falsch ein? Jedenfalls gibt er auch eine Bestellung ab, und nachdem die Gebinde auf den Tisch gestellt worden sind, prosten sich beide zu.

Eigentlich sollte sich nach einem Krankenbesuch das Gesprächsthema um den Kranken drehen, allerdings bewegt Zima der tragische Prolaps Ladinoskis eindeutig mehr: „Hast du schon davon gehört, Otto?“

Wenn einer über Tote oder den Tod an sich lieber nichts mehr hören möchte, so dürfte es der Gneringer sein, doch schwimmt der Zima gerade auf einer eindeutigen Welle, und Otto muss sich nun eine Mordtheorie anhören, die er sofort entkräften könnte.

XX. Nach dem letzten verklungenen Ton der Pausenglocke wächst in Ladinoski der Verdacht, dass er sich nun sputen sollte. Nach wenigen Schritten steht er bereits vor der schon geschlossenen Klassentüre, und eine innere Ahnung sagt ihm, dass es für einen Neuen denkbar peinlich wirkt, zu spät zu kommen.

Die anerzogene Höflichkeit gebietet es, dass man sein präsumtives Eintreten vorher bekannt geben sollte. So schlägt Christoph mit dem Fingerknöchel gegen das Holz und wartet, bis ein strenges „Herein!“ gerufen wird.

Selbstverständlich sind alle Augen auf ihn gerichtet, freilich die unangenehmsten sind jene des Lehrers, welcher vorne neben der Tafel steht.

„Haben es dem Herrn doch noch geruht zu kommen?“ Natürlich wird man so eine Frage nicht erwidern und kann nur hoffen, unauffällig im Erdboden zu versinken, aber derartiges tut sich weit und breit nicht. Er wird sich wohl noch weitere Vorwürfe gefallen lassen müssen. Glücklicherweise scheint der Pädagoge Besseres zu tun zu haben, als auf einem armen Sünder herumzureiten. Christoph hat sich nur auf einen freien Platz in der hintersten linken Bank zu setzen.

Sodann wird mit dem Unterricht fortgefahren.

„Kafka, was weißt du über die Unmöglichkeit, das Mögliche unmöglich zu machen?“ Der Schüler einige Reihen vor ihm, der nun zögerlich aufsteht, scheint mit der gestellten Frage offensichtlich wenig anzufangen zu wissen, zumal dessen grotesk abstehende Ohren leicht zu wackeln beginnen. Seine dunklen Augen blicken flehentlich über seine Mitschüler und Mitschülerinnen, ob nicht jemand anderer bereit wäre, diese knifflige Themenstellung zu beantworten. Nur, wie so oft in Klassengemeinschaften üblich, möchte sich niemand in die Nesseln setzen und mit einer falschen Antwort der Lächerlichkeit preisgeben.

„Kafka …, Kafka …, hast du denn noch immer nichts gelernt?“ Das knallrot eingefärbte Gesicht des Befragten wirkt wie ein Schuldeingeständnis, was dem Professor wohl genügt. Er fordert den Schüler auf, sich wieder zu setzen, merkt jedoch an, dass dies ein saftiges Minus geben werde und wenn er so weitermache, wird es ein Unmögliches sein, in die nächste Klasse aufzusteigen.

„Kann mir vielleicht jemand anderer antworten?“ Da niemand aufzeigt, sieht sich der Professor zur folgenden Bemerkung veranlasst: „Habe ich es heute nur mit lauter Idioten zu tun?“ Natürlich wird hier ebenso mit einer Antwort gegeizt.

„Also werden wir mit dem Stoff weitergehen …, kann mir jetzt vielleicht jemand sagen, wo wir stehengeblieben sind?“ Da der Lehrer offensichtlich auch hier keine freiwillige Antwort erwartet, spricht er einen x-beliebigen Schüler direkt an: „Brod, kannst du mir möglicherweise Auskunft darüber geben, was wir letzte Stunde durchgenommen haben?“

Der ältere Herr mit Brille, Glatze und weißen Haaren erhebt sich mühselig: „Wenn ich …, wenn ich nicht irre …, das Unvermögen der Existenz …, Herr Dr. Stein …“ Dann verlassen den Antworter offensichtlich seine Kräfte, und mit einem lautstarken Plumps fällt er wieder auf seinen Sessel zurück.

„Habe ich wirklich die ganze Zeit für die Fische gesprochen?“

Ladinoski wundert sich langsam, dass der Vortragende, ein greisenhafter Mann mit langem Bart, mehrheitlich Fragen aufwirft. Auch ist er sich nicht ganz im Klaren, welches Fach hier gerade unterrichtet wird. An den Wänden hängen zwar diverse Karten, wie man sie aus dem Geographie- oder Geschichtsunterricht kennt, freilich weichen die gezeigten Abbildungen stark von Landkarten, wie sie üblicherweise verwendet werden, ab. Es scheint sich zwar durchwegs um Länder zu handeln, nur kommen die gezeigten staatlichen Gebilde in handelsüblichen Atlanten normalerweise nicht vor. Die Karte links über ihm zeigt etwa eine gewisse Provinz Lurconia, die Christoph, sicher nicht ungebildet, eigentlich keiner bekannten Gegend zuordnen kann. Allerdings hat er immer noch ein ziemlich gutes Vokabelheft in seinem Hinterkopf, wodurch er das Wort „Lurconia“ zu übersetzen weiß: „Vielfraß“. Durch diese Erkenntnis, und auch dass man noch andere Landesteile wie „Schlampania“ oder „Grobiana“ lesen kann, wird zudem ein weiterer Schalter umgelegt, welcher ihm Folgendes wissen lässt: Das alles müsste zu einem Kontinent gehören, welcher in der Volkssage „Schlaraffenland“ genannt wird.

Die nächste Karte mit den Inseln „Iss-“ und „Trinkland“ bestätigt Christophs Wissen, bringt aber noch immer kein sattsames Erkennen, welcher Stoff in diesem Klassenzimmer durchgemacht wird.

Wie er den Worten da vorne am Katheder entnimmt, geht es keineswegs um kulinarische Angelegenheiten. Vielmehr versucht der Vortragende, seine Zuhörerschaft für transzendente Angelegenheiten zu begeistern, indem er ihr die Sinnlosigkeit gegebener Grenzen zu erklären versucht. Der Mensch hat es einfach nicht nötig, erzählt der Bärtige, sich mit sinnlichen Erfahrungen zu beschäftigen und sollte, wenn er diese immer noch in seinem Inneren spürt, selbige alsbald in den Orkus schieben, weil es sonst unmöglich sein wird, eine unendliche Reife zu erlangen. Das höchste Gut sei die absolute Losgelöstheit von all dem Glitzer und Tand, mit dem man sich ein Leben lang behangen hat, weil man ja …

„Glauben Sie diesen Schaß?“ Ladinoskis Nachbar beugt sich zu ihm herüber.

„Der redet den ganzen Käse sicher nur, um uns Angst zu machen …, lieber Herr …“

„Ladinoski!“

„… lieber Herr Ladinoski! Das geht jetzt schon die ganze letzte Zeit so und wird mit der Zeit immer dramatischer formuliert. Der Dr. Stein ist ganz allein dafür da, um uns den allerletzten Deut Lebensfreude zu nehmen …, wollen Sie auch einen?“ Der Kollege reicht unter der Bank einen zuckerlrosa Punschkrapfen rüber, doch Christoph zögert.

„Nehmen Sie nur …, er ist sicher nicht vergiftet …, und wenn auch …, schaden kann’s Ihnen nicht mehr!“ Der Kamerad scheint sich über seinen eigenen Witz köstlich zu amüsieren. „Jetzt zögern Sie nicht …, ich sag Ihnen, Sie haben selten einen so guten gegessen!“

Irgendwie läuft ihm schon das Wasser im Mund zusammen, da Christoph die einschlägigen Landkarten in Erinnerung gerufen haben, dass man manchmal etwas essen sollte. Aber die letzte Erfahrung, die er mit einer Nahrungsaufnahme in Verbindung bringen kann, verfrachtete ihn schnurstracks in eine finstere Zelle. So lehnt er sicherheitshalber ab, obschon die rosa Glasur verführerisch glänzt.

„Machen Sie mir die Freude …“ Die Konditorware wird ihm jetzt direkt unter die Nase gehalten. Ladinoski befürchtet nun wirklich, dass es bald kein Halten mehr geben könnte und steht schon knapp davor, in den Würfel hineinzubeißen, als er plötzlich vermeint, den Sitznachbarn zu erkennen. Ist es nicht jener Mensch, der einmal gemeint hat, dass der Punschkrapfen das klassische Symbol für die Mentalität des Österreichers wäre? Außen rot, innen braun und völlig beschwipst.

„Was schwätzt ihr da hinten andauernd?“ Nun hat offensichtlich der Herr Professor bemerkt, dass da zwei nicht konzentriert bei der Sache sind und eilt schon forschen Schrittes auf ihre Bank zu.

„Thomas, ich habe dich schon mehrmals verwarnt! Ich lasse mir nicht mehr länger von dir auf der Nase herumtanzen! Jetzt reicht’s!“ Der Lehrer zieht hinter seinem Rücken eine Mütze mit angenähten Eselsohren hervor und setzt sie dem Schwätzer aufs Haupt. Dann packt er dessen richtiges

Ohr und zieht den Übeltäter mit roher Gewalt von dessen Sitz zur nächsten Ecke hin.

„Du bleibst jetzt hier im Winkerl stehen, Thomas, bis du schwarz wirst!“

„Schwarz werde ich sicher niemals“, bringt der Frechdachs noch eine letzte Bemerkung an, was den Lehrer dazu veranlasst, mit einem Tixo dessen Mund zu verkleben.

„So werde ich jeden von euch zum Schweigen bringen, der nicht schweigt und ungefragt redet“, wendet sich Dr. Stein an die gesamte Klasse. Dann widmet sich der Lehrer mit einem strengen Blick Ladinoski: „Da Sie heute zum ersten Mal bei uns sind, will ich noch Gnade vor Recht ergehen lassen …, aber lassen Sie sich das sagen; Während des Unterrichts verstehe ich absolut keinen Spaß …“ Ladinoski blickt verstohlen nach unten.

„Sehen Sie mir in die Augen, wenn ich mit Ihnen rede!“ Vorsichtig hebt Christoph seinen Kopf.

„Es wäre auch ein Akt der Höflichkeit aufzustehen!“ Rasch ist Ladinoski auf den Beinen.

Doch obwohl Christoph bei der Stirnreihe in der achten Klasse zu den Größten gehörte, wirkt er gegenüber diesem Professor wie ein Zwerg oder besser: wie ein ganz kleines Kind und muss seinen Kopf sehr anheben, um in die riesigen Augen zu sehen.

„In meiner Klasse herrscht eine unbedingte Disziplin …, Herr …, Herr? Mit wem habe ich denn eigentlich die Ehre?“

Irgendwie erinnert sich Christoph an seinen ersten Schultag im neuen Gymnasium, allerdings schwebt in ihm diesmal der leise Verdacht, dass der anwesende Pädagoge eine andere Vorstellung von Spaß als sein seinerzeitiger Klassenvorstand Dr. Helga Schneeberger zeigen könnte. Deswegen wird er wohl nicht auf die Idee kommen, ein G’schichtl zu drucken, und stellt sich korrekt inklusive akademischen Titels vor.

„Ein Doktor …, dass ich nicht lache! Dieser Gsterml will ein Doktor sein!“ Augenblicklich beginnt Dr. Stein lauthals zu lachen und deutet der ganzen Klasse an, Gleiches zu tun. Und die Schüler und Schülerinnen fügen sich, vielleicht auch nicht ungern, denn es gehört ja zum Prinzip moderner Pädagogik, einen Unterricht aufgelockert zu gestalten, und dabei sollte gerade der Humor nicht zu kurz kommen. Jedenfalls hat Dr. Christoph Ladinoski das ungute Gefühl, dass sich Tausende und Abertausende über ihn lustig machen. Jedenfalls klingt es danach.

Doch die allgemeine Heiterkeit wird bald durch einen ernsten Fingerzeig des Lehrers unterbrochen. Noch wird Christoph nicht in seine Bank zurückgeschickt. Ein durchdringendes Mienenspiel lässt erwarten, dass die Standpauke noch fortgesetzt wird. Leider irrt sich Christoph dahingehend nicht.

„Ich habe den schweren Verdacht, dass ich es hier mit einem sehr widerspenstigen Patron zu tun habe …“ Dr. Ladinoski würde diese Mutmaßung gerne zerstreuen, wagt es freilich nicht, seinen Mund aufzumachen. Vielleicht deswegen, weil er die merkwürdige Beobachtung macht, dass der Professor zu wachsen scheint und langsam übermächtig wird. Andererseits könnte es auch so sein, dass er selbst schrumpft, jedenfalls wird der Größenunterschied zwischen ihnen beiden immer eklatanter.

„Bei mir nicht …, in meiner Klasse herrscht eine Ordnung, die sich gewaschen hat …“ Ein riesiger Zeigefinger kommt Christoph immer näher.

„Und das lass dir gesagt sein …, wer sich mir entgegenstellt …“ In diesem Augenblick wird allerdings die Aufmerksamkeit Dr. Steins auf etwas anderes gelenkt. Haarscharf saust ein Papierflieger an seinem linken Ohr vorbei in sein Gesichtsfeld und landet direkt auf dem Pult. Der Professor greift sich die Bastelarbeit, besieht sie sich kurz und scheint schon einen Verdacht zu hegen, wem man diese Missetat anlasten könnte. Wenigstens wendet er sich von Christoph ab und einem anderen Schüler zu: „Igo, ich habe dich gewarnt!“

Der mutmaßliche Werfer jedoch ist nicht willig zu gestehen. „Herr Professor, das bin ich nicht gewesen!“

Ein Dr. Stein lässt sich nicht so leicht ins Bockshorn jagen.

„Wer soll es denn sonst gewesen sein, Herr Etrich …, sag es mir!“ Natürlich könnte der Beschuldigte jetzt couragiert schweigen, statt jemand anderen zu belasten, aber er deutet auf eine ältere Dame mit weißblondem Pagenschnitt in der Reihe vor ihm.

„Die Beate war's …, die Beate ist es gewesen!“ Doch diese Frau lächelt nur selbstsicher und scheint die vorgebrachten Anschuldigungen keineswegs abzustreiten, im Gegenteil, während der Professor eiligen Schrittes näherkommt, hat sie bereits wieder einen Bogen Papier genommen, um ihn fachgerecht in Falten zu legen.

„Beate …, ich warne dich!“ Diese Person scheint keineswegs eine Duckmäuserin und schießt die Warnung in Form eines weiteren Modellflugzeuges in den Wind. Natürlich kann kein Lehrer so einen Affront auf sich sitzen lassen. Schon gewinnt auch er vor dieser Dame merklich an Größe, und man erwartet allgemein eine ordentliche Strafpredigt, als die Bastlerin aus ihrem Bankfach ein diskretes Paket hervorzieht und dem Lehrer entgegenhält. Daraufhin geschieht Sonderbares, nämlich, dass sich in Windeseile die Größenverhältnisse zwischen den beiden agierenden Personen wieder einpendeln und Dr. Stein jetzt sogar ein klein wenig kleiner als Beate wirkt. So kann sie ihm leicht etwas ins Ohr flüstern, wodurch des Professors Gesichtshaut in ein Dunkelrot changiert.

Ladinoski, der nun wieder Platz genommen hat, ist beeindruckt. Es gibt also hier doch Menschen, die sich nicht ohne weiteres von einer professoralen Autorität unterdrücken lassen, und er überlegt, ob er auch etwas tun sollte. Während er darüber grübelt, welche freigeistige Handlung er setzen könnte, dröhnt schon eine markante Stimme in sein Ohr: „Schlag dir das schleunigst aus deinem Kopf, Christoph!"

Der gestrenge Professor ist nicht der Mahner, denn dieser zieht sich verstohlen mit Beates Box hinter eine Tapetentüre zurück.

Natürlich war es klar, dass seine Volksschullehrerin ebenso zu den Verstorbenen gehört, denn in seiner Erinnerung ist Frau Fischl schon damals eine alte Schachtel gewesen, als er zum allerersten Mal den Ranzen schnüren und die Schulbank drücken musste. Allerdings hat sie wohl einen gewissen Grundstein gelegt, dass er gerade Sätze schreiben und ungerade Zahlen subtrahieren konnte. So wirkt er sogar ein wenig erfreut eine alte Bekannte wiederzusehen und verspricht daher, ganz, ganz brav zu sein.

„Das ist auch gut so, Christoph, denn du musst noch viel lernen!"

## XXI.

„... deswegen bin ich mir ja so sicher, dass irgendwer den Christoph am Gewissen hat."

Gneringer ist im Wiegel-Wagel, wieweit er Zima mit der Wahrheit konfrontieren sollte, denn einerseits haben seine Mordtheorien grundsätzlich gute Ansätze, andererseits sind sie auch völlig aus der Luft gegriffen und daher hundertprozentig falsch. Aber er hat schon mehrmals die Erfahrung gemacht, dass die meisten Menschen nicht an eine konkrete Kontaktaufnahme zu Verstorbenen glauben und einschlägigen Berichten oft mit Argwohn begegnen. So wäre es seiner Einschätzung nach günstiger, nicht mit Hildes nächtlicher

Erfahrung rauszurücken, wo die Glaubengruber eindeutig die Tat gestanden hat.

Außerdem sind sie beide zu einer Zeit in die Schule gegangen, wo sich nicht einmal ausgewiesene Sozialisten vom Religionsunterricht abmelden durften, und daher weiß Gneringer, dass Zima, obschon religiös gebildet, als einzige religionsnahe Denkweise den Atheismus vertritt. Und für die Anhänger einer solchen Überzeugung gibt es nicht nur nicht Gott, sondern schon gar kein ewiges Leben oder sonst etwas, was nach dem Tod stattfinden könnte. Daher wäre der Schwafler sicherlich nicht von irgendeiner Theorie zu überzeugen, die einen Einfluss der Toten auf die Lebenden zum Gegenstand hätte. Jedenfalls bedenkt Gneringer Zimas Thesen nur mit wohlwollendem Murmeln und widmet sich eher seinem Spritzer.

Doch Zima scheint nicht gewillt, den Fall Ladinoski auf sich ruhen zu lassen. Da der Winter sich sozusagen im Krankenstand befindet, muss ein anderer her, der ihm zu Seite steht, vielleicht, weil jeder große Kommissar Unterstützung von einem Assistenten erhält. Und selbst, wenn der Gneringer kein Doktor ist, könnte er ruhig die Rolle des Watson übernehmen.

„Was hältst du von meiner Erkenntnis, dass man eine Agentin auf unseren Kameraden Christoph angesetzt hat, weil er in eine ganz große Sache verwickelt gewesen ist?"

In Gneringers Hinterstübchen tut sich eine Erinnerung auf, dass der Zima vorher vergleichbaren Stumpfsinn verzapfte, aber er sieht kein gesteigertes Bedürfnis überhaupteine Diskussion zu beginnen. Doch, wenn man so blöd war, sich einen unnötigen Schulkollegen als Trinkkumpanen an den Tisch geholt zu haben, wäre es dennoch unhöflich mit Schweigen zu glänzen. Es hat ihm schon immer Spaß gemacht, Menschen mit besonders einseitigen Denkstrukturen auf die Schaufel zu nehmen. Und Zimas unreflektiertes Weltbild bietet herrliche Angriffspunkte. Jedenfalls beginnt Gneringer einmal mit der Destruktion von Zimas Theorien.

„Ich habe immer geglaubt, dass du logisch denken kannst …," das hat zwar Ewald nie, nur, bevor man losschlägt, könnte man ein bisschen den nicht vorhandenen Bart kraulen, „… leider befindest du dich hier auf einem absoluten Holzweg!"

Von einem kriminalistischen Mitarbeiter erwartet man keine laienhafte Kritik, schon gar nicht von einem, der bereits in der Klasse den Ruf eines Trunkenboldes ausfasste. Zima vernachlässigt in seinem Ärger allerdings, dass er gerade genauso dem, nach Obrechtsbergers Diktion, Teufelszeug frönt.

„Ich gebe zu, Otto, ich bin bei dem ganzen Fall auf Indizien angewiesen, weil ja nur der Winter dieses Pendant zu nämlicher Frau, also zu dieser angeblichen Frau Glaubengruber gesehen hat. Dennoch kann ich dem Albrecht trauen, dass er sich insofern nicht irrte, eine Frau gesehen zu haben …, jedenfalls hat er es so erzählt …, die wie die verschiedene Frau Glaubengruber ausgesehen hat. Freilich glaube ich dem Winter jetzt auch, dass die Original-Glaubengruber vor einigen Wochen selbst Hand an sich legte und sie es deshalb nicht sein konnte, die da im Restaurant gesessen hat. Wer also …, und das frage ich jetzt dich, Otto …, wer sollte also dort gesessen sein?"

„Wenn du schon erzählst, dass die Glaubengruber keine Zwillingsschwester hatte …"

„Das habe ich eindeutig …", er zieht jetzt sogar einige Blätter Papier aus seiner Aktentasche, „… recherchiert! Hier siehst du meine Ergebnisse …" Er legt eine Kritzelei vor Gneringer auf den Tisch, die jener nicht beachtet.

„Schau dir das an …, hier habe ich nachgewiesen …"

„Das weiß ich doch schon ..., dass die Glaubengruber eine hässliche Schwester hat, wo du dich darüber wunderst, dass die einen abgekriegt hat ..." Natürlich hat Zima jedes auch noch so unwesentliche Detail erwähnt, weil ein guter Ermittler gerade durch scheinbare Nebensächlichkeiten oft auf die Lösung eines Falles stößt.

„Wieso sollte der Geheimdienst eine Agentin derart wie die Glaubengruber herrichten, und zu welchem Zweck?" Gneringer merkte sich zwar einige Passagen dieses absoluten Schwachsinns, aber während er die haarsträubenden Theorien Zimas zerpflückt, kommt er immer mehr zum Schluss, dass es eigentlich völlig sinnlos ist, was er daherredet. Der Zima scheint von seiner Schlussfolgerung felsenfest überzeugt zu sein, doch wenn Gneringer nun mit seinem Wissen bezüglich Aktivitäten Verstorbener rausrückte, wäre er ebenso glaubhaft wie ein Patient einer geschlossenen Anstalt. So winkt er irgendwie resignierend den Piccolo herbei, dass man es nicht verabsäumen sollte, im Viertelstundentakt ein volles Glas bereitzustellen.

Was hat er denn wirklich dem Zima voraus? Jener hat sogar den Vorteil, dass er versucht, Schlussfolgerungen zu ziehen, und auch wenn selbige völlig aus der Luft gegriffen sind, scheinen sie ihm so etwas wie eine Befriedigung zu geben, wie man an dem selbstgefällig tumben Gesicht dieser Armleuchte feststellen kann.

Gneringer hingegen befindet sich seit der Begegnung mit dem Spurny in einem Strudel der völligen Ahnungslosigkeit, was denn diese geballten Mystifikationen zu bedeuten haben. Dass man einem toten Schulkollegen im Kaffeehaus begegnet, kann man mit etwas gutem Willen vielleicht noch akzeptieren, dass man weiter in einer elenden Absteige auf einen ganzen Schippel Verstorbener, worunter sich selbst ein ehemaliger Bundeskanzler bindet, trifft, ist schon etwas schwerer zu verstehen. Aber dass man dann auch noch in seinem Kinderzimmer aufwachen und wieder in die Schule gehen muss, ist schon ein bisschen viel des Guten.

Sollte er jetzt beginnen, Schlüsse zu ziehen, warum und weshalb die letzten drei Tage seines Lebens noch verworrener als sein bisheriges Dasein gewesen sind? Oder steht etwa eine große Absicht dahinter, dass er ein paar Monate nach seinem fünfzigsten Geburtstag verschiedentlich mit dem Tod konfrontiert wird?

Nicht, dass er den Tod je gänzlich aus seinen Gedanken verbannte, der Tod ist doch irgendwie in der Welt immer allgegenwärtig. Man braucht ja nur im Guldenblatt zu blättern und zu zählen, wie viele Menschen tagtäglich bei einem Autounfall das Bankl reißen. Außerdem hat er nicht wenige Begräbnisse als Trauergast besucht, worunter auch die seiner Eltern zu zählen sind. Nur konnte er stets an sich selbst beobachten, wenn man einem Sarg hinterhertrottet, kommt eigentlich weniger der Gedanke, dass dieses Schicksal einen ebenso treffen könnte. Möglicherweise könnte es deswegen sein, weil man eine Beerdigung im Grunde genommen als unnötig bezeichnen müsste, weil sie nichts anderes als eine bühnenwirksame Entsorgung eines organischen Mechanismus, der funktionsuntüchtig wurde, ist. Jedenfalls hat Gneringer diese provokante Meinung an den passendsten und unpassendsten Orten immer wieder ungefragt zum Besten gegeben, was ihm aber nicht den Ruf einbrachte, als Spezialist in Fragen der Transzendenz zu gelten. Im Gegenteil, ein nicht unerheblicher Teil seines näheren und ferneren Umgangs bezeichnet ihn, nicht nur wegen eigenwilliger Ansichten über Bestattungen, als ausgemachten Volltrottel.

Auch wenn Otto die Urteile anderer sicher nicht für sein Selbstwertgefühl benötigt, aber durchaus selbstkritisch erkennt, dass er von vielen mit ambivalenten Augen gesehen wird, muss er sich gerade jetzt eingestehen, dass er an einem Punkt ansteht, wo ihm sein Intellekt unendlich viele Streiche spielt. Jedenfalls beginnt der Fragenkatalog, welcher ihn jetzt in seinen Gedanken belästigt, immer umfangreicher zu werden. Falls er jetzt zu dem neuen Kapitel seines Lebens eine Überschrift erfinden müsste, könnte die in etwa so lauten: Gneringers Ahnungslosigkeit.

Wie könnte er endlich herausfinden, welch tiefere Bedeutung all die geballten Begegnungen der Irrationalität haben? Gneringer blickt in den Spritzwein wie in die Glaskugel einer Hellseherin. Eigentlich versäumte er es damals im Schwarthaler, den Spurny zu befragen, weshalb er …? Soweit sich Otto jetzt ins Gedächtnis ruft, erwähnte der Spurny ihr damaliges Treffen bei ihrem letzten Treffen im Beserlpark …, allerdings in einer Fassung, wo Gneringer ihm als alter Mann erschienen sein soll. Doch war dies ja zu einem Zeitpunkt, wo Gneringer eindeutig zugeben muss, dass er sich in der Vergangenheit befand, wenn er sich auch nicht sicher ist, ob er real … Weshalb hat dann der Selbiger eine Schuldensumme, vierhundertvierundzwanzig Schillinge, genannt, die er jenem zurückzuzahlen hatte? Gewiss kann er sich an die Bewirtung im Garderobenkeller der Schule erinnern, als ob es gestern gewesen wäre …, ja, es war ja auch gestern …, aber nur gestern …, denn vorher hat es diese seltsame Schulerinnerung bezüglich der Annehmlichkeiten mit Saufen und Rauchen während der Pausen sicher nicht gegeben. Und dass er sich daran nicht entsinnen könnte, wäre ungewöhnlich, weil Gneringer fast jedes unnötige Detail seiner Schulzeit noch im Kopf hat. Richtig hingegen ist, dass der Selbiger schon damals Geheimnisse hatte, die Otto nie herausfand, wie etwa, dass es ihm möglich war, Schulnoten zahlender Mitschüler zu verbessern. Vielleicht hat der Selbiger irgendwelche Möglichkeiten gehabt, die Professoren zu erpressen …, jedenfalls hätte dem Gneringer damals schon klar sein müssen, dass mit dem Selbiger etwas nicht stimmt. Die endgültige Gewissheit gab es ja heute Mittag, als der windige Anwalt zugab, dass es für ihn schon seit Jahren eine Selbstverständlichkeit ist, mit Verstorbenen Geschäfte zu machen …, jedenfalls rechtliche.

Gneringer kommt jetzt langsam zu einem ersten Lösungsansatz. Höchstwahrscheinlich kann der schweigsame Spurny gar nichts dafür, dass er ihn im Schwarthaler treffen musste. Wahrscheinlich ist der arme Tropf ebenso in etwas hineintheatert worden, was man ja aus den Andeutungen, die er während ihres gemeinsamen Rauchens machte, auch schließen kann. Völlig schuldlos an seinen Erlebnissen sind mit Sicherheit der Zuborsky und die anderen, wie etwa der Herr Sinkovic, denen er wahrscheinlich nur begegnen sollte, damit ihm etwas vor Augen gehalten wird.

Jedoch, um Gottes willen, was?

Dass etwa in Kürze sein eigener Tod bevorsteht?

Oder, wenn man das nicht hoffen will, dass er ein anderes, völlig neues Leben führen sollte?

Von beiden Punkten dünkt ihm der letztere als leicht bessere, weil ja nicht vieles in seinem bisherigen Leben von einer ausgesprochenen Stringenz geprägt war. Aber schlüssig ist es dann wirklich nicht, mit Sachen konfrontiert zu werden, die derart jeglicher Logik entbehren, sodass ein normaler Mensch mehr verzagen müsste, als Gewinn daraus zu ziehen. Freilich, gänzlich normal sieht sich Gneringer sowieso nicht, dazu reicht seine Selbsterkenntnis, doch hätte es vielleicht nicht andere Möglichkeiten gegeben, ihn auf den rechten Weg zurückzuführen?

Der junge Bursche muss schon in jüngsten Jahren sein Geschäft gelernt haben. Er hat einen Blick dafür, wann ein alter Saufkopf seinen letzten Schluck hinunterschüttet und stellt just in diesem Moment einen frischen Spritzer auf den

Tisch. Allerdings verfährt er bei dem Biertrinker ähnlich, und die beiden angejahrten Herrschaften werden hoffentlich ob ihres Rausches nicht mit Trinkgeld geizen.

Zima kann es gar nicht leiden, wenn ihm kein Gehör geschenkt wird, und was hat ein Gasthausbesuch dann für einen Sinn, wenn man sich gegenseitig anschweigt?! Entweder ist der Gneringer schon stockbetrunken oder ihm ist etwas anderes über die Leber gelaufen. Jedenfalls zeugt sein Blick von einer ausgesprochenen Ignoranz. „Also hast du jetzt etwas gegen meine Theorie einzuwenden?"

Gneringer vergießt in seinen Gedankenanfällen beinahe, dass noch jemand anderer am Resopaltisch lümmelt, und blickt hinüber. Versteht denn der Ewald nicht, dass jeder anständige Trinker für gewisse Momente seine Ruhe benötigt?! Man befindet sich ja nicht bei einem Kaffeekränzchen in der Kurkonditorei, wo man sich mit unnötigen Wortmeldungen geradezu überbietet. Natürlich kann man eine Wirtsstube an sich mit einer kommunikativen Funktion in Verbindung bringen, freilich mit gewissen Abstrichen. In solchen Räumlichkeiten darf zwar geredet werden, jedoch nicht über ein gewisses Maß hinaus.

„Deine Theorie ist für'n Orsch!" Diese lakonische Bemerkung hatte keineswegs die Absicht, Zima zu beleidigen, sondern wurde nur deswegen formuliert, um kein weiteres Gespräch mehr in eine spezielle Richtung aufkommen zu lassen.

Allerdings verrechnet sich Gneringer hierin ordentlich. Ewald Zima kennt sich als gutmütig und allseits beliebt, aber wenn man jemanden mit unflätigen Kommentaren abspeist, kann auch ein sozialisierter Phlegmatiker nicht umhin, kontra zu geben. „Was bildest gerade du dir ein, mich zu kritisieren ..., schau wenigstens her, wenn ich mit dir rede ..., oder ist das zu viel verlangt?"

Gneringer lässt sich nun doch auf das Spiel ein und hört aufmerksam zu, was für Argumentationsmodelle der Zima nun auf Lager hat.

Aber es wird in die untersten Schmutzkübel gegriffen und die geradezu asoziale Lebensweise Gneringers auf dem Tablett serviert. Es geht doch nicht an, dass man zeit seines Lebens nur von der Gesellschaft genommen und nie etwas gegeben hat. Man muss es als geradezu schändlich bezeichnen, wenn erwachsene Menschen von sich behaupten können, keine Steuern bezahlt zu haben.

Gneringer könnte nun einwerfen, dass er schon Jahrzehnte unter der Tabak- und Alkoholsteuerlast leidet.

Ein ordentliches Mitglied der Gesellschaft sollte sich verpflichtet sehen, einem Beruf nachzugehen, der der Allgemeinheit von Nutzen ist. Wieso habe er nicht die Straßen gekehrt oder im Winter Schnee geschaufelt, um wenigstens für die Alimente seiner Kinder aufzukommen? Zima kommt jetzt so richtig in Fahrt. Somit dürften brave Bürger, wie der Winter, der Obrechtsberger oder all die anderen ihrer Klasse für so einen Nichtstuer geradestehen. Zima atmet durch. Man sollte sich einmal ausrechnen, was ein einzelner Bürger für jene Asozialen wie einen Gneringer so täglich von seinem Lohn hergeben muss.

„Entschuldigung …, wir haben jetzt Schichtwechsel …, ich müsste abkassieren …, aber Sie können noch sitzen bleiben …, Sperrstund ist noch lange nicht." Der Kellner könnte nun ein Wink des Schicksals sein, die Vorwürfe gewaltig zu untermauern. Zima zückt jedenfalls die Brieftasche, um seine nicht unerhebliche Anzahl von fünf Krügeln zu bezahlen. Sodann steckt er die Börse mit einem süffisanten Grinsen wieder weg.

„Otto, die woll'n schon, dass wir zahlen!" Zima ist sich hundertprozentig sicher, dass sein Gegenüber wie immer nicht den müdesten Cent in der Tasche hat, und da der Winter derzeit nicht verfügbar sein kann, muss einmal Recht vor Gnade gehen.

„Das wären … sechs Spritzer Weiß, ein Packerl Zigaretten …, der Herr …, macht …, zehnachtzig und fünf …, fünfzehn achtzig."

Zima ergötzt das hilflose Kramen Gneringers in seinen Hosentaschen. In dieser Welt gibt es keine Wunder und schon gar nicht eines der Geldzuwendung für einen Nebochanten.

Allerdings zieht Otto nun einen nigelnagelneuen Hunderter hervor, der offensichtlich aus keiner bulgarischen Fälscherwerkstatt stammt, weil der Ober den Geldschein anstandslos akzeptiert. Zimas Weltbild beginnt zu wanken.

Gneringer scheint über den Geldsegen nicht unüberrascht, wenigstens kann er sich wieder daran erinnern, wann er diesen grünen Lappen in die Hand bekam, weil, wie so oft, der Winter ihn nicht hängen ließ. Da jedoch Ausgaben der letzten Zeit hauptsächlich mit der Schilling-Währung verbunden waren, hat die stattliche Summe ihre Ganzheit über Tage bewahrt, was höchst selten vorkommt. Zum Glück ist er nicht darauf angewiesen, dass ihn ein überbezahlter Ministerialbeamte einladen muss, denn in der Schuld eines solch ausgemachten Vollkoffers zu sein wäre wohl nicht sonderlich erbaulich.

Zima verliert nun vollends die Lust, sich länger mit diesem unangenehmen Kameraden zu beschäftigen, zumal das Lokal da völlig unter seinem Niveau liegt. Dass hier vielleicht auch ein arbeitendes Volk verkehrt, welches sogar seine Partei wählt, kratzt ihn nicht sonderlich. Relativ grußlos verlässt er Gneringer und die stinkende Bude.

„Ich krieg noch einen, bitte!"

„Natürlich, der Herr, kommt sofort …, kommt auf Flügeln …" Der nächste diensthabende Ober scheint nicht weniger zuvorkommend, weil er offenbar mitbekam, was sein Vorgänger so an Trinkgeld lukrierte.

Endlich allein. Bevor allerdings Gneringer wieder in verschiedene Mystifikationen abdriftet, kreisen seine Gedanken um ganz etwas anderes. Das hat auch damit zu tun, dass es hier im Beisl, obwohl ungeniert geraucht wird, außergewöhnlich gut riecht. Er beobachtet, dass nun vermehrt Speisen durch die Gegend und zu Gästen getragen werden und schließt daraus, dass die Küche wieder geöffnet wurde. Gleichzeitig fällt sein Blick auf eine Schiefertafel rechts der Kühlung, auf der diverse Gerichte, gepaart mit wohlfeilsten Preisen, vermerkt werden. Einen Bröselteppich goutiert Gneringer heute nicht, obwohl man in einem unbekannten Lokal meist von diesem Gericht durchaus auf den Rest schließen kann. Aber in einen Zwiebelrostbraten hat er in den letzten Jahren höchst selten hineingeschnitten, weil der eher im höheren Preissegment zu finden ist. Heute jedoch sind erstens der Gusto und zweitens die pekuniären Möglichkeiten da, sich einen solchen zu vergönnen. Eine diesbezügliche Bestellung wird aufgegeben.

Also, wo war er steh'ngeblieben? Ah ja! Entweder sind diese Grenzüberschreitungen vielleicht als Nahtoderlebnis zu bezeichnen, und er sollte sich möglicherweise darauf vorbereiten, bald abtreten zu müssen. Nein! Solch negativer Gedankengang wird sofort abgewürgt! Leider ist jetzt der Winter nicht anwesend, jedoch der würde argumentieren, dass niemand den eigenen Tod voraussehen kann, jedenfalls nicht nach katholischer Überzeugung. In der Bibel steht sogar: „Niemand kann wissen, außer der Vater", oder so ähnlich. Also warum sollte es bei ihm anders sein? Er ist getauft, gefirmt und sogar mit dem Sakrament der Ehe geschlagen.

Noch dazu löste er sich nie von der Katholischen Kirche, weil sich Winter erbötig gemacht hat, seinen Kirchbeitrag direkt von dessen Konto abzubuchen. Also schließt er zum zweiten Mal das Kapitel „Eigener Tod" und wendet sich dem nächsten zu, wo er zum Ergebnis kommt, dass derart surreale Erscheinungen ihn dazu bringen sollen, einen anderen Lebensweg zu beschreiten.

Doch fühlt er sich bemüßigt, dieses zu tun?

Wenn man daran glaubte, müsste man voraussetzen, dass es eine höhere Macht, landläufig als Gott bezeichnet, geben muss. Natürlich hat Gneringer als Logiker nie angezweifelt, dass so etwas wie ein Gott, vielleicht im metaphysischen Sinne, existiert, aber er beschäftigte sich eigentlich nie damit, wie Gott per se auf diese Welt einwirkt und ob er es überhaupt tut.

Da haben es Hirnederln wie der Zima leichter, weil der unreflektierte Atheist einfach stante pede argumentiert, dass es nichts Transzendentes gibt, jedoch dabei vergisst, dass gerade das Nichtsein eines Gottes durch die Antidefinition einen solchen exakt determiniert. Nur, über den Zima will er sich keine weiteren Gedanken mehr machen, der wird schon früh genug feststellen …

„Der Zwiebelrostbraten, mein Herr!"

Gott definiert sich bekanntlich über das Gute, und dieses definiert sich schon beim ersten Bissen auf seinen Geschmacksknospen. Die feine Röstung der Zwiebeln bewirkt ein Übriges, und wenn seine verworrene Vergangenheit nicht derart präsent wäre, könnte Gneringer schon wieder Gefallen am Leben finden. Aber noch ist es nicht so weit, auch wenn die knusprigen Erdäpfel einen Weg in eine positive Zukunft andeuten könnten.

„Da bist du …! Das hätte ich mir ja denken können!" Gerade wie Gneringer schon wieder versucht, ein abstraktes

Götterbild in seinen Gedanken zu malen, welches sich über den Katholizismus konkretisieren sollte, reißt ihn eine rüde Frauenstimme aus seinen Gedanken.

„Wieso hast du mir nicht gesagt, wo du hingehst?“ Gneringer ist es gewohnt, dass ihm Frauen Vorwürfe machen, allerdings war er mit denen mindestens einige Wochen verheiratet, bevor es losging. Diesmal kann er sich nur an eine einzige Nacht erinnern, und die indiziert wohl nicht, dass man sich in einer Beziehung befindet. Jedenfalls setzt sich Hilde auf den von Zima verlassenen Platz und bestellt sich ebenso ein Getränk, ein Achterl Zweigelt.

„Ich hab mir doch Sorgen um dich gemacht …“ Die Stimme schlägt merklich milder an. „Erst bin ich im Krankenhausbüffet gewesen, und als ich dich dort nicht gefunden habe, dachte ich, dass du nachhause gegangen bist …, ich hab nicht einmal eine Handynummer von dir …“ Hilde greift über den Tisch und nimmt sich eine Zigarette aus Ottos Schachtel.

„Ich hab meine irgendwo liegengelassen …, du erlaubst eh?“ Gneringer signalisiert eine Geste der Großzügigkeit. „Dann hab ich mir gedacht, dass du nicht weit sein kannst, und hab hier reingeschaut.“ Gut, jetzt fand sie ihn, aber das heißt noch immer nicht, dass sie beide jetzt ein Paar sind, wie es ihr Keppeln gerade angedeutet hat. Überhaupt tut sich mit dem Problem Hilde ein weiteres auf, welches Gneringer lieber nicht am Hals hätte, da der Albrecht doch irgendwie sein bester Freund ist. Und bei einem besten Freund fummelt man nicht an dessen Gattin herum. Jedenfalls bewirkt das Letztgedachte, dass er sich nach dem Befinden Albrechts erkundigt.

„Irgendwie habe ich nichts rausgekriegt …“ Gneringer kann Hildes Mienenspiel schwer deuten, einerseits funkeln ihre Augen recht freundlich zu ihm rüber, andererseits steigen bedenkliche Sorgenfalten ihre Stirne hoch.

„Der Albert hat mir nichts gesagt …, er hat nur so um den Brei herumgeredet, dass eh alles in Ordnung sei und er vielleicht nur ein bisschen zu viel gearbeitet habe …, deswegen glaubt er, diese Sinnestäuschung gehabt zu haben …“

„Wie geht es ihm organisch …, tschuldige …, ich meine: körperlich …, was sagen die Ärzte?“

„Das hab ich auch nicht ganz verstanden.“

„Hast du überhaupt mit einem Arzt gesprochen?“ Hilde beteuert, dass sie sich beim zuständigen Stationsarzt über den Zustand ihres Gatten informiert habe, und der meinte, dass man schon vorsichtig sein sollte, weil der Patient ein gewisses Alter hätte, wo man auf sich schauen muss, und deswegen würden weitere Untersuchungen durchgeführt. Einen leichten Schlaganfall könne man allerdings nicht ausschließen, und deswegen werde man den Albert noch einige Tage unter Beobachtung halten.

„Wie lange soll er genau dort bleiben?“

„Das hab ich nicht rausgekriegt.“ Hilde nippt an einem leeren Glas. „Vielleicht wollten sie mir im Spital nicht die ganze Wahrheit sagen …, Ärzte sagen nie die ganze Wahrheit!“

Gneringer versucht zu beruhigen, dass die Medizin heute schon ungemein bessere Methoden als noch vor wenigen Jahren anwendet und man nicht mehr so leicht stirbt. Als er den Begriff „Sterben“ ins Spiel bringt, bleibt ihm fast der Bissen im Hals stecken, und er versucht, die Kurve zu kratzen. „Mach dir keine Sorgen, der Albrecht ist ein zäher Hund.“

Hilde findet dennoch keine Zuversicht. Erstens hat der Albert sicher nicht diese Rossnatur, die ihm Otto da andichtet, weil er schon die letzten Jahre ununterbrochen leicht kränkelte, und zweitens, wie wird er es aufnehmen, dass sie die Absicht andenkt, sich scheiden zu lassen? Aber vielleicht muss man es als Wink des Schicksals sehen, dass sie heute das erste Mal seit dreißig Ehejahren keine Rücksicht auf ihn nehmen muss. Endlich kann sie tun und lassen, was sie möchte. Sie kann so frei sein, wie sie nie zuvor gewesen ist.

„Herr Ober, bitte noch ein Glas Wein."

„Kommt sofort …, kommt sogleich …, kommt im Flug!"

## XXII.

„Zeig mir einmal deine Hausübung, Christoph!" Obwohl die Frau Lehrerin bei ihrer Aufforderung lächelt, kommt bei Ladinoski ein schlechtes Gewissen auf, weil er gestehen muss, dass er gar keine gemacht hat. Freilich redet er gleich um den heißen Brei herum, dass er gar nicht gewusst habe, dass er überhaupt eine aufbekommen hätte.

„Glaubst du wirklich, dass ein Schüler keine Hausübungen aufbekommt?"

Dass er sich in einer Art Schule befindet, wurde ihm schon längst einsichtig, nur sollte er sich möglicherweise fragen, was es damit auf sich hat. Allerdings werden seine Überlegungen nach der Sinnhaftigkeit dieses Unterrichts von Frau Fischl aufs Neue gestört. „Wenn du keine hast, dann muss ich leider deinen Eltern etwas ins Mitteilungsheft reinschreiben."

Das wird ja noch schöner. Langsam hat es den Anschein, dass er in einer gewissen Weise vollkommen entmündigt wird. Aber jetzt kann er die Fischl ordentlich aufblattln. „Frau Lehrerin, Sie wissen doch selbst, dass ich nicht bei meinen Eltern, sondern bei meiner Tante aufgewachsen bin." So ganz stimmt das nicht, denn zu seiner Tante kam er erst ab der dritten Volksschulklasse, als seine Eltern sich scheiden ließen und seine Mutter nach Amerika hinüberheiratete. Der Vater hat sich dann nicht fähig gesehen, seinen Sohn alleine aufzuziehen und ihn zur Tante gesteckt, wo er es nicht schlecht getroffen hatte.

Die Fischl schaut verdutzt, kann sich offensichtlich nicht an die etwas verworrenen Familienverhältnisse erinnern.

Vielleicht sollte man auch im Jenseits einen Alzheimer diagnostizieren, und wenn man in das Gesicht dieser alten Dame blickt, könnte so ein Krankheitsbild augenscheinlich sein.

„Christoph, du musst immer das letzte Wort haben …, da wirst du es in deinem weiteren Leben noch schwer haben!" Ha! Jetzt hat er sie endgültig. Soweit er alles richtig verstand, ist er ja gar nicht mehr am …, jedenfalls kann man hier vom Leben im herkömmlichen, also im naturwissenschaftlichen Sinne nicht mehr sprechen. Mit solcher Argumentation pariert er nun Frau Fischls moralisierenden Kommentar.

Eine Pausenglocke verhindert, dass Ladinoski weiter volksschülerisch behandelt wird. Die Frau Lehrerin doziert nun, dass jeder ein Recht auf eine Pause, auch in der Ewigkeit, habe, zündet sich eine Zigarette an, zieht einen Flachmann aus ihrem Kittel und macht sich fröhlich pfeifend auf die Socken.

Nach einer Rauchware stünde Christoph auch der Sinn, und er sieht sich um, ob er bei jemandem eine schnorren könne. Leider dürfte es den Schülern nicht gestattet sein, hier zu rauchen, obwohl kein Hinweisschild ein derartiges Verbot andeutet. Obwohl eigentlich unterrichtsfreie Zeit herrscht, ist keineswegs eine typische Pausenunruhe zu bemerken. Nahezu alle Anwesenden, und es sind unüberschaubar viele, sitzen brav in ihren Bänken und beschäftigen sich still. Ebenso macht der Missetäter mit dem Punschkrapferl keine Anstalten, sein Strafwinkerl zu verlassen. Selbst den Tixostreifen zieht er nicht von seinem Mund, obwohl sich keine Lehr- oder andere Aufsichtsperson in seiner Nähe aufhält. Ebenso dürfte sich die Papierflieger-Beate einer andächtigen Beschäftigung hingeben. Gewissenhaft bestückt sie Schachteln diverser Größe mit seidenen Dessous, freilich auch anderem, etwas gewagterem Sexspielzeug.

Christoph wird langsam, aber sicher fad. Was sind denn das für Menschen, die sich damit abfinden, in ewiger Ruhe zu verharren? Gerade dieser Thomas hat doch Zeit seines Lebens eine geradezu herzerfrischende Angriffslustigkeit an den Tag gelegt, und jetzt wagt er es nicht einmal, seine Ecke zu verlassen.

Ladinoski tritt nun von hinten näher und klopft auf seinen Rücken. Etwas verstohlen macht jener einen Blick über seine Schulter, doch als Christoph deutet, er solle sich den Klebestreifen von den Lippen ziehen, schüttelt er nur mit dem Kopf.

„Was ist mit dir …, äh …, Ihnen …? Es ist eh niemand da!"

Der unter Strafe Stehende blickt ihn mit sorgenvollen Augen an. Dennoch zögert Ladinoski jetzt nicht, greift zu dessen Gesicht und reißt an. Auch wenn hier Schmerzen nicht mehr existieren sollten, kommt ein leichter Aufschrei. „Ahhh …, nein!"

„Was …, habe ich Ihnen wehgetan?"

Der Thomas flüstert: „Das nicht …, wir dürfen das nicht." Dr. Ladinoski will nun in Erfahrung bringen, weswegen dieser ehemalige Querdenker so ein jämmerlicher Duckmäuser geworden ist.

„Bitte, kleben Sie mir das wieder rauf …, ich komme sonst in unendliche Schwierigkeiten!" Christoph zeigt sich unnachgiebig. Er knödelt nun den Tixostreifen so zusammen, dass er auf keinen Fall wiederverwendet werden kann.

„Was sollen das für Schwierigkeiten sein, Herr Bernhard?"

Man sieht, dass er sich durchaus gebauchpinselt fühlt, hier im Klassenzimmer erkannt zu werden. Jedenfalls löst sich seine Zunge etwas. „Verstehen Sie mich nicht falsch, Herr …"

„Ladinoski …, Dr. Christoph Ladinoski!"

„Herr Doktor ..., hier ist es enorm gefährlich, sich mit der Obrigkeit anzulegen ..., wir sind nicht mehr in unserem Österreich, wo man den Menschen auf den Kopf scheißen kann und die darüber noch froh sind, dass sie so stinken. Hier werden andere Saiten aufgezogen!“ Dass sie nicht mehr dort sind, wo sie ein Leben lang gewesen sind, kann niemandem entgehen, aber solange Christoph noch denken kann, muss der freie Wille noch im Spiel sein, und ein solcher indiziert, dass man sich nicht alles gefallen lassen soll.

„Hier leider schon, lieber Freund ..., wir sind nicht mehr in einer Welt, wo das Recht von unfähigen Politikern ausgeht, hier sind Kräfte am Werk, die ihr Handwerk verstehen.“

„Gott?“ Ladinoski warf diesen Begriff jetzt einfach nur auf, doch Thomas hält seinen Zeigefinger so vor den Mund, dass man das nicht aussprechen sollte.

„Was dann?“ Dem einst sprachgewandten Geistesmenschen steht augenblicklich ein dämliches Grinsen im Gesicht, und nicht nur das, der augenscheinlich fast Sechzigjährige bekommt von Augenblick zu Augenblick jüngere Züge, bis man vermeint, vor einem pausbäckigen Knaben in kurzen Hosen zu stehen.

Weshalb Ladinoski plötzlich einen Kochlöffel in Händen hält, stellt sich als weiteres Rätsel dieser grotesken Situation dar. Da aber nirgendwo ein Herd mit dampfendem Reindl, in dem man umrühren sollte, ansteht, wird die hölzerne Küchenhilfe wohl zu anderen Zwecken dienen. Jeder vor dem Jahre 1975 geborene Mensch weiß, wozu Kochlöffel grundsätzlich noch verwendet werden, und selbst Thomas wird wohl auch einschlägige Erfahrungen gemacht haben. Jedenfalls hat jener bereits seine Hose samt Unterhose runtergelassen und hält den nackerten Hintern Christoph entgegen. Wieso der keineswegs zögert und kräftig hinhaut, ist nicht leicht erklärt, kann jedoch damit zusammenhängen, dass er nach der Premiere von „Heldenplatz“ mit der Bella in einen ungeheuren Streit geriet, weil sie den Selbstmord Professor Schusters dahingehend verteidigte, dass man in unserem Land gar nichts anderes tun könne, als so zu handeln. Christophs damalige Entgegnung, dass die Reflexionen Bernhards auf den Wiener nichts anderes als eine hybride Selbstgefälligkeit eines oberösterreichischen Großbauern seien, ließ sie nicht gelten und verweigerte ihm in den kommenden Nächten den Sex. Jedenfalls zog Ladinoski dahingehend Lehren, dass er niemals mehr mit der Glaubengruber über Thomas Bernhard diskutierte und auch das Thema Selbstmord vorsorglich nicht anschnitt.

Erst als der Kochlöffel zerbricht, lässt Ladinoski von seinem Opfer ab.

Nun sind es Kirchenglocken, die den Anfang einer neuen Stunde ankündigen. Offensichtlich wird jetzt Religion geboten, denn ein Schippel Priester, durch verschiedene Kleiderfarben diversen Rängen zuordenbar, betritt feierlich die Klasse. Freilich kann Ladinoski trotz der schier unendlichen Ausdehnung des Raumes erkennen, dass sich auch andere Gruppierungen religiöser Würdenträger einfinden, jedenfalls unweit der katholischen Abteilung suchen offensichtlich Orthodoxe oder Orientalische ihre Klientel. Und rechts hinten versuchen selbst einige Damen mit Beffchen, direkt neben langbärtigen Rabbinern, ihre Schäfchen zu angeln. Selbst Mohammedaner scheinen nicht zu kurz zu kommen, doch den östlichen Trakt übersieht Christoph fast gar nicht.

Jedenfalls entsteht zum ersten Mal eine gewisse Unruhe unter den zahllos vielen Menschen, und man schiebt die Bänke und Sessel so zusammen, dass man sich geschlossen seiner Gruppe zuordnen kann. Selbst wenn Christoph nicht einmal bei den Schulmessen der Oberstufe zugegen war, hat er dennoch nie den Schritt gesetzt, aus der Kirche auszutreten, obwohl er die letzten Jahre manchmal daran gedacht hatte. Heute freilich erscheint es ihm zu spät, eine diesbezügliche Renitenz zu setzen, und er nimmt eher bescheiden hinten, bei den Katholen, Platz. Der viele Weihrauch kann die Lust auf eine Tabakware dämpfen, und als der Rauch verzogen ist, wird man auch schon aufgefordert aufzustehen und den Herrn mit seinen eigenen Worten zu preisen. Dann aber wenigstens folgt, wie beinah befürchtet, keine Heilige Messe, sondern die Weisung, seinen Platz einzunehmen.

Dass man im Tod ununterbrochen mit Déjà-vu-Erlebnissen konfrontiert wird, gehört wohl zu den Punkten, von denen die Frau Lehrerin Fischl vorhin meinte, dass er noch viel lernen müsse. Doch wenn man auf Menschen trifft, mit denen man angenehme Erinnerungen verbindet, sollte das ein Grund zur Freude sein. Und gerade der Kaplan Hubermann gehörte in Ladinoskis Welt zu jenen Persönlichkeiten, die eine allseitige Beliebtheit umgeben haben. Es gab wahrscheinlich niemanden, dem irgendwie ein böses Wort über diesen Mann zu entlocken war, selbst unter denen, die dem Religionsunterricht aus familiären Gründen feindlichst gegenüberstanden. Zudem kann sich Christoph noch gut entsinnen, dass der kleine, rundliche Geistliche dem Kirchenbesuch keine allzu große Rolle zumaß, eher sollte man die Liebe zu den Menschen im Herzen tragen, wiewohl er es natürlich gerne gesehen hatte, dass man zu den Gottesdiensten kam. Die waren aber in den Siebzigern wenigstens so gestaltet, dass man den Weg dorthin recht gerne machte, weil die Gitarre einem Jugendlichen näherlag als eine Orgel. Und die Messen hatten eigentlich etwas partyhaftes.

Obwohl der Herr Kaplan nie selbst Hand an die Gitarre legte, trägt er jetzt eine in der Hand und stimmt das abgedroschene Lied „Danke für diesen schönen Morgen, danke für diesen neuen Tag, danke, dass ich mit allen Sorgen …"

lauthals an. Christoph singt ab der zweiten Strophe mit, und als sie beide endeten, überkommt Christoph innerlich ein Gefühl des Wohlbefindens, vielleicht zum ersten Mal, seit er sich im sogenannten Jenseits befindet. Denn bislang ist sein derzeitiges Dasein eher mit Stolpersteinen gepflastert gewesen. Natürlich auch, weil er wie ein neugeborenes Kind in eine Welt hineingeworfen wurde, die ihm unverständlicher als der alemannische Sprachraum vorkommt.

Nur, jetzt wird er die Gelegenheit am Schopf packen, um sich Klarheit zu verschaffen. Wenn er schon einem Berufenen in letzten Dingen, auch wenn der brave Mann zu Lebzeiten nicht über den Titel eines Konsistorialrats hinauskam, gegenübersitzt, dann muss er von ihm einfach verstehen lernen, was es mit dem Tod im eigentlichen Sinne auf sich hat. „Lieber Herr Kaplan, darf ich Sie etwas fragen?"

Ein weiterer positiver Zug dieses Menschen offenbart sich nun. Wie schon vor Jahrzehnten auf den Jungscharlagern zieht der Priester eine Schnapsflasche unter seiner Soutane hervor und zeigt sich so nächstenlieb, dass er auch zwei Stamperln, die rasch gefüllt werden, herbeizaubert.

„Nimm einen Schluck, Christoph, wenn Gott diese Metamorphose der Zwetschke zulässt, dürfen wir das nicht in Frage stellen." In seiner jetzigen Lage lässt das sich ein Dr. Ladinoski nicht zweimal sagen, obschon ein Chardonnay seinem Magen besser täte.

Obwohl es unlogisch erscheint, weil er im Grunde gar keine Ahnung hat, in was für einer Art Körper er gerade drinnensteckt, bewirkt die gebrannte Flüssigkeit ein ungemeines Wohlbehagen in seiner Magengegend. Aber durch diese Empfindung wäre möglicherweise jetzt die Gelegenheit gekommen, eine konkrete Frage zu stellen. „Etwas verstehe ich nicht, Herr Kaplan …" Ladinoski möchte jetzt allerlei theologische Themenstellungen auf einmal aufwerfen. Zum

Beispiel: Steckt er bereits selbst in einem verklärten Leib? Nach allgemeiner Auffassung bekommt man einen solchen erst nach dem Jüngsten Gericht, dann, wenn die Toten auferstehen, wozu es ja auch ein Lied gibt, welches sie immer gesungen haben.

Der Herr Kaplan sieht dies als Aufforderung an, aufzuspielen und grölt: „Ja, wenn der Herr … einst wiederkommt, ja, wenn der Herr einst wiederkommt, ja, dann lass mich auch dabei sein, wenn der Herr …"

Doch Christoph wachelt überdeutlich mit den Fingern, was den Seelenhirten dazu veranlasst, das Instrument betrübt beiseitezulegen. „Ich muss es einfach wissen, Herr Kaplan …" Ladinoski gibt nun seiner Verwunderung darüber Ausdruck, dass nach dem Tod kein weißes Licht, welches einem einen Weg durch einen Tunnel weist, käme, wie es etwa der Thanatologe Raymond A. Moody in seinen Büchern beschrieb. Auch sollten doch bereits verstorbene Verwandte händeringend bereitstehen, den eben Verschiedenen helfend unter die Arme zu greifen. Nichts von alledem!

„Es ist sogar so weit gegangen, dass ich erst einige Zeit später begriffen habe, was mit mir geschah …, und vielleicht nur deswegen, weil dieses Mädchen …," Ladinoski führt die Erzählung mit seinem lüsternen Onkel Theophil vor einem Gottesmann nicht weiter aus, sondern kratzt verlegen die Kurve, „… weil mit klar wurde, dass mich Lebende nicht sehen können."

Irgendwie schielt der Herr Kaplan ununterbrochen zur Gitarre, als zwänge ihn eine innere Macht, den nächsten Song anzustimmen. Aber er lässt es.

„Dass man alleine sterben muss, erscheint logisch, nur wenn es ein Ewiges Leben …" Auf dem Thema reitet Ladinoski jetzt im Galopp herum. Er stellt nun die These in den Raum, da es ein Weiterleben nach dem Tode gibt, und daran scheint es ja keinen Zweifel zu geben, jemand dafür sorgen müsse, dass man sich in diesem zurechtfinde. Setzen nicht Altes sowie Neues Testament einhellig die Existenz von Engeln voraus, die durchaus mit einer gewissen Aufgabe betreut sein müssten?! Wenn sie schon nicht direkt ins Leben, wie in der Volksmythologie die Schutzengel, eingreifen, dann sollten sie doch wenigstens hier so etwas wie Betreuer oder Tutoren sein. Denn es ist ja klar, dass man sich in einer Gegend, zu der es keine Reiseführer gibt, schwer zurechtfindet. „Und überhaupt …," jetzt fährt Dr. Ladinoski das schwerste Kaliber auf, „… weshalb werden einem derart haarsträubende Lügen über den Tod aufgetischt, wo man eigentlich sofort, nachdem man gestorben ist, merkt, dass das alles nicht wahr ist?!"

Über den pausroten Wangen glitzern nun traurige Augen, und Ladinoski befürchtet ernsthaft, den braven Kleriker vor den Kopf gestoßen zu haben. Das war beileibe nicht seine Absicht, denn dieser berufene Seelsorger tat ihm nie etwas Böses an. Er muss freilich verstehen, dass man ins Verzagen kommt, wenn man plötzlich mit der ganzen Wahrheit konfrontiert wird und diese sich mit gar nichts deckt, was man bislang in seinem Wissen speicherte. Selbst, wenn es vielleicht streng und ungerecht rüberkommt, er kann einfach nicht mehr den Mund halten und sich so einem Unverständnis schweigend stellen. Der Kaplan Hubermann fühlte sich doch berufen, dem Seelenheil der Menschen auf die Sprünge zu helfen, und soweit sich Dr. Ladinoski noch im Griff hat, definiert er sich immer noch als Mensch. Jedenfalls ist seine Persönlichkeit noch durchaus jene, die sie genauso vor dem Todestag war, und eigenartigerweise steckt er noch immer in einer Art Hülle aus Fleisch und Blut, wenn er auch nicht glaubt, wirklich bluten zu können.

So greift er sich spontan einen herumliegenden Zirkel und sticht mit der Spitze von diesem in seinen Finger. Er behält Recht. Das Metall verschwindet zwar in seiner Kuppe, jedoch weder Schmerz noch herausquellende Körperflüssigkeiten deuten auf eine menschliche Wunde hin.

Ladinoski hält die Fingerspitze dem Konsistorialrat unter die Augen. „Das zeigt mir eindeutig …, ja, das weiß ich bereits, dass ich nicht mehr am Leben sein kann …" Und er perseveriert wieder die Frage über den verklärten Leib und dessen ewiger Konstitution. Dabei lässt er allerdings nicht die Beobachtung, die er in diesem unendlich großen Raum hier machte, aus, dass hier Menschen aller Altersstufen seien, darunter auch welche, die froh wären, wenn der Tod an ihnen eine Schönheitsoperation vorgenommen hätte. Aber wie es aussieht, müssen Leute, die hässlich wie die Nacht sind, bis in alle Ewigkeit ihre körperlichen Makel zur Schau stellen.

„Stimmt's oder stimmt's nicht, Herr Kaplan?"

Als dessen Finger wieder langsam zur Gitarre wandern, nimmt Christoph dieses Unding, hebt es in die Luft und schleudert es mit aller Kraft zu Boden. Die Klampfn freilich scheint offensichtlich nicht für die Ewigkeit hergestellt worden zu sein, sondern zerbirst in tausend Teile.

Tränen rinnen über die Wangen des geistlichen Herrn. So hatte es Christoph nicht gewollt. Wie hat er sich dazu hinreißen können, seinen alten Katecheten so zu brüskieren? Nur, weil er die Hybris hatte, von ihm zu fordern, etwas über die Ewigkeit zu erfahren. Jetzt wäre es nur gut und recht, fasste er eine gerechte Strafe in Form einer saftigen Ohrfeige aus. Kaplan Hubermann kommt näher, und Christoph hält ihm die rechte Backe hin. Doch statt einer Backpfeife erhält er ein Segenskreuz an der Stirne.

„Christoph, ich versteh dich nur zu gut. Aber das ist das Mysterium des Glaubens …" Da erscheint plötzlich eine hagere Gestalt hinter dem Kaplan und drängt ihn sogar zur Seite. Auch mit diesem schmalgesichtigen Herrn kann Christoph ein Schüler-Lehrer-Verhältnis verbinden, weil er jenen im Gymnasium einige Jahre als Religionslehrer erlebte. Hierauf hat man den Mann für höhere Aufgaben vorgesehen und ihn als Weihbischof in eine Bundeslanddiözese hochgelobt. Dort hat ihn Ladinoski auch nicht gänzlich aus den Augen verloren, weil der Geistliche sich stets berufen fühlte, in den Medien präsent zu sein, allerdings mit vielleicht sehr konsequenten Ansichten, die Christoph durchaus gefallen haben. Es zeigt schon von sehr viel Mut, sich im öffentlich-rechtlichen Rundfunk den Fragen von Journalisten zu stellen, denen es offensichtlich Spaß macht, die Institution Kirche aufs Glatteis zu führen. Besonders unangenehm stieß ihm da immer wieder ein gewisser Moderator Lupini auf, der es nicht lassen konnte, gerade das System Kirche als Urgrund für die Verfehlungen Einzelner darzustellen. Dabei war diesem Fernsehsprecher anzuhören, dass er diverse Bibelzitate so aus dem Kontext riss, dass es für Bischof Senftenberger ein Leichtes war, dessen Argumente in der Luft zu zerreißen.

Und wenn nun so eine Koryphäe dem freundlichen Herrn Kaplan in theologischen Fragen beisteht, dann wird möglicherweise das Licht der Erkenntnis über Christoph kommen.

Dr. Ladinoski fällt eine schnelle Entscheidung. Als Österreicher weiß er um die Wichtigkeit höflicher Begegnungen. So fällt er auf die Knie und küsst den Ring.

„Steh auf, mein Sohn …, hier ist längst nicht alles mehr so förmlich, wie es früher einmal gewesen ist …, tempora mutantur …, und das selbst hier, wo die Zeit keine Rolle mehr spielen sollte …“

„Nos et mutamur in illis!“, unterbricht Ladinoski frech. Doch der Episkopos lässt sich nicht so leicht aus der Ruhe bringen.

„Wenigstens bist du der lateinischen Sprache gewogen, mein Sohn, wenn man auch gerade dieses Idiom als übles Beispiel dafür sehen muss, wie mit der Zeit in der Zeitlosigkeit Schindluder getrieben wird." Ladinoski fühlt eigentlich gerade kein gesteigertes Bedürfnis, mit dem Lateinischen in irgendeiner Weise in Berührung zu kommen, wiewohl ihm dieses Fach stets eine Einserbank gewesen ist.

Doch Monsignore Senftenberger macht keine Anstalten, Christoph das Wort zu erteilen. Im Gegenteil, er setzt in ein Wehklagen, durch tiefe Seufzer unterbrochen, ein. Sodann folgt eine Erklärung seiner nonverbalen Missmutsäußerungen: „Mein Sohn, ich sage dir …, seit einiger Zeit …, ja, du lächelst, aber ich muss diesen vermaledeiten …, verzeih mir: verfluchten …, verdammt noch mal …, unnötigen Begriff leider verwenden, weil selbst mir nichts Besseres einfällt …"

Wenigstens fällt dem Herrn Kaplan ein, dass auch Prälat Senftenberger ein kleiner Schluck seines Zwetschkengeistes guttäte, und in seiner Großherzigkeit vergisst er selbstverständlich auch den Ladinoski nicht. Glücklicherweise scheint jener genügend Stamperln unter seinem Priesterrock verborgen zu haben.

Kurz abgelenkt findet der Weihbischof wieder den Faden: „Zeit …, ja die Zeit …, fixderteufel, wieso ist es nicht möglich, einen korrekten Terminus für eine Abfolge von Ereignissen in einer zeitfreien Umgebung zu finden …, ich werde mich da mit dem Thomas von Aquin nochmals beraten müssen …, also die Zeit …, also, was wollte ich jetzt sagen …?" Leider können ihm weder Kaplan Hubermann noch der Dr. Ladinoski auf die Sprünge helfen, weil sie sich andächtig ihren Schnäpsen widmen.

„Natürlich, das wollte ich sagen, mein Sohn, weil du mir sozusagen das Stichwort gegeben hast …, die lateinische

Spra …" Nicht schon wieder die gleiche Schallplatte, aber das Murmeltier grüßt wenigstens in einer anderen Variante.

„Wer auf so eine hirnverbrannte Idee gekommen ist, Latein als Amtssprache hier im Jenseits abzuschaffen, kann ich nur vermuten, doch ich kenne meine Pappenheimer, die alles daransetzen, hier eine tadellose Integration zu verhindern. Natürlich hatten viele gerade Verstorbene, denen nicht die Gnade gegeben war, einen sechsjährigen Lateinunterricht zu visitieren …, wie dir, mein Sohn …, anfänglich Schwierigkeiten, sich sofort zurechtzufinden …, so ist es eben, wenn man Neuland betritt, anderes Land …, andere Sprache …, so ist es überall auf der Welt, hüben wie drüben!" Die Erregung über diese Schamlosigkeit steht dem Senftenberger geradezu ins Gesicht gemeißelt.

„Nur, was hat das im Endeffekt bewirkt?"

„Aber du musst doch verstehen, lieber Kollege, dass auch viele hierhergekommen sind, die nicht im Schoß der Römisch-katholischen Kirche gelegen haben …, was ist etwa mit unseren Glaubensbrüdern der Orthodoxie?" Konsistorialrat Hubermann versucht zu beruhigen.

„Dann sollten wir vielleicht gleich Hebräisch oder Arabisch sprechen." Senftenbergs Zunge schnellt spitz hervor.

„Das wollen ja diese ganzen Zerstörer der ewigen Einheit …, diese schändliche Vielfalt …, und was hat die uns gebracht …? Ich sage: nur Chaos …, unendliches Chaos …"

Die letztformulierte Ansicht Senftenbergers könnte Ladinoski durchaus teilen, denn das, was er bislang im Ewigen Leben zu sehen bekam, hat nur marginal mit Ordnung zu tun, und wenn mit einer, dann einer, die keineswegs auf ewigen Grundfesten beruht. Wenn Zechprellerei als Urgrund für ewige Verdammnis angesehen wird, dann hat diese Ordnung eine reichlich schiefe Optik. Denn, wer immer auch für sie zuständig sein soll, einem vernunftbedingenden Wesen kann man diese wohl nicht unterstellen. Die gesamte Malaise hier ist eher auf jemandes Mist gewachsen, der entweder zu tief ins Glas geschaut hat oder von vornherein nicht dafür qualifiziert war, ein funktionierendes System gerechter Ordnungen zu schaffen.

„Ja, aber es bedingt doch kein Chaos, wenn die Menschen in ihrer Muttersprache reden …, durch das Pfingstwunder versteht hier jeder jeden“, gibt Kaplan Hubermann zu bedenken, nur seine Meinung wird nicht geteilt.

„Schieb nicht alles auf das Pfingstwunder, werter Kollege, dieses Life-Übersetzungsprogramm ist äußerst anfällig, und das weißt du genau …, außerdem funktioniert es nur, wenn man andächtig zuhört und daran glaubt, dass man versteht, was gesagt wird. Nur sieh dir mal die Klasse an, hier ist weit und breit keine Andacht zu finden, und gerade dieser Lauser …“, Senftenbergers rachitischer Zeigefinger deutet nun eindeutig auf Ladinoski, „… ist meilenweit von jeglicher Kontemplation entfernt. Man sieht ihm geradezu an der Nasenspitze an, dass er alles und jedes hinterfragen möchte …, dazu braucht er mir gar keine Fragen zu stellen …, ich lass mich nicht so leicht täuschen …, ich spüre sofort, wenn jemand nicht gewillt ist, edle Einfalt und stille Größe zu zeigen …,“ der Finger tippt in einem mechanischen Rhythmus an Ladinoskis Stirn, „… auch bei der Schulmesse war das schon ein renitenter Lümmel, der nur Lippenbewegungen gemacht hat, als anständig mitzubeten.“

Eigentlich stimmt das vollkommen, ist Christoph von der Menschenkenntnis seines ehemaligen Religionsprofessors erstaunt, kann er doch die halbe Aeneis in Hexametern auswendig runterleiern, aber beim Vaterunser hat er immer noch seine Probleme.

Nur der Kaplan Hubermann kann so eine Anschuldigung nicht auf einem Kind, welches er zur Erstkommunion führte, sitzen lassen. „Gerade der Christoph war immer der Frömmsten einer."

Wenigstens muss Christoph nicht den Wahrheitsbeweis dieser Wunschvorstellung antreten, weil Glockengeläut den Religionsunterricht zu beenden scheint. Jedenfalls erschallen dazu noch Posaunen, und bei einigen Geistlichen, darunter auch beim Konsistorialrat, wachsen stattliche, weiße Flügel, mit denen sie fortfliegen können. Andere, wie der Senftenberger, müssen zu Fuß von dannen hatschen.

Ladinoski hat nichts dazugelernt.

XXIII. Von wem er wirklich sein Honorar bezieht, steht in den Sternen. Wenn er zum Beispiel, was leider manchmal vorkommt, mit Zahngold bezahlt wird, könnte es durchaus vom Leichnam des Verstorbenen stammen. Allerdings wäre da die Frage zu stellen, ob das überhaupt legal ist, da ja der organische Teil des Menschen in der diesseitigen Welt zurückgelassen wird und dadurch eigentlich nicht mehr als Besitz des Verstorbenen gilt. Natürlich kann man immer mit dem Gegenargument kommen, wem gehören rechtlich die sterblichen Überreste? Bei prominenten Dahingeschiedenen wie etwa Ramses II oder diversen Märtyrern scheint es einfacher. Da maßen sich Museen wie Kirchen an, diese als Allgemeinbesitz zu bezeichnen, und stellen die Leichen dann auch publikumswirksam aus, freilich meist in Verbindung mit einer stattlichen Betrachtungsgebühr.

Wenn es nach Selbiger ginge, würde er am liebsten immer nur Bares sehen, wie letzthin, wo er zwei Fünfhunderter für die erfolgreiche Verteidigung seines Schulkollegen ausfasste. Auch wenn die Summe zum Beispiel eindeutig unter seinem üblichen Satz liegt, nahm er sie anstandslos an, weil wenigstens für diesen Tausender keine Steuern gefordert werden. Allerdings sagt das noch immer nicht aus, woher er das Geld bezieht, wenn man sicher annehmen kann, dass es garantiert nicht von Ladinoski stammt, sonst hätte der wohl sein Frühstück damit beglichen.

Wer spielt freilich den mysteriösen Geldgeber, der es ihm ermöglicht, ein derart sorgenfreies Leben zu führen? Natürlich sollte man sich nicht immer fragen, wo etwas herkommt, falls es einmal da ist, wenn nicht die Angst bestünde, dass es einmal nicht mehr kommt. Eben weil die Geschäfte in den letzten Jahren, ja, Jahrzehnten ausgesprochen gut liefen, ist Dr. Selbiger Realist genug zu wissen, dass es irgendwann einmal einen Bruch in seinem Leben geben könnte, und was dann?

Natürlich hat er sicherheitshalber fürs österreichische Finanzamt ein paar Pro-forma-Mandanten in der diesseitigen Welt, aber von denen könnte er beileibe nicht sein Auskommen finden. Man nehme nur als schlechtestes Beispiel den Gneringer, der noch nie irgendeine Rechnung beglich. Auch die anderen Klienten bringen ihm nur Fälle, die sich im Klingelbeutelbereich bewegen. Also ist er einfach auf die Toten angewiesen und darf sich's um Gottes willen mit diesen Herrschaften nie verscherzen, selbst, wenn manche darunter sind, die ihm zu den schrecklichsten Unzeiten zur Last fallen. Und es handelt sich schon wieder um die Glaubengruber, die glaubt, um halb vier in der Früh eine wichtige Information loswerden zu müssen.

Leider hat er heute schon geschlafen. Wenigstens war sie so gnädig, dass sie ihm eine Viertelstunde Zeit ließ, seinen Pyjama abzustreifen, um in eine herzeigbare Gewandung zu steigen. Krawatte allerdings wird er keine mehr anlegen.

Als er das Besprechungszimmer betritt, befindet sich Bella schon dort und hat sich außerdem bereits am Rotwein bedient. Nicht dass er zu wenig Flaschen vom Burgunder hätte, aber dass jemand keinen Anstand zeigt, seine Privatsphäre zu achten, fuchst Clemens ziemlich. Von leichtem Grant durchsetzt, nimmt er Platz, ohne die Mandantin mit einem Küsschen zu bedenken. Allerdings kann er sich die barsche Frage: „Was hast du denn jetzt für ein Problem?“, nicht verkneifen.

Normalerweise würde man von Bella einen gewaltigen Redeschwall erwarten, wovon höchstens zwanzig Prozent zum eigentlichen Thema passen und die restlichen achtzig mit Belanglosigkeiten gefüllt sind. Doch diesmal sind ihre zart geschminkten Lippen fest verschlossen.

Sie schiebt nur schweigend ein mit einem Siegel gesichertes, gefaltetes Pergament über den Marmortisch.

„Hast du es selbst nicht gelesen?“ Dr. Selbiger wundert sich darüber, dass eine neugierige Gretl wie die Glaubengruber ein offensichtlich an sie gerichtetes Schriftstück nicht einsehen wollte. Doch Bella schüttelt nur den Kopf und stammelt etwas von einem unheimlichen Boten, der ihr schrecklich Angst gemacht habe. „Wer soll das gewesen sein?“

Bei Schlafentzug sind Selbigers Ohren belegt, so muss Frau Dr. Glaubengruber deutlicher werden: „Ich wollte gerade meinen täglichen Stadtbummel beginnen, als ein verwahrloster Kerl, der so einen weißen Fetzen …“ In Bellas Beschreibung trug der Mann, dessen Bart sich in alle Himmelsrichtungen sträubte, eine Art Toga wie im Cleopatra-Film mit der Taylor. Jedenfalls hat er sich als Abgesandter der höchsten Entscheidungsträger ausgegeben und um eine Unterschrift gebeten, welche die Übergabe eines Dokumentes bestätigen sollte, was allein noch nichts Befremdliches an sich hätte, wenn dann folgende Bemerkung nicht gefallen wäre: „Nach meiner Erfahrung kommen Sie keineswegs unter fünfhunderttausend Jahre Fegefeuer weg, denn bei geringerer Bestrafung wird nicht persönlich zugestellt.“

Freilich versteht Dr. Selbiger, dass die Bella einen Bammel haben muss. Ihm allerdings steigt ebenso ein ungutes Gefühl auf, weil das mit dem Fegefeuer so eine Sache ist. Exakt besehen darf man beim Purgatorium nicht von Strafe sprechen, weil es genau genommen als zweite Chance zu bezeichnen wäre.

Da die Katholische Kirche glaubt, dass nichts Unreines in den Himmel kommen kann, ist die Vorstellung eines Ortes oder eines Prozesses der Läuterung entstanden, der „Fegefeuer" genannt wird. Im Fegefeuer besteht die Qual darin, dass der Verstorbene zwar schon die vollkommene Gegenwart und Liebe Gottes spürt, sich aber aufgrund seiner Sünden dieser Liebe nicht würdig fühlt. Genau das macht den großen Schmerz aus. Der Mensch wird so von seinen letzten Sündenfolgen aus der zeitlichen Existenz durch seine Reue geläutert. Soweit die lexikalische Definition, allerdings inzidiert das im Fall Glaubengruber, dass sie nach Ansicht irgendeiner Obrigkeit noch immer genug am Kerbholz hat, um dahingehend belangt zu werden. Natürlich, Selbiger denkt jetzt einiges durch, steht da einmal der Selbstmord im Raum, aber der sollte doch mit psychischen Ursachen begründbar sein, und die wird man ganz einfach auf Synapsenfehler im Gehirn schieben können. So verbohrt werden die Entscheidungsträger sicher nicht sein, dass sie sich nicht diesem Argumentationsweg anschließen. Schwerwiegender wiegt da schon der eindeutige Eingriff in das Sterben Ladinoskis, den man auch weniger beschönigend als Mord bezeichnen müsste. Man kann bei dieser Tat leider keine körperlichen Missstände ins Spiel bringen, weil die Glaubengruber zu diesem Zeitpunkt ihren organischen Körper bereits verlassen hatte. Zu allem Überfluss gelang es nicht, den Ladinoski dahingehend zu beeinflussen, seinen Tod auf seine eigene Kappe zu nehmen. Blöd!

Falls ihm jetzt nicht irgendein juristischer Kniff einfiele, könnte er sich, erstens, sein Honorar in den Hintern schieben, weil man im Jenseits erwartungsgemäß bei einer Niederlage durch die Finger schaut, und zweitens wäre die Bella für abertausende Jahre an einem Ort, der wenig Erbauung verspricht. Jedenfalls kann man sich denken, dass die Annehmlichkeiten des dortigen Lebens nicht mit Wein, Zigaretten oder geschweige denn Sex verbunden sind. Zum letzten Punkt muss man sagen, dass Dr. Selbiger erst vor einigen Jahren durch Zufall erfuhr, dass Verstorbene durchaus ein erfülltes Sexualleben haben können, wenn sie es wollen. Freilich, Monogamie ist im Jenseits auszuschließen, weil sich die Ehe ja nur bis zum Zeitpunkt des Todes erstreckt.

Bella säuft wie ein Schwamm, aber auch Selbiger gedenkt sich ein Glas einzuschenken, bevor er den Brief näher besieht.

In gestochener Kurrentschrift steht außen Bellas ganzer Name, den Zwischennamen Notburga erfährt Christoph zum ersten Mal, inklusive Doktorat, und als Anschrift wird eine Reihen- und Nummernangabe des Grabes auf dem Wiener Zentralfriedhof angeführt. Darüber befindet sich ein rotes Siegel aus Wachs in Form eines Fisches, welches erst gebrochen werden muss. Nachdem das gesamte Blatt aufgefaltet wurde, erkennt man, dass der Absender aus irgendwelchen Gründen auf das geschriebene Wort verzichtete. Dafür hat ein stümperhafter Künstler ein scheußliches Aquarell hinterlassen, welches wohl die armen Seelen in einem Flammenmeer darstellen soll. Dummerweise ist eine Gestalt, wenn auch künstlerisch schlecht gezeichnet, durchaus als Bella zu identifizieren.

„Was ist jetzt …, was steht da drin?“ In ihrer Aufregung zündet sich Frau Dr. Glaubengruber eine weitere Zigarette an, ehe die vorherige gänzlich aufgeraucht wurde.

Für einen Mann des juristischen Wortes kann das Bild keine eindeutige Sachlage, wohl aber ein zwingender Hinweis sein. Allerdings genügt das Selbiger nicht, denn es wird weder erklärt, ob sich die Glaubengruber im Fegefeuer einfinden soll und wenn ja, wie lange sie dort zu verweilen habe, noch ist eine konkrete Adresse vermerkt, wo sich nämlicher Ort befindet. So erklärt er das auch seiner zappeligen Mandantin und schiebt die grottenschlechte Graphik über den Tisch. Freilich erkennt selbst sie ihr Antlitz, was nicht zu einer Gelassenheit beiträgt, und sie stammelt: „Was soll das denn bedeuten?“

Selbigers übliche Gabe, Antworten wie Gewehrsalven vorschnellen zu lassen, könnte etwas außer Funktion geraten sein. An den eindeutigen Mimikfalten auf der Stirn sollte Bella erkennen, dass er etwas auf Maul gefallen scheint.

„Na ja …, hmmm …, das …“ Verflixt und zugenäht, weshalb ist er derart hirnverbrannt?

Schön und gut, oder auch nicht gut …, die Faktenlage ist durchaus unklar, denn man könnte das Bild vielleicht ganz anders interpretieren, jedoch in welche Richtung?

Selbiger schweift mit seinen Augen über die Bücherregale, wohlwissend, dass seine ansehnliche juristische Bibliothek keine Hilfestellung geben kann. Allerdings sucht er so seine Gedanken zu sammeln, um von irgendwo einen Lösungsansatz hervorzukramen. Solle er etwas durchaus Ungewöhnliches für einen Juristen machen? Jeder Katholik besitzt irgendwo eine Bibel, und die seinige ist sogar hier im Raum und müsste sich hinter dem Sachsenspiegel befinden. Gerade wie seine Beine ansetzen, den Körper zu erheben, sieht er bereits schon die Sinnlosigkeit des Unterfangens ein und fällt wieder auf den Sessel zurück. Nein, auch dieses Buch hat seiner Bildung nach keinen Abschnitt über das Purgatorium, das ja eigentlich in der gängigen Form nur in der Katholischen Kirche eine Bedeutung hat. Aber das ist es!

Dr. Selbiger interessiert sich grundsätzlich nicht für die religiöse Einstellung seiner Mandanten, allerdings vermutet er, dass die Majorität seiner Pappenheimer eher dem katholischen Zweig zuzuordnen wären. Der Spurny etwa hat ja durchaus den gleichen konfessionellen Religionsunterricht wie er besucht, und der Brünner, der einzige Protestant der Klasse, lebt seines Wissens noch und ist auch im diesseitigen Leben nie mit einer Causa zu ihm gekommen. Natürlich muss man stark annehmen, dass die Glaubengruber genauso der österreichischen Mehrheitskonfession zuordenbar wäre, dennoch stellt er jene Frage, mit der er einen ganz kleinen Funken Hoffnung verbindet: „Bella, bis du eigentlich katholisch?"

So eine eindeutige Frage hat seit ihrem Ableben noch niemand gestellt, und ihr dünkt auch nicht vernünftig, weswegen der Clemens das nun in Erfahrung bringen möchte.

„Wenn es nach der Taufe geht …, ja!" Blöd gelaufen, denn wenn Personen einen lutherischen oder gar orthodoxen Glaubensweg gegangen sind, kann man nicht erwarten, dass sie wohin verfrachtet werden, was in ihrer Vorstellung gar nicht existiert. Mohammedaner oder Juden klammert Dr. Selbiger aus Unwissenheit hier aus, nur bei Katholiken ist das leider etwas völlig anderes. Ihnen wird das Vorhandensein eines Purgatoriums sozusagen mit der Muttermilch mitgegeben und dadurch kann es nicht so einfach weggeleugnet werden.

„Aber ich bin direkt nach dem Studium, wie ich dann mein erstes Geld verdient habe, sofort aus der Kirche ausgetreten …, diese pädophilen Kerzlschlecker können mich kreuzweis."

Dr. Selbiger atmet kurz durch. Diese zwar drastische Aussage könnte durchaus hilfreich sein. Wenn also die Bella im Vollbesitz ihrer geistigen Kräfte den Schritt gesetzt hatte, der Heiligen Katholischen Kirche den Rücken zu kehren, dann gehört sie ja de jure nicht mehr der Glaubensgemeinschaft an. Freilich ist sich Selbiger nie sicher gewesen, ob bei der Bella alle Tassen sicher im Schrank verwahrt sind, dennoch nimmt er sich vor, dieses Argument ins Treffen zu führen. Er spricht seinen Gedankengang auch verbal aus.

Ein normal Sterblicher hätte bereits einen kapitalen Vollrausch, aber obwohl sich Bella schon an der dritten Bouteille festhält, lautet ihre Antwort durchaus artikuliert und verständlich: „Bedeutet das jetzt, dass ich nicht eingesperrt werde?"

Hoffentlich, denkt sich Selbiger und meint: „Nach meiner Einschätzung müssten wir es so drehen können …"

Obschon das Prozedere immer ähnlich abläuft, ist Selbiger stets aufs Neue überrascht, was sich die Himmlischen Heerscharen alles für einen Prozess ausdenken. Diesmal befinden sie sich in der Kulisse eines mittelalterlichen Marktplatzes, wobei man ehrlicherweise zugeben muss, dass man sich bei der Fassadengestaltung der Fachwerkshäuser redlich Mühe gab, selbst wenn Papiermaché so seine Grenzen zeigt. Selbiger hat man einen roten Mantel mit Pelzkragen übergestülpt, und seine Füße stecken in Schnabelschuhen. Bella Glaubengruber hat es weniger gut getroffen, was nicht an ihrer altertümlichen Kleidung, dem bodenlangen Kittel und dem spitzen Hut, liegt, denn das Moosgrün des Kleides passt eigentlich zu ihrem Typ, sondern daran, dass sie gezwungen wird, eine äußerst unbequeme Körperhaltung einzunehmen. Kopf und Hände stecken in Brettern, welche der Kenner sofort als Block identifiziert. Der Block galt als die wohl verbreitetste Form des Prangers und besteht, wie Selbiger nun zum ersten Mal live beobachten kann, aus zwei parallel angeordneten Brettern, die durch ein Scharnier verbunden sind und am Ende eines starken Pfahles angebracht waren. Bei dieser eher gängigen Bauart sind in beiden Brettern Aussparungen für den Hals sowie links und rechts davon für die Handgelenke. So an Hals und Gliedmaßen gefesselt, muss sich Bella einer grölend tobenden Menschenmenge präsentieren, die auch nicht davor zurückschreckt, mit faulen

Eiern zu werfen. Besonders Schamlose treten sogar näher, um mit Speichel ihr Gesicht zu schänden.

Christoph mag gar nicht genauer hinsehen, kann er sich doch durchaus vorstellen, wie es nun in Bellas Innerem aussehen muss. Ihm selbst hingegen sind die Hände gebunden, irgendetwas zu tun, weil er etwas abseits auf einer Art Gerüst in Form eines gezimmerten Balkons verweilt. An seiner rechten Seite steht wie angewurzelt die klassische Pappmachéfigur eines eventuellen Richters, diesmal mit den Insignien eines Grafen oder gar Fürsten ausgestattet. Nach genauerer Beobachtung stellt sich die Kopfbedeckung als Herzogshut heraus, was vielleicht eine gewisse Wichtigkeit unterstreichen sollte. Leider tut sich vorläufig gar nichts, und der rasende Pöbel kann mit seinen schmierigen Handlungen weiter zu Werk gehen, die im Ausleeren eines gefüllten Nachttopfes ihren unrühmlichen Höhepunkt erleben. Dann allerdings gebietet eine tiefe Stimme Einhalt, doch dauert's einige lange Momente, bis die Masse leicht zur Ruhe kommt. Dennoch werfen einige Vorwitzige immer noch Gegenstände von hinten in Richtung des Prangers. Als ein Paradeiser direkt auf ihrem Gesicht zerplatzt, zögert Dr. Selbiger nicht mehr. Denn endlich hat der das gefunden, wonach er die ganze Zeit gesucht hatte, nämlich die Möglichkeit eines zwingenden Einspruches.

Wenn man schon eine Bestrafungsszenerie schafft, die eindeutig vor dem Jahr 1500 angesiedelt wird, dann sollte man schon Obacht geben, dass einem keine Schnitzer unterlaufen. Jedenfalls der Paradeiser, norddeutsch unter dem Namen „Tomate" bekannt, verfeinerte nicht die Speisenfolge des Mittelalters. Dieses Nachtschattengewächs kam erst mit den marodierenden Entdeckungsreisenden nach Europa, die dem roten Mann neben dem starken Tobak auch dieses Grundelement für eine Spaghettisauce abluchsten. Jedenfalls bringt Rechtsanwalt Dr. Selbiger den saftigen Inszenierungsfehler mit gewaltiger Inbrunst vor, sodass die Pappmachéfigur neben ihm in Grund und Boden versinkt. Das freilich hat wiederum die Wirkung, dass der Pöbel erneut die Fassung verliert und in eine weitere Randale verfällt. Allerdings ist nun die Bella nicht mehr das Ziel einer kumulativen Gewalttätigkeit, sondern der Tomatenwerfer. Dieser wird von der Menge gestellt, seiner Kleider beraubt und nackt vorgeführt. In wahrscheinlicher Ermangelung eines zweiten Prangers löst man die Bella von ihren Fesseln und steckt den Ausgezogenen dort hinein.

Clemens sollte Bella vielleicht galant die Hand reichen, aber es ekelt ihm vor den Fäkalien auf ihrem Gesicht und ihrer Gewandung. So gibt er nur den Rat, dass sie sich duschen solle.

XXIV. Lebensprinzipien sind grundsätzlich dazu da, um zum Teufel geschickt zu werden. Welcher Beelzebub Gneringer trotzdem geritten hat, dass er zum zweiten Mal mit der Hilde in die Harpfen stieg, fragt er sich lieber nicht, obwohl es wahrscheinlich mehrere Gründe dafür gibt, wie etwa der gefüllte Eiskasten, die nie versiegende Quelle diverser Alkoholika und das warme Bett. Allerdings sprechen auch ziemlich triftige Gründe dagegen, wie die Freundschaft zum Winter und die etwas zu dominante Körperfülle seiner Gespielin.

Leider leidet Gneringer seit geraumen Jahren an einer krankhaften Antriebslosigkeit, so ist es für die Hilde ein Leichtes gewesen, den Otto in ein Taxi und dann in ihr Eigenheim zu verfrachten. Dort war er dann unschwer zu überzeugen, dass man zuerst einmal das Jackett fallen lassen und einen Morgenmantel überstreifen sollte. Diesmal hatte Gneringer keinen Genierer, dass es sich höchstwahrscheinlich um das Eigentum seines Klassenkameraden handelte.

Und als Hilde ihm dann noch ein Stockerl vor den Fernsehsessel schob, damit er seine Füße hochlagern konnte, während sie das Abendessen zubereitete, konnte er sich fast wie im siebenten Himmel fühlen. Dass er eigentlich gar keinen Hunger hatte, wagte er nicht zu gestehen.

Im Dunkel des nächtlichen Schlafzimmers kommen nun die nächsten Zweifel. Da Hilde gerade dickste Stämme zersägt, kann sie Otto wenigstens jetzt nicht in irgendeiner Form beeinflussen, doch er hat bereits den ernsthaften Verdacht, in ihrer Hand zu sein. Jedes Mal, wenn er nur andeutungsweise, wie am Nachmittag im Beisl, vorschlug, dass man wenigstens heute eigene Wege gehen sollte, brachte sie ein Gegenargument auf den Tisch, welches sein Ansinnen sofort zunichtemachte. Man sollte beinahe glauben, dass Gneringer Probleme mit seiner freien Willensäußerung hat, wenn man diese auch mit einem hohen Promillespiegel begründen könnte. Allerdings werden ihn die paar Stunden Schlaf derart ausgenüchtert haben, dass vielleicht logischeres Denken wieder möglich wäre.

Er setzt sich vorsichtig im Bett auf und achtet tunlichst darauf, die Schlafende nicht zu wecken. Die Vermutung liegt nahe, dass es ihr wach gelingen könnte, ihn zurückzuhalten. Leise stellt Otto seine Füße auf den Teppich, bringt den Rest des Körpers in die Vertikale und schleicht zur Türe. Derjenige, der darauf vergessen hatte, die Scharniere zu ölen, wird wohl in dieser Nacht nicht zur Rechenschaft gezogen werden können. Freilich bewirkt ein durchdringendes Quietschen, dass das Sägewerk augenblicklich seinen Betrieb einstellt, und ein heller Sopran säuselt: „Wohin willst du, Schatzi?"

Gneringer rechtfertigt sich mit einer logischen Antwort: „Aufs Häusl."

„Pinkel nicht im Stehen, Schatzi!" Otto verspricht hochheilig, natürlich sitzend sein kleines Geschäft zu erledigen und urteilt, dass die Blase einer Leerung bedarf. Justament bleibt er stehen, achtet jedoch darauf, relativ exakt in die Muschel zu treffen und wischt sogar mit dem Klopapier danebengegangene Tropfen weg.

Dummerweise befindet sich das Gros seiner Kleidungsstücke im Schlafzimmer. Da sich freilich die Hilde in einem Wachzustand befindet, könnte es schwierig werden, selbige überzustreifen, aber in einer derartigen Aufmachung scheint es unklug, sich in die Öffentlichkeit zu wagen. In übler Reminiszenz ist ihm noch ein seinerzeitiger Flitzausflug an seinem zwanzigsten Geburtstag, als er für fünfzig Schillinge, ähnlich wie in einem bekannten Lied, nackert ein Wiener Kaffeehaus, bei ihm war es allerdings das Schwarthaler, betreten hatte. Auf fröhliches Gelächter einiger anwesender Freunde folgte eine Ausfahrt mit der grünen Minna und eine Strafe von nahezu neunhundert Schlei wegen ungebührlichen Gebarens in einem öffentlichen Raum und zwei Jahre Hausverbot in nämlichem Café.

Zwar gab ihm der Selbiger natürlich die gebotene Summe, doch für den Restbetrag der Ordnungswidrigkeit musste der Winter aufkommen. Freilich soll ihm dieser brave Mensch sogar heute aus der Patsche helfen, obwohl davon hoffentlich nie etwas an dessen Ohren dringt. Im Badezimmer steht neben der Waschmaschine eine ziemlich gefüllte Wäschekiste, und wie bei Ehepaaren üblich findet sich darin Schmutzwäsche beiderlei Geschlechts. Winter ist von etwas kräftigerer Statur als Gneringer, dafür einige Zentimeter kleiner. So passt das Hemd recht gut, die Hose zeigt sich allerdings eher Marke Hochwasser. Weiße Socken lehnt Otto grundsätzlich ab, jedoch wenn man keine Wahl hat, frisst man eben die Krot, und der weinrote Pullunder wird in der erwartet kühlen Nachtluft auch von Vorteil sein.

„Dauert's noch lang, Schatzi?" Das Erotisierende in der Stimme könnte eine Erwartungshaltung ausdrücken, doch Gneringer fühlt sich stark genug, den Trieben nicht nachzugeben.

„Gleich ..., ich komm schon!" Jetzt heißt es rasch handeln, sonst kommt Hilde vielleicht noch auf die Idee, es mit Handgreiflichkeiten zu versuchen.

„Beeil dich, Schatzi!" Gneringer verspricht, dass ihn Amors Flügel gleich zu ihr tragen werden und hastet eiligst ins Vorzimmer. Dass die Schuhe Winters zu eng und zudem etwas zu klein sind, soll jetzt seine geringste Sorge sein, denn die Haustüre ist fest verschlossen, und ein Schlüssel steckt weder im Schloss, noch befindet sich ein Schlüsselboard irgendwo an der Wand. Auf dem Schuhkästchen liegt jeglicher Krimskrams herum, freilich kein Sperrwerkzeug. In Panik stierlt er in Hildes Handtasche und leert den Inhalt sogar auf den Boden. Da auch das hier kein Erfolg krönt, sieht er nur mehr eine letzte Möglichkeit zu flüchten, und zwar durch die Fenster. Leider kennt Gneringer Winters Ansichten bezüglich verbrecherischer Banden aus dem Osten und muss erkennen, dass der Klassenkamerad dementsprechend gehandelt hat. Das Küchenfenster wird durch ein fest in der Mauer verankertes Gitter gesichert, also gibt es nur mehr den allerletzten Weg über die Terrassentüre vom Wohnzimmer in den Garten. Das Scherengitter hier könnte man öffnen, hätte man den nötigen Schlüssel. Gneringer hofft auf Samsons Kräfte und reißt wie ein Geisteskranker an den Stäben, löst aber dadurch ein Ursache-Wirkungsprinzip aus. Das Scheppern muss die Hilde vernommen haben, sonst stünde sie nicht, wie Gott sie schuf, im Raum.

„Bist du verrückt geworden, Schatzi?"

Darauf eine Antwort zu geben, wird schwierig, doch Gneringer versucht es dennoch: „Ich wollte nur kurz Zigaretten holen gehen."

„Du Dummerchen, wir haben genug im Haus!“ Sie nimmt ihren Schatz an der Hand und zieht ihn wenigstens noch nicht ins Schlafgemach. Von der Stange auf dem Küchentisch fehlt nur eine Schachtel.

„Gut, dann rauchen wir eine …, die zuvor ist fast so gut wie die danach.“ Hilde reicht Otto eine angezündete Zigarette und steckt sich selbst eine in den Mund. Ihr gewaltiger Busen hebt und senkt sich bei jedem Zug, und Gneringer vermutet, dass an Schlaf wenig zu denken sein wird.

XXV. Natürlich studiert ein voller Bauch nicht gerne, aber wenn man gar nichts in den Magen bekommt, bläst das genauso Trübsal. Christoph scheint hier der Einzige zu sein, dem man kein Pausenbrot mitgegeben hat, wobei sich natürlich die Frage stellt, wer ihm eines gestrichen haben sollte. Seine Tante, die in Jugendtagen mit seiner Obsorge betreut war, erfreut sich trotz ihrer zweiundachtzig Lenze noch einer rüstigen Lebendigkeit und wird ihm daher in diesem Totenreich nicht dienlich sein. Geld kann er, wie er schon zu seinem Leidwesen feststellen musste, auch keines vorweisen, um sich in einem etwaigen Schulbüffet eine Jause zu kaufen. Leider läuft ihm das Wasser im Mund zusammen, und obschon es im Zusammenhang mit dem Tod völlig surreal erscheint, knurrt es im Oberbauch bedenklich. Zusätzlich muss er beobachten, dass gewisse Mitschüler keineswegs mit gewöhnlichen Wurst- oder Käsebroten vorliebnehmen müssen, sondern sogar opulent tafeln. Wenn er sich nicht irrt, lässt sich sogar ein ehemaliger Bürgermeister, der Parteifarbe nach Sozialdemokrat, von schwarz gekleideten Lakaien bedienen. Obwohl Christoph direkt vor dessen Tisch eine Hungerleidermiene aufsetzt, fällt nicht der geringste Krümel für ihn ab. Und dass er vom Thomas, der sich dort drüben vollhabert, keinen Punschkrapfen erhält, muss man nach der Prügelorgie verstehen.

Überhaupt scheint hier niemand gewillt, mit irgendjemandem zu teilen, obwohl einige so riesige Berge von Essen aus ihren Fächern hervorziehen, dass sich die Bänke biegen. Die Mehrheit freilich, das erscheint sogar offensichtlich, muss mit weniger vorliebnehmen. Manche mit etwas gelblicherem Teint sogar nur mit einer Handvoll Reis. Aber dass gerade er gar nichts zu essen hat, wurmt schon etwas, weil dadurch ein Gefühl geweckt wird, aus der Gesellschaft ausgeschlossen zu sein. Denn gemeinsames Essen verbindet, und wenn man eben nicht mitessen darf, kann doch keine Verbindung aufgebaut werden.

Vielleicht traf er bislang nur auf die falschen Leute. Man weiß ja, dass der gesetzte Mitteleuropäer ungern die Kruste von seinem Braten spendet und auch nur dann, wenn er diese steuerlich absetzen kann. Da erzählt man sich doch, dass darbendere Gesellschaften eher darauf achten, dass niemand durch den Rost fällt. So bewegt sich Ladinoski auf eine Gruppe indischer Gewandung zu und erinnert sich dadurch an einen Besuch in einem einschlägigen Restaurant. Obwohl ihn die Bella durchaus gewarnt hatte, dass man die saumäßige Würze dieser Küche nicht unterschätzen sollte, hat er dem Kellner noch groß „extra scharf!“ zugerufen. An die Lachkrämpfe Glaubengrubers kann er sich heute noch erinnern und auch daran, dass sie behauptet hatte, statt eines Kopfes einen knallroten Luftballon zu sehen.

Christoph setzt ein asiatisch freundliches Lächeln auf, senkt sein Haupt, um Bescheidenheit anzudeuten, und bildet mit den Händen ein Körbchen, in das er die milde Gabe aufnehmen könnte.

Ein asketischer, nur mit einem weißen Lendentuch bekleideter Herr tritt aus der Gruppe der Subkontinentalen hervor, blickt durch seine runde Nickelbrille und spricht Christoph in tadellosem Englisch an. Als dieser nicht sofort reagiert, fährt er in radebrechendem Deutsch fort: „Ik dir nichts konnen geben, weil du nicht unsere Kaste."

Natürlich ist Ladinoskis Bildung mit dem Kastensystem vertraut, weil er einerseits mehr weiß, als es der Lehrstoff üblicherweise forderte und andererseits davon eine Überzeugung im Herzen trägt, dass es auch in Österreich ein Kastenwesen gibt, wobei er Einsicht genug hat, dass er sich nie zu dem Parias zählen musste. Allerdings, dass nach dem Tod nicht alle Menschen völlig gleich sind, hätte er sich durch die verschiedentlichsten Beobachtungen schon denken können. Er würde zu gerne wissen, in welcher gesellschaftlichen Position er sich hier befindet, hängt es etwa damit zusammen, was man zu Lebzeiten gemacht oder getan hat, oder ist es einfach so, dass die Lebenskünstler, wie ein vormaliger Bürgermeister, einfach grundsätzlich die besseren Karten haben.

„Abar villeikt wirst du noch geboren zweimal, dann du bessere Kaste!" Der Inder scheint feinfühlig genug, zu merken, dass Christoph leidet, allerdings ist jener weit davon entfernt, ein Spezialist in Wiedergeburt zu sein. Natürlich weiß er von Kulturen, die die Vorstellung haben, dass man eine stattliche Anzahl von Leben benötigen kann, um in einem Nichts, einem Wissenden als Nirwana bekannt, zu landen. Dennoch gibt die Reinkarnation mehr Rätsel als Antworten auf, da interessanterweise die Wiedergeborenen stets Napoleon oder Cleopatra gewesen sein wollen, nie aber deren Häuslputzer. Außerdem bewohnten in früheren Epochen viel weniger Bewohner die Erdkugel, so wäre es doch gar nicht möglich, dass jeder, der im Einundzwanzigsten lebt, ein anderes Vorleben hat. Jedenfalls ist Christoph höflich genug, sich bei dem Gandhi-Verschnitt zu bedanken und beendet seinen Indien-Trip traurigerweise weiter mit leerem Magen.

Dramaturgisch ist man im Jenseits wohl auf alles vorbereitet, jedenfalls was die Einleitungen zu den Unterrichtsstunden angeht. Ein nerviges Trillern kratzt stark am Trommelfell, und eine Gruppe durchtrainierter Sportlertypen in schwarzen Schiedsrichterkostümen trippelt im Gänsemarsch einher. Freilich hat sich die Umgebung nun dahingehend verändert, dass man sich mit Sicherheit nicht mehr in einem geschlossenen Raum befindet, weil ein nebelverhangener Himmel solches andeutet. Leichter Nieselregen ist offensichtlich kein Grund, das Outdoor-Training abzusagen. Der Kunstrasen erscheint ziemlich wetterbeständig.

Es wird eine unendliche Stirnreihe gebildet, was, wenn man noch in irdischen Termini dächte, eine äußerst lange Zeit benötigt. Als dann alles gerade steht, geht es weiter, denn man beginnt die Namen derer aufzurufen, die eine Gruppe, offensichtlich für ein Spiel, zusammenstellen sollen. Christoph hat auch zu Schulzeiten selten diese Funktion innegehabt, denn zum Beispiel bei Ballspielen werden nur die Besten dazu beauftragt eine Mannschaft zu bilden, allerdings gehörte er nie zu jenen sportlichen Pflaumen, die als allerletztes aufgerufen wurden, weil sie nicht einmal als Torwarte zu gebrauchen waren.

Bald hört er laut und deutlich seinen Namen von weit, weit links und kann sogar die Stimme der Ruferin zuordnen. Obwohl sein Bedürfnis, diese Frau jemals wiederzusehen, eher gering anzusehen ist, wagt er es nicht, sich der Aufforderung zu widersetzten. Bis er die Bella allerdings zu Gesicht bekommt, hat er noch einen ordentlichen Hatscher vor sich, muss aber dann zu seinem Leidwesen erkennen, dass sie schon einige andere vor ihm erkoren hat.

„Stell dich da hinten hin!“, weist sie ihm förmlich einen Platz zu.

Der rosa Stretch-Gymnastikanzug betont verdammt erotisch Bellas hintere Rundungen, und dass die Beine noch durch Glitzerleggins aufgepeppt werden, kann man durchaus als gelungene Kombination sehen. Allerdings ist Christoph nicht der Einzige, dem Stielaugen wachsen, denn seine Teamkameraden sind durchwegs Männer mit ähnlichen ästhetischen Empfindungen, was ihn sonderbarerweise leicht eifersüchtig macht. Jedenfalls werden noch vier weitere Herren in die Mannschaft gewählt, darunter auch einer, von dem er ziemlich sicher weiß, dass er ihn von irgendwo kennt. Erst nach einigen Momenten kann er den jungen Burschen eindeutig zuordnen, jener ist doch ebenso in der letzten Klasse, die er absolvierte, gesessen. Einen Namen hat er nicht im Kopf.

„Auf, auf, meine Herren, jetzt zeigts, was könnts!“ Bella wendet sich händeklatschend ihrem Team zu, wobei durch die raschen Bewegungen der Busen ziemlich wogt, weil offensichtlich kein Sport-BH verwendet wird. Die Mitspieler haben offensichtlich ein Wissen, was hier gespielt wird, da sie sich in Position bringen, nur Christoph steht etwas verloren herum.

„Was ist mir dir …? Zack, zack!“ Sein Achselzucken müsste der Frau Doktor zu verstehen geben, dass er keinen blauen Dunst hat, und als er den Mund öffnet, um zur Frage nach etwaigen Regeln zu kommen, wird er bereits vor dem ersten Wort unterbrochen. „Stell dich nicht so an …, du bist doch keine Memme!“ Grundsätzlich sieht sich Christoph nicht als Feigling, sondern als grundsätzlicher Gegner von Faschingsveranstaltungen jeglicher Art und vermied es zu Lebzeiten daher tunlichst, so hirnverbranntem Treiben nur irgendwie in die Nähe zu kommen. Auch war er nie ein Freund des sinnlosesten aller Zeitvertreibe, des Fischens, gewesen und kann daher schwer begreifen, weshalb er ein Netz in seiner linken Hand hält. Als er den Dreizack in der rechten näher betrachtet, kommt ihm ein übler Verdacht, und da er einen Schulterschutz, freilich keinen Helm trägt, kann er die Kostümierung durchaus zuordnen. Dr. Magdalena Bros konnte nur wenige Schüler ernsthaft für die römische Geschichte begeistern, bei den Gladiatoren allerdings tat sie sich leicht, weil in einer Bubenklasse ein gruppendynamischer Zwang zu grundsätzlich Männlichem besteht, und so hat Christoph durchaus noch die korrekte Bezeichnung gerade dieser Gladiatorengattung in petto, nämlich „Retiarius". Das Ungewöhnliche war, dass die Bewaffnung des, wörtlich übersetzt, Netzkämpfers keinerlei Ähnlichkeit mit militärischen Vorbildern hatte, im Gegensatz zu sämtlichen anderen Gattungen von Gladiatoren. Die Ausrüstung des nur leicht bewaffneten Retiarius erinnert vielmehr an Hochseefischerei und bestand neben dem schon erwähnten Dreizack und dem Wurfnetz aus einem geradklingigen Kurzschwert oder manchmal aus einem gewöhnlichen Dolch. Der einzige lächerliche Schutz war der „Manica" genannte Hand- und Armschutz mit einem Metallschild an der Schulter am linken Arm. Ebenso kommt sich Christoph im kurzen Röckchen gedemütigt vor.

„Jetzt wird sich zeigen, ob du mich liebst!" Dr. Christoph Ladinoski ist sich geradezu sicher, dass er das nicht mehr tut, aber irgendetwas in seinem Inneren macht ihn darauf aufmerksam, dass er sich nun einer Situation stellen sollte. Und da die Augen durchaus noch die Fähigkeit haben, Dinge wahrzunehmen, sieht er schon den Secutor auf sich zukommen. Auch hier kann er die lateinische Vokabel übersetzen und nimmt seine Beine in die Hand. Leider hat dieser „Verfolger" genannte Gladiator, obwohl er den Schwerbewaffneten zugeordnet wird, keine Rüstung am Leib und ist daher recht flink zu Fuß. Natürlich könnte Christoph sich stellen und, wie er es einmal bei einer Vorführung in Carnuntum gesehen hatte, versuchen, das Netz über seinen Gegner zu stülpen, allerdings stolpert er augenblicklich selbst über das Fischfanggewebe und stürzt zu Boden. Sein Kontrahent beugt sich nicht nur über ihn, sondern kratzt mit der Spitze seines Kurzschwertes an Ladinoskis Adamsapfel.

Obschon Christoph nicht sicher ist, inwieweit ein möglicher Halsschnitt Schaden bringen könnte, freut er sich dennoch, als ein Schiedsrichter, genauer gesagt: eine Schiedsrichterin näherkommt. Gott sei Dank erkennt er seine Volksschullehrerin Frau Fischl sofort.

„Das ist eindeutig …," lautet ihr lapidarer Kommentar, „… es war kein schöner Kampf!" Die Lehrerin pustet ordentlich ins Pfeiferl, dass es nur so trillert.

„Eigentlich eine Frechheit …, wenn man so feig ist wie du, Christoph, was sollen wir jetzt mit dir machen?" Die Klinge ist noch immer bedrohlich nahe seiner Halsschlagader, aber es hat den Anschein, dass die Frau Lehrerin irgendwie zögert. Es wäre doch ein Leichtes, seinem Gegner den spitzen Gegenstand aus der Hand zu nehmen, wie sie es in der Volksschule ununterbrochen mit Scheren oder anderem gefährlichen Zeug tat, damit sich die braven Kindlein nicht verletzen.

Christoph versucht ihr flehentlich in die Augen zu schauen, jedoch weicht sie dem Blick geschickt aus. Es liegt die Vermutung nahe, dass sie keine alleinige Entscheidung fällen möchte, weil sie einen weiteren Schiedsrichter herbeiwinkt. Dass der knapp nach seiner Matura verstorbene Turnlehrer Nebenbrunner zu Rate gezogen wird, könnte man logisch begründen. Obwohl die Frau Fischl in der Volksschule persönlich die Turnstunden abgehalten hat, gilt sie wahrscheinlich nicht als Spezialistin in Sachen körperlicher Ertüchtigung.

Nebenbrunner schüttelt den Kopf: „Das war für mich auch kein fairer Wettstreit unter Männern!"

Endlich ein wahres Wort, man kann doch von einem Kopfmenschen nicht verlangen, in die Tiefen roher Gewalt abzusinken! Christoph war in seiner gesamten Schulzeit dafür bekannt, jeglichem Streit der Fäuste aus dem Weg zu gehen, obwohl er ab und an eine Tachtel in der Unterstufe ausfasste, weil manche sich seiner spitzen Zunge nicht anders erwehren konnten. Er hat aber nie wirklich zurückgeschlagen, sondern eher die Obrigkeit zugezogen, damit der Missetäter dann bestraft wird. Sicher brachte ihm das manchmal nicht den besten Ruf ein, weil die meisten Mitschüler nicht fähig gewesen sind, zu begreifen, dass eine Staatsphilosophie in allen Lebensbereichen, so auch in einer Klassengemeinschaft, angewendet werden muss. Und das kindische Argument der Vernaderung konnte bei jemandem, der Platons „Politeia" mit dreizehn und die Hegel'sche Staatstheorie mit vierzehn gelesen hatte, nicht ziehen.

„Vom Sportlichen her muss man den Kampf wiederholen!" Christoph sieht sich unschlüssig, ob er mit dieser Argumentation einverstanden sein soll, aber wenn das bedeutete, dass er wenigstens die unangenehme Liegeposition verlassen könnte, wäre das schon ein erster Ansatz.

Frau Fischl hingegen meint, dass das nichts bringen werde, weil man ja bereits gesehen habe, dass der Knabe ein feiger Hund sei und sicher wieder Reißaus nehmen werde.

Zwar könnte die Frau Lehrerin dahingehend auch Recht haben. So wäre es einfach das Beste, die Situation insofern zu bereinigen, dass man seinen Kontrahenten anweist, das Schwert wegzustecken und eine Fliege zu machen. Leider schweigt die Fischl in dieser Hinsicht beharrlich, aber selbst Nebenbrunners Autorität scheint ihre Grenzen zu haben, denn auch er blickt sich um, ob nicht offenbar ein Mächtigerer zuständig wäre.

Dass die Glaubengruber sich nun umgezogen hat und ein bodenlanges Plisseekleid ihren schönen Körper adelt, ist nicht ungewöhnlich, weil sie schon zu Lebzeiten mehrmals am Tag die Garderobe wechselte. Der goldene Lorbeerkranz in ihrem Haar freilich gibt ihrem Typ eine befremdliche Note, was zusätzlich damit zusammenhängt, dass ihr Blick ein Funkeln zeigt, als könnte er töten. Dieses Gschau kennt Christoph nur zu gut, weil sie es auch aufsetzte, wenn er sich in ihrer Wohnung eine Zigarette anzündete oder mit Socken zu ihr ins Bett gestiegen ist.

Manchmal scheint es nicht von Vorteil, wenn man jemanden in- und auswendig kennt und am Mienenspiel errät, was bald folgen könnte. Weil der Ton die Musik macht, lässt schon das erste Wort nichts Gutes ahnen, obwohl es an und für sich nicht negativ besetzt ist.

„Entscheidung!"

Bella Glaubengruber bildet mit der Hand eine Faust und streckt aus dieser den Daumen hervor. Gebildete Hollywoodschinkenseher könnten den ausgestreckten Daumen in Verbindung eines Lorbeerkranzes eindeutig zuordnen. Bella bedient sich eindeutig einer cäsarenhaften Körperhaltung.

Christoph starrt gebannt auf den entscheidungstragenden Finger und kann es kaum glauben, als dieser ganz langsam nach unten gedreht wird. Die Bella wird ihm doch nicht so in den Rücken fallen, dass sie sich gegen ihn stellt. Freilich, gewisse Differenzen zwischen ihnen bedürfen möglicherweise noch einer Klärung, weil er möglicherweise eine klitzekleine Teilschuld an ihrem tragischen Ableben zugeben müsste. Aber sie sind doch erwachsene Menschen, die das vielleicht in gemütlicher Atmosphäre bei einem Glas Wein lösen könnten. Wie es leider aussieht, steht Wein wohl weniger zur Debatte.

Die Aufforderung an den Secutor, nicht mehr lange zu zögern und kurzen Prozess zu machen, wird auch von der Frau Lehrerin kommentiert. „Vielleicht ist das richtig so …, der Bub hat eh keine Zukunft mehr."

Selbst Professor Nebenbrunner schweigt nicht wortlos daneben und meint: „Ich habe ihm eigentlich nur einen Zweier im Zeugnis gegeben, damit sich der Vorzug ausgeht, aber verdient hat jemand, der die sechzig Meter in über zehn Sekunden läuft, diese Note nicht!"

„Dann los! Töte ihn!", befiehlt jetzt Bella. Dramaturgisch wäre es gut, in seinem letzten Stündlein seinem Mörder in die Augen zu sehen, doch unter dem Vollvisier des Helms sind auch wegen der schlechten Lichtverhältnisse, mittlerweile ziehen Nebelschwaden herum, die Sehschlitze nur als schwarze Löcher zu erkennen.

„Nein …, bitte!" Bessere Formulierungen fallen Christoph gerade nicht ein, und er wiederholt noch einmal flehentlich: „Bitte nicht!"

Vielleicht berührte er die Bella doch in ihrem Wesen, weil sie vorläufig keinen weiteren Befehl setzt oder das, was ihr die Fischl gerade ins Ohr flüstert, von Bedeutung sein könnte. „Deine Lehrerin hat ein gutes Wort für dich eingelegt." Christophs Augen wandern in tiefster Dankbarkeit zu der feinen Frau hinüber.

„Du hast einen letzten Wunsch frei!" Also auch die Glaubengruber gibt ihm noch eine Chance.

„Kann ich dann vielleicht gehen?"

„Ich glaub, dich laust der Affe. Wenn man schon so großzügig daherkommt, dir eine allerletzte Bitte zu erfüllen, dann reize mich nicht!" Jeder Mann machte schon die gefährliche Erfahrung, dass die Reizschwelle bei manchen Frauen tief anzusetzen wäre, und Christoph weiß nur zu genau, dass Bella dahingehend eine außergewöhnliche Mimose ist. So versucht er, die Kurve zu kratzen und den Bauch zu pinseln: „Ich würde gerne mit dir reden …, vielleicht könnten wir …?“

„Christoph, Christoph, Christoph …, was ist denn nun in dich gefahren …? Jetzt kommst du plötzlich mit so einem blödsinnigen Ansinnen daher, wo wir doch das ganze Leben Zeit dazu hatten …, hahaha …, für das ist es eindeutig zu spät …, also, bitte …, jetzt noch ein realistischer Wunsch, oder du schaust durch die Finger. Es ist ganz allein deine Entscheidung!“

Wer so in die Enge getrieben wird, hat keine sonderliche Phantasie mehr, einen Ausweg zu finden. Natürlich könnte er argumentieren, dass er noch eine letzte Zigarette rauchen und vielleicht ein letztes Glaserl trinken möchte, aber wahrscheinlich würde dieses Ansinnen auch deswegen abgelehnt werden, weil es zu offensichtlich erscheint, dass er um Aufschub bettelt. So formuliert er einen kurz zuvor gedachten Gedanken: „Ich würde gerne sehen, wer mir jetzt den Hals aufschlitzt.“

„Bravo, Christoph …, bravo!“ Nicht nur die Glaubengruber, sondern ebenso die Fischl und der Nebenbrunner applaudieren begeistert.

„Bravo!“ Bella hat grundsätzlich zwei Arten von Lachen, eines, das man als herzerfrischend bezeichnen könnte und jenes, welches man hier zu hören bekommt. Dieses zweite muss man eher als Bellen bezeichnen. Jedenfalls beglückwünscht sie Ladinoski noch mehrmals zu seiner Entscheidung und kiekst zwischen den Salven: „Nimm endlich den depperten Helm runter, Christoph, du schaust aus wie ein Dodl!“

Was soll denn das? Er trägt ja keine Gladiatorenkopfbedeckung, freilich der Andere tut wie ihm befohlen. Manchmal können einem die Augen ordentlich übergehen, nur in diesem Fall wird das verständlich. Denn, wenn man in sein eigenes Antlitz blickt, obwohl man von keinem Zwillingsbruder weiß, muss man das als befremdlich bezeichnen. Der Häscher mit der Stichwaffe scheint weniger verwirrt, hat er doch sein anderes Ich schon längst erkennen können, aber weshalb er sich nicht selbst verschonen möchte, ist Christoph ein Rätsel, denn er würde nie auf die Idee kommen, selbst Hand an sich zu legen.

„Haltet ein, Irdische!" Jetzt wird endlich ein wahres Wort gesprochen. Eine gewaltige, einem Lieben Gott würdige Stimme scheint wohl direkt aus dem Himmel zu kommen, und die hier handelnden Personen verhalten sich den Worten angemessen. Fischl und Nebenbrunner schlagen ein Kreuzzeichen, die Glaubengruber schaut fuchsteufelswild, weil das nicht so ausgemacht war, und Christophs Alter Ego entfernt endlich sein Mordinstrument und steckt es in den Gürtel. Christoph setzt sich auf.

„Tschuldigung …, hab nur den Ton zu laut aufgedreht …, macht weiter …" Man sagt unvorsichtigerweise zu oft, dass die Hoffnung zuletzt stirbt, aber der letzte Funke dieser könnte sich endgültig verflogen haben, weil die Glaubengruber durchaus mitbekommen haben dürfte, dass sie walten und schalten kann, wie sie möchte. Und das hat sicher etwas mit Rache zu tun oder wenigstens mit einer Sache, die sie ihm auswischen möchte.

Glücklicherweise sind Frauen wankelmütig, oder vielleicht will sie jetzt doch kein Blut mehr sehen. Jedenfalls erteilt Bella keine weitere Aufforderung einer Hinrichtung, sondern scheint was ganz anderes im Kopf zu haben. Nachdem sie sich ins Fäustchen lachte, formuliert sie es so: „Christoph, ich hab es mir anders überlegt …," möglicherweise, weil ein vernunftbegabter Intellekt zum Schluss kommen muss, das der Tod im Jenseits völlig für die Katz ist, „… du hängst zu sehr am Leben …, ich werde es dir geben …, ich, ich allein!“

Der Sinneswandel klingt im ersten Moment durchaus positiv, aber bei der Glaubengruber sollte man auf alles gefasst sein. Jedenfalls stellt er eine Frage, tunlichst darauf bedacht, freundlichst rüberzukommen: „Was hast du vor, liebe Bella, wie meinst du das?“

Natürlich wird er nun wieder einmal mit Vorwürfen bombardiert, dass er eigentlich Schuld daran trägt, dass sie keine Kinder in die Welt setzen durfte, weil er nie welche wollte und immer gemeint hat, dass der Säugling an sich eine ungustiöse Lebensform darstellt. Leider habe sie sich breitschlagen lassen und auf etwas verzichtet, wovon sie schon als junges Mädchen träumte. Interessanterweise gab es in ihrer Sammlung eine Puppe, der man eine gewisse Ähnlichkeit zu Christoph andichten könnte, jedenfalls in der Augen- und der Mundpartie.

„Du hängst so sehr am Leben, dass du wieder leben wirst, mein kleiner Schatz, und ich mit dir.“ Glaubengruber berät sich nur kurz mit Fischl und Nebenbrunner, doch die scheinen ebenfalls einverstanden.

„Du hast einen freien Willen, Christoph …, ich lasse dir die Entscheidung über! Sag schon …, möchtest du wieder leben?“

Wenn man so gefragt wird, kann es nur eine Antwort geben: „Ja!“

Dass man mit einundfünfzig schwanger wird, ist selten, aber auf natürlichem Wege durchaus noch möglich.

# Epilog

Irgendwie scheint es degoutant, an den Brüsten jener Frau zu nuckeln, in dessen Uterus man noch vor ein paar Wochen gewohnt hat, wenn man nicht gerade den Namen Ödipus trägt. Aber sobald einen der Hunger plagt und man sich zudem nicht mit der Qual der Wahl auseinandersetzen muss, dann gibt es keine andere Möglichkeit, als mit dem vorliebzunehmen, was die Warze hergibt. Außerdem kann er eine Laktoseunverträglichkeit schwerlich ins Spiel bringen, weil es den Stimmbändern noch nicht gelingt, koordinierte Sprachlaute hinzukriegen. Eigentlich ist er selbst darüber erschüttert, mit wie wenigen Silben er derzeit sein Auskommen finden muss, obschon er ehrlich zugeben muss, dass er sich tadellos Gehör verschaffen kann.

Obwohl es entwicklungspsychologisch logisch ist, dass er in einigen Monaten das erste Wort, in seinem Fall wahrscheinlich leider „Mama", brabbeln wird, dauert es wahrscheinlich noch Jahre, bis er seiner sogenannten Mutter die Leviten lesen kann. Was denkt sich die Bella überhaupt dabei, wenn sie ihn jetzt zur Brust nimmt, sie muss doch ebenso eine Erinnerung daran haben, wer er eigentlich ist!?

Jedenfalls hat er vom Zeitpunkt der Zeugung in jenem Moment, wo Sperma- und Eizelle aufeinanderstießen, sofort gewusst, was ihm widerfuhr, und es kann einfach keinen Zweifel daran geben, dass sein Name Dr. Christoph Ladinoski ist.

# Anhang

*Biographische Notizen zu den weiteren Werdegängen diverser Protagonisten.*

*Albrecht Winter …*
willigt zwar nicht in die Scheidung ein, erträgt freilich die Trennung von seiner geliebten Gattin in stiller Demut. Wenigsten findet er ein Zimmerchen in einem Innenstadtkloster, von dem er zu Fuß das Ministerium erreichen kann. Seine Töchter besuchen ihn dort selten.

*Otto Gneringer …*
gelingt es auch ohne Trauschein, sich nicht mehr von Hilde zu lösen. Aufgrund geordneter Lebensverhältnisse hält er vermehrt Kontakt zu seinen jüngeren Kindern. Außerdem stellt er seine blühende Phantasie einem Drehbuchautor von Horrorfilmen mit Schreibblockade zur Verfügung und erhält anständige Tantiemen.

*Hilde Winter …*
holt die Matura nach, beginnt ein Studium der Transzendentalphilosophie und arbeitet ehrenamtlich in einem Sterbehospiz. Bella bleibt ihre beste Freundin durch dick und dünn.

*Dr. Martin Obrechtsberger …*
wird an einer Apfelspalte ersticken und einige Jahre vor Gneringer das Zeitliche segnen. Seine Söhne sind starke Zigarettenraucher und Alkoholiker, seine Tochter hängt an der Nadel.

*Ewald Zima …*
schreibt einen Kriminalroman, der allerdings nur im Eigenverlag herauskommt und deswegen nicht von der Literaturkritik verrissen wird.

*Dr. Hans Mistelbacher …*
veröffentlicht eine beachtete Arbeit über Suizidprävention, freilich strebt er erfolglos das Amt des Wiener Ärztekammerpräsidenten an.

*Max Brünner …*
erlebt bis zu seinem Tod jedes Champions-League-Finale live, leider wird er dabei nie eine österreichische Mannschaft zu sehen bekommen. Seine Frohnatur lässt ihn darüber hinwegkommen.

*Mag. Siegfried Novotny …*
nahm damals das Lateinbuch aus dem Café Schwarthaler mit. Er beschäftigte sich allerdings nicht weiter mit diesem Rätsel, da es nichts mit Tagespolitik zu tun hat.

*Erich Schebesta …*
bekommt Anfang fünfzig schwere Probleme mit seinen Gelenken, ist jedoch nicht fähig, sein Gewicht zu reduzieren. Ab dem zweiundsechzigsten Lebensjahr kann er das Haus und ab dem fünfundsechzigsten sein Schlafzimmer nicht mehr verlassen, weil er nicht mehr durch den Türstock passt. Dennoch wird er kein Miesepeter und der Welt nicht gram.

*Dr. Helga Schneeberger*
… kann wirklich stolz darauf sein, wie vielen Schülern sie einen prägenden Lebensweg gewiesen hat.

*Dr. Clemens Selbiger …*
gibt seine Kanzlei in Wien auf und praktiziert von nun an sicherheitshalber im Vatikan. Seine wenigen Urlaube verbringt er in Nazareth oder Bethlehem.

*Dr. Bella Glaubengruber …*
lebt unter ihrem eigenen Namen in ihrer Geburtsstadt. Ihre Depressionen und quälenden Selbstmordgedanken hat sie durch eine fachgerechte Behandlung in den Griff bekommen. Dass sie eine alleinerziehende Mutter ist, stört sie und andere nicht.

Der kleine *Christoph …*
zeigt schon früh, dass er ein vorlauter Bengel werden wird.

Über *Wolfgang Spurny …*
gibt es leider nichts zu sagen.